ROTBUCH KRIMI

Mickey Spillane, geboren 1918 als Frank Morrison in Brooklyn, New York, arbeitete als Verkäufer im Billigkaufhaus Gimbels und als Comic-Texter u.a. für *Captain America* und *Captain Marvel.* Im Zweiten Weltkrieg war er Fluglehrer für Kampfflieger. 1946 schaffte er mit seinem ersten, in neun Tagen geschriebenen Krimi *I the Jury* auf Anhieb den internationalen Durchbruch. Mittlerweile ist er mit über 200 Millionen Auflage der meistverkaufte und meistübersetzte Autor der Krimizunft. Bei Rotbuch erschien *Ich, der Richter* 1996 in einer überarbeiteten und um die zensierten Passagen ergänzten Übersetzung.

Zu diesem Buch:
Mike Hammer liebt die Frauen und hat ein großes Herz. In einer Kneipe trifft er eine angeschlagene Schöne der Nacht und drückt ihr Geld für neue Klamotten und ein neues Leben in die Hand. Leider hat sie wenig davon, denn am nächsten Morgen ist sie eine Leiche. Mike will im Gegensatz zu Pat Chambers von der New Yorker Mordkommission nicht an Selbstmord glauben. Ohne Auftrag, aber mit Elan wühlt sich der Privatdetektiv durch einen Dschungel von feinen Herren und organisierter Kriminalität, die aus der Prostitution ein lukratives Geschäft gemacht haben. Der Ritter der Straßenmädchen wird dabei häufig zusammengeschlagen, aber er findet Trost bei Lola und seiner leicht eifersüchtigen Supersekretärin Velda. Selbstverständlich schießt er am Ende alles wieder ins rechte Lot. Denn auf Mike Hammer ist Verlaß.

MICKEY SPILLANE

DIE TÖCHTER DER NACHT

Aus dem Amerikanischen übersetzt
von Lisa Kuppler

Rotbuch Verlag

Allen meinen Freunden gewidmet,
den früheren, jetzigen und zukünftigen.

2. Auflage

Titel der amerikanischen Originalausgabe:
My Gun is Quick
Die Krimi-Reihe wird von
Gabriele Dietze herausgegeben
Umschlagillustration: Hector Navarrete
Herstellung: Das Herstellungsbüro, Hamburg
Satz, Druck und Bindung:
Druckerei Wagner, Nördlingen
Printed in Germany

ISBN 3-88022-410-2

Erstes Kapitel

Machst du dir eigentlich jemals Gedanken darüber, was da draußen vor sich geht, wenn du so gemütlich daheim sitzt, eingepackt in einem Sessel am Kamin? Wahrscheinlich nicht. Du holst dir ein Buch und liest über Verbrechen und anderes Zeug und geilst dich an Leuten und Ereignissen auf, die es nie gegeben hat. Genau jetzt im Moment machst du das, motzt dein stinknormales Leben mit den Erfahrungen von anderen auf. Macht Spaß, hm? Du erfährst was vom Leben draußen, stellst dir vor, wie toll es wäre, wenn dir selbst auch mal was passieren würde. Wenigstens zuschauen würdest du gern mal. Sogar die alten Römer haben's so gemacht, haben so ein bißchen Action in ihr Leben gebracht. Saßen im Kolosseum und haben zugesehen, wie wilde Bestien ein paar Leute auseinandergenommen haben, und haben sich ergötzt am Anblick von Blut und Leibern im Todeskampf. Sie haben vor Aufregung geschrien und sich gegenseitig auf die Schultern geklopft, während unten Mörderkrallen das lebendige Fleisch der Sklaven zerrissen. Sie haben applaudiert, wenn einer dran glauben mußte. Macht Spaß zuzusehen, oder nicht? Das Leben durch ein Schlüsselloch beobachten.

Aber wenn die Tage so vergehen und nie was passiert, dann denkst du allmählich, das gibt's alles nur in Büchern und passiert in Wirklichkeit nicht. Macht trotzdem Spaß zu lesen. Morgen nacht holst du dir ein anderes Buch, vergißt das letzte und lebst noch ein bißchen mehr in deiner Phantasie.

Aber merk dir eins: Da draußen passiert *wirklich* was. Jeden Tag und jede Nacht, daneben sehen die römischen Spiele wie Familienpicknicks aus. Es geschieht geradewegs vor deinen Augen, und du kriegst nie was mit. Sicher, du kannst was drüber rauskriegen. Mußt nur die Augen offen halten, das ist alles. Aber laß lieber die Finger davon. Was du da findest, würde dir nicht gefallen. Andererseits, ich bin nicht du, und es ist mein Job, nach diesen Sachen Ausschau zu halten. Kein hübscher Anblick; zeigt dir die Leute, wie sie wirklich sind. Es gibt kein Kolosseum mehr, aber die Stadt ist ein größeres Stadion mit mehr Sitzplätzen. Die Rasiermesserkrallen gehören nicht mehr irgendwelchen wilden Bestien, aber der Mensch kann genauso scharf und doppelt so grausam sein. Schnell mußt du sein, und gut, sonst wird du aufgefressen. Schieß als erster, egal wie und egal auf wen, dann überlebst du und kommst zurück zum weichen Sessel und zum gemütlichen Kamin. Aber schnell mußt du sein. Und gut. Sonst bist du tot.

Zehn Minuten nach zwölf schloß ich meinen Fall ab und brachte Herman Gable das verlorene Manuskript in seiner Wohnung vorbei. Für mich war es nur ein Packen gelbes Papier, das mit fast unleserlichem Gekrakel vollgeschrieben war, aber meinem Klienten war es 2500 Dollar wert. Der senile Dummkopf hatte es in alte Zeitungen gewickelt und in die Mülltonne geworfen. Er freute sich riesig, als er es wiederhatte. Ich hatte drei Tage und zwei Nächte gebraucht, um das Manuskript aufzuspüren, und hatte es praktisch im letzten Moment aus der Müllverbrennungsanlage gerettet. Als ich dann allerdings das Bündel sauberer, neu knisternder Fünfziger in meiner Hand hielt, bereute ich keine Sekunde, daß ich die ganze Zeit kein Auge zugemacht hatte.

Ich schrieb ihm eine Quittung und nahm den Aufzug hinunter zu meiner Schrottkarre. Was mich anging, würde die Kohle ruhig und gemütlich auf mich warten, bis ich ein schönes, ausgiebiges Nickerchen gehalten hatte. Danach würde ich, vielleicht, nur ein bißchen, einen draufmachen. Zu dieser späten Stunde war wenig Verkehr. Ich fuhr durch die Stadt und nahm dann Kurs auf Richtung Norden zu meiner privaten Bude in dem massigen Bunker, der mein trautes Heim beherbergt.

Doch schon bei der ersten roten Ampel schlief ich geradewegs über dem Steuer ein und wurde rüde von einem

Dutzend hupender Wagen hinter mir geweckt. Ein paar Knaben knallten mit den Stoßstangen aneinander, als sie versuchten, auszuscheren und mich zu überholen. Ich war so fertig, daß ich mich nicht mal gegen den hitzigen Schwall von Höflichkeiten wehrte, der auf mich herabprasselte. Zum Teufel mit ihnen. Ich parkte die Karosse am Bordstein und machte sie aus. Vorne an der Straße, direkt unter der Hochbahn, war ein Imbiß, der die ganze Nacht offen hatte. Was ich jetzt brauchte, waren ein paar Tassen guter, heißer schwarzer Kaffee.

Ich weiß nicht, warum der Laden noch nicht vom Gesundheitsamt zugemacht worden war, auf jeden Fall stank's hier. An einem Ende der Theke saßen zwei Penner, die sich alle Zeit der Welt mit ihrer Suppenschüssel ließen und sich an Brötchen und Ketchup schadlos hielten. Mitten an der Theke schwankte ein Besoffener auf seinem Barhocker und gab sich alle Mühe, sein Rührei runterzukriegen und dabei nicht vom Stuhl zu kippen. Er war anscheinend völlig abgebrannt, denn alle seine Taschen waren nach außen gekehrt, so als ob er den rettenden Dollarschein für den letzten Schnaps gesucht und nicht gefunden hätte.

Erst als ich mich an die Theke setzte und in die Spiegelfläche hinter der Kuchenauswahl schaute, sah ich das junge Ding, das an einem Seitentisch saß. Rotes Haar, und nicht mal gefärbt. Sie sah ziemlich gut aus, soviel ich erkennen konnte. Der Bursche hinterm Tresen drehte sich zu mir und fragte: »Was soll's denn sein?« Er quäkte wie ein Frosch. »Kaffee. Schwarz.«

Die Kleine hatte mich registriert. Sie schaute mich voll an, lächelte, schob ihre Nagelfeile in eine schäbige Plastikhandtasche und schwang ihre Hüften in meine Richtung. Sie setzte sich neben mich auf einen Hocker und nickte in Richtung Bedienung. »Shorty hat ein Herz aus Granit, Mister. Will mir nicht mal 'ne Tasse Schwarzen anschreiben, bis meine Kundschaft sich zeigt. Wie wär's? Wollen Sie mir nicht zu ein paar Vitaminen verhelfen?«

Ich war zu müde, um mich auf eine Diskussion einzulassen. »Zwei Kaffee, Mann.« Der zu kurz geratene Kerl füllte angewidert eine weitere Tasse und setzte sie mit Schwung vor uns hin, so daß die Hälfte der Brühe auf die ausgewaschene Linoleumfläche schwappte.

»Hör zu, Red«, krächzte er, »ich kann's nicht leiden, wenn du meinen Laden als Anwerbebüro benützt. Hetzt mir noch die Bullen auf den Hals. Die fehlen mir gerade noch.«

»Sei ein guter Junge und verpiß dich, Kleiner. Alles, was der Gentleman mir spendieren soll, ist eine Tasse Kaffee. Er sieht viel zu müde aus, um heute noch andere Spielchen zu treiben.«

»Ja, zisch ab, Zwerg«, warf ich ein. Der Kleine bedachte mich mit einem giftigen Blick, aber ich war mindestens genauso häßlich wie er und doppelt so groß, also schlurfte er zurück, um den Brotkorb bei den Pennern zu bewachen. Ich drehte mich zu der Rothaarigen um.

So toll sah sie dann doch nicht aus. Vielleicht früher mal, aber sie hatte wohl etliches mitgemacht, was unter die Haut geht, sich in den Augen und den Mundwinkeln zeigt und alle Schönheit aus dem Gesicht einer Frau vertreibt. Ja, sie mußte mal fast schön gewesen sein. War auch nicht allzu lange her. Ihre Kleider waren vielleicht letztes Jahr in Mode gewesen und etwas zu eng. Sie zeigte eine Menge Bein und eine Menge Busen; zarte weiße Brüste, die immer noch jung und fest waren. Aber ihr Gesicht war gealtert von Erfahrungen, die man nicht in Büchern macht. Ich beobachtete sie aus den Augenwinkeln, als sie ihre Tasse zu den Lippen führte. Sie hatte zierliche Hände, lange Finger mit perfekt manikürten, tief dunkelroten Nägeln. Mich irritierte, wie sie die Tasse hielt. Es war nur eine dickbauchige, zersprungene Tasse, aber die Kleine versah das Ganze mit einem Schuß Eleganz, als sie die Tasse so vor ihren Lippen balancierte. Ich dachte, sie hätte einen Ehering am Finger, bis sie die Tasse hinstellte. Dann erkannte ich, daß es ein Ring mit einem Lilienwappen aus blauem

Email und Diamantensplittern war, das zur Seite gerutscht war.

Der Rotschopf wendete sich mir plötzlich zu und fragte: »Gefalle ich Ihnen?«

Ich grinste. »Schon. Aber, wie Sie schon sagten, viel zu müde, um noch was draus zu machen.«

Ihr Lachen klang wie kleine Glocken. »Nur die Ruhe, Mister, ich mach Sie nicht an. An dem, was ich zu verkaufen hab, sind nur bestimmte Typen Mann interessiert.«

»Amateurpsychologin, was?«

»Muß ich sein.«

»Und ich seh nicht aus wie dieser Typ Mann?«

Die Augen der Rothaarigen fingen Feuer. »Solche Kerle wie Sie brauchen nie zu bezahlen, Mister. Bei Ihnen ist es umgekehrt. Da zahlen die Frauen drauf.«

Ich zog eine Schachtel Luckies raus und bot ihr eine an. Als ich ihr Feuer gab, sagte ich: »Wär schön, wenn alle Puppen so dächten wie Sie.«

Sie blies den Rauch gegen die Decke und schaute mich an, als ob sie sich an etwas erinnerte, das lange vorbei war. »Das machen sie auch, Mister. Vielleicht merken Sie es nicht, aber sie tun es.«

Ich weiß nicht, warum ich das Mädchen mochte. Vielleicht, weil ihre Augen so hart waren, aber trotzdem noch eine Träne vergießen konnten. Vielleicht, weil sie mir Dinge sagte, die jeder Mann gern hört. Vielleicht auch nur, weil ich hundemüde war und es in meiner Höhle kalt und einsam war, während ich hier mit einem Rotschopf plaudern konnte. Was auch immer, ich mochte sie, und sie spürte es und lächelte mich an, wie sie bestimmt schon lange nicht mehr gelächelt hatte. So, als wäre ich ein Freund.

»Wie heißen Sie, Mister?«

»Mike. Mike Hammer. Eingeborener Sohn dieser unserer alten Stadt, zur Zeit ohne Job und todmüde. Ohne Anhang, weiß und volljährig. Genügt das?«

»Na, welche Überraschung! Und ich habe gedacht, alle Männer hießen Smith oder Jones. Was ist los?«

»Keine werte Gattin, der ich berichten muß, Kleine«, grinste ich. »Mein Name gehört mir allein. Wie nennt man Sie, wenn Sie mal nicht Red heißen?«

»Red reicht immer.«

Ihre Augen zuckten ein wenig, als sie den Kaffee austrank. Shorty schaute nervös zwischen uns und dem beschlagenen Fenster hin und her. Hoffte wahrscheinlich, daß nicht gerade jetzt ein Bulle vorbeikam und ihm wegen des Mädchens Schwierigkeiten machte. Er kotzte mich an.

»Noch 'ne Tasse Kaffee?«

Sie schüttelte den Kopf. »Nein, danke, das war alles, was ich brauchte. Wenn der Kurze nicht so knauserig beim Anschreiben wäre, hätte ich es nicht nötig, für meine Mitternachtsration zu lächeln.«

»Ich kann mir eigentlich nicht vorstellen, daß Ihr Gewerbe so schlecht läuft.« An der Art, wie ich mich ihr zuwendete und sie ansah, merkte sie, daß mehr als nur bloße Neugier hinter meiner Bemerkung steckte.

Für einen kurzen Moment starrte sie in den Spiegel. »Läuft es auch nicht.« Sie war plötzlich total sauer wegen irgendwas.

Ich warf einen Dollar auf die Theke, und Shorty tippte den Betrag ein und gab mir das Wechselgeld zurück. Beim Einstecken sagte ich zu der Kleinen: »Wissen Sie eigentlich, daß Sie ein ziemlich tolles Mädchen sind? Ich habe schon viele getroffen, aber jemand wie Sie sollte doch ganz gut zurechtkommen, oder?«

Ihr Lächeln brachte sogar ein verstecktes Grübchen hervor. Sie küßte ihren Finger und berührte dann mit dem Finger meine Wange. »Das ist nett, Mike. Manchmal denk ich, daß ich gar niemanden mehr leiden kann, aber Sie mag ich.«

In diesem Moment donnerte ein Zug über die Imbißstube, der das Geräusch der Tür übertönte. Ich fühlte den Kerl hinter uns stehen, bevor ich ihn im Spiegel sah. Er war groß und dunkel, sah schmierig aus und stank nach billiger Brillantine. Auf der Fresse hatte er dieses automatische

Grinsen, das uns klarmachen sollte, daß er die Lage unter Kontrolle hatte. In Harlem würde sein Anzug mit den scharf gebügelten Falten vielleicht noch als schick durchgehen.

Er meinte nicht mich, als er sagte: »Hallo, Kleine.«

Die Rothaarige wandte sich ihm halb zu, und ihre Lippen wurden schmal. »Was willst du denn?« Ihre Stimme war tonlos. Die Haut über ihren Wangenknochen spannte sich.

»Machst du Witze?«

»Ich hab zu tun. Hau ab.«

Die Hand des Burschen schoß vor und packte ihren Arm. Er riß sie herum, so daß sie ihm direkt ins Gesicht sehen mußte. »Ich kann solche rotzigen Bemerkungen nicht ab, Red.«

Kaum rutschte ich vom Hocker, kam Shorty an unser Ende des Tresens gelaufen und griff mit seiner Hand nach etwas unter der Theke. Als er mein Gesicht sah, besann er sich eines Besseren und ließ es liegen. Der Kerl hatte es auch beobachtet, aber er verstand anscheinend nicht richtig. Er zeigte seine Zähne und blaffte mich an: »Mach, daß du hier raus kommst, bevor ich dir eine verpasse.«

Er wollte auf mich losgehen, aber ich stieß vier starke, steife Finger in seinen Bauch, gerade oberhalb vom Nabel. Er klappte zusammen wie ein Taschenmesser. Mit einem vollen Schlag auf die Fresse richtete ich ihn wieder auf. Er würde noch eine schöne lange Weile ein rotes Andenken von mir im Gesicht herumtragen.

Normalerweise lassen es die Kerle damit bewenden. Dieser hier nicht. Er konnte kaum atmen, aber er verfluchte mich lautstark und versuchte, mit zuckenden Bewegungen unter seine Achselhöhle zu greifen. Die Rothaarige hatte die Hand an ihren Mund gepreßt, und Shorty quäkte dazwischen, wir sollten aufhören, aber er bewegte sich vor Angst keinen Zentimeter.

Ich ließ ihn die Waffe fast erreichen, dann zog ich meine eigene 45er, so daß jeder sie gut sehen konnte. Nur zum Spaß hielt ich sie ihm an die Stirn und spannte dann den

Hahn. Ein scharfes Klicken zerschnitt die Stille. »Noch eine Bewegung in Richtung Knarre und ich schieß dir deine verdammte schmierige Rübe weg. Na komm schon, noch eine lausige kleine Bewegung«, forderte ich ihn auf.

Er bewegte sich wirklich und fiel in Ohnmacht. Die Rothaarige blickte auf ihn herab und war immer noch zu erschrocken, um was zu sagen. Shorty hatte ein nervöses Schulterzucken. Schließlich sagte sie: »Sie ... Sie hätten das nicht für mich tun müssen. Bitte, gehen Sie, bevor er aufwacht. Er wird ... Sie umbringen!«

Ich legte meine Hand leicht auf ihren Arm. »Mal ehrlich, Red. Glauben Sie wirklich, daß er das hinkriegen würde?«

Sie biß sich auf die Lippen und musterte mein Gesicht. Irgend etwas brachte sie zum Zittern. »Nein. Nein, das glaube ich nicht. Trotzdem – gehen Sie. Mir zuliebe.« Ihre Stimme klang dringend. Ihr war es ernst.

Ich lächelte sie wieder an. Sie hatte Angst, war in Schwierigkeiten, aber immer noch eine Freundin. Ich zog meine Brieftasche. »Tun Sie mir einen Gefallen, Red?« Ich drückte ihr drei Fünfzigdollarnoten in die Hand. »Verschwinden Sie von der Straße. Gehen Sie morgen los und kaufen Sie sich etwas Anständiges zum Anziehen. Dann holen Sie sich die Zeitung und suchen sich einen Job. Was Sie jetzt tun, bringt Sie um.«

Sie schaute mich dann an mit einem Blick, so will ich nicht noch mal von jemand angestarrt werden. So ein Blick gehört in die Kirche, wenn man betet oder heiratet oder so was.

Der Schleimbeutel auf dem Boden war aufgewacht, aber er sah mich nicht an. Er starrte auf meine Brieftasche, die ich noch offen in der Hand hatte. Seine Augen stierten auf das Abzeichen, das da steckte. Wenn meine Hand nicht immer noch am Abzug meiner Knarre gewesen wäre, hätte er bestimmt seine gezogen. Ich bückte mich, zog seine Waffe aus dem Schulterhalfter, packte ihn am Kragen und schleppte ihn zur Tür hinaus.

An der Ecke war eine Notrufsäule, und ich rief die Bullen an. Zwei Minuten später fuhr ein Streifenwagen vor, und ein Paar uniformierte Polypen sprangen raus. Ich nickte dem Fahrer zu. »Hallo, Jake.«

Er sagte: »He da, Mike. Was gibt's?«

Ich stellte den Schleimbeutel auf seine Füße. »Der Clown wollte mich als Zielscheibe benutzen.« Ich gab Jake die Knarre, eine kurzläufige 32er. »Glaub nicht, daß er einen Waffenschein dafür hat, ihr könnt ihn also einbuchten wegen unerlaubtem Waffenbesitz. Ich mach morgen eine Anzeige. Wenn ihr mich braucht, wißt ihr ja, wo ihr mich erreichen könnt.«

Der Bulle nahm die Waffe in Empfang und half nach, den Kerl in den Wagen zu schaffen. Der fluchte noch, als ich schon zu meiner alten Kiste ging.

Es war früher Morgen, als ich endgültig wach wurde. Diese letzten 48 Stunden hatte ich dringend nötig gehabt. Ich duschte heiß und kalt, um den letzten Rest Müdigkeit zu vertreiben, dann rasierte ich mich vor dem Spiegel. Ich sah total fertig aus. Meine Augen waren immer noch rot und geschwollen, und beim Rasieren hatte ich das Gefühl, als bearbeitete ich einen Stoppelacker und nicht mein Gesicht. Schließlich wurde es besser. Ein großer Teller mit Schinken und Rührei beruhigte meinen Magen so weit, daß ich mich anziehen und den Tag mit einem ordentlichen Frühstück beginnen konnte.

Jimmy warf sofort das Steak in die Pfanne, als er mich in seine Snackbar reinkommen sah. Glücklicherweise mag ich Steak blutig, und Jimmy servierte es mir, bevor es ganz durch war. Während ich es niedermachte, sagte Jimmy: »Die Puppe von Ihrem Büro hat den ganzen Tag angerufen. Vielleicht rufen Sie mal zurück.«

»Was wollte sie denn?«

»Wollte wissen, wo Sie sind. Ich glaube, sie dachte, Sie wären mit 'ner andern unterwegs.«

»Schwachsinn. Die kommt immer auf solche Gedanken.« Ich aß meinen Nachtisch auf und zahlte. »Wenn sie noch mal anruft, richten Sie ihr aus, daß ich auf dem Weg ins Büro bin, okay?«

»Sicher, Mister Hammer, ist mir ein Vergnügen.«

Ich strich mir über den vollen Magen, zündete eine Zigarette an und stieg ins Auto. Zu meinem Büro in der Innenstadt war es nicht weit, aber ich brauchte eine halbe Stunde, um einen Parkplatz zu finden. Als ich endlich das Büro betrat, beschossen mich Veldas große braune Augen schon mit tödlichen Blicken, bevor sie noch den Mund öffnete. Als ich mich damals nach einem Mädchen für's Büro umschaute, hatte ich beschlossen, mir statt einer alten Schachtel eine zu besorgen, die auch gut aussah. Ich hatte ein absolutes Goldstück eingekauft. Nur hätte ich nie erwartet, daß sie auch so schlau sein würde. Welche, die gut aussehen, haben selten was auf dem Kasten. Velda ist vollbusig und wunderschön, und sie hat einen Verstand, der schon um Ecken denken kann, wenn meiner noch die Kurven umrundet.

»Wird Zeit, daß du dich hier mal wieder blicken läßt.« Sie untersuchte mich gründlich nach Spuren von Lippenstift und anderen Hinweisen, die einen Mann in ernsthafte Schwierigkeiten bringen können. An dem Lächeln, das langsam ihre Mundwinkel umspielte, konnte ich ablesen, daß sie sich überzeugt hatte, daß ich mir meine Zeit mit dem Job und nicht mit den Töchtern dieser Stadt um die Ohren geschlagen hatte.

Ich zog meinen Mantel aus und warf ihr den Packen Fünfziger auf den Tisch. »Kostgeld, Kleines. Zieh die Auslagen ab und bring den Rest auf die Bank. Hatten wir Kundschaft?«

Sie packte die Kohle in einen Umschlag und schloß sie weg. »Ein paar. Der eine wollte Scheidungsmaterial, und der andere suchte einen Leibwächter. Anscheinend hat der Ehemann seiner Freundin ihm angedroht, ihn kaltzumachen. Ich habe beide zu Ellison geschickt. Da sind sie gut aufgehoben.«

»Wär schön, wenn du mir solche Entscheidungen überläßt. Der Leibwächterjob wäre ja vielleicht was gewesen.«

»Sicher. Ich hab ein Photo der Freundin gesehen. Eine von der fülligen Sorte, auf die du so stehst.«

»Ach was. Du weißt doch, daß ich Frauen nicht abkann.«

Ich quetschte mich in den Besuchersessel und griff nach der Zeitung. Ich blätterte sie von hinten nach vorn durch, und erst als ich sie wieder hinlegen wollte, fiel mein Blick auf die erste Seite. Da war es, unten in der Ecke, eingerahmt mit Bildern von den Schwergewichtsmeisterschaften von gestern abend. Es war ein Photo der Rothaarigen, wie sie zusammengekrümmt am Straßenrand lag. Sie war tot. Die Schlagzeile lautete:

TÖDLICHER UNFALL MIT FAHRERFLUCHT.

»Armes Mädchen! So viel verdammtes Pech!«

»Wer ist das?« fragte Velda.

Ich reichte ihr die Zeitung rüber. »Ich hab die Kleine gestern nacht getroffen. Sie war eine Bordsteinschwalbe, und ich hab ihr einen Kaffee spendiert. Ich hab ihr noch ein bißchen Geld gegeben, damit sie von der Straße wegkommt, und jetzt passiert ihr so was.«

»Du bewegst dich ja in bester Gesellschaft.« Veldas Stimme hatte einen sarkastischen Unterton.

Ich wurde sauer. »Verdammt, sie war in Ordnung. Sie wollte nichts von mir. Ich hab ihr einen Gefallen getan, und sie war mir wirklich dankbar, nicht so wie der restliche Müll, der sich für Menschen hält. Zum ersten Mal seit langem mach ich was halbwegs Anständiges, und das kommt dabei raus.«

»Es tut mir leid, Mike, es tut mir wirklich leid.« Komisch, wie Velda sofort kapiert, wenn ich die Wahrheit sage. Sie glättete die Zeitung und las den Artikel durch. Am Ende runzelte sie die Stirn. »Sie konnte nicht identifiziert werden. Weißt du ihren Namen?«

»Verflucht, nein. Sie hatte rote Haare, also nannte ich sie Red. Laß mal sehen.« Ich las den Artikel selbst. Man hatte sie um halb drei morgens auf der Straße gefunden. Anscheinend hatte sie schon eine Weile dort gelegen, bevor jemand auf die Idee kam, einen Streifenwagen zu holen. Ein Typ, der zweimal an ihr vorbeigelaufen war, erzählte den Bullen, er habe sie für eine Betrunkene gehalten, die umgekippt war. Klang einleuchtend. In der Gegend kippen dauernd welche um. Machte mich nur stutzig, daß sie nichts zur Identifizierung bei sich getragen haben sollte.

Ich faltete die Zeitung zusammen und sagte: »Halt noch eine Weile die Stellung, Velda. Ich muß einen kleinen Spaziergang machen.«

»Wegen des Mädchens?«

»Ja. Vielleicht kann ich der Polizei helfen, sie zu identifizieren. Ich weiß nicht. Ruf mal Pat an und sag ihm Bescheid, daß ich vorbeikomme.«

»Okay, Mike.«

Ich ließ mein Auto stehen und nahm eine Taxe zu dem ziegelfarbenen Gebäude, in dem Pat Chambers sein Büro hatte. Er ist Captain bei der Mordkommission und ganz Bulle, aber man sieht's ihm wirklich nicht an. Er war noch jung, als ich ihn kennenlernte, und hatte trotzdem schon ungeheures Wissen und Erfahrung, dazu eine gehörige Portion Ehrgeiz, ein Paradebeispiel für einen tüchtigen Polizeibeamten. Normalerweise machen die Bullen nicht so einfach gemeinsame Sache mit einem Privatschnüffler, aber Pat wußte, daß ich an Orte und Personen herankam, die der Arm des Gesetzes nicht erreichen konnte, und im Gegenzug konnte er mir Informationen besorgen, die ich nicht selber herausbekommen konnte. Unsere bescheidene Geschäftsverbindung wurde über die Jahre zu einer festen Freundschaft.

Ich fand ihn drüben im Labor, wo er gerade einen ballistischen Test durchführen ließ. »Hallo, Mike, was bringt dich denn so früh schon hierher?«

»Ein Problem, alter Junge.« Ich faltete die Zeitung auseinander und zeigte ihm das Photo. »Das da. Habt ihr schon irgendwas über sie?«

Pat schüttelte seinen Kopf. »Nein … aber bald. Komm mit ins Büro.«

Er führte mich in ein kleines Seitenzimmer, deutete auf einen Stuhl und rief eine andere Dienststelle an, während ich mir eine Zigarette ansteckte. Er sagte: »Chambers hier. Das Mädchen, das gestern bei dem Unfall mit Fahrerflucht umgekommen ist, wurde sie schon identifiziert?« Er hörte eine Weile zu, dann runzelte er die Stirn.

Ich wartete, bis er aufgelegt hatte: »Und?«

»Etwas Merkwürdiges – die Todesursache ist Genickbruch. Die Sache kam einem von den Jungs nicht ganz geheuer vor. Es wird noch kein offizieller Totenschein ausgestellt, bis sie weitere Untersuchungen gemacht haben. Was hast du?«

»Nichts. Aber ich hab sie getroffen in der Nacht vor ihrem Tod.«

»Na und?«

»Sie war eine Nutte. Ich hab sie zu einem Kaffee in einem Imbiß eingeladen, und wir haben ein bißchen gequatscht.«

»Hat sie dir ihren Namen gesagt?«

»Sie hat mir nur gesagt, sie heißt ›Red‹. Hat auch gepaßt.«

Pat lehnte sich zurück. »Wir wissen nicht, wer sie ist. Sie hatte nagelneue Kleider an und eine neue Handtasche bei sich mit sechs Dollarscheinen und Kleingeld. Nicht mal eine Narbe an ihrem Körper, um sie zu identifizieren. Auch kein Etikett von einer Reinigung.«

»Ich weiß. Ich hab ihr hundertfünfzig Dollar gegeben für neue Kleider, damit sie sich einen anständigen Job suchen kann. Hat sie anscheinend auch gleich gemacht.«

»Du wirst ja geradezu spendabel auf deine alten Tage!« Er klang schon wie Velda, und ich wurde stinksauer.

»Verdammt noch mal, Pat, fang du jetzt nicht auch noch mit dem Scheiß an! Kann ich nicht mal für fünf Minuten den Heiligen spielen, ohne daß sich alle gleich das Maul darüber zerreißen? Ich hab schon viele Mädchen in der Scheiße stecken sehen, eine ganze Reihe mehr als du wahrscheinlich. Glaubst du, denen gibt mal jemand 'ne Chance? Da kannst du lange drauf warten! Aus denen wird alles herausgeholt, und dann läßt man sie fallen wie heiße Kartoffeln. Ich hab das Mädchen gern gehabt; bin ich dafür jetzt ein Trottel, oder was? Okay, dann ist sie halt auf den Strich gegangen, aber von mir wollte sie nichts, und ich hab ihr eben einen Gefallen getan. Vielleicht war sie ganz in Gedanken, hat von einem neuen Leben geträumt und nicht aufgepaßt, als sie über die Straße ging, und dann ist es passiert. Alles, was ich anfasse, stirbt!«

»Nun mach's mal halblang, Mike, brauchst mich nicht gleich so anzupissen. Ich kann mir schon vorstellen, wie's dir geht ... aber irgendwie paßt so 'ne Geschichte nicht zu einem Kerl wie dir.«

»Nichts für ungut, Pat. Hat mich ganz schön mitgenommen, das Ganze.«

»Wenigstens hab ich jetzt was, womit wir weitersuchen können. Wenn sie sich neue Kleider gekauft hat, können wir feststellen, wo. Vielleicht haben wir Glück und finden dann die alten Klamotten mit irgendwelchen Etiketten von 'ner Reinigung.«

Er bat mich zu warten und ging raus, den Flur runter. Ich saß fünf Minuten da, rutschte unruhig auf dem Stuhl rum und verfluchte alle Leute, die nicht auf ihre Kinder aufpassen können. Was für ein Tod. Verscharrt in einem Loch in der Erde, ganz allein, nur die Würmer als Trauergäste, und Würmer weinen nicht. Aber Pat würde rauskriegen, wer sie war. Er würde die Untersuchung ein bißchen vorantreiben und ein Elternpaar auftreiben, das sich die Augen nach ihr ausheulen würde. Ändern würde das auch nichts mehr, aber mir würde es dabei besser gehen.

Pat kam mit einem mißmutigen Gesichtsausdruck zurück. Ich wußte gleich, was Sache war. Er berichtete: »Unten sind sie dieser Spur schon nachgegangen. Die Verkäuferinnen in den Läden haben alle das gleiche ausgesagt ... sie hat die neuen Sachen gleich angezogen und die alten wieder mitgenommen.«

»Dann muß sie sie zu Hause gelassen haben.«

»Stimmt. Sie hatte die Klamotten nicht bei sich, als sie gefunden wurde.«

»Nee, da stimmt auch was nicht, Pat. Wenn eine Frau sich neu einkleidet, dann guckt sie die alte Wäsche doch nicht mehr an. Als ich sie getroffen habe, waren ihre Klamotten längst aus der Mode. Die hat sie wahrscheinlich einfach weggeschmissen.«

Pat holte sich einen Notizblock aus seinem Schreibtisch. »Ich glaube, es ist das beste, wenn wir ihr Bild veröffentlichen und darauf hoffen, daß sie jemand erkennt und sich meldet. Und gleichzeitig hören wir uns mal in der Gegend um, in der du sie getroffen hast. Was hältst du davon?«

»Gut. Mehr können wir jetzt nicht tun.«

Er schlug den Block auf, aber bevor ich ihm sagen konnte, wo der Imbiß war, kam ein weißbekittelter Techniker aus dem Labor und übergab Pat einen Bericht. Pat überflog ihn, dann kniff er die Augen zusammen und linste mich mit einem komischen Blick an.

Ich kapierte nicht, was los war, und starrte einfach zurück. Wortlos reichte er mir das Papier rüber und entließ den Laboranten. Es war der Bericht über Red. Er enthielt dieselbe Information, die Pat mir schon mitgeteilt hatte, aber unten am Rand hatte jemand noch was hingekritzelt. Da stand ganz ohne Umschweife, daß als Todesursache ebensogut ein Mord wie ein Unfall in Frage kam. Ihr Genick hätte nur bei einem ganz bizarren Unfall so komisch brechen können.

Zum ersten Mal in der langen Zeit, in der ich ihn kannte, benahm Pat sich wie ein typischer Bulle. »Da hast du mir ja eine hübsche Geschichte aufgetischt, Mike. Was davon soll ich denn glauben?« Seine Stimme triefte vor Ironie.

»Scher dich zum Teufel, Pat«, sagte ich mit eiskalter Stimme. In meinem Inneren brannte es lichterloh.

Ich konnte mir verdammt gut vorstellen, was in diesem Copschädel vor sich ging. Nur weil wir uns bei ein paar Fällen ein bißchen in die Quere gekommen waren, dachte er jetzt, ich würde ihn verladen. Ich legte gleich los. »Du warst mal ein echt netter Kerl, Pat«, sagte ich. »Früher haben wir uns gegenseitig ausgeholfen, und Bedingungen gab es nicht. Hab ich dir schon mal einen Fall versaut?«

Er wollte antworten, aber ich fiel ihm ins Wort. »Stimmt schon, wir hatten schon die eine oder andere Meinungsverschiedenheit. Du machst mich auch immer gleich blöd an, bevor es überhaupt losgeht. Alles nur, weil du ein Bulle bist. Ich darf keine Informationen zurückhalten ... höchstens meine Klienten darf ich schützen. Warum glaubst du, daß ich dich gerade jetzt verarschen will?«

Jetzt grinste Pat. »Okay, jetzt muß ich mich schon zum zweiten Mal bei dir entschuldigen. Du mußt aber zugeben, daß ich dich nicht ganz ohne Grund verdächtigt habe. Normalerweise hängst du bis zum Hals in einer Sache drin und versuchst ein paar Gratis-Infos rauszuholen. Nehm ich dir ja auch nicht übel. Ich muß mir allerdings auch den Rücken freihalten. Du weißt ja, wie sie auf unsere Abteilung Druck ausüben. Wenn wir bei einem Fehler erwischt werden, müssen wir einem Haufen Leute dafür Rechenschaft ablegen.«

Er redete weiter, aber ich hörte ihm nicht mehr zu. Mein Blick wanderte zurück zu dem Bericht, auf dem das eine Wort MORD mir immer wieder ins Auge sprang, als wäre es lebendig geworden. Ich sah Red, wie sie dastand mit den Grübchen in ihren Wangen. Mir ihren Kuß zublies und mich mit einem Lächeln anschaute, das mir allein galt. Bloß eine zweitklassige Nutte, die ebensogut eine Lady hätte sein können. Für ein paar kurze Minuten war sie eine verdammt anständige Freundin gewesen.

Und ich hatte ihr Unglück gebracht.

Mein Magen verkrampfte sich zu einer kleinen, harten Kugel, weil ich mich nicht nur an Red erinnerte. Da war noch dieser ölige Schleimbeutel mit der Knarre und dem schmierigen Gegrinse. Da war der verängstigte Blick in den Augen von Red. Meine Fingernägel krallten sich in meine Handflächen, und ich fluchte leise vor mich hin. So fängt es immer an, dieses gnadenlos verrückte Gefühl. Ich will dann das Leben aus so einem Schweinehund herausquetschen und hab nichts zwischen den Händen als heiße Luft. Ich wußte in diesem Augenblick verdammt gut, worum es hier ging. Alle Fragezeichen vor dem Wörtchen Mord konnten sie ruhig durchstreichen.

Pat sagte: »Na komm schon, Mike, rück damit raus.«

»Da gibt es nichts zum Rausrücken«, antwortete ich ihm. »Ich brauch einen Schnaps. Solche Geschichten machen mich total fertig. So wie's aussieht, hätte ich sie ja gleich selbst umbringen können.«

»Warum glaubst du denn, daß sie umgebracht wurde?« Er blickte mich wieder ganz genau an.

Ich legte den Bericht wieder auf den Schreibtisch. »Ich weiß nicht. Jedenfalls ist sie tot, und was macht es schon aus, wie sie gestorben ist. Tot ist tot, ganz egal, wie man gestorben ist.«

»Keine Ablenkungsmanöver, Mike. Spuck schon aus, was du noch weißt.«

»Ich weiß, wie sie ausgesehen hat, als sie noch am Leben war. Sie war ein nettes Mädchen.«

»Weiter.«

»Verdammter Mist. Es gibt nichts weiter. Wenn sie durch einen Unfall ums Leben gekommen wäre, wär das schon beschissen genug, wenn sie ermordet wurde ...«

»Ja, Mike, die Story kenn ich ... wenn sie umgebracht wurde, machst du dich auf eigene Faust auf die Suche, schnappst dir den Scheißkerl und polierst ihm gründlich die Fresse. Vielleicht schlägst du auch ein bißchen zu gründlich zu und brichst ihm auch noch das Genick.«

»Genau«, sagte ich.

»Mike.«

»Was?«

»Hör mal zu, wenn es ein Mord ist, dann gehört die Sache in meine Abteilung. Wahrscheinlich ist es keiner, aber du regst mich so auf, daß ich es schon selbst glaube. Und sauer werde ich auch gleich, weil du in deinen konfusen Hirnwindungen noch ein paar Gedanken versteckst, die das ganze Terrain vertrackt und morastig machen, bevor wir überhaupt unser Pferd ins Rennen bringen. Ich möchte keine solchen Dinger mehr erleben, Mike. Einmal hat mir gereicht. Ich fand's damals nicht so schlimm, aber jetzt ist Schluß damit. Wir haben uns immer beide an die Spielregeln gehalten, auch wenn nur der liebe Gott weiß, warum ich mich auf so was einlasse, nur um am Ende eins übergebraten zu kriegen. Vielleicht bin ich hier der Trottel. Also, wissen wir beide genau gleich viel über Red?«

»Wir wissen gleich viel, Pat.« Das war keine Lüge. Alles, was ich ihm erzählt hatte, stimmte. Ich hatte ihm nur den Rest nicht erzählt. Es tut schon ganz gut, auf jemand so wütend zu sein, daß man am liebsten platzen möchte. Und es ist noch viel besser, diesen verdammten Jemand in den Griff zu kriegen, ihn an die Wand zu knallen und mit ihm all das zu machen, was man sich so vorgestellt hat. Ich wünschte mir nur, all das wäre nicht zu spät für Red.

Pat spielte wieder den Bullen mit seinem Notizblock. »Wo hast du sie kennengelernt?« fragte er mich.

»Ein Laden unter der Hochbahn an der Third Avenue. Ich kam runter von der Brücke und bin die Third entlanggefahren und hab unterwegs an dem Imbiß angehalten. Den Namen der Seitenstraße weiß ich nicht mehr, weil ich einfach zu müde war, aber ich geh noch mal hin und such den Laden. Da gibt es bestimmt Tausende von den Läden, aber ich finde den richtigen.«

»Du versuchst hier keine Verzögerungstaktik, oder?«

»Doch, das ist eine Verzögerungstaktik. Sperr mich doch ein, weil ich eine laufende Untersuchung behindere. Ich müßte mich auch wirklich an jede Kleinigkeit von diesem Abend erinnern können.«

»Halt doch die Klappe, Mike.«

»Ich hab dir versprochen, daß ich den Laden wiederfinde, also finde ich den Laden.«

»Okay, das soll mir reichen. Wir machen unterdessen eine Autopsie und versuchen, ihre alten Kleider aufzutreiben. Und vergiß nicht, mir Bescheid zu geben, wenn du den Laden gefunden hast. Ich find ihn eh, auch ohne deine Hilfe, aber mit dir geht es schneller ... wenn du kooperierst.«

»Sicher«, sagte ich. Ich grinste, aber witzig fand ich das alles nicht. Das Grinsen war nur ein Trick, damit ich meinen Mund halten und weiterhin höflich zu ihm sein konnte. Er sollte nicht mitkriegen, daß ich mich fühlte, als würden über meinen ganzen Körper Ameisen krabbeln. Wir schüttelten die Hände und sagten »Bis bald« wie zwei zivilisierte Menschen, dabei hätte ich am liebsten losgeflucht und jemandem eine geballert.

Ich mag es nicht, wenn ich so in Rage gerate. Aber ich konnte nichts dagegen tun. Mord ist eben ein Wort mit einem häßlichen Klang.

Im Erdgeschoß fragte ich den diensthabenden Sergeanten, wie ich Jake Larue finden könnte. Er gab mir seine Privatnummer, und ich ging zum öffentlichen Telephon am Haupteingang und rief von dort an. Jakes Frau nahm ab, und sie mußte ihn erst mal wecken, um ihn ans Telephon zu holen. Seine Stimme klang nicht allzu freundlich, als er Hallo sagte.

Ich sagte: »Hier Mike Hammer, Jake. Was ist eigentlich aus diesem Halbstarken geworden, den ich dir gestern nacht übergeben habe?«

Jake murmelte etwas Unanständiges. Dann: »Das war ja ein toller Fang, den du uns da angedreht hast, Mike.«

»Warum?«

»Er hatte einen Waffenschein für diesen Revolver, darum. Wolltest du mir eine reinwürgen, oder was?«

»Was soll denn das, werden im Staat New York Waffenscheine neuerdings an jeden verschenkt?«

»Quatsch. Der Knabe heißt Feeney Last, und er arbeitet als Chauffeur und Leibwächter für diese Berin-Grotin-Type draußen auf Long Island.«

Ich pfiff durch die Zähne und legte auf. Jetzt händigten sie also schon Waffenscheine an Kerle aus, die Leute umlegen wollten. Tolle Sache. Wirklich großartig.

Zweites Kapitel

Ich kam kurz nach vier ins Büro zurück. Velda klebte Briefumschläge zu, ganz undamenhaft mit der Zunge, und war über jede Unterbrechung froh. Sie informierte mich: »Pat hat mich vor einer Weile angerufen.«

»Und hat dir aufgetragen, mir ins Gewissen zu reden, damit ich mich wie ein guter Junge aufführe, stimmt's?«

»So was Ähnliches. Wer war sie, Mike?«

»Ich hab's noch nicht rausgekriegt. Werd ich aber noch.«

»Mike, ich will dir ja nicht zu nahe treten, du bist ja schließlich der Chef und so, aber hier klopfen ein paar Klienten mit Kies an die Tür, und du trödelst mit einer Sache herum, mit der nichts zu holen ist.«

Ich warf meinen Hut auf den Tisch. »Wo ein Mord ist, gibt es auch Kohle, Süße.«

»Mord?«

»Genau das schwebt mir vor.«

Es war angenehm, hier im Sessel zu sitzen und die Beine bequem auszustrecken. Velda wartete, bis ich ausgegähnt hatte, dann fragte sie: »Aber was willst du rauskriegen, Mike?«

»Einen Namen«, antwortete ich. »Nur einen Namen für ein Mädchen, das ohne einen sterben mußte. Makabre Neugier, stimmt's? Aber ich kann doch keinen Kranz schicken, und nur ›Red‹ auf die Schleife schreiben. Was weißt du übrigens über eine Type namens Berin-Grotin, Velda?« Ich stellte die Frage in einem belanglosen Ton und tat, als beobachtete ich interessiert, wie eine Fliege an der Decke entlangspazierte. Velda überlegte einen Moment: »Das muß Arthur Berin-Grotin sein. Er ist ein Gentleman aus der High Society, über achtzig. Seine Familie stammt angeblich von den Pilgervätern ab. War mal der größte Tunichtgut den Broadway rauf und runter, aber er ist im Alter mächtig fromm geworden, wahrscheinlich, um seine jugendlichen Eskapaden wettzumachen.«

Jetzt erinnerte ich mich an ihn. Ich hatte von ihm gehört, größtenteils Storys von alten Knackern, die sie zum Besten gaben, wenn sie dich zu einer Runde überreden wollten. »Wozu braucht so ein Kerl einen Leibwächter?« fragte ich sie.

Velda kramte noch ein bißchen in ihren Erinnerungen. »Wenn ich mich recht entsinne, wurde sein Besitz auf Long Island ein paar Mal ausgeraubt. So ein alter Mann reagiert da verständlicherweise empfindlich. Ich würde mir auch einen Leibwächter zulegen. Aber das Lustige ist, daß der Einbrecher ebenso erfolgreich gewesen wäre, wenn er einfach an die Tür geklopft hätte. Arthur Berin-Grotin fällt auf jede rührselige Geschichte herein ... außerdem ist er einer der größten Wohltäter in der Stadt.«

»Hat wohl jede Menge Kohle, was?«

»Ja.«

»Woher weißt du das denn alles?«

»Wenn du mal was außer den Comics lesen würdest, wüßtest du das auch. Er ist dauernd in der Zeitung, wie ein Filmstar. Anscheinend hat er auf seine alten Tage ein glühendes Ehrgefühl entwickelt. Wenn er nicht gerade jemandem wegen Rufschädigung den Prozeß macht, dann enterbt er sicher gerade einen weitläufig Verwandten, der den guten Namen Berin-Grotin in den Schmutz gezogen hat. Vor einem Monat hat er eine Million Dollar gespendet, für ein Krankenhaus für Katzen und Hunde oder so was Ähnliches. Oder, wart mal.«

Sie stand auf und durchblätterte einen Haufen Zeitungen, die sich auf dem Aktenschrank stapelten. Nach einer kurze Suche zog sie eine Sonderausgabe von vor ein paar Wochen raus und blätterte sie auf. »Hier ist was über ihn.«

Es war ein Photo, das auf einem Friedhof aufgenommen worden war. Vor dem Hintergrund von Grab- und Gedenksteinen erkannte man die halbfertigen Mauern eines Mausoleums. Zwei Bauarbeiter auf einem Gerüst rückten Marmorplatten an ihren Platz. So wie alles aussah, spielte Geld hier keine Rolle. Daneben war der künstlerische Entwurf des fertigen Bauwerks abgebildet, eine Art klassisch griechischer Tempelanlage. Arthur Berin-Grotin überließ nichts dem Zufall. Er sorgte dafür, daß er ein Dach über dem Kopf hatte, wenn er tot war.

Velda legte die Zeitung zurück auf den Stapel. »Ist er ein Klient, Mike?«

»Nein. Ich bin auf seinen Namen gestoßen, und er klang interessant.«

»Du lügst.«

»Und du bist frech zu deinem Chef«, grinste ich sie an. Sie streckte mir die Zunge heraus und ging zurück an ihren Schreibtisch. Ich stand auf und sagte ihr, sie solle heute früher Schluß machen, dann klemmte ich mir den Hut aufs Haupt. Ich hatte da ein paar Sachen vor, aber erst mußte ich noch ein bißchen darüber nachdenken, bevor ich loslegen konnte.

Unten war eine Bar, und ich bestellte ein Bier. Ich nuckelte schon am dritten, als ein Zeitungsjunge mit der Abendausgabe reinkam. Ich warf ihm ein Zehn-Cent-Stück zu und breitete die Zeitung vor mir auf dem Tresen aus. Pat hatte gute Arbeit geleistet. Ihr Bild war auf der Titelseite. Darunter stand die Frage: »Kennen Sie diese junge Frau?« Sicher, die kannte ich. Red. Sie ging mir nicht mehr aus dem Kopf. Ich fragte mich, ob sie vielleicht noch jemandem im Kopf rumspuckte.

Ich steckte die Zeitung in meine Manteltasche und ging zu meinem Auto. Taxis und Pendelverkehr verstopften den Weg ins Zentrum, und als ich endlich drüben bei der Third Avenue ankam, war es fast sechs Uhr. Ich fand den Imbiß ohne die geringsten Schwierigkeiten. Genau davor war ein Parkplatz. Ich ging rein, setzte mich auf einen Hocker und legte die Zeitung vor mich hin, mit dem Photo nach oben. Am anderen Ende des Tresens schob Shorty gerade einem Penner Suppe und Brötchen hin. Er hatte mich noch nicht gesehen.

Als er mich dann erkannte, wurde er ein bißchen weiß um die Nasenlöcher und konnte augenscheinlich sein Gesicht nicht von meiner Visage abwenden. Er sagte: »Was wollen Sie?«

»Eier. Eier ... auf beiden Seiten gebraten, mit Speck. Und Kaffee.«

Er schlich den Tresen entlang zum anderen Ende und kramte in einem Korb nach den Eiern. Eines fiel ihm runter und spritzte über den ganzen Boden. Shorty schien es nicht mal mitzukriegen. Der Penner machte sich lautstark an seiner Suppe zu schaffen, bis das Schlürfen in dem Brutzelgeräusch des Specks auf dem Grillrost unterging. Hinter dem Grillrost war eine Edelstahlfläche, und zweimal erwischte ich Shorty, wie er mein Spiegelbild darin beäugte. Für jedes Spiegelei brauchte er drei Versuche.

Shorty hatte schlimme Zitteranfälle. Es wurde nicht gerade besser, als er die Zeitung beiseite schieben mußte, um den Teller hinzustellen, und dabei Red genau in die Augen blickte.

Ich sagte: »Weißt du, was das Gute an Spiegeleiern ist? Nicht einmal der schlimmste Koch kann sie verderben. Egal, was man mit ihnen macht, sie schmecken immer wie Eier.« Shorty starrte mich bloß an. »Ja, Eier bleiben eben Eier. Aber manchmal findet man doch ein schlechtes. Ich werd mächtig sauer, wenn ich so eins kriege. Hast du mal ein schlechtes Ei zerbrochen? Die krachen mit einem lauten Pop auf und stinken wie die Hölle. Hast du gewußt, daß schlechte Eier giftig sind?«

Ich hatte schon halb aufgegessen, als Shorty endlich fragte: »Hinter was sind Sie denn her?«

»Sag's du mir.«

Wir schauten beide gleichzeitig zu der Zeitung hin.

»Sie sind 'n Bulle, stimmt's?«

»Ich habe eine Lizenz ... und 'ne Knarre.«

»'n Privatschnüffler, was?« Der Kerl wollte mir auf die harte Tour kommen.

Ich legte meine Gabel weg und sah ihn an. Wenn ich will, kann ich ziemlich fies aussehen. »Hör mal zu, du Zwerg. Ich nehm dich gleich auseinander, bloß weil ich Bock drauf hab. Du hältst dich vielleicht für 'ne harte Nummer, aber nach meiner Behandlung sieht deine Fresse aus, als wäre sie aus Versehen durch den Fleischwolf gedreht worden. Je mehr ich darüber nachdenke, desto besser find ich die Idee. Ich bin Mike Hammer, Kumpel ... das sollte dir auch hier unten was sagen. Ich spiele gerne Spielchen mit solchen Klugscheißern wie dir.«

Er wurde wieder weiß um die Nasenlöcher.

Ich zeigte auf das Photo und hielt dann meinen Finger auf die Frage darunter. Shorty wußte ganz genau, daß es jetzt ernst wurde. Ich war echt wütend, und er merkte es und machte sich in die Hosen. Trotzdem zuckte er nur mit den Schultern. »Teufel, keine Ahnung, wer das ist.«

»Sie war nicht zum ersten Mal hier. Hör auf, mich zu verarschen.«

»Äh, sie tauchte seit einer Woche hier auf. Als sie versucht hat, hier Kundschaft aufzugabeln, hab ich sie rausgeschmissen. Ich hab sie Red genannt, und alle anderen auch. Mehr weiß ich nicht über sie.«

»Du bist vorbestraft, stimmt's, Shorty?«

Er zog seine Lippen zurück. »Du Schwein!«

Ich packte ihn am Hemd und zog ihn über den Tresen. »Wenn ein Typ aus dem Knast kommt, fängt er manchmal tatsächlich ein ehrliches Leben an. Manchmal auch nicht. Ich wette, wenn die Bullen hier mal ein bißchen rumschnüffeln würden, hätten sie dich bald wieder am Wickel. In weniger als einer Woche wärst du wieder im Bau.«

»E-ehrlich, Mac, ich weiß echt nichts über die Lady. Ich würd's Ihnen sagen, wenn ich was wüßte. Ich mach keinen Ärger, und ich will auch keinen Ärger hier im Laden. Warum lassen Sie mich denn nicht in Ruhe?«

»In der Nacht ist hier so ein Schleimbeutel aufgetaucht. Er heißt Feeney Last. Wie oft war der schon da?«

Shorty fuhr sich nervös mit der Zunge über seine dicken Lippen. »Verdammt, vielleicht zweimal. Keine Ahnung. Er war hinter Red her, das ist alles. Er hat nicht mal hier gegessen. Also, lassen Sie mich los, okay?«

»Sicher, alter Junge, ich laß dich los.« Ich warf einen halben Dollar auf den Tresen, und er war froh, daß er das Geld einsacken und zur Kasse laufen konnte. Ich schwang mich vom Hocker. »Wenn ich rauskriege, daß du doch noch mehr weißt, wird hier bald freundlicher Besuch aufkreuzen. Ein Kerl in einer hübschen blauen Uniform. Bloß, wenn er dich findet, wird er so seine Schwierigkeiten haben rauszukriegen, was du ihm da vorquasselst. Reden ist ein bißchen umständlich, wenn man gerade am eigenen Gebiß erstickt ist.«

Als ich fast zur Tür draußen war, rief er hinter mir her: »He, Mac.«

Ich drehte mich um.

»Sie ... sie hatte, glaub, ein Zimmer irgendwo hier um die Ecke. Im nächsten Block Richtung Norden.«

Er wartete nicht erst auf eine Antwort. Er hatte es plötzlich mächtig eilig, das kaputte Ei aufzuwischen.

Draußen warf ich die Karre an, entschloß mich dann aber doch anders und lief die Third Avenue hoch zur Straßenecke. Es würde mindestens eine Woche dauern, alle die heruntergekommenen Apartments in den Seitenstraßen abzuklappern, und ich hatte keinen Bock auf lange Wanderungen.

An einer Ecke war ein schmieriger Laden, wo Zeitungen und Süßigkeiten verkauft wurden. Das Innere war versteckt hinter Schildern, die mit Fliegendreck verkleistert waren, aber trotz des Drecks war es der lokale Treffpunkt. Vor dem Zeitungsstand lungerten drei Halbstarke herum, in todschicken, zweifarbigen Sportklamotten. Sie machten dreckige Witze über die Mädchen, die an ihnen vorbei mußten. Eine stämmige Blondine drehte sich um und verpaßte einem eine Ohrfeige. Für ihre Bemühungen erntete sie auch gleich einen Tritt ins Hinterteil. Diesmal ging sie einfach weiter.

Ich überquerte die Straße und ging auf den Jungen zu, der sich das Kinn hielt und versuchte, den roten Fleck wegzureiben. Ich knöpfte mein Jackett auf und suchte nach meinem Taschentuch. Dabei schlug ich das Revers gerade so weit zurück, daß über meinem Hemd der Riemen des Schulterholsters für einen kurzen Moment zu sehen war. Sie wußten jetzt, daß ich eine Knarre hatte und blickten zu mir auf wie zu einem kleinen Gott. Der eine vergaß sogar, sein Kinn zu reiben. Nette Gegend hier.

»Ich such eine hübsche kleine Rothaarige, die hier irgendwo ein Zimmer haben soll, Kumpel. Weißt du vielleicht, wo ich sie finden kann?«

Der Junge kam sich richtig wichtig vor, weil ich ihn so von Mann zu Mann anquatschte und zwinkerte mir zu. »Ja, die hat eine Bude oben bei der alten Porter.« Er zeigte mit dem Kopf die Straße hinunter. »Hat aber keinen Sinn, da hinzugehen. Die kleine Nutte hat's letzte Nacht erwischt. Ihr Photo war in allen Zeitungen auf der ersten Seite.«

»Wirklich. Ist aber schade.«

Er stieß mir kameradschaftlich mit dem Ellbogen in die Seite und warf mir einen vielsagenden Blick zu. »Mit der war eh nicht viel los, Mann. Aber wenn du mal 'ne tolle Braut willst, dann geh zur 23. Straße und ...«

»Ein andermal, Kumpel. Wenn ich schon hier bin, such ich mir was in der Gegend.« Ich steckte ihm einen Fünfer zu. »Gib 'ne Runde für deine Freunde aus.«

Ich ging weiter. Hoffentlich erstickten sie an dem Bier.

Martha Porter war eine aus der Form geratene Fünfzigjährige. Sie trug eine Kleidergröße, die ihrem Alter entsprach, aber alles konnte auch die nicht verhüllen. Unordentliche Haarsträhnen hatten sich aus dem Knoten gelöst und hingen ihr ins Gesicht und in den Nacken. Sie hatte einen Besen griffbereit, der je nach Bedarf als Kehrwerkzeug oder als Prügel zum Einsatz kommen konnte.

»Wollen Sie ein Zimmer oder ein Mädchen?« fragte sie.

Ich stellte mich erst mal mit einer Zehn-Dollarnote vor. »Das Mädchen kenne ich schon. Jetzt interessiert mich das Zimmer.«

Sie schnappte sich zuerst den Geldschein. »Warum?«

»Weil sie bei ihrer letzten Arbeit einen ganzen Haufen

Kohle und ein paar wichtige Papiere abgezockt hat. Ich soll das Zeug wiederbeschaffen.«

Sie bedachte mich mit einem gleichgültigen Grinsen. »Ach so, ein Schnüffler. Also, vielleicht sind die Papiere noch da, aber Kohle gibt's da nicht zu holen. Sie ist hier mit ihren Kleidern und zwei Dollar in der Tasche angekommen. Die zwei Dollar hab ich für die Miete eingestrichen. Hab auch nie mehr von ihr gekriegt.«

»Woher kam sie denn?«

»Keine Ahnung. Hab auch nicht danach gefragt. Sie hatte zwei Dollar, und soviel kostet das Zimmer. Im voraus, wenn man kein Gepäck hat«.

»Wissen Sie ihren Namen?«

»Sind wohl noch 'n bißchen grün hinter den Ohren, Mann. Warum sollte ich sie verdammt noch mal fragen, wenn's eh nicht gestimmt hätte. Vielleicht hieß sie Smith. Wenn Sie sich das Zimmer ansehn wollen, es ist einen Stock höher, hinten am Gang. Ich hab noch nicht mal reingeguckt, seit sie gestorben ist. Hab gleich gewußt, daß jemand kommen würde, als ich ihr Gesicht in der Zeitung gesehen hab. Diese Huren machen nichts als Scherereien.«

Aus dem Besen wurde wieder ein Besen, und ich ging die Treppe hoch. Es gab nur ein Zimmer am Gang. Ich ging hinein und schloß die Tür hinter mir ab.

Ich hatte immer geglaubt, daß Frauen ziemlich ordentlich wären, auch wenn sie in so einer Schuhschachtel wohnen. Vielleicht war sie sogar ordentlich gewesen. Aber wer immer das Zimmer durchwühlt hatte, verstand auf jeden Fall nichts vom Aufräumen. Das Bettzeug war aufgerissen und die Füllung im ganzen Raum verstreut. Die vier Schubladen einer Kommode lagen umgedreht auf dem Boden. Jemand hatte sie als eine Art Leiter benutzt, damit er einen Blick auf den Stuckabsatz unter der Decke werfen konnte. Sogar das Linoleum war vom Boden weggerissen, und an zwei Stellen, wo der Putz von der Wand gebrochen war, hatte jemand die Löcher vergrößert, damit eine Hand unter die Wandverkleidung paßte. Na, hier war jemand gründlich gewesen. Richtige Meisterleistung! Hatten auch jede Menge Zeit gehabt. Mußten sie gehabt haben, weil sie äußerst leise vorgehen mußten. Sonst wäre die Elefantenkuh mit dem Besen hier in Null Komma nichts oben gewesen.

Ein richtiger Sauladen, aber ich mußte trotzdem grinsen. Was immer der Grund für die konzertierte Suchaktion war, sie hatten es jedenfalls nicht gefunden. Sie hatten nämlich, nachdem sie alle in Frage kommenden Verstecke vergeblich durchsucht hatten, den ganzen Rest auseinandergenommen, bis zum letzten Mauseloch in der Fußleiste.

Ich kickte ein bißchen von dem Müll auf dem Boden zur Seite, aber da war nicht viel zu sehen. Alte Illustrierte, ein paar Zeitungen, Unterwäsche und Zeug, das wahrscheinlich in den Schubladen gewesen war. Ein ehemaliger Mantel lag in Lumpen herum, alle Säume waren aufgetrennt und das Futter herausgerissen. Mit einem Messer waren die Nähte am Kragen geöffnet worden. Auf dem ganzen Chaos hatte sich eine dünne Schicht Staub niedergelassen, Puder aus einer zerbrochenen Puderdose, der in dem ganzen Zimmer den Geruch von billigem Parfüm verbreitete.

Dann blies ein Windstoß mir ein Stück von der Matratzenfüllung ins Gesicht, und ich ging zum Fenster, um es zuzumachen. Es ging zu einer Feuertreppe raus. Das Schiebefenster war mit einem Werkzeug gewaltsam geöffnet worden. Einfacher ging es wirklich nicht. Auf dem Boden vor dem Fenstersims lag ein weißer Plastikkamm. Ich hob ihn auf und fühlte die Pomade, die noch daran klebte. Ein paar schwarze Haare hatten sich in den Zähnen verfangen. Ich konnte es riechen.

Haaröl. So ein Haaröl, wie es der Schleimbeutel benutzen würde. Sicher war ich mir nicht, aber es gab Mittel und Wege, das herauszufinden. Die Alte war immer noch unten im Gang und fegte, als ich ging. Ich sagte ihr, daß jemand das Zimmer durchsucht hatte, bevor ich dagewesen war, und es übel auseinandergenommen hatte. Sie stieß einen barbarischen Schrei aus und nahm zwei Treppen auf einmal beim Hochrennen, so daß das ganze Gebäude erbebte.

Ich hatte genug für einen Tag und ging in die Falle. Besonders erholsam war mein Schlaf aber nicht, weil Red mich immer wieder anlächelte, ihren Finger küßte, ihn an meine Wange drückte und mich damit aufweckte.

Um halb sieben riß mich mein Wecker mit einem ohrenbetäubenden Gerassel aus einem wilden Traum, und ich stand auf dem Bettvorleger und zitterte wie ein kleines Kätzchen in einem Hundezwinger. Ich mußte erst mal zur Realität zurückkommen und wusch mir unter einer kalten Dusche den Schlaf aus den Augen. Dann beendete ich meine Morgenrituale mit einer so gründlichen Rasur, daß mir danach die Haut brannte. Ich frühstückte in der Unterhose, packte das Geschirr in die Spüle und legte mir meine Klamotten zurecht.

Heute war ein neuer Anzug angesagt. Ich plazierte die Tweedanzüge auf dem Bett und achtete zur Abwechslung mal darauf, daß die Accessoirs auch paßten. Als ich endlich alles am Leibe hatte, sah ich fast distinguiert aus. Auf jeden Fall elegant genug, um einen aufzusuchen, der von den Pilgervätern abstammte.

Ich fand den Namen Arthur Berin-Grotin im Telephonbuch von Long Island, einer Stadt ungefähr sechzig Meilen draußen auf der Halbinsel, ein Lieblingstreffpunkt für Verliebte, Tontaubenschützen und Einsiedler. Buck hatte bei meinem Wagen Öl und Benzin nachgefüllt, als ich zur Garage kam. So um halb zehn Uhr kutschierte ich die Kiste schon über den Highway und füllte meine Lunge mit den Lüften, die vom Meer her bliesen. Nach einer Stunde erreichte ich eine Abzweigung, wo ein Schild mit auffälliger altenglischer Schrift und einem Pfeil den Weg zu Arthur Berin-Grotins Besitz am Strand wies.

Unter den Rädern verwandelte sich der Schotterweg in eine ordentliche Kiespiste, und wurde dann zu einer Auffahrt, die in einem großzügigen Bogen auf ein ausgefeilt vornehmes Herrenhaus zuführte, das alles unterhalb des Buckingham Palace in den Schatten stellte. Das Gebäude strahlte Luxus per se aus, kam aber ganz ohne die grellen Spielereien aus, mit denen Neureiche normalerweise ihre Paläste verhunzen. Die Architektur des Gebäudes war zeitlos, weder alt noch neu. Es könnte schon hundert Jahre oder auch nur zehn hier würdevoll gestanden haben. Ausgewählte Steinblöcke bildeten das Fundament bis zum zweiten Stock, an das sich eine glatte Wand aus Schindeln anschloß, die in der Sonne wie gebleichte Knochen glänzten. Die Fenster mußten importiert sein; auf der Südseite waren sie aus getöntem Glas, um das helle Sonnenlicht zu dämpfen, und die anderen bestanden aus kleinen, bleigefaßten Vierecken, die in jedem Zimmer in einem anderen Muster angeordnet waren.

Ich fuhr bis unter das Kuppelgewölbe, das den Eingang überdachte, und machte den Motor aus. Kurz fragte ich mich, ob ich auf einen Butler warten sollte, der mir die Wagentür aufhielt, oder selbst aussteigen sollte. Dann beschloß ich, lieber nicht zu warten.

Die Türglocke hatte einen Klingelzug; einen kleinen Messingknopf im Türrahmen. Als ich vorsichtig daran zog, hörte ich innen das unaufdringliche Läuten elektronischer Glocken. Die Tür öffnete sich, und ich vermutete schon, der Mechanismus sei mit einer Photozelle ausgelöst worden, aber das war ein Irrtum. Der Butler war so klein und so alt, daß er gerade bis an den Türknauf reichte, und er schien kaum die Kräfte zu haben, um die Tür eine Weile offenzuhalten. Also trat ich schnell ein, bevor der Wind sie zuschlagen konnte, und setzte mein bestes Lächeln auf.

»Ich würde gerne mit Mr. Berin-Grotin sprechen, bitte.«

»Natürlich, Sir. Wie ist Ihr Name, bitte?« Seine Stimme gackerte wie die einer alten Henne.

»Michael Hammer aus New York.«

Der alte Mann nahm meinen Hut, führte mich in eine große Bibliothek mit dunkler Eichenholztäfelung und zeigte auf einen Sessel. »Würden Sie bitte hier einen Moment warten, Sir? Ich melde dem Herrn Ihren Besuch. Die Zigarren stehen auf dem Tisch.«

Ich bedankte mich und ließ mich in einen wuchtigen Ledersessel sinken. Ich sah mich um, um einen Eindruck vom Leben der oberen Zehntausend zu kriegen. Nicht schlecht. Ich nahm mir eine Zigarre, biß das Ende ab und suchte nach einem geeigneten Gefäß, um es hineinzuspucken. Der einzige Aschenbecher war eine zierliche Schale aus prächtigem Wedgwood, und die würd ich um's Verrecken nicht ruinieren. Vielleicht war es in der vornehmen Gesellschaft doch nicht so toll. In der Halle draußen hörte ich Schritte, und ich schluckte das verdammte Ding hinunter, um es loszuwerden.

Als Arthur Berin-Grotin den Raum betrat, stand ich auf. Es gibt Menschen, denen man einfach mit Respekt begegnen muß, egal ob man will oder nicht. Er war so einer. Er war ein alter Mann, sicher, aber die Jahre hatten kaum Spuren hinterlassen. Sein Rücken war nicht gebeugt und seine Augen lebendig wie bei einem Straßenjungen. Ich schätzte ihn auf einsfünfundachtzig, aber vielleicht war er auch kleiner. Sein Kopf wurde von einem langen Schopf weißer Haare gekrönt, der ihn noch um einige Zentimeter größer aussehen ließ.

»Mr. Berin-Grotin?« fragte ich.

»Ja, guten Morgen, Sir.« Er reichte mir seine Hand, und wir schüttelten kräftig. »Mir wäre es lieber, wenn Sie nur die erste Hälfte meines Namens benutzen würden«, fügte er dann hinzu. »Ich ärgere mich immer über diese zusammengestückelten Familiennamen, und da ich nun selbst mit einem solchen gestraft bin, finde ich es nur recht und billig, ihn abzukürzen. Sie sind Mr. Hammer?«

»Das stimmt.«

»Und Sie sind aus New York. Hört sich an, als müßte man Sie kennen«, lachte er. Im Gegensatz zu seinem Butler hatte seine Stimme einen vollen, ausgeprägten Klang. Er zog sich einen Sessel zu meinem und nickte mir zu, mich wieder hinzusetzen.

»Also«, sagte er, »was kann ich für Sie tun.«

Ich erklärte es ihm ohne Umschweife. »Ich bin Privatdetektiv, Mr. Berin. Ich arbeite nicht richtig an einem Fall, aber ich suche nach etwas. Nach der Identität einer Person. Vor ein paar Tagen ist eine junge Frau in New York umgekommen. Sie war eine rothaarige Prostituierte, und sie hat keinen Namen.«

»Ah ja. Ich habe davon in der Zeitung gelesen. Kennen Sie sie?«

»Ein wenig. Ich wollte ihr ein bißchen unter die Arme greifen, und am nächsten Tag war sie tot. Ich versuche rauszufinden, wer sie war. Es ist irgendwie nicht fair, daß sie so sterben mußte, und niemand weiß, daß sie tot ist.«

Der alte Mann schloß für einen Moment die Augen und sah gequält aus. »Ich verstehe vollkommen, Mr. Hammer.« Er faltete seine Hände im Schoß. »Solche Gedanken bewegen mich auch, und mir graut vor dem Tod. Ich habe meine Frau und meine Kinder überlebt, und ich fürchte, daß bei meiner Beerdigung nur die Tränen von Fremden auf meinen Sarg fallen werden.«

»Das bezweifle ich sehr, Sir.«

Er lächelte. »Vielen Dank. Trotzdem bin ich eitel und lasse mir gerade ein Grabmal errichten, das meinen Namen ab und zu in den Blickwinkel der Öffentlichkeit rücken wird.«

»Ich hab die Photos der Gruft in der Zeitung gesehen.«

»Beschäftige ich mich Ihrer Meinung nach zuviel mit dem Tod?«

»Ganz und gar nicht.«

»Man trifft doch für jeden Abschnitt des Lebens Vorsorge, warum dann nicht für den Tod? Mein idiotischer Doppelname wird mit mir zu Grabe getragen, aber den folgenden Generationen wird er wenigstens als Grabinschrift in Erinnerung bleiben. Eine kleine, eitle Dummheit von mir, zugegeben; mir liegt daran, daß Sie verstehen, daß es für mich eine Sache von Stolz ist. Stolz auf einen Namen, der unzählige Jahre für ein herausragendes Leben stand.

Stolz auf meine Familie. Stolz auf meine Leistungen. Aber die Vorbereitungen für mein Ableben haben Sie nicht hier heraus geführt. Sie haben von dieser jungen … Frau gesprochen.«

»Red. Niemand scheint sie zu kennen. Kurz vor ihrem Tod wollte Ihr Chauffeur sie in einem Laden in der Stadt abschleppen.«

»Mein Chauffeur?« Er schien erstaunt.

»Das stimmt. Feeney Last heißt er.«

»Und wie haben Sie das herausgefunden?«

»Er hat Red schikaniert und ich habe ihn angepfiffen. Er wollte mir mit 'ner Knarre eins überbraten, und da hab ich ihn flachgelegt. Hab ihn dann den Bullen in einem Streifenwagen übergeben, damit die ihn wegen unerlaubtem Waffenbesitz einbuchten. Die haben rausgekriegt, daß er einen Waffenschein für die Kanone hat.«

Seine buschigen weißen Augenbrauen zogen sich zu einem nachdenklichen Stirnrunzeln zusammen.

»Glauben Sie, er … hätte Sie umbringen können?«

»Keine Ahnung. Darauf wollte ich es nicht ankommen lassen.«

»Er war an diesem Abend in der Stadt, das weiß ich. Ich hätte nie gedacht, daß er sich so aufführen würde! War er betrunken?«

»Kam mir nicht so vor.«

»Auf jeden Fall ist so ein Verhalten nicht zu entschuldigen. Ich bedauere den Vorfall außerordentlich, Mr. Hammer. Vielleicht sollte ich ihn besser hinauswerfen.«

»Das liegt ganz an Ihnen. Wenn Sie hier draußen einen harten Jungen brauchen, ist er schon richtig. Ich habe gehört, Sie müssen sich schützen.«

»Das stimmt. In mein Haus ist mehrmals eingebrochen worden. Ich habe hier zwar nicht viel Geld, aber ich besitze eine recht wertvolle Sammlung von Kleinigkeiten, die ich ungern an Diebe verlieren würde.«

»Wo war er denn in der Nacht, als die junge Frau umgekommen ist?«

Der alte Herr konnte sich zusammenreimen, auf was ich hinauswollte, und schüttelte langsam seinen Kopf. »Ich fürchte, diesen Gedanken müssen Sie fallenlassen, Mr. Hammer. Feeney war den ganzen Nachmittag und Abend mit mir unterwegs. Wir sind an diesem Tag nach New York gefahren, und ich hatte ein paar Verabredungen am Nachmittag. Am Abend haben wir im Albino Club zu Abend gegessen, dann besuchten wir eine Show, und bevor wir wieder heimfuhren, sind wir noch mal auf einen kleinen Happen in den Albino Club. Feeney war jede Minute bei mir.«

»Als Ihr Chauffeur?«

»Nein, als Begleiter. Hier auf dem Land zieht Feeney Livree an, wenn ich bei jemandem vorbeischaue, weil das so erwartet wird. Aber wenn wir in die Stadt fahren, möchte ich mich auch mit jemandem unterhalten, und Feeney trägt sozusagen Zivil. Ich muß Ihnen leider mitteilen, daß Feeney meine Seite den ganzen Abend über für keine Minute verlassen hat.«

»Verstehe.« Es war sinnlos, bei einem solchen Alibi nach Schlupflöchern zu suchen. Ich wußte verdammt gut, daß der alte Knabe mich nicht wissentlich an der Nase herumführte. Es ist am schwierigsten, jemanden der Lüge zu bezichtigen, dessen Charakter über jeden Zweifel erhaben ist. Mir blieb ein fauler Geschmack im Mund. Ich hoffte bloß, ich könnte diesem Schleimbeutel etwas anderes anhängen.

Mr. Berin sagte: »Ich kann Ihre Verdächtigungen gut nachvollziehen. Aber sicher war die Tatsache, daß Feeney die junge Frau traf, bevor sie zu Tode kam, bloß ein Zufall, der Sie auf die falsche Spur führte. In der Zeitung stand, sie sei von einem Auto überfahren worden, dessen Fahrer noch flüchtig ist.«

»So steht es in der Zeitung«, erklärte ich ihm. »Es gibt keine Zeugen, woher wollen wir denn dann genau wissen, was passiert ist? Sie war jemand, den ich gern hatte ... ich hasse den Gedanken, daß auf ihrem Grab bloß ein Holzkreuz mit der Inschrift ›Unbekannt‹ stehen soll.«

Er fuhr sich mit der Hand über sein Gesicht, und schaute dann langsam hoch. »Mr. Hammer … könnte ich vielleicht in irgendeiner Weise behilflich sein … könnte ich vielleicht für eine angemessene Beerdigung der jungen Frau aufkommen? Ich … würde mich freuen, wenn Sie mir das erlauben würden. Irgendwie fühle ich mich dazu verpflichtet. Ich habe hier doch alles, während sie …«

Ich unterbrach ihn durch mein Kopfschütteln. »Ich mach das lieber selbst, aber trotzdem vielen Dank. Es wird jedenfalls ein Begräbnis im Kreis ihrer Familie nie ersetzen können.«

»Wenn Sie doch irgendwelche Unterstützung brauchen, wenden Sie sich bitte gern an mich, Mr. Hammer.«

»Vielleicht komme ich darauf noch zurück.« Der Butler brachte uns Brandy. Wir gossen uns beide einen ein, prosteten uns mit erhobenem Glas zu und kippten ihn hinunter. Es war verteufelt guter Brandy. Ich stellte das Glas auf einem Beistelltischchen ab und war sauer auf mich, weil es ganz so aussah, als wäre ich in einer Sackgasse gelandet. Es sah fast so aus, sollte ich sagen. Der Schleimbeutel war immer noch in die Sache verwickelt, weil er vielleicht wußte, wer Red war. Also machte ich einen letzten Versuch.

»Wie ist dieser Feeney denn in Ihren Dienst gekommen?«

»Er wurde mir wärmstens von einer Firma empfohlen, für die er in der Vergangenheit gearbeitet hatte. Ich habe ihn genauestens überprüft, und seine Zeugnisse sind ausgezeichnet. Welche Verbindung gab es zwischen ihm und der verstorbenen jungen Frau, was vermuten Sie?«

»Ich weiß es nicht. Vielleicht war er nur ein Freier. Wo befindet er sich jetzt, Mr. Berin?«

»Er hat heute früh die Namensplatte für das Grabmal zum Friedhof gebracht. Ich habe ihm aufgetragen, dort aufzupassen, daß sie richtig angebracht wird. Wahrscheinlich wird er erst später am Nachmittag zurück sein.«

Das war etwas, was mich weiterbrachte. Ich sagte: »Vielleicht fahr ich hin und statte ihm einen Besuch ab. Wo ist denn der Friedhof?«

Er erhob sich und brachte mich zur Haustür. Der kleine alte Butler erschien aus dem Nichts und reichte mir meinen Hut. Mr. Berin sagte: »Fahren Sie ungefähr zehn Meilen zurück Richtung New York. Der Friedhof liegt westlich vom Dorf an der ersten Kreuzung. Der Friedhofswärter kann Ihnen dort sicher den Weg zum Grabmal zeigen.«

Ich bedankte mich für seine Hilfe, und wir drückten uns noch mal die Hände. Er hielt mir die Tür auf, und ich lief die Treppen zu meinem Wagen hinunter. Er stand immer noch an der Tür, als ich wegfuhr, und ich winkte ihm zum Abschied zu. Im Rückspiegel konnte ich erkennen, daß er zurückwinkte.

Der Friedhofswärter war überaus erfreut, mir all die hübschen Grabsteine und frisch ausgehobenen Gräber zu zeigen. Er setzte sich auf dem Beifahrersitz zurecht wie ein Fremdenführer in einem Bus auf einer Stadtrundfahrt und begann einen Vortrag, den er zum Luftholen kaum unterbrach. Es war ein ganz schön vornehmes Stückchen Erde, richtig edel. Wenn man sich die Namen auf dem ganzen Marmor so anschaute, kam es einem vor, als ob nur die Reichen und Berühmten dahinschieden. Anscheinend gab es drei Voraussetzungen, die man erfüllen mußte, um in dieser gut gepflegten Erde verrotten zu dürfen: Vermögen, Ruhm oder eine hohe gesellschaftliche Stellung. Fast alle Begrabenen konnten alle drei Kriterien erfüllen. Zumindest gab es wenige, die ihrem gerechten Lohn mit nur einem Verdienst entgegeneilten.

Leicht war zu erkennen, daß die kurvenreiche Straße zu einem grandiosen Höhepunkt hinaufführte. In der nordöstlichen Ecke des Geländes war eine Erhebung, auf der eine Miniaturnachbildung der Akropolis stand. Mein Führer strengte sich mächtig an, um meine Aufmerksamkeit auf andere Dinge zu lenken, damit der Anblick mich völlig überraschen sollte. Er wartete, bis wir am Fuß der Erhebung ankamen, dann erst deutete er mit einer schwungvollen Bewegung darauf und führte mit ehrfürchtiger Stimme aus: »Dies wird einmal dem ehrenvollen Gedenken eines ehrenhaften Mannes gewidmet sein ... Mr. Arthur Berin-Grotin. Ja, eine wahrhaft passende Gedenkstätte. Selten hat sich jemand durch so großzügige Taten einen Platz in den Herzen der Menschen erobert.« Er war den Tränen nahe.

Ich nickte nur.

»Ein sehr vernünftiger Mann«, fuhr er fort. »Viel zu oft werden diese letzten Vorbereitungen in aller Eile vollzogen, und der Name des Verstorbenen ist für die Nachwelt verloren. Das wird bei Mr. Berin-Grotin nicht passieren ...«

»Mr. Berin«, verbesserte ich ihn.

»Ah, Sie kennen ihn also?«

»Ein wenig. Glauben Sie, es ist in Ordnung, wenn ich mir die Grabstätte mal genauer anschaue?«

»Oh, aber gewiß doch.« Er öffnete die Wagentür. »Kommen Sie, ich bringe Sie hin.«

»Ich möchte eigentlich lieber allein sein. Wahrscheinlich komme ich zum letzten Mal hierher, und ... na, Sie verstehen das schon.«

Er zeigte sofort Verständnis. »Natürlich. Gehen Sie nur hoch, ich laufe zurück. Ich muß mich sowieso um ein paar Gräber auf dieser Seite kümmern.«

Ich wartete, bis er zwischen den Grabsteinen verschwunden war, zündete mir dann eine Zigarette an und ging den Pfad hinauf. Die Handwerker waren am anderen Ende des Gerüsts zugange und konnten mich nicht sehen. Oder sie waren an Touristen gewöhnt. Die Grabstätte war größer, als es von unten aussah. Ziselierte Marmorsäulen ragten an die fünf Meter in die Höhe und überschatteten die mächtigen Türen aus massiver Bronze, die mit handgravierten griechischen Motiven verziert waren.

Der Portikus schwang sich in einem großen Bogen, der durch einen bearbeiteten Schlußstein abgestützt wurde. In den Granit war ein Emblem eingemeißelt, das je nach Weltsicht des Betrachters nach dem Wappen der königlichen Familie aus drei Federn aussah oder nach dem Markenzeichen eines guten amerikanischen Whiskeys. Jede der Federn, die große mittlere und die beiden kleineren, die sich zu den Seiten neigten, waren so genau gearbeitet, daß man sie für fossile Abdrücke hätte halten können. Darunter waren lateinische Worte eingraviert. Zwei davon waren Berin-Grotin. Sehr schlicht, sehr würdevoll. Nur der Name, voller Stolz. Die Öffentlichkeit sollte aus der prachtvollen Anlage ihre eigenen Schlußfolgerungen auf das Leben des Toten ziehen.

Ich machte mich auf den Weg zur anderen Seite, drückte mich aber schnell in eine Einbuchtung in der Wand. Vor mir stand der Schleimbeutel und meckerte an den Handwerkern herum. Seine Stimme klang noch genauso fies wie in der Nacht in dem Imbiß, bloß hatte er jetzt den todschicken Anzug gegen eine Uniform aus braunem Gabardine eingetauscht. Einer der Handwerker maulte zurück, er solle jetzt endlich die Klappe halten, und Feeney warf einen Stein gegen das Gerüst.

Einer plötzlichen Eingebung gehorchend, holte ich den Plastikkamm aus meiner Hosentasche und ließ ihn so den Weg entlangschlittern, daß er genau hinter seinen Füßen liegenblieb. Er drehte sich erst nach einer Weile um und stieß mit dem Schuh an den Kamm, so daß der wieder in meine Richtung zurückflog. Instinktiv fuhr er sich mit der Hand an seine Brusttasche, bückte sich dann, hob den Kamm auf, wischte ihn mit seiner Hand ab und fuhr sich damit durchs Haar. Dann steckte er ihn ins Hemd.

Das genügte mir vollauf. Der Schleimbeutel war für die Schweinerei in Reds Zimmer verantwortlich.

Er sah mich nicht, bis ich ihn begrüßte: »Hallo, Feeney.«

Da bleckte er plötzlich seine Zähne, und seine Ohren legten sich flach an den Kopf. »Du dreckiger Scheißkerl«, knurrte er.

Uns beiden wurde eines gleichzeitig klar. Keine Knarren. Feeney schien das zu gefallen, weil sein höhnischer

Gesichtsausdruck sich schlagartig zu einem teuflischen Grinsen verzog. Er steckte seine Hand unauffällig in die Hosentasche. Er mußte mich für blöd oder sonstwas halten. Genauso unauffällig machte ich meine schöne neue Jacke vorne auf und lehnte mich wieder an die Wand.

»Was willst du denn, Schnüffler?«

»Dich, Schleimbeutel.«

»Glaubst du, du kannst mich so einfach fertigmachen?«

»Bestimmt.«

Er grinste immer noch.

Ich sagte: »Ich war gestern abend im Zimmer der Rothaarigen. Was hast du da gesucht, Feeney?«

Ich dachte, er platzt gleich vor Wut. Ein verrücktes Licht blitzte in seinen Augen auf. »Auf dem Boden beim Fenster lag ein Kamm rum. Als du dich nach vorne gelehnt hast, um rauszukommen, ist er aus deiner Tasche gerutscht. Genau der Kamm, den du gerade aufgelesen hast.«

Er fuhr mit der Hand aus der Tasche, und die halbgeöffnete Klinge eines Messers zerteilte ein Stück Stoff, als sie voll aufklappte. Ich riß mir die Jacke von der Schulter und schlug sie ihm ins Gesicht. Für einen Moment lang konnte er nichts sehen, und sein Stoß verpaßte meinen Bauch um Zentimeter. Er sprang zurück, und kam wieder auf mich zu, aber das Glück war auf meiner Seite. Das Messer verfing sich in meiner Jacke, und ich konnte es ihm aus der Hand winden.

Feeney Last machte man nicht so einfach fertig. Er stieß einen Fluch aus und ging mit beiden Fäusten auf mich los. Ich kassierte je einen Hieb unters Auge und unters Kinn, dann konnte ich eine Rechte in seiner Fresse landen, die ihn rückwärts gegen die Säulen krachen ließ. Ich hechtete ihm nach. Diesmal benahm ich mich wie ein kompletter Idiot. Er stützte sich mit dem Rücken an der Säule ab und empfing mich mit einem Tritt in den Magen, der mich mit Schwung zu Boden brachte. Wenn ich nicht weitergerollt wäre, hätten mir seine Absätze bestimmt das Rückgrat gebrochen. Feeney hatte es zu eilig, er setzte gleich nach. Ich packte seinen Fuß, und er landete mit einem üblen Krachen auf dem Steinboden.

Kein Risiko mehr. Ich kriegte kaum Luft, hatte aber noch genug Kraft für einen Polizeigriff. Er brüllte vor Schmerzen. Schreiend lag er da, mit dem Gesicht nach unten, während ich meine Knie in seinen Rücken bohrte und seine Hand fast bis hoch zum Hals bog. Kleine Adern und Sehnen zeichneten sich wie ein Relief unter seiner Haut ab. Die Schreie hörten auf, weil er nach Luft schnappte.

»Wer war sie, Feeney?«

»Weiß nicht!«

Der Arm bog sich noch ein bißchen höher. Sein Gesicht war so in den Steinboden gepreßt, daß es blutete. »Was hast du gesucht, Feeney? Wer war sie?«

»Beim Allmächtigen ... ich weiß es nicht. Jesus ... hör auf!«

»Gleich ... wenn du redest.« Noch ein bißchen Druck auf Feeneys Arm, und er redete wieder. Ich konnte ihn kaum verstehen.

»Ich habe die Hure am Strand kennengelernt. Bin mit ihr hochgegangen und eingeschlafen. Sie hat mir was geklaut, und ich wollt's zurück.«

»Was?«

»Ich hatte was über'n Typen rausgekriegt. Er hat dafür geblecht, und sie hat es geklaut. Photos von dem Typ und 'ner Nutte in einem Hotelzimmer.«

»Wer war die Rothaarige?«

»Ich schwör's dir, ich weiß es nicht! Ich würd es dir sagen, aber ich weiß es nicht. Oh Gott, oh Gott!«

Zum zweiten Mal fiel Feeney in Ohnmacht. Ich hörte Schritte hinter mir, und als ich mich umdrehte, standen da die zwei Handwerker in ihren Overalls. Die Nase des einen war vor kurzem bearbeitet worden, und er hatte ein Veilchen. Er trug einen Steinmetzhammer. Ich konnte mich nicht mit der Art anfreunden, wie er ihn bereit hielt.

»Gehört ihr zu dem, Jungs?«

Der Kerl mit dem Veilchen schüttelte den Kopf. »Wollten nur danach sehen, daß er richtig eine verpaßt bekommt. Er ist 'n Angeber ... kommt sich zu gut vor, als daß er auch mal mit anpackt. Spielt hier immer den großen Macker. Wir kriegen 'n Haufen Kohle hier für den Job, sonst hätten wir uns schon lang davongemacht.« Der andere stimmte mit einem Nicken zu.

Ich stand auf und schlüpfte in die Überreste meines neuen Anzugs. Dann zog ich Feeney hoch und warf ihn über die Schulter. Genau auf der anderen Seite von meinem Wagen war ein frisch ausgehobenes Grab. Ein Baldachin war schon aufgespannt und die Stühle aufgestellt in Erwartung der Willkommensfeierlichkeiten für die Verblichene. Ich lehnte mich vornüber, und Feeney Last fiel zwei Meter tief hinunter ins Grab und bewegte sich nicht mehr. Hoffentlich wurde er entdeckt, bevor man den Sarg hinunterließ. Sonst würden ein paar Leute einen höllischen Schreck bekommen.

Als ich an seinem Häuschen vorbeifuhr, kam der Friedhofswärter zur Fahrerseite, um mich freundlich zu verabschieden und ein bißchen Lob über sein Werk einzuheimsen. Er sah mich kurz an und erstarrte mit offenem Mund. Ich legte den Gang ein. »Hier lungern ganz schön unfreundliche Leichen rum«, sagte ich zum Abschied.

Drittes Kapitel

Ich kam in New York mitten in einem Wolkenbruch an und fuhr geradewegs zu meiner Bude, um andere Kleider anzuziehen und eine Flasche Bier hinunterzuspülen. Danach aß ich kurz was in einem Imbiß und fuhr zurück zum Büro. Es regnete immer noch, als ich zwei Straßen weit weg einen Parkplatz fand. Ich nahm eine Taxe für die Strecke, um nicht auch noch meinen letzten Anzug zu ruinieren.

Es war schon nach fünf, aber Velda war noch da. Mit Pat. Er schaute mich grinsend an und winkte zur Begrüßung. »Was machst du denn hier?« fragte ich.

»Ach, ich hab nur kurz vorbeigeschaut, um dich über die neuesten Entwicklungen auf dem Laufenden zu halten. Macht Spaß, mit Velda zu plaudern. Schade, daß du sie nicht richtig zu schätzen weißt.«

»Mach ich doch, aber ich komm ja gar nicht dazu, ihr das zu sagen.« Sie rümpfte ihr Näschen in meine Richtung. »Was für Entwicklungen?«

»Wir haben den Kerl gefunden, der Red überfahren hat.«

Mein Herz begann wie wild in meinem Brustkorb zu pochen. »Wer ist es?«

»Ein junger Kerl. Er war betrunken und zu schnell gefahren und über eine rote Ampel gerast. Er konnte sich daran erinnern, daß er jemand erwischt hatte, und wußte, daß er voll in der Scheiße saß, und fuhr deswegen weiter. Sein Vater hat ihn bei uns abgeliefert.«

Ich mußte mich erst einmal hinsetzen. »Bist du da sicher, Pat?«

»So sicher wie du, daß sie absichtlich umgebracht worden war.« Er lachte und sagte: »Ich war 'ne Weile ganz schön aufgeregt, aber wir haben den Fall an eine andere Abteilung abgegeben, und ich hab mich wieder beruhigt. Immer, wenn ich mit dir an der gleichen Sache dran bin, sticht mich der Hafer. Du solltest zur Kripo, Mike. Wir könnten dich brauchen.«

»Klar, und ich dreh durch, weil ich die ganzen Bestimmungen und Vorschriften einhalten soll. Hör mal, warum bist du so überzeugt, daß es der Junge war?«

»Also, so weit wir das feststellen konnten, war das in der betreffenden Nacht der einzige Unfall auf dieser Straße. Dann haben wir ja sein Geständnis. Das Labor hat den Wagen nach Beulen an der Stoßstange und Farbspuren in ihren Kleidern untersucht, aber das Bürschchen hatte vorgesorgt, bevor er gestanden hat, und hat alle Spuren beseitigt. Wir haben einen Experten an den Fall gesetzt, und der glaubt, daß die außergewöhnlichen Verletzungen auch davon herrühren könnten, daß sie nur vom Auto gestreift worden war, und der Nacken gebrochen wurde, als sie an der Kante des Gehwegs aufschlug.«

»Ihre Haut wäre dann abgeschürft.«

»Nicht unbedingt. Der Mantelkragen könnte das verhindert haben. Alle Anzeichen sprechen dafür. Die einzigen Abschürfungen sind erst durch den Aufprall und den Sturz nach dem Unfall entstanden. Ihr Gesicht und ihre Knie waren verletzt, aber sonst nichts.«

»Wurde sie inzwischen identifiziert?«

»Noch nichts. Die Vermißtenabteilung kümmert sich um die Angelegenheit.«

»Einen Dreck tun die.«

»Mike«, sagte er, »warum bist du denn so verdammt versessen auf ihren Namen? In New York laufen Tausende von Mädchen wie sie herum, und jeden Tag kann einer so was passieren.«

»Ach Quatsch, das hab ich dir schon mal erklärt. Ich hab sie gern gehabt. Frag mich nicht, warum, ich weiß es auch nicht. Aber ich werde mich doch in den Arsch beißen, wenn ich den Namen nicht herausfinde. Sie wird nicht einfach so in einem Loch verbuddelt, mit 'nem X auf einem Stein über ihrem Kopf.«

»Schon gut, ist ja schon in Ordnung. Ich weiß bloß nicht, was du allein ausrichten willst, wenn eine ganze vollbesetzte Abteilung daran arbeitet.«

»Die Abteilung kümmert sich doch einen Dreck um die Sache.«

Ich klemmte mir eine Fluppe zwischen die Lippen, und Pat wartete, bis ich sie angezündet hatte. Dann stand er auf und kam zu mir rüber. Er lachte nicht mehr. Seine Augen blickten ernst, und er legte die Hand auf meine Schulter und sagte: »Mike, ich kenn dich doch ziemlich gut. Dir grummelt immer noch was im Magen, das sagt, daß sie ermordet wurde, stimmt's?«

»Ja.«

»Hast du dafür irgendeinen noch so kleinen Hinweis?«

»Nein.«

»Okay, wenn du was rauskriegst, sagst du mir dann Bescheid?«

Ich blies Zigarettenrauch gegen die Decke und nickte. Ich schaute ihn an, und die alte Freundschaft war wieder da. Pat war ein Bursche mit Verstand und wußte, daß auch Leute außerhalb der Polizei ihre Intuitionen haben. Und nicht nur Intuitionen. Was die Leute so Intuition nennen, basiert auf viel Erfahrung und Können.

»Ist sie beim Gerichtsmediziner?« fragte ich ihn. Pat nickte. »Ich möchte sie sehen.«

»In Ordnung, dann fahren wir jetzt hin.«

Ich schaute Velda an, dann die Uhr und schickte sie heim. Im Auto sagte Pat nicht viel. Ich kämpfte mich durch den Verkehr bis zu dem alten Ziegelgebäude und stieg aus, dann gingen wir rein.

Es war kalt drinnen. Nicht die Art von Kälte, wie frische Luft und ein frostiger Morgen sie mit sich bringen, sondern eine abgestandene Kälte, die nach Chemikalien und Tod stank. Außerdem war es absolut still, und mir lief ein Schauder über den Rücken. Pat fragte den Angestellten nach der Aufstellung ihrer persönlichen Habseligkeiten, und wir warteten schweigend, während er eine Schreibtischschublade durchwühlte.

Da war nicht viel. Die Klamotten, aber jeder hat Klamotten an. Lippenstift, Puder und etwas Geld; ein bißchen

Krimskrams ohne Bedeutung, was Mädchen halt so in ihren Handtaschen mit sich rumtragen. Ich reichte die Liste zurück. »Das war alles?«

»Alles, was ich hier habe, Mister«, gähnte mich der Angestellte an. »Wollen Sie sie sehen?«

»Wenn es Ihnen nichts ausmacht?«

Der Mann ging die Reihe von Schubfächern entlang und klopfte auf jedes mit seinem Finger, wie ein kleiner Junge mit einem Stock an einen Gartenzaun. Als er bei der »Unbekannt«-Reihe angekommen war, verglich er eine Nummer mit einem kleinen Zettel in seiner Hand und entriegelte das zweite Fach von unten. Was ihn betraf, hätte Red auch ein Packen Briefe sein können.

Der Tod hatte sie nicht verändert, außer, daß etwas von der Härte aus ihrem Gesicht gewichen war. Auf der Seite ihres Halses war ein Bluterguß und Abschürfungen von dem Sturz. Nichts, das auch nur im entferntesten so aussah, als ob es sie das Leben gekostet hätte. Aber so ist es meistens. Manche Leute fallen unter die U-Bahn, steigen danach wieder lachend auf den Bahnsteig und kommen mit dem Schrecken davon; andere rasen mit dem Auto über die Klippen, klettern unten raus und machen sich von dannen. Sie wird leicht angefahren, und ihr Genick ist gebrochen.

»Wann ist die Autopsie, Pat?«

»Es gibt keine mehr. Ist wohl kaum nötig, jetzt, wo wir den Fahrer haben. Es ist kein Mordfall mehr.«

Pat sah nicht, wie ich das Gesicht verzog. Ich blickte auf ihre gefalteten Hände und erinnerte mich an die Art, wie sie die Tasse Kaffee gehalten hatte. Wie eine Prinzessin. Sie hatte einen Ring getragen, aber jetzt war da keiner mehr. Die Hand, die er geschmückt hatte, war zerkratzt und angeschwollen, und die Spuren, die irgendein Scheißkerl hinterlassen hatte, als er ihr den Ring vom Finger gerissen hatte, fielen zwischen den Unfallverletzungen gar nicht auf.

Nein, er war nicht geklaut worden. Ein Dieb hätte die Handtasche und nicht den Ring genommen, als sie am

Straßenrand lag. Und Frauen vergessen nicht einfach, den Ring anzulegen, besonders nicht, wenn sie sich schön machen wollen.

Ja, Pat lag da falsch. Er wußte es nicht, und ich hatte nicht die Absicht, ihm auf die Sprünge zu helfen … noch nicht. Das war ein Mordfall, da war ich mir sicher. Und jetzt war es nicht mehr nur eine Vermutung.

»Genug gesehen, Mike?«

»Ja, ich hab alles gesehen, was ich sehen wollte.« Wir gingen zurück zu dem Schreibtisch, und ich ging ein zweites Mal die Aufstellung ihrer Habseligkeiten durch. Kein Ring. Ich war froh, da rauszukommen und wieder frische Luft in die Lunge zu kriegen. Wir saßen für ein paar Minuten im Wagen, und ich zündete mir eine Zigarette an.

»Was passiert jetzt mit ihr, Pat?«

Er zuckte mit den Schultern. »Ach, das übliche. Wir bewahren die Leiche solange auf, bis wir die Identifizierung überprüft haben, dann wird sie zum Begräbnis freigegeben.«

»Sie wird nicht ohne einen Namen unter die Erde gebracht.«

»Sei vernünftig, Mike. Wir machen, was wir können, um ihr auf die Spur zu kommen.«

»Ich auch.« Pat schoß mir von der Seite einen Blick zu. »Egal was passiert«, fuhr ich fort, »leg die Akte noch nicht unter ›erledigt‹ ab. Ich zahl auch für ihr Begräbnis, wenn's sein muß.«

»Ja ja. Aber du glaubst doch eh nicht, daß das nötig sein wird. Okay, Mike, mach, was du willst. Offiziell hab ich mit der Sache nichts mehr zu tun, aber, verdammt, Mensch … wenn ich dich richtig einschätze, wird die Sache bald wieder auf meinem Tisch liegen. Also ich will nur nicht, daß du Dinger hinter meinem Rücken drehst, okay. Wenn du auf was stößt, sagst du mir Bescheid.«

»Natürlich«, antwortete ich. Dann machte ich den Motor an und lenkte den Wagen vom Straßenrand weg.

Der Brief war drei Tage unterwegs gewesen. Die Adresse

war meine alte aus dem Telephonbuch, das noch nicht geändert worden war, seit ich umgezogen bin. Die Post hatte die neue Adresse draufgeschrieben und an mich nachgesandt. Die Schrift war flüssig und feminin, hatte was von einer alten Zierschrift.

Meine Finger zitterten, als ich ihn aufmachte; sie zitterten noch mehr, als ich anfing zu lesen, denn der Brief kam von Red.

Lieber Mike (stand da), was für ein herrlicher Morgen, was für ein wunderschöner Tag! Und ich fühle mich wie neugeboren und möchte singend die Straßen runterlaufen! Ich will gar nicht erst damit anfangen, Dir Dankeschön zu sagen, weil Worte so wenig bedeuten und mein Herz so voll ist, daß alles, was ich Dir schreibe, das nicht ausdrükken kann. Als ich Dich traf, Mike, war ich ausgelaugt ... so ausgelaugt von den Sachen, die ich tun mußte ... bloß eine davon hatte noch irgendeine Bedeutung für mich. Jetzt bin ich nicht mehr ausgelaugt, und die Welt sieht wieder klar aus. Vielleicht treffen wir uns mal wieder, Mike. Bis jetzt gab es niemanden, dem ich trauen konnte, und das war schlimm. Ich will Dir meine Freundschaft nicht aufdrängen, weil wir noch keine echten Freunde sind. Ich kann Dir nur mein Vertrauen anbieten, und Du kannst Dir nicht vorstellen, was es für mich bedeutet, daß ich jemand vertrauen kann.

Du hast mich sehr glücklich gemacht.

Dein Rotschopf.

Oh, so eine verdammte Scheiße, das alles. Zum Teufel mit jedem. Und besonders zum Teufel mit mir. Was mußte ich sie auch für einen halben Tag glücklich machen und sie in eine Stimmung versetzen, wo das Leben wieder lebenswert erschien, und es doppelt so hart war zu sterben.

Ich zerknüllte den Brief in meiner Faust und schleuderte ihn an die Wand.

Ein randvolles Glas Bier kühlte mich ab, und ich hörte auf, mich selber zu hassen. Als ich fertig mit dem Gebräu war, stellte ich das leere Glas in die Spüle und ging zurück, hob den Brief auf und strich ihn auf dem Tisch glatt. Ich las ihn noch zweimal durch, Wort für Wort. Es war kein Brief, wie ihn eine Nutte schreiben würde; die Schrift und die Ausdrucksweise verrieten ein Sprachgefühl, wie es bei Mädchen, die in der Gosse aufgewachsen waren, nicht üblich war. Ich bin mit vielen Herumtreiberinnen zusammengekommen und hab mit ihnen im ganzen Land rumgemacht, und eins weiß ich genau … sie sind alle aus dem gleichen Holz. Ein paar verschleudern sich, und andere verkaufen sich zu einem guten Preis, aber man kriegt schnell raus, welche verloren sind und welche nicht. Und bei den ersteren zeigt sich der Gossendreck in allem, was sie machen, sagen und schreiben.

Red war ein anständiges Mädchen. Sie hatte ihr anständiges Leben aufgegeben, um etwas Wichtiges zu machen. Etwas, das für sie von großer Bedeutung war … und eines Tages würde sie mich wieder brauchen. Sie brauchte mich jetzt mehr als je zuvor. In Ordnung, ich war für sie da.

Sie stehen erst ab Mitternacht auf der Straße, wenn du danach auf der Suche bist. Aber wenn du schnell eine willst, dann stehen da Kerle rum, die dich geradewegs zu einem Puff bringen und sich ihre Provision später abholen. Meistens sind es bläßliche Ganoven mit spitzen, eckigen Gesichtern und cleveren Augen, mit denen sie immer nervös um sich schauen. Sie spielen mit Kleingeld in ihren Hosentaschen herum oder mit ihrem Schlüsselbund an den scharfgebügelten Faltenhosen und reden ein paar Takte, ohne jemals den Mund richtig aufzukriegen.

Cobbie Bennett war so einer. Solange es Mädchen gibt, die das Geschäft am Laufen halten, wird es auch Gestalten wie Cobbie geben. Seinen Schatten kann man nur bei Kunstlicht bewundern, und so sieht er auch aus. Ich gabelte ihn in einer dreckigen Bar in der Canal Street auf. Mit der einen Hand hielt er sich an einem Highball fest, die andere hatte er in seinen Gürtel eingehakt. Er unterhielt sich ernsthaft mit zwei Teenagern, die vielleicht gerade mal siebzehn waren. Sie sahen aus wie Highschool Jungs, die ihr Taschengeld auf den Kopf hauen wollten.

Ich wartete gar nicht ab, bis sie fertig mit ihrer Unterredung waren. Die Teenager musterten mich, als ich mich in die Runde drängte, dann wurden sie ein bißchen weißlich im Gesicht und machten sich wortlos davon.

»Hallo, Cobbie«, begrüßte ich ihn.

Der Zuhälter sah eher aus wie ein Wiesel, das in eine Sackgasse geraten ist, als wie ein richtiger Mann. »Was willst du?«

»Nichts von deiner Ware. Übrigens, wen hast du denn zur Zeit im Angebot?«

»Die mußt du schon selber ausprobieren, Naseweis.«

Ich sagte okay, packte ein gutes Stück Haut von seinem Oberschenkel und drückte kräftig zu. Cobbie warf seinen Drink um und fluchte. Als ihm der Speichel aus den Mundwinkeln sabberte, ließ ich ihn los und bestellte ihm noch einen Drink. Er wußte nicht genau, ob er jetzt gute Miene zum bösen Spiel machen sollte. »Ich könnte dir ein paar Löcher in die Rüstung schlagen und dich so zum Reden bringen, wenn mir danach wäre, Kumpel«, grinste ich ihn an.

»Verdammt, was soll denn der Scheiß?« Seine Augen waren zu Schlitzen zusammengezogen, und darunter warf er mir Blicke zu, die mich in kleine Stücke hackten. Er rieb sich sein Bein und zuckte zusammen. »Ich hab dir nichts zu erzählen, du weißt doch, was ich mache. Was ich schon die ganze Zeit gemacht habe. Was hast du plötzlich damit?«

»Arbeitest du jetzt für einen Zuhälterring?«

»Nein, bloß für mich.« Er klang mißmutig.

»Wer war die Rothaarige, die vor ein paar Nächten ermordet wurde, Cobbie?«

Jetzt riß er seine Augen weit auf und zuckte mit einem Mundwinkel. »Wer sagt denn, daß sie ermordet wurde?«

»Ich sage das.« Der Barkeeper zapfte ein Bier und schob es vor mich hin. Während ich einen Schluck nahm, beobachtete ich den Zuhälter. Cobbie hatte Angst. Er versuchte, sich in seinen Klamotten zu verkriechen, und benahm sich so unauffällig wie möglich, als wäre es seiner Gesundheit abträglich, öffentlich mit mir gesehen zu werden. Das gleiche wie bei Shorty aus dem Imbiß ... der hatte es auch mit der Angst gekriegt.

»In der Zeitung stand, daß sie überfahren wurde. Das ist für dich ein Mord?«

»Ich hab nicht gesagt, was sie umgebracht hat. Ich hab nur gesagt, sie sei ermordet worden.«

»Also, was hab ich damit zu schaffen?«

»Cobbie ... du willst doch bestimmt nicht, daß ich ernsthaft böse mir dir werde, oder?« Ich wartete einen Moment, dann fragte ich: »Also ...?«

Cobbie ließ sich Zeit mit seiner Antwort. Seine Augen wanderten zu meinen hoch, und er blickte mich direkt an. Er fuhr sich nervös mit der Zunge über seine Lippen, dann drehte er sich um und stürzte seinen Drink mit einem Zug hinunter. Als er das Glas wieder hinstellte, sagte er: »Du bist ein gottverdammter Schweinehund, Hammer. Wenn ich einer von diesen Koksern wäre, würd ich mir jetzt 'ne Linie und 'ne Knarre besorgen, mich zukoksen und dir dann deinen verdammten Bauch vollpumpen. Ich weiß nicht, wer Red war. Sie war halt 'ne Nutte, und mehr interessiert mich auch nicht. Ich hab ein paar Mal mit ihr zusammengearbeitet, aber meistens erschien sie nicht zum Stelldichein, und die Freier haben sich beschwert, also hab ich's mit ihr gelassen. War wahrscheinlich mein Glück, weil gleich danach rumging, daß sie gefährliche Ware war.«

»Wer hat das verbreitet?«

»Woher soll ich das wissen? Die Gerüchteküche wird nicht von einem Typ allein angeheizt. Genug Leute haben's weitererzählt, also hab ich's geglaubt und sie abgeschrieben. Ein anderes Mädchen hat mir erzählt, daß es bei ihr nicht so gut lief. Hier gehen die Geschäfte nicht so toll wie in der Innenstadt. Hier kommen keine großen Fische vorbei ... bloß solche Bürschchen, wie die von vorhin, die du mir gleich verschreckt hast. Und der Rest von Arschlöchern, denen es egal ist, was sie flachlegen, solange sie bloß eine abkriegen. Denen ist auch was gesteckt worden, und sie haben die Finger von ihr gelassen. Sie hat keinen Cent mehr verdient.«

»Red nur weiter.« Er wußte, auf was ich hinauswollte.

Cobbie klopfte auf den Tresen, um sich noch einen Drink zu bestellen. Er hatte seine Stimmbänder auf leise gestellt. »Laß mich in Frieden, hörst du! Ich hab keine Ahnung, warum sie gefährliche Ware war. Vielleicht wollte sie so ein pistolengeiler Gangster zur Braut, und der ließ keinen andern ran. Oder sie hatte massenhaft krumme Dinger auf dem Kerbholz. Ich hab nur gehört, sie sei gefährliche Ware, und in meinem Geschäft gibt man was auf solche Ratschläge. Warum quetschst du nicht mal zur Abwechslung jemand anders aus?«

»Wen denn? Du hast doch hier in der Gegend in allem deine Finger drin, Cobbie. Wen könnte ich denn noch fragen? Ich hör dir gern beim Reden zu. Ich hör dir sogar so gern zu, daß ich vielleicht hier und da fallenlasse, daß wir beide ganz dicke sind und daß du mir mit deinem schmierigen kleinen Schädel die Ohren vollgequasselt hast. Warum soll ich also jemand anders fragen, wenn du mir dauernd was erzählst. Vielleicht steckst du mir mal, wen ich sonst fragen soll.«

Sein Gesicht war totenbleich geworden. Er beugte sich zu seinem Drink vor und schmiß den fast auch noch um. »... Sie hat mal erwähnt, daß sie in einem Bordell arbeitet ...« Er trank den Highball aus und murmelte eine Adresse, als er sich den Mund abwischte.

Ich dachte nicht daran, mich zu bedanken; ich tat ihm noch einen Gefallen damit, daß ich mein Bier wortlos austrank, mein Wechselgeld einsackte und ging. Draußen überquerte ich die Straße und wartete ein paar Minuten im Schatten eines Hauseingangs. Ich klemmte mir eine Zigarette zwischen die Lippen und hielt gerade meine Hand vor ein brennendes Streichholz, als Cobbie aus der Bar rauskam, sich nach allen Seiten umschaute, seine Hände in die

Hosentaschen steckte und sich Richtung Norden in Bewegung setzte. Als er um die Ecke gebogen war, stieg ich in meinen Wagen und saß da ein paar Minuten lang und versuchte mir darüber klar zu werden, was zum Teufel hier eigentlich los war.

Eine rothaarige Prostituierte mit einer Pechsträhne wird ermordet, ihr Zimmer durchsucht, und ihr Ring ist verschwunden.

Ein schießwütiger Schleimbeutel durchsucht ihr Zimmer, weil sie ihm Photos für eine Erpressung gemopst hat. Behauptet er zumindest.

Ein Vorbestrafter hat eine Imbißbude, in der Red immer rumhing. Er hat Schiß.

Ein Zuhälter weiß, daß sie gefährliche Ware war, kann aber nicht sagen, warum. Vielleicht könnte er ja doch, aber er hat auch Schiß.

Die Sache stank zum Himmel, egal, wie man sie auch betrachtete, und der Gestank wurde immer übler. Darum war ich mir auch so sicher. Der Tod ist wie ein kaputter Zahn … egal, was damit nicht in Ordnung ist, man zieht ihn, und es ist vorbei. So kommt der Tod gewöhnlich; danach können sich die Leute das Maul zerreißen, und sie ziehen sogar noch eine Show ab für tote Säcke, was ihnen für Lebendige nicht im Traum einfallen würde. Der Tod ist nett und sauber und antiseptisch. Er macht Schluß mit allen Sorgen. Jemand packt deine Siebensachen zusammen; sagt noch ein paar löbliche Worte, und das war's. Aber der Tod von Red war eine schmutzige Angelegenheit. Etwas daran war nicht in Ordnung, wie bei einer Wunde, die oberflächlich verheilt ist, während sich unter dem Grind eine häßliche, eiternde Geschwulst verbirgt, angefüllt mit einem mörderischen Gift, das noch einmal töten wird.

Als die Fluppe bis zu meinen Fingern herabgebrannt war, ließ ich den Motor an und fuhr los. Ich schlängelte mich durch den Verkehr bis zum anderen Ende der Stadt, wo die Adresse war, die Cobbie mir gegeben hatte. New York hat so seine Kloaken, und die Hausnummer dieser

Adresse lag genau mitten in den Abwässern. Es war eine Einbahnstraße, gesäumt von Rattennestern, die am Fluß endete. An jeder Ecke war ein Saloon, voll mit Männern und Frauen, denen das Wort Verlierer schon auf ihre nichtssagenden, ausdruckslosen Gesichter gestempelt war.

Ich orientierte mich an den Hausnummern und fand auch die Nummer, die ich suchte, aber da war nur noch die Nummer, von einem Haus keine Spur. Höchstens man beehrte das ausgeschlachtete Skelett von einem Gemäuer mit der Bezeichnung Haus. Die Tür stand sperrangelweit offen, wie die abgefaulte Fresse eines Leprakranken, und alle Fensterverschläge waren mit abblätternder Farbe überzogen, die an schlecht vernarbte Haut erinnerte.

Das unrühmliche Ende meiner Fährte. Ich fluchte und kickte gegen die Gehwegkante.

Ein Bürschchen von vielleicht zehn schaute zu mir rüber und sagte: »Vor 'n paar Wochen hat so 'n Idiot 'n Streichholz aus 'nem Fenster in' Müll geschmissen. Fast alle Tussies sind verbrannt.«

Diese Kinder waren heutzutage ganz schön altklug. Ich brauchte unbedingt einen Drink. Die Spelunke links war näher, also ging ich da rein und stellte mich an den Tresen. Ich ballte meine Hände, so fest ich konnte, zu Fäusten, bis sich meine Nägel in die Handflächen bohrten. Jetzt noch das, dachte ich die ganze Zeit, jetzt auch noch das! Warum endete ich bei dieser Sache nur dauernd vor leeren Mauern, über die ich nicht klettern konnte? Der Barkeeper stellte keine langen Fragen ... er schob mir ein Schnapsglas und eine Flasche unter die Nase, und zum Nachspülen zapfte er mir noch ein Helles. Dann erst kümmerte er sich um mein Wechselgeld. Als ich mir den zweiten aus der Flasche genehmigte, legte er das Wechselgeld endgültig in die Kasse, kam noch mal her und wartete.

»Noch einen?«

Ich schüttelte den Kopf. »Bloß noch 'n Bier. Wo ist denn das Telephon?«

»Drüben in der Ecke.« Er zeigte mit dem Kopf ans Ende

des Tresens, während er mein Bier zapfte. Ich ging zu dem Apparat und warf ein Geldstück rein. Dann wählte ich Pats Privatnummer.

Jetzt hatte ich mal Glück, er war daheim. Ich sagte: »Hier Mike, alter Junge. Mußt mir einen Gefallen tun. Es hat hier in der Straße in einem von den Hurenhäusern gebrannt. Ich will wissen, ob es eine Untersuchung gab. Kannst du das rauskriegen?«

»Glaub schon, Mike. Wie ist die Adresse?« Ich gab sie ihm und grunzte zur Bestätigung, als er sie mir noch mal vorlas. »Leg auf, solange ich rumtelephoniere. Ich ruf dich zurück. Gib mir noch die Nummer von der Kneipe.«

Die kriegte er auch, und ich legte auf. Ich holte mir mein Bier, ließ mich dann auf einem Stuhl beim Telephon nieder und führte mir den Gerstensaft zu Gemüte. Als das Telephon läutete, schnappte ich mir sofort den Hörer.

»Mike?«

»Ja.«

»Das Feuer war vor zwölf Tagen. Es gab eine gründliche Untersuchung, weil der Schuppen schon vor einem Monat wegen Baufälligkeit gesperrt worden war, und sich offensichtlich niemand dran gehalten hat. Der Brand ist durch Nachlässigkeit verursacht worden. Der Bursche, der das brennende Streichholz zum Fenster rausgeworfen hat, liegt noch im Krankenhaus und erholt sich von seinen Verbrennungen. Er war anscheinend der einzige, der lebend rauskam. Das Feuer hatte die Eingangstür versperrt, und der Hinterausgang war so mit Gerümpel zugestellt, daß niemand durchkam.

Drei Mädchen sind auf dem Dach umgekommen, zwei in den Zimmern, und zwei haben sich in den Tod gestürzt, bevor die Feuerwehr Sprungmatten aufrollen konnte. Das Haus wurde vollständig zerstört, weil die Zwischendecken eingestürzt sind.«

Pat gab mir keine Gelegenheit, mich bei ihm zu bedanken. Bevor ich überhaupt ein Wort rausbrachte, wurde seine Stimme leiser und bekam einen schärferen Unterton.

»Ich will jetzt wissen, was du rausgefunden hast, Mike. Du bist nicht aus reiner Neugier in dieser Gegend, und wenn du immer noch auf einen Mord hinauswillst, dann möchte ich jetzt endlich auch mal was für meine Gefälligkeiten kriegen. Und zwar jetzt gleich.«

»Schon in Ordnung, Klugscheißer«, lachte ich. »Ich versuch immer noch rauszukriegen, wer Red war. Ich habe einen Typen getroffen, der wußte, für wen sie anschaffen ging, bevor sie auf eigene Rechnung arbeitete, und so hat es mich hierher verschlagen.«

Jetzt war es an Pat zu lachen. »Das ist alles? Das hätte ich dir auch sagen können, wenn du mich mal anrufen würdest.« Ich erstarrte am Telephon. »Sie hieß Sanford, Nancy Sanford. Sie hat mehrere Namen verwendet, aber hielt sich meistens an Nancy, also haben wir den zu ihrem echten erklärt.«

Meine knirschenden Zähne waren lauter als meine Stimme. »Von wem stammt die Information?«

»Wir haben viele Mitarbeiter hier im Präsidium, Mike. Ein paar Streifenpolizisten kamen ihr auf die Schliche.«

»Vielleicht weißt du auch schon, wer sie umgebracht hat?«

»Aber klar doch. Der Junge war's. Im Labor konnten sie jetzt endlich Farbspuren von dem Kotflügel an ihren Kleidern nachweisen und Fasern von ihrem Kleid am Auto. Es war einfach so.«

»Einfach so?«

»Jawohl. Außerdem haben wir jetzt einen Zeugen. Zumindest einen Zeugen, der sie noch ein paar Minuten, bevor sie umgekommen ist, gesehen hat. Ein Hausmeister hat gerade Asche in die Mülltonne gekippt, als sie die Straße entlang getaumelt ist. Sturzbesoffen. Sie ist hingefallen, hat sich wieder aufgerappelt und ist noch ein paar Mal gestolpert. Später hat man sie dann hundert Meter weiter am Straßenrand gefunden, wo sie überfahren wurde.«

»Habt ihr die Eltern ausfindig gemacht ... überhaupt irgend jemanden, der sie kannte?«

»Nein, das haben wir nicht geschafft. Sie hat alle Spuren ihrer Vergangenheit ziemlich gut verwischt.«

»Also, jetzt nimmt alles seinen üblichen Lauf ... billige Kiste aus Kiefernholz und alles drum und dran.«

»Was sonst, Mike? Der Fall ist abgeschlossen, mal abgesehen von dem Prozeß des Jungen.«

Ich schnauzte in den Telephonhörer: »Hör mir gut zu, Pat, wenn ihr sie in den Sarg legt, bevor ich hier fertig bin, prügle ich dir die Seele aus dem Leib, Bulle oder nicht!«

Pat sagte ruhig: »Wir sind nicht in Eile, Mike. Laß dir nur Zeit, laß dir nur Zeit.«

Ich legte vorsichtig den Hörer auf die Gabel und stand auf. Dabei murmelte ich immer wieder ihren Namen vor mich hin. Ich mußte wohl zu laut geworden sein, weil sich eine schlanke Brünette am Ecktisch zu mir umdrehte und mich mit einem fragenden Blick anschaute, mit Augen, die schon durch zu viele leere Flaschen Schnaps gelinst hatten. Sie war eine echte Schönheit, keine Frage. Kam bestimmt nicht aus dieser Gegend. Sie trug ein Kleid aus schwarzem Satin, mit einem Schlitz vorne, der bis zur Gürtelschnalle ging. Sie hatte ihre Beine übereinandergeschlagen und war sich offenbar gar nicht bewußt, was sie da so freizügig zur Schau stellte.

Ihre stark geschminkten roten Lippen öffneten sich zu einem Lächeln, und sie sagte: »Nancy ... immer Nancy. Alle suchen nach Nancy. Warum kümmern sie sich nicht mal ein bißchen um die hübsche Lola?«

»Wer hat nach Nancy gesucht?«

»Ach, alle eben.« Sie wollte ihr Kinn mit der Hand abstützen, aber ihr Ellbogen fand keinen Halt auf der Tischplatte. »Ich glaube, sie haben sie schließlich gefunden, weil Nancy hier nicht mehr auftaucht. Nancy ist tot. Hast du gehört, Nancy ist tot. Ich hab Nancy gern gehabt, aber jetzt ist sie tot. Wie wär's mit der hübschen Lola, Mister? Lola ist süß und lebendig. Lola gefällt dir sicher, wenn du sie erst mal kennengelernt hast.«

Zum Teufel, mir gefiel Lola schon jetzt.

Viertes Kapitel

Als ich mich zu der Brünetten an den Tisch setzte, schaute der Barkeeper so scharf zu mir herüber, daß sich die drei Penner am Tresen auch zu mir umdrehten. Die waren unwichtig, weil sie auf die Entfernung sowieso nichts mehr erkennen konnten, also setzte ich meine abweisendste Miene auf, worauf der Barkeeper sich wieder seiner Arbeit zuwandte. Er blieb aber an unserem Ende vom Tresen, so daß er was mitkriegte, wenn die Unterhaltung zu laut würde.

Lola nahm ihre langen, tollen Beine auseinander und lehnte sich zu mir herüber. Der große, weiche Hut, den sie auf dem Kopf hatte, hüpfte ein paar Zentimeter vor meinen Augen auf und ab. »Sie sind ein netter Kerl, Mister. Wie heißen Sie denn?«

»Mike.«

»Nur Mike?«

»Das genügt. Was halten Sie von einer kleinen Spritztour, damit Sie wieder einen klaren Kopf bekommen?«

»Hmmmm. Haben Sie ein süßes, glänzendes Kabriolett, in dem Sie Lola mitnehmen wollen? Ich finde es toll, mit einem Mann im Auto zu fahren, wenn das Dach aufgeklappt ist.«

»Ich hab nur ein einziges Ding, das manchmal aufklappt. Es ist kein Auto.«

»Oh, Sie werden ausfallend, Mike.«

»Was ist mit der Spritztour?«

»Okay.«

Sie stand auf, und ich stützte sie am Arm ab, damit sie nicht umkippte. Sie sah toll aus, unglaublich gut. Eine Köstlichkeit in schwarzem Satin. Ich führte sie zur Tür und konnte dabei kaum meine Augen von ihr lassen. Groß, und wenn man nicht zu genau hinschaute, vom Allerfeinsten. Aber genau darauf kam es an. Der Ausdruck um ihre Augen und ihren Mund verriet, daß sie leicht zu haben war.

Meine Schrottkiste entsprach nicht ganz ihren Erwartungen, aber sie war bequem, und sie lehnte sich in das Polster zurück, ließ sich den Abendwind ins Gesicht blasen und ihr Haar zerzausen. Ihre Augen waren geschlossen, und ich dachte schon, sie wäre eingeschlafen, als sie hochgriff und sich den weichen Hut vom Kopf zog. Dann schlief sie wirklich ein.

Ich hatte kein bestimmtes Ziel ... fuhr nur so rum, ganz langsam den Broadway hoch, immer hinter der Kutsche her, die vor mir fuhr. Irgendwann war ich auf die Spur zur Manhattan Bridge geraten und es war einfacher drüberzufahren, als in dem dichten Verkehr die Spur zu wechseln. Jetzt war ich hinter einem Laster, der gemächlich eine Kolonne die Flatbush Avenue hinunter anführte. Offensichtlich hatte er es nicht eilig, und er fuhr nicht mal bei Gelb durch, und schon gar nicht bei Rot. Er hatte so ein nettes Tempo, daß ich mich sogar hinter ihn stellte, als er für zehn Minuten an der Beverly Road parkte, und wartete, bis der Fahrer wiederkam. Ich folgte ihm noch ein ganzes Stück, und ehe ich mich versah, hatten wir die Lichter der Stadt hinter uns gelassen, und fuhren am Floyd Bennett Field vorbei. In der Luft konnte man den salzigen Tanggeruch vom Meer schmecken. Wir fuhren über die Brücke, und danach bog er links ab, aber ich fuhr ihm nicht nach. Der kurvenreiche Schotterweg rechts führte in die Richtung, aus der die Brise herwehte, und ich bog ein und kutschierte uns durch ein Tor und zum Rockaway-Aussichtspunkt.

Wir standen da schon eine Stunde, als Lola aufwachte. Das Radio spielte leise Musik, die gut zu der Luft und den Sternen paßte. Wenn ich keinem Mord auf der Spur wäre, könnte es hier ziemlich romantisch sein.

Sie schaute mich schlaftrunken an und sagte: »Hallo, du.«

»Hallo, Kleine.«

»Wo ist Lola denn jetzt?«

»Am Strand.«

»Und mit wem?«

»Ein Kerl namens Mike ... so heiß ich. Ich hab dich in der Stadt aufgelesen. Erinnerst du dich?«

»Gar nicht, aber es ist schön, daß du bei mir bist.« Sie streckte sich und ließ sich dann in den Sitz zurückfallen, wobei sie mich anschaute. Sie bereute nichts, war nicht verwirrt, nur neugierig.

»Wie spät ist es denn?«

Ich antwortete: »Mitternacht durch. Willst du nach Hause?«

»Nein.«

»Willst du einen Spaziergang machen?«

»Au ja. Kann ich meine Schuhe ausziehen und barfuß im Sand laufen?«

»Du kannst alles ausziehen, was du willst.«

»Vielleicht mach ich das, wenn wir unten am Strand sind, Mike.«

»Tu das bloß nicht. Ich bin viel zu empfänglich für so was.«

Es tat ziemlich gut, den kleinen Trampelpfad entlangzulaufen, über die Löcher zu springen und Grimassen in den Mond zu schneiden. Lola legte ihre Hand in meine, und sie war warm und weich, aber sie hielt mich so fest, als ob ich was wäre, das man nicht verlieren will. Ich erinnerte mich daran, wie Red gesagt hatte, daß so Kerle wie ich nicht zahlen müßten, und fragte mich, ob sie recht hatte.

Lola kickte ihre Schuhe von den Füßen, wie sie es vorgehabt hatte, lief barfuß im Sand und bohrte ihre Zehen in Sandhaufen. Als wir das Schott erreicht hatten, sprangen wir runter und spazierten zum Wasser. Ich zog meine Schuhe auch aus. Es war kalt, aber angenehm, so romantisch, daß ich es nicht schon durch Worte zerstören wollte. Wir wateten den Strand entlang, kletterten über die hölzernen Anlegestellen und hüpften auf der anderen Seite wieder ins Wasser, bis vor uns nur noch Sandstrand war, und wir sogar die Häuser hinter uns gelassen hatten.

»Mir gefällt es hier, Mike«, sagte sie. Sie ließ meine Hand los und hob eine leere Muschelschale auf, so, als ob es ein ganz besonderes Exemplar wäre. Ich legte meinen Arm um ihre Schultern, und wir stapften aus dem Wasser raus, das unsere Füße umspielte, und gingen zu den welligen Dünen. Wir setzten uns hin, und ich bot ihr eine Zigarette an. Als das Streichholz aufflammte, konnte ich erkennen, daß ihr Gesicht sich verändert hatte und sie jetzt ganz zur Ruhe gekommen war.

»Kalt?« fragte ich.

»Ein bißchen ausgekühlt. Ich habe nicht viel an unter dem Kleid.«

Ich wollte es lieber nicht genauer wissen; ich legte ihr meine Jacke um und lehnte mich dann auf die Ellenbogen zurück, während sie ihre Arme um die Knie legte und aufs offene Meer starrte.

Nach dem letzten tiefen Zug an der Zigarette drehte sie sich um und sagte: »Warum hast du mich hier rausgebracht, Mike?«

»Um zu reden. Ich brauche jemanden zum Reden.«

Sie lehnte sich zurück in den Sand. »Mein Gehirn wird allmählich wieder funktionsfähig, Mike«, sagte sie. »Ging es nicht um Nancy?«

Ich nickte.

»Sie ist tot, Mike. Ich hab sie auch gern gehabt.«

»Wer hat sie auf dem Gewissen?«

Einen Augenblick lang war Stille, als Lola mein Gesicht untersuchte. »Du bist ein Bulle, stimmt's?«

»Privatdetektiv. Und gerade hab ich nicht mal 'nen Auftrag.«

»Und du vermutest, sie wurde ermordet und nicht von einem flüchtigen Autofahrer überfahren?«

»Lola, ich weiß nicht, was ich vermuten soll. Ich drehe mich gerade auf der Stelle. Nehmen wir bloß mal an, ich fand es nicht sauber, wie sie zu Tode gekommen ist.«

»Mike … nimm mal an, daß ich auch glaube, sie ist ermordet worden.«

Bei diesem Satz zuckte ich zusammen. »Warum glaubst du so was?«

»Oh, ich weiß nicht genau. Viele Kleinigkeiten, vielleicht. Wenn sie nicht ermordet wurde, dann ist sie zufällig überfahren worden, *bevor* sie jemand umgelegt hat. Nehmen wir das mal an, Mike.«

Ich drehte mich zur Seite, und meine Hand bedeckte ihre. Die Mondstrahlen auf dem weißen V unter dem Schlitz behinderten mich ungemein in meiner Konzentration. Ihre Haut war weiß und glatt und wurde durch den Kontrast mit dem schwarzen Satin noch betont. Ich konnte nur daran denken, was für einen BH sie wohl unter so einem Kleid anhatte. Es mußte ein ganz raffiniertes Modell sein.

»Wie hast du sie kennengelernt, Lola?«

Ihre Antwort war klar genug. »Wir waren zusammen anschaffen.«

»Du?« Es paßte irgendwie nicht.

»Seh ich nicht so aus?«

»Na vielleicht ... wenn ein Kerl in Kohle schwimmt und ein Kabriolett fährt und sich eine interessante Geliebte leisten kann. Aber nicht in der Gegend. Warum hast du dich da rumgetrieben?«

»Ich hab mal in einem Bordell in der Straße gearbeitet.«

»Ich dachte, alle Mädchen sind bei dem Feuer umgekommen.«

»Stimmt auch, aber ich war nicht da, als es passiert ist. Ich war ... in einer Klinik. Ich war da 'ne ganze Weile. Ich wurde erst heute entlassen.«

Sie betrachtete den Sand und schrieb was rein.

»Deshalb war ich in der Klinik. Und deshalb bin ich da unten anschaffen gegangen, anstatt oben mit den Kerlen mit der Kohle und dem Kabriolett rumzuflirten. Ich war mal da oben und hab es vermasselt. Ich hab's nicht besonders geschickt angestellt, was, Mike?«

»Nein«, sagte ich ihr, »hast du nicht. Jede kann sich flachlegen und damit ihren Unterhalt verdienen. Du hättest es niemals so weit kommen lassen dürfen, und Nancy auch nicht. Es gibt keine Entschuldigung dafür. Egal, wie geschickt eine ist, am Ende läuft es doch immer auf das gleiche hinaus. Nein, Lola, dafür gibt es keine Entschuldigung.«

»Manchmal schon.«

Sie fuhr mir mit der Hand durchs Haar und legte dann ihre Hand über meine. »Vielleicht habe ich mich deshalb so gut mit Nancy verstanden ... weil es bei uns eine Entschuldigung gab. Ich war verliebt, Mike ... ganz schrecklich verliebt in einen Burschen, der nichts taugte. Ich hätte jeden Mann haben können, aber nein, ich mußte mich in einen Kerl verlieben, der absolut nichts taugte. Wir wollten heiraten, als er auf und davon ist mit einer billigen Schlampe, die in allen Bars der Stadt rumlungerte. Mich hat dann alles angekotzt. Wenn es das war, was Männer interessierte, dann würde ich dieses Spiel eben mitspielen. Ich kam auch total gut an, aber verliebt hab ich mich nie mehr. Am Anfang hab ich das alles noch ziemlich schwer genommen, aber das Leben wurde so einfach und problemlos. Ich hatte den Männern etwas zu bieten, und die zahlten phantastisches Taschengeld. Es war so einfach, daß am Schluß mehrere Gentlemen meine Rechnungen bezahlten. Dann hat mich eines Tages ein gewitztes Mädchen den richtigen Leuten vorgestellt, und von da an wurden Termine gemacht, und ich verdiente immer noch einen Haufen Geld und hatte dazu noch einen Haufen Zeit, um es auszugeben. Ich hatte einen Namen und eine Telephonnummer, und wenn einer genug Geld hatte, brauchte er nur anzurufen. Das nennt man einen telephonischen Callgirl-Service. Die Trottel legten eine gute Stange Geld hin, aber sie kriegten, was sie wollten, und riskierten nichts. Eines Tages war ich betrunken und plapperte zuviel. Von da ab galt ich als Risikofaktor, und es war nicht mehr sicher, mit mir zusammenzukommen. Die Trottel beschwerten sich, und mein Name und meine Nummer wurden mir weggenommen. Mir blieb nichts anderes übrig, als auf den Strich zu gehen. Es gibt immer Leute, die Ausschau halten nach Abschaum wie mir. Einer verschacherte mich an einen Zuhälterring für ein Bordell mit einer freien Stelle. Ich ging für die anschaffen, dann schickten die mich in immer miesere Klitschen, bis ich in dem Schuppen landete, wo ich Nancy kennenlernte. Die meisten Mädchen stranden da ohne speziellen Grund. Deshalb habe ich mich mit Nancy angefreundet. Sie hatte auch einen Grund, warum sie dort war. Nicht aus dem gleichen Grund wie ich, aber es gab einen Grund, und deshalb hatten wir den anderen was voraus. Eines Tages war Schluß für mich. Ich bin sang- und klanglos abgehauen und bin in die Klinik gegangen. Während ich dort war, wurde Nancy umgebracht, und als ich in dem Haus vorbeischauen wollte, war es abgebrannt. Ich wollte Nancy dort herausholen, aber sie war weg, und sie war meine einzige Freundin, also bin ich zu Barney's und habe mich vollaufen lassen.«

»Wobei du mich gleich ganz schön professionell angemacht hast.«

»Das wollte ich nicht, Mike. Ich war betrunken und hab es aus alter Gewohnheit gemacht. Verzeihst du mir?«

Als sie sich zu mir drehte, öffnete sich der Schlitz, und ich war drauf und dran, ihr alles zu verzeihen. Aber erst mußte ich noch ein paar Dinge abklären.

»Nancy ... was war mit Nancy ... ist es ihr auch so ergangen wie dir? Ist sie auch immer tiefer in die Sache hineingeraten, meine ich?«

»So ergeht es allen früher oder später, auch den Geschicktesten, Mike. Sicher, Nancy hat auch als Callgirl gearbeitet, bloß hat sie vor mir damit angefangen.«

»Und mußte sie auch mal in die Klinik?«

Auf ihrer Stirn erschienen verwunderte Fältchen. »Nein, das war das Merkwürdige an der Geschichte. Sie war sehr vorsichtig. Zuerst schwamm sie ja im großen Geld, doch dann stieg sie plötzlich aus, und niemand wußte, wo sie steckte. Ihr liefen ständig Leute über den Weg, die sie schon ewig nicht mehr gesehen hatten, und das machte ihr Angst. Sie blieb im Geschäft, als ob es ihr Versteck wäre.«

»Versteck vor was?«

»Das hab ich nie rausgekriegt. Über solche Dinge hat man einfach nicht gesprochen.«

»Hat sie denn irgendwas besessen, auf das es jemand abgesehen haben könnte?«

»Wenn sie etwas hatte, hab ich es nie zu Gesicht bekommen. Sie hielt ihre persönlichen Sachen immer unter Verschluß. Das einzig wertvolle Gerät, das sie hatte, war eine Kamera, ein ausländisches Ding, das sie sich mal für einen Job gekauft hatte. So was, wo man Paare auf der Straße photographiert und ihnen dann seine Karte gibt. Sie können dann die Karte und Geld einsenden und kriegen ihr Bild.«

»Wann war das ... erst kürzlich?«

»Nein, ganz schön lange her. Ich hab mal zufällig ein paar von den Karten entdeckt und sie danach gefragt. Ich glaube, der Name war QUICK PICK ... oder so was Ähnliches.«

Ich steckte mir eine Zigarette an und ließ sie daran ziehen. »Wie ist dein Nachname, Lola?«

»Ist das wichtig?«

»Vielleicht.«

»Bergan, Lola Bergan, und ich komme aus einer kleinen Stadt namens Byeville unten in Mississippi. Der Ort ist nicht groß, aber ganz schön, und meine Familie lebt dort noch. Meine Mutter und mein Vater denken, ich bin ein berühmtes New Yorker Mannequin. Meine kleine Schwester himmelt mich an und will genauso werden wie ich, und wenn sie es je tut, schlag ich ihr den Schädel ein.«

Darauf gab es keine passende Antwort. Ich sagte: »Lola, nur noch eine Sache. Antworte mir nur mit Ja oder Nein, ohne lang zu überlegen. Wenn du mich anlügst, krieg ich das raus. Sagt dir der Name Feeney Last irgendwas?«

»Nein, Mike. Sollte er?«

»Nein, vielleicht nicht. Er hat Red etwas bedeutet und ein paar anderen Leuten, aber du mußt da gar nicht drin verwickelt sein. Vielleicht lauf ich nur schon wieder einer falschen Fährte nach?«

»Mike ... warst du in Nancy verliebt?«

»Nee, sie war eine Freundin. Ich hab sie bloß einmal gesehen und mich ein paar Minuten mit ihr unterhalten. Wir haben uns auf Anhieb verstanden. Eine von diesen unerklärlichen Geschichten. Dann hat sie so ein Scheißkerl umgenietet.«

»Es tut mir leid, Mike. Ich wünschte mir, daß du mich auch so gern hast. Glaubst du, das geht?«

Sie wandte sich mir wieder zu, und diesmal kam sie näher. Ihr Kopf legte sich an meine Schulter, und sie führte meine Hand an ihrem Körper hoch, bis ich genau wußte, daß an diesem BH nichts raffiniert war, weil es nämlich keinen BH gab. Der nietenbeschlagene Gürtel um ihre Hüften hielt das ganze Ensemble an Ort und Stelle, und als er erst einmal aufgeschnappt war, glitt der Stoff mit einem leisen Rascheln von schwarzem Satin auseinander und umrahmte sie im Sand. Ihr Körper reflektierte das Mondlicht am Himmel, bis ich mich unter die weißen Strahlen schob und alles still war, bis auf das Plätschern der Wellen und unser Stöhnen. Dann waren bald auch die Wellen nicht mehr zu hören, und ich spürte nur noch die Wärme ihrer weißen Haut und die Bewegungen von kleinen Muskeln unter meinen Händen und den süßen Duft aus ihrem geöffneten Mund.

Red hatte recht behalten.

Ich wachte eine Viertelstunde nach eins auf, weil das Telephon mir in den Ohren schrillte. Ich schlug die Bettdecke zurück, schlurfte zur Anrichte und wischte mir den Schlaf aus den Augen. Dann bellte ich ein mißmutiges Hallo in die Muschel.

Velda antwortete: »Wo zum Teufel hast du dich rumgetrieben? Den ganzen Morgen ruf ich schon bei dir an.«

»Hier war ich. Hab geschlafen.«

»Und mit was hast du dich gestern abend beschäftigt?«

»Hab gearbeitet. Was ist los?«

»Ein Herr kam heute morgen ins Büro, ein sehr reicher Gentleman. Sein Name ist Arthur Berin-Grotin, und er möchte dich sprechen. Ich hab einen Termin für halb drei hier im Büro ausgemacht, und ich würde vorschlagen, daß du da auch erscheinst. Falls du es vergessen hast, dem Konto würde ein kleines Polster nicht schaden.«

»Okay, Kleines, ich komme. Hatte er seinen Gorilla dabei?«

»Er war allein. Vielleicht hat unten jemand auf ihn gewartet, aber der kam nicht mit rauf.«

»Gut. Bleib da, bis ich ins Büro komme. Dauert nicht lang. Mach's gut, Süße.«

Zehn Minuten gönnte ich mir unter der Dusche und holte mir dann halbnaß was zu essen aus dem Kühlschrank. Eine volle Kanne Kaffee stellte mich wieder vollständig her, und ich suchte mir neue Sachen raus. Mein Anzug war hinüber, von oben bis unten zerdrückt, und aus den Taschen und Aufschlägen rieselte der Sand. Am Kragen und auf den Schultern waren verschmierte Spuren von Lippenstift, also hängte ich ihn zurück in den Schrank hinter die anderen, bis ich ihn zur Reinigung bringen konnte. Mir blieb nur noch ein Tweedanzug, der speziell so angefertigt war, daß man eine Knarre darunter verstecken konnte. Ich schnallte mir den Schulterholster über, steckte die 45er rein, und zog die Jacke drüber. Bewundernd schaute ich mich im Spiegel an und seufzte. Eine Type aus einem zweitklassigen Gangsterfilm blickte mir entgegen. Unten beim Friseur ließ ich mich rasieren und mir die Haare nachschneiden. Danach hatte ich gerade noch soviel Zeit, daß ich ein paar Minuten vor dem alten Herrn im Büro ankam.

Mr. Berin-Grotin traf pünktlich um halb drei Uhr ein. Die Gegensprechanlage summte, und Velda kündigte vom Wartezimmer aus an: »Hier ist ein Gentleman, der dich sprechen will, Mike.«

Ich wies sie an, ihn reinzuschicken, und lehnte mich erwartungsvoll in meinem Drehstuhl zurück. Als er die Tür öffnete, stand ich auf und lief ihm mit ausgestreckter Pfote entgegen. »Schön, Sie wiederzutreffen, Mr. Berin. Kommen Sie rein und plazieren Sie sich irgendwo.«

»Ah, vielen Dank.« Er ließ sich auf einem gepolsterten

Ledersessel beim Schreibtisch nieder und lehnte sich auf seinem Stock leicht nach vorn. In dem Licht, das durchs Fenster drang, konnte ich den besorgten Ausdruck um seine Augen herum erkennen.

»Junger Mann«, begann er, »seit Sie sich gestern verabschiedet haben, mußte ich immer wieder an das harte Schicksal dieser toten jungen Frau denken, an der Sie solch ein Interesse zeigten.«

»Red. Sie hieß Nancy Sanford.«

Seine Augenbrauen schossen in die Höhe. »Das haben Sie schon herausgefunden?«

»Ach was, die Bullen sind da drauf gestoßen. Alles, was ich habe, ist irgendwelcher Schrott, der absolut nicht zusammenpaßt.« Ich lehnte mich zurück und steckte mir eine Fluppe an. In Gedanken fragte ich mich, was er von mir wollte. Er rückte gleich damit raus.

»Wurden ihre Eltern gefunden ... irgend jemand, der sich kümmern würde um ... den Leichnam?«

»Nein. Da können sie auch nicht mehr viel ausrichten. In der Stadt gibt es Tausende von solchen Mädchen. Ich wette zehn zu eins, daß sie aus einem anderen Staat kommt und schon so lange von daheim abgehauen ist, daß dort niemand mehr einen Gedanken an sie verschwendet. Der einzige, der versucht, ihr ein früheres Leben zurückzugeben, bin ich. Vielleicht wird es mir noch leid tun.«

»Das ist genau der Punkt, den ich mit Ihnen besprechen wollte, Mr. Hammer.«

»Nur Mike ... ich hasse Formalitäten.«

»Äh, ja ... Mike. Auf jeden Fall, als Sie gegangen waren, dachte ich immerzu an diese junge Frau. Ich rief ein paar Freunde an, die bei den Zeitungen beschäftigt sind, aber sie konnten mir nicht im geringsten weiterhelfen. Sie meinten, die junge Frau sei eine ... eine Herumtreiberin gewesen. Es ist doch eine Schande, daß solche Sachen immer wieder passieren. Ich glaube, letzten Endes trifft uns alle die Schuld. Ihre tiefe Anteilnahme ist bei mir jedenfalls auf ein offenes Herz gestoßen, und ich glaube, ich kann Ihnen behilflich sein. Ich vergebe dauernd Spendengelder an die eine oder andere Wohltätigkeitsorganisation ... aber mir kommt das immer wie eine sehr abstrakte Gabe vor, denken Sie nicht auch? Hier bietet sich mir die Möglichkeit, jemandem direkt zu helfen. Auch wenn es nur eine Kleinigkeit ist, glaube ich, ich sollte diese Gelegenheit nutzen.«

»Ich habe Ihnen schon erklärt, daß ich für die Beerdigung selbst aufkommen werde«, sagte ich.

»Ich verstehe, daß Ihnen das am Herzen liegt ... aber dergleichen hatte ich auch nicht im Sinn. Ich möchte, daß Sie für mich arbeiten. Wenn Sie schon eine Untersuchung durchführen, sollten Sie auch dafür bezahlt werden. Und weil mir genauso viel daran liegt wie Ihnen, daß die sterblichen Überreste der jungen Frau anständig begraben werden, wäre ich Ihnen sehr verbunden, wenn ich Ihnen die finanziellen Mittel zur Verfügung stellen dürfte, damit Sie die Verwandten aufspüren. Würden Sie sich darauf einlassen?«

Mit so einer glücklichen Wendung hatte ich nicht gerechnet. Ich nahm meine Füße vom Tisch und schwang den Drehstuhl herum. »Ich bin damit einverstanden«, antwortete ich ihm. »Ich hätte sowieso noch weiter in der Sache rumgestochert, aber so geht es natürlich leichter.«

Er griff in die Seitentasche seiner Jacke und holte die Brieftasche heraus. »Wie sind Ihre Preise, Mike?«

»Glatte fünfzig pro Tag. Keine Spesen. Alles inklusive.«

»Haben Sie irgendeine Vorstellung, wie lange Sie brauchen werden?«

Ich zuckte mit den Schultern. »Wer weiß. Manchmal geht es schnell, einem Namen nachzujagen, manchmal dauert es.«

»Wenn das so ist, möchte ich gern folgendermaßen verfahren.« Er legte einen Stapel druckfrischer Geldscheine auf meinen Schreibtisch. Zuoberst lag ein wunderschöner Fünfziger.

»Hier sind eintausend Dollar. Kein Vorschuß ... Das ist die volle Bezahlung. Bleiben Sie bitte so lange an der Sache dran, bis das Geld nach Ihrem Dafürhalten aufgebraucht worden ist. Wenn Sie die Vorgeschichte der jungen Frau schnell herausfinden, um so besser für Sie. Wenn Sie über einen Zeitraum von zwanzig Tagen nichts über sie herauskriegen können, dann ist es wahrscheinlich hoffnungslos, und Sie verschwenden nur Ihre Zeit. Ist dieses Arrangement zu Ihrer Zufriedenheit?«

»Ich stehle Ihnen Ihr Geld, Mr. Berin.«

Er lächelte, sein Gesicht hellte sich auf, und die sorgenvollen Falten verschwanden. »Das glaube ich nicht, Mr. Hammer. Ich habe Erkundigungen über Sie eingeholt und weiß, wie ausgesprochen weit Ihre Fähigkeiten reichen. Dazu kommt, daß Sie selbst ein Interesse an der jungen Frau haben, also sollten Sie schnell erste Resultate vorweisen können. Das hoffe ich wenigstens. Es ist nicht angenehm, jemand so aus dem Leben treten zu sehen ... ohne daß jemand davon weiß, oder sich darum kümmert.«

»Ich kümmere mich darum.«

»Ja, ich weiß, daß Sie sich die Sache zu eigen gemacht haben, Mike, und ich jetzt ebenfalls, weil Ihr Interesse an der Frau dem echten, uneigennützigen Wunsch entspringt, ihr ein bißchen Achtung zukommen zu lassen. Sie kann einfach nicht durch und durch schlecht gewesen sein. Tun Sie alles, was Sie für nötig halten. Und falls Sie in der Zwischenzeit doch noch mehr Geld benötigen sollten, lassen Sie es mich wissen. Sie werden doch anrufen?«

»Sicher.«

»Ich komme mir in der ganzen Angelegenheit schon richtig klein und schäbig vor. Ich bereite mich auf einen grandiosen Abgang aus diesem Leben vor und gebe Tausende aus für ein Grabmal mit meinem Namen, und diese junge Frau stirbt, als ob es sie nie gegeben hätte. Wissen Sie, ich *weiß*, was es heißt, allein zu sein; ich *weiß*, wie es ist, wenn man niemand hat, dem man sich zugehörig fühlt, wenn man nicht einmal ein Grab zur Erinnerung verehren kann. Sie wissen vielleicht, daß meine Frau eine passionierte Seglerin war. Sie liebte das Meer, aber sie liebte es zu sehr. Sie wurde über Bord gespült, während einer Kreuzfahrt mit einer Jacht, die nicht für die offene See gebaut war. Mein einziger Sohn ist im Ersten Weltkrieg gefallen. Seine Tochter war mir der teuerste und liebste Mensch, und als auch sie starb, begriff ich, was es heißt, vollkommen und absolut allein in dieser Welt zu stehen. Wie meine Frau hat auch sie das Meer zu sehr geliebt, und es hat sie schließlich vor den Bahamas zu sich genommen. Vielleicht können Sie jetzt verstehen, warum ich eine solche Gedenkstätte für mich errichte ... weil es nicht einmal einen Grabstein für die anderen gibt, außer vielleicht ein Kreuz auf dem Grab meines Sohnes in Frankreich. Und deshalb will ich auch nicht, daß andere so ein Los erleiden müssen und niemanden mehr haben, überhaupt niemanden mehr. Ich bin dankbar, daß es solche Menschen wie Sie gibt, Mike. Ich habe nicht mehr an die Nächstenliebe der Menschen geglaubt. Ich dachte, daß die Menschen nur noch dem Geld hinterherjagen. Aber jetzt weiß ich, daß ich unrecht hatte.«

Ich nickte und blies eine Rauchwolke zur Decke.

»Geld ist eine tolle Sache, Mr. Berin, aber manchmal wird ein Mann ziemlich wütend, und Geld spielt keine Rolle mehr. Oder ein Mann ist nur einfach neugierig, ... da spielt Geld auch keine Rolle mehr.«

Mein neuer Klient erhob sich und verbeugte sich mit einer altmodischen Geste vor mir. »Damit ist nun alles geklärt?«

»Fast. Wohin soll ich meinen Bericht schicken?«

»Daran habe ich gar nicht gedacht. Es ist eigentlich auch egal, aber wenn Sie auf etwas stoßen, daß Ihnen von Interesse erscheint, dann rufen Sie mich doch an oder schreiben Sie an meine Adresse auf Long Island. Machen Sie es, wie Sie wollen. Mich interessieren die Ergebnisse, nicht Ihre Vorgehensweise.«

»Äh ... noch eine Sache. Arbeitet Feeney Last noch für Sie?«

Dieses Mal funkelten seine Augen, und ein Grinsen breitete sich in seinem Gesicht aus. »Glücklicherweise, nein. Anscheinend hat ihm jemand einen mächtigen Schreck eingejagt. Einen mächtigen Schreck. Er ist meiner Kündigung zuvorgekommen und hat die Stelle von selbst aufgegeben. Mein Gärtner vertritt ihn im Augenblick. Auf Wiedersehen, Mike.«

Ich stand auf und begleitete ihn zur Tür und gab ihm dort die Hand. Im Vorzimmer verbeugte er sich wie ein Gentleman vor Velda und schritt zur Tür hinaus. Sie wartete, bis die Tür ins Schloß fiel und sagte: »Er ist sympathisch, Mike. Ich mag ihn.«

»Ich kann ihn auch leiden, Kleines. Von seinem Schlag gibt's nicht mehr viele.«

»Und er hat auch noch Geld. Wir sind wieder im Geschäft, was?«

»Ja.« Ich blickte zur Gegensprechanlage. Sie hatte den Schalter oben und die ganze Unterhaltung mitangehört. Wie es sich für einen richtigen Chef gehörte, schaute ich sie vorwurfsvoll an, aber das schüchterte sie nicht im geringsten ein.

»Reine Neugier, Mike. Er ist so ein interessanter Typ«, lächelte sie mich an.

Ich tat so, als ob ich ihr einen Kinnhaken verpassen wollte, setzte mich auf ihren Schreibtisch und nahm mir das Telephon. Sobald ich das Freizeichen hörte, wählte ich Pats Nummer und wartete, bis er an den Apparat kam. Er begrüßte mich mit einem genervten Hallo und fragte: »Was gibt es, Junge?«

»Ein paar Kleinigkeiten hier und da, aber nichts, was man Zurückhalten von Beweismitteln nennen könnte. Sag mal, warst du schon beim Mittagessen?«

»Vor einer Stunde.«

»Okay, wie wär's mit einem Kaffee und 'ner Apfeltasche. Ich brauch ein paar Informationen, wenn du damit rausrückst.«

»Was für Informationen?«

»Dinge, die die Polizei eigentlich wissen sollte, aber die

Öffentlichkeit nicht erfahren darf. Oder ist es dir lieber, wenn ich es auf eigene Faust rausfinde?«

»Du hast wohl 'ne Meise. Mir ist es lieber, wenn du mir was schuldest. Treffen wir uns in Mooney's Café. Komm, so schnell du kannst, okay?«

»Okay«, sagte ich und legte auf.

Pat war fünf Minuten vor mir in dem Kaffeehaus. Er saß schon hinten an einem Tisch und schlürfte Kaffee aus einem der riesigen Becher, für die der Laden hier berühmt war. Ich zog einen Stuhl ran und setzte mich zu ihm. Ich hatte keine Zeit zu verlieren; sobald der Kellner mir Kaffee und Kuchen hingestellt hatte, kam ich zur Sache.

»Pat, wie sieht es eigentlich mit dem Callgirl-Geschäft in der Stadt aus?«

Seine Tasse kam zwischen Tisch und Mund zum Stillstand. »Also, das ist ja wieder mal eine deiner berühmten Fragen. Wenn ich dir was erzähle, sieht's aus, als wär ich geschmiert und würde ein Auge zudrücken. Wenn nicht, dann steh ich da, als hätt ich keine Ahnung von nichts.«

Ich schnaubte verärgert und sagte dann: »Pat, in jeder Stadt gehen solche Sachen vor sich, egal wie sittenstreng die Bewohner sind oder wie hart die Bullen dagegen vorgehen. Das ist wie mit den Steuern. Wir zahlen sie, und wir können sie nicht abschaffen. Wer ist denn schon für Steuern, außer der kleinen Minderheit von Bürokraten, die die Kohle verwalten?«

»Jetzt bin ich aber erleichtert«, lachte er in sich hinein. »Ich kann dir auch gar nicht so viel darüber erzählen, weil die Organisationen gut dafür sorgen, daß nichts rauskommt. Wir kriegen bloß ganz selten Beschwerden, weil es sich die Freier nicht leisten können, sich mit einer Beschwerde dem Kreuzfeuer der Öffentlichkeit preiszugeben. Die Polizei ist aber über die gegenwärtige Situation auf dem laufenden, und sorgt dafür, daß wenigstens die Buchstaben des Gesetzes mehr oder weniger eingehalten werden. Aber etwas darfst du nicht außer acht lassen. Die Politiker. Die finden immer Mittel und Wege, der Polizei in die Quere zu kommen, und dann läuft fast gar nichts mehr.

Dann fehlt es uns auch an stichhaltigen Beweisen. Die großen Tiere führen keine Bücher und unterhalten keine Freudenhäuser, wo wir sie aufspüren könnten. Das Geschäft besteht da nur noch aus Andeutungen, wer gerade frei ist. Um den Rest kümmert sich der Freier selbst. Ich glaube, die Mädchen müssen mit einem Teil der Einnahmen rausrücken, oder es werden keine zahlungskräftigen Kunden mehr an sie vermittelt. Kann auch sein, daß ihnen ein bißchen härter zugesetzt wird. In den letzten Jahren gab es einige Todesfälle, die verdächtig in diese Richtung weisen.«

»Daß ihnen ein bißchen zu hart zugesetzt wurde, meinst du?« fragte ich.

»Genau.«

»Was hat der Gerichtsmediziner dann auf den Totenschein geschrieben?«

»Selbstmord, meistens ... außer bei Russ Brown. Du hast bestimmt schon von ihm gehört ... der Kerl, der eine ganze Bordellkette aufgemacht hat und das Kartell in die Knie zwingen wollte. Vor ein paar Monaten haben wir ihn gefunden, total durchlöchert. Seine Bordelle haben dichtgemacht. Wir haben niemals eine richtige Spur bei diesem Mord gefunden. Nicht mal unsere Spitzel haben den Mund aufgekriegt, wenn wir seinen Namen ins Spiel brachten. Ja, Russ wurde ermordet, aber die anderen liefen unter Selbstmord.«

»Und was glaubst du?«

»Mord, Mike. Die Fälle sind noch nicht abgeschlossen. Eines Tages werden wir die Gauner festnageln, die hinter dem Ganzen stecken. Nicht nur die Schlägertypen, die die Drecksarbeit erledigen, sondern die Macher, die die Organisationen leiten. Auf die haben wir's abgesehen ... die anständige Kinder an ein Leben in Dreck und Verzweiflung verkaufen, während sie sich gemütlich zurücklehnen und das große Geld einsacken. Die Morde auf dem Gewissen haben und ungeschoren davonkommen und sich ins Fäustchen lachen, wenn die Zeitungen von einem Selbstmord schreiben!«

Sein Gesicht hatte sich in eine haßerfüllte Maske verwandelt. Ich blickte ihm für einen langen Moment direkt in die Augen. »Selbstmord ... oder Unfall, Pat?« fragte ich.

»Ja, beides. Bei manchen sah es auch eher wie ein Unfall aus, und ...«

Jetzt war der Haß verschwunden, und sein Gesicht war wieder freundlich, aber um die Augen lag ein Ausdruck, den ich noch nie gesehen hatte. »Du bist ein hinterlistiger Hund, Mike. Du hast mich ganz schön reingelegt.«

»Wie denn?« Ich versuchte, das Unschuldslamm zu spielen, aber es funktionierte nicht.

»Hör auf damit und komm schon zu deinem Rotschopf. Nancy war ihr Name, meine ich mich zu erinnern. Was hast du mir zu bieten?«

Ich verspeiste zuerst schön gemächlich meine Apfeltasche. Nachdem die Stückchen lang genug im Kaffee eingelegt waren, fischte ich sie aus der Tasse und verspeiste sie, danach leckte ich mir noch den Zuckerguß von den Fingern. Ich zündete eine Zigarette an und sagte: »Ich hab dir gar nichts zu bieten, Pat. Du hast mir gerade was bestätigt, das ich dir schon die ganze Zeit klarmachen wollte. Ich hab dauernd gesagt, Red sei ermordet worden, was hältst du jetzt davon?«

Pat ballte seine Hände zu harten Fäusten zusammen und drückte sie in die Tischplatte. Er brachte kaum die Worte zwischen den zusammengepreßten Zähnen hervor. »Hol dich doch der Teufel, Mike. Wir hatten den Fall schön ordentlich abgeschlossen. Sie ist durch einen Unfall ums Leben gekommen, daran kann es keinen Zweifel geben, und ich bin ebenfalls überzeugt davon. Ich bin sogar so überzeugt davon, daß ich meinen rechten Arm gegen einen rostigen Pfennig wette, daß ich richtig liege! Menschen können sich vielleicht mal irren, aber bei den wissenschaftlichen Tests im Labor gibt es keine Fehler.«

Ich amüsierte mich darüber, daß er mit dem Kopf durch die Wand wollte. Seine Rede endete in einem Schwall von zischenden Lauten. Er stützte sich an der Tischkante ab, und aus seinen Augen blitzte Feuer. »Ich hab die Beweise gesehen. Ich hab die Beweise überprüft. Ich bin überzeugt, daß die Beweise wasserdicht sind, genau wie alle anderen, die an diesem Fall dran waren. Am Anfang bin ich wegen dir noch auf glühenden Kohlen getanzt, weil ich dachte, du könntest richtig liegen. Dann habe ich rausgefunden, was passiert ist, und ich wußte, daß du falsch liegst. Hör mir genau zu, ich hab nicht gesagt, ich dachte es … ich sagte, ich *wußte* es. Und jetzt *weiß* ich immer noch, daß du falsch liegst und ich *recht* habe.«

»Aber …«, half ich nach.

»Aber, du, du miese Ratte … du machst mich schon wieder ganz kirre, und jetzt glaube ich schon, daß ich falsch liege, obwohl ich genau weiß, daß ich recht habe! Fahr doch zur Hölle!«

So aufgebracht hatte ich Pat schon lange nicht mehr gesehen. Ich grinste ihn an und blies Rauchringe in seine Richtung. Durch die Zugluft formte sich ein Nimbus über ihm, und ich rezitierte: »Der Rauch aus dem Pfeifchen umringelt ganz zart sein Haupt wie ein heiliger Schein.«

»Was?«

»Was aus ›Heiligabend‹. Dafür bist du wahrscheinlich zu jung.«

Pat fuhr sich mit den Fingern durchs Haar und schüttelte den Kopf. »Bei dir tickt's auch nicht mehr ganz richtig. Oder ich bin total hinüber. Warum reg ich mich eigentlich so auf über diese Sache? Normalerweise bin ich ganz besonnen, ruhig und gelassen. In meinem Büro wird präzise gearbeitet, alles ist durchrationalisiert, und wir sind absolut effizient. Dann kommst du daher, und ich führ mich auf wie ein Grünschnabel auf seiner ersten Streife durch 'ne Gegend, wo ein Bandenkrieg tobt.«

Ich schob ihm eine Packung Luckies hin, und er steckte sich eine in den Mund. Dann riß ich ein Streichholz an, gab ihm Feuer und sagte ganz ruhig: »Pat, solche Büros wie deines sind große Klasse. Ihr kriegt einen lausigen kleinen Hinweis und baut einen Fall darauf auf, und jemand muß der Gesellschaft für seine Missetaten zahlen. Sicher, ihr dient der Gerechtigkeit. Ihr kriegt mehr auf die Beine als eine Million Jungs, die alleine vor sich hinfuhrwerken, aber etwas geht euch bei dem Ganzen ab.«

»Was soll das denn sein?« Er wurde schon wieder sarkastisch.

»Der Nervenkitzel bei der Jagd, Pat. Die Erregung, wenn man etwas erwischt und ihm eine Kugel reinhaut. Du bist gerade so verdammt verliebt in deine unwiderlegbaren Beweise, daß du nicht mehr zwei und zwei zusammenzählen kannst. Seit wann kann ein Mord nicht mehr so hingedreht werden, daß es wie ein Unfall aussieht?«

»Sie ist von einem Auto überfahren worden, Mike. Der Fahrer gibt zu, daß er etwas angefahren hat, aber er war zu blau, um sich zu erinnern, wen. Das Labor hat Spuren am Wagen gefunden. An ihr wurden Spuren gefunden. Wir haben Zeugen, die sie total besoffen die Straße entlangtorkeln sahen, kurz bevor es sie erwischt hat. Der Junge, der sie überfahren hat, kommt aus einer anständigen Familie ohne irgendwelche Verbindungen zur Unterwelt. Wir haben das überprüft.«

Ich nickte. »Trotzdem kommen dir langsam Zweifel, nicht?« Er fluchte obszön. »Was stimmt, stimmt. Mir kommt was ganz anderes als bloß Zweifel. Wegen dir pfeif ich auf alles, was ich je gelernt hab, und werde am Ende wie ein Depp dastehen. Weißt du auch, warum?«

»Ja, aber laß es mich noch mal aus deinem Mund hören, Pat.«

Jetzt lehnte er sich über den Tisch und zischte zwischen seinen Zähnen. »Weil ich dich hier drin ...«, er klopfte sich an den Schädel, »... für ein richtiges As halte. Du gäbst einen guten Verbrecher ab, aber du bist ein besserer Bulle. Du hast was am Wickel und machst damit länger rum als irgend jemand sonst, und es wird was draus. Du hast Grips und bist schlau genug, den auch einzusetzen, und du hast was, was mir abgeht, und das ist ein Gespür für die Sachen. Verdammt, am liebsten würd ich dir rechts und links eine runterhauen.«

»Hör auf, dich selber fertigzumachen. Du schuldest mir noch ein paar Informationen. Wer steckt hinter dem Callgirl-Geschäft?«

»Wenn ich's nur wüßte. Ich kann dir nur die Namen von ein paar Kerlen geben, von denen wir vermuten, daß sie irgendwie mit drinstecken.«

»Das genügt mir.«

»Hoho, nicht so schnell. Zuerst möcht ich wissen, was du hast. Hast du vergessen, daß ich der bin, der die Sachen bitteschön zuerst wissen sollte. Bei all den verrückten Geschichten, die es so gibt, stell dir mal einen Bullen und einen Privatschnüffler vor, die sich so zusammenraufen wie wir. Laß hören, Mike, sing mir was vor.«

Das würde eine Weile dauern, also bestellte ich noch mal Kaffee für uns beide, und als der kam, erzählte ich von Anfang an und hörte nicht auf, bis Pat vollständig über alles im Bilde war. Alles, bis auf ein paar ganz intime Einzelheiten. Er fing gar nicht erst an, Notizen zu machen. Sein Gehirn speicherte jedes Detail gewissenhaft ab, damit er später darauf zurückkommen konnte, und ich beobachtete, wie er die Fakten hübsch nebeneinanderreihte und versuchte, einen Sinn in das Ganze zu bringen.

Als ich fertig war, steckte er sich eine Zigarette an und lehnte sich gedankenverloren zurück. Nachdem er alles vollständig verdaut hatte, sagte er: »Du hast da eine nette Ansammlung von Ereignissen, Mike. Jetzt bastel dir mal eine Theorie zusammen.«

»Ich krieg's nicht hin«, gestand ich ihm. »Ich weiß nicht mal, wo ich anfangen soll.«

»Fang mit Red an.«

»Sie wurde ermordet. Also gab es einen Grund, sie umzubringen.«

»Der Grund, warum sie überhaupt im Geschäft war?«

»Kann sein ... oder der Grund ergab sich erst später. Was könnte ein Mädchen in ihrer Position haben, für das man sie umbringen muß – Erpressungsmaterial? Ich hab mir das schon überlegt, aber es paßt nicht zusammen. Wer würde ihr im Gerichtssaal schon Glauben schenken? Vielleicht hatte sie Beweise, daß jemand aus der Reihe getanzt ist, aber das bezweifle ich. Es ist ein hartes Geschäft, und sie war nicht mit jemand zusammen, der weit oben saß. Wenn sie sich mit einem kleinen Ganoven angelegt hat, dann hätte eben dieser kleine Ganove sie sauber und einfach erledigt, ohne soviel Aufwand, es zu vertuschen. Mein Gespür, wie du es genannt hast, sagt mir, daß es einen wichtigen Grund für den Mord geben mußte. Ich bin wütend auf jemand, Pat, und dieser jemand wird mir für ihren Tod Rede und Antwort stehen.«

»Wenn du das Motiv hast, hast du den Mörder«, sagte Pat. »Was ist mit diesem Feeney Last?«

»Mir kommt er wie ein Halbstarker vor. Kaum in der Stadt, ist er zu einer Sauftour losgezogen, und es hat ihn in die Gegend von Red verschlagen. Er ist schon der Typ, der eine Erpressungsgeschichte durchziehen würde. Er sagte, Red hätte ihm sein belastendes Material geklaut, und mal vorausgesetzt, sie war dic, für die sie sich ausgab, dann würde ich es ihr auch zutrauen. Aber in solchen Affären gibt es immer auch noch eine andere Sicht der Dinge. Er könnte sein Zeug auch verloren haben, oder, wer auch immer von ihm erpreßt wurde, bezahlte Red, damit das Beweismaterial vernichtet wurde. Wenn sie genug dafür gekriegt hat, hätte Red es ihm abnehmen können, als er mit ihr im Bett war.«

»Könnte er sie umgebracht haben?«

»Sicher, aber ohne irgendwelche elaborierten Ablenkungsmanöver. Feeney ist kein Künstler. Er steht auf Messer und Kanonen. Er hat nur ein Problem ... er rechnet nicht damit, daß ihm jemand Widerstand leistet. Nein, Feeney hat sie nicht umgebracht. Bei ihm wäre Red einfach hingemetzelt worden.«

Pat zog noch mal an der Zigarette. »Was ist mit deinem Auftraggeber, Mike?«

»Berin-Grotin? Teufel, wenn der beim Fingernägelschneiden daneben säbelt, steht's morgen schon in allen Zeitungen. Er kommt aus einer anderen Generation, Pat. Vermögen, gesellschaftliche Stellung, gutes Benehmen ... alles, was du von einem Gentleman der alten Schule erwartest. Er ist unglaublich stolz auf seinen guten Namen; du weißt schon ... ständig auf der Hut, daß niemand das Familienwappen in den Dreck zieht. Der alte Knabe ist auch kein Idiot. Er wollte sich schützen, also hat er Feeney eingestellt. Aber er hat ihn ohne weiteres ziehen lassen, als der Blödmann sich Probleme einhandelte. Mir kam es so vor, als ob ihm Feeney sowieso nicht ganz geheuer gewesen ist. Ich hatte jedenfalls den Eindruck, daß er ganz froh war über das, was da oben im Friedhof passiert ist.«

»Das bringt uns zu Lola. Was gibt's da?«

»Nichts. Sie hat Red gekannt.«

»Komm schon, Mike, sie wird nicht vollkommen nullachtfünfzehn gewesen sein, oder?«

»Darauf kannst du wetten.« Ich lachte in mich hinein. »Prächtiges Persönchen, Pat. Ein Körper, bei dem sich dir die Nackenhaare kräuseln. Lola ist auch eines von diesen anständigen Mädchen, die auf die schiefe Bahn geraten sind, von denen du vorhin gesprochen hast. Bloß, die hat die Kurve gekriegt.«

»Okay, dann laß uns mal weiter vorne anfangen. Du hast erzählt, der Typ in dem Imbiß und dieser Cobbie Bennett hatten vor irgendwas Schiß. Denk da noch mal drüber nach.«

»Da kommt nichts bei raus, Pat. Shorty ist vorbestraft und hat deshalb 'ne Heidenangst, in eine Mordsache verwickelt zu werden. Cobbie ist in einem Gewerbe, in dem nichts außer Kohle einen Wert hat. Alles kann den erschrecken. Diese beiden Typen lassen sich verdammt schnell einschüchtern, deshalb gebe ich ihrem Verhalten nicht allzu viel Gewicht. Ich hab es mir schon ein dutzendmal durch den Kopf gehen lassen, mehr kommt dabei nicht raus.«

Pat brummte, und ich spürte, wie er in seinem Hirn alles durchging, Details zusammenfügte und wieder verwarf, um auf eine Lösung zu kommen. Als ihm auch nichts Besseres einfiel, zuckte er mit den Schultern und sagte: »Die Burschen, die ich kenne und die vielleicht bei dem Geschäft mitmischen, sind nur kleine Fische. Sie machen Botengänge und rennen rum. Ich werde dir keine Namen nennen, weil du dich sonst wie ein wilder Eber aufführst und mich nur in die Bredouille bringst. Dich übrigens auch, und überhaupt, das sind nur Vermutungen, ohne irgendwelche Beweise.«

»Deine Vermutungen sind meistens ziemlich akkurat, Pat. Ich höre sie mir gern an.«

»Tja, ich werde sie dir aber nicht erzählen. Aber eins kann ich machen ... ich werd mal versuchen, ob man aus den Vermutungen nicht mehr machen kann. Wir haben da so unsere Methoden, aber ich will nicht schon vorher die Pferde scheu machen.«

»Das ist 'n faires Angebot. Wenn wir beide daran arbeiten, sollten wir doch was rauskriegen.«

Pat drückte den Zigarcttenstummel aus und starrte in den Aschenbecher. »Dann kommen wir jetzt mal zur Preisfrage, Mike. Du hast mich hier reingezogen, was erwartest du also von mir?«

»Du hast Männer, die für dich arbeiten. Laß sie herumschnüffeln. Laß sie alle Fakten noch mal durchgehen. Wenn ihr da rangeht wie bei einem Mordfall, dann wird sich was ergeben. Wir brauchen vor allem genaue Einzelheiten.«

»Okay, Mike, ich hab bei dieser Sache meine Befugnisse schon so weit überschritten, daß sowieso alles zu spät ist. Ich stelle mich gegen alles, was ich weiß, wenn ich jetzt diesen Fall zur Mordsache erhebe, und ich erwarte dafür von dir etwas Zusammenarbeit. Auf ganzer Linie, haben wir uns da verstanden?«

»Ganz zu Diensten.«

»Und wenn ich jetzt meine Männer dransetze, was *kann* ich dann von dir erwarten?«

»Himmel und Hölle«, erwiderte ich. »Ich hab heute abend eine Verabredung mit Lola. Vielleicht hat sie eine nette Freundin.«

Fünftes Kapitel

Es war wohltuend, wieder zu Lola zu gehen. Ich fand ihre Wohnung in der West Fifty-sixth Street und stieg zwei Treppen hoch zum Apartment 4-C. Bevor ich noch meinen Finger von der Türklingel nehmen konnte, hatte sie die Tür offen, stand da und lächelte mich an, als ob ich wer weiß wer wär. Sie trug wieder schwarz, aber heute gab es keinen tiefen Schlitz vorne. Der war auch nicht nötig. Man sah gleich, daß sich ihre Reize nicht einmal in einem Baumwollkleid oder hinter einer Küchenschürze verbergen ließen.

Ihre Stimme war weich wie das Fell eines kleinen Kätzchens. »Hallo, Mike. Willst du nicht reinkommen?«

»Versuch doch mal, mich daran zu hindern.«

Ich betrat den Flur und folgte ihr in ein winziges Wohnzimmer, das mit all dem billigen Plunder eingerichtet war, den Frauen sich anscheinend zulegen müssen, wenn sie alleine leben. Die Vorhänge waren frisch gestärkt und die Wände neu gestrichen, so daß der Geruch von Terpentin noch in der Luft lag. Ich setzte mich in einen gepolsterten Sessel und fragte: »Neue Wohnung?«

Sie nickte und setzte sich mir gegenüber an eine kleine Zimmerbar, wo sie uns zwei Highballs mixte. »Gerade eingezogen, Mike. Ich konnte nicht dort bleiben ... in der alten Wohnung. Zu viele schmutzige Erinnerungen. Ich habe eine Überraschung für dich.«

»Ja, was denn?«

»Ich arbeite wieder als Mannequin. Im Kaufhaus mit einem bescheidenen Gehalt, aber ich finde es toll. Und was noch besser ist, ich werde ein Mannequin bleiben.«

Sie verbreitete das Gefühl eines Neuanfangs, genau wie ihre Wohnung. Was sie gewesen war, war vergessen, und alles, was zählte, war die Zukunft.

»Deine früheren ... Verbindungen, Lola. Was ist mit denen?«

»Keine Gespenster mehr, Mike. Ich hab das alles hinter mir gelassen. Die Leute, die ich kannte, werden mich nie hier suchen, und die Chancen stehen tausend zu eins, daß sie mir zufällig irgendwo anders über den Weg laufen. Wenn doch, werd ich damit auch fertig.«

Sie reichte mir den Drink, und wir prosteten uns schweigend zu. Ich steckte mir eine Lucky an, warf die Packung auf das Tischchen und schaute zu, wie sie sich eine mit dem Fingernagel zurechtklopfte. Als sie sie anzündete, blickte sie hoch, und sie merkte, daß ich sie anschaute.

»Mike«, begann sie, »es war schön gestern nacht, nicht?«

»Wunderschön.« Das stimmte. Total schön.

»Aber heute abend bist du nicht nur hergekommen … deswegen, oder?«

Ich schüttelte langsam meinen Kopf. »Nein. Nein, da ist etwas anderes.«

»Das ist gut, Mike. Das zwischen uns ist unheimlich schnell für mich gegangen. Ich – ich hab dich gern, mehr als gut für mich ist. Komm ich dir jetzt zu nahe?«

»Du doch nicht, Lola. Ich hab doch die ganze Sache falsch angefangen. Du bist mir ein bißchen unter die Haut gegangen, und ich konnte nichts dagegen machen. Du bist ein phantastisches Mädchen.«

»Danke, mein Junge«, sie grinste mich an. »Jetzt erzähl mir mal, warum du hergekommen bist. Zuerst dachte ich, du machst mir nur was vor, von wegen mich besuchen, und ich war schon fast ein bißchen deprimiert. Dann dachte ich, ich bin dir nur für die eine Sache gut. Jetzt geht es mir schon besser.«

Ich angelte mir einen Fußschemel mit einem Zeh und plazierte ihn unter meinen Beinen. Als ich bequem saß, zog ich kräftig an der Fluppe und stieß den Rauch mit meinen Worten aus. »Nancy wurde ermordet, Lola. Ich muß rauskriegen, warum, dann weiß ich auch, wer's war. Sie arbeitete im ältesten Gewerbe der Welt. Es ist ein Geschäft um Knete; es ist ein Geschäft um Politik. Alles daran ist falsch und verwerflich. Den einzigen, denen es am Arsch vorbeigeht, ob es so weitergeht oder nicht, sind die Mädchen. Warum sollten sie sich auch darüber den Kopf zerbrechen? Sie stecken tief im Dreck, und niemand schert's. Also legen sie sich ein dickes Fell zu. Keiner kann ihnen was anhaben, aber sie können anderen leicht eins reindrücken ... wenn sie wollen. Ich denke da zum Beispiel an Erpressung, Lola. Hätte Nancy so eine Sache durchgezogen?«

Ihre Hände zitterten so heftig, daß sie das Glas hinstellen mußte. In ihren Augen sammelten sich Tränen, aber sie brachte ein reuevolles Lächeln zustande und wischte die Tränen weg. »Das war ganz schön hart, Mike.«

»Dich habe ich damit nicht gemeint, Kleines.«

»Weiß ich, ich mach nur ein bißchen Spaß. Nein, ich glaube nicht, daß Nancy so was gemacht hätte. Sie war vielleicht eine ... sie war verdorben, aber sie hatte ihre Würde. Das kann ich schwören. Wenn es sie nicht dahin verschlagen hätte, hätte sie auch eine anständige Frau abgeben können. Soviel ich weiß, hatte sie keine schlechten Angewohnheiten, aber ich habe dir schon mal gesagt, es gab einen Grund, warum sie tun mußte, was sie gemacht hat. Vielleicht war es das Geld. Ich weiß es nicht. Man kann damit schnell zu viel Geld kommen, wenn man keine moralischen Skrupel hat.«

»Nehmen wir mal an, sie hat es wegen dem Geld getan. Hast du irgendeine Vorstellung, wozu sie es gebraucht hat?«

»Darüber weiß ich nichts. Wir vertrauten uns gegenseitig nicht, sondern hatten uns nur gern, und deswegen waren wir befreundet.«

Vom ewigen Im-Kreis-herum-Denken wurde mir schwindlig. »Hör mal, laß uns noch früher anfangen. Ganz zurück zu dem Callgirl-Ring. Wer hat den aufgebaut?«

Zum ersten Mal wurde ihr Gesicht kalkweiß. Sie starrte mich an. Aus ihren Augen blickte die nackte Angst, und sie biß sich auf die Lippe. »Nein, Mike!« Ihre Stimme war fast nicht mehr zu verstehen. »Laß die in Ruhe, bitte.«

»Vor wem hast du solche Angst, Liebling?«

Die Art, wie ich das sagte, ließ sie in ihrem Sessel zusammensinken, und ihre Finger krallten sich in ihre bloßen Arme.

»Zwing mich nicht, dir Dinge zu erzählen, an die ich mich nicht mehr erinnern will!«

»Es sind doch nicht die Dinge, vor denen du Angst hast, Lola. Hier geht es um Leute ... welche Leute? Warum jagt es dir solche Angst ein, wenn du bloß an sie denkst?« Ich lehnte mich jetzt nach vorn, ganz bei der Sache, und versuchte, die Bedeutung jedes Wortes, das sie sagte, genau zu begreifen. Sie zögerte erst und schaute sich nach allen Seiten um, als ob noch jemand anderes mithören könnte.

»Mike, ... sie sind brutal. Sie verschwenden keinen Gedanken an das, was sie anrichten. Sie ... zerstören ganze Existenzen ... so, als ob sie einen Dollar ausgeben. Wenn sie erfahren, daß ich gesungen habe, bringen sie mich um. Genau das würden sie tun. Das wäre auch nicht das erste Mal.«

Sie hörte sich an wie Pat. Die Angst wich aus ihrem Gesicht, und Wut machte sich darin breit, aber es lag immer noch ein leises Beben in ihrer Stimme.

»Sie wollen nur Geld, und sie kriegen es. Tausende ... Millionen ... wer weiß. An dem Geld klebt Blut, aber das läßt sich genauso gut verprassen. Es ist nicht das gleiche wie die Bordelle ... es ist viel größer. Eine eingeschworene kleine Gruppe hat alles so unter Kontrolle, daß niemand anderes einsteigen kann, und wenn eine es auf eigene Faust versucht, stößt ihr was zu. Mike, ich möchte nicht, daß mir irgendwas zustößt!«

Ich stand auf und setzte mich auf die Lehne ihres Sessels, dann strich ich mit den Fingern durch ihr Haar. »Dir stößt nichts zu, Baby. Red weiter ... sag mir alles.«

Als Antwort vergrub sie das Gesicht in ihren Händen und begann, hemmungslos zu schluchzen; ich ließ ihr Zeit und wartete. Nach fünf Minuten hatte sie sich ausgeweint, aber sie zitterte noch. Sie hatte einen gequälten Ausdruck um die Augen, der zu ihren verkrampften Schultern paßte und zu ihren blutigen Handflächen, wo die Fingernägel Spuren hinterlassen hatten. Ich zündete eine neue Zigarette an und reichte sie ihr, sah dann zu, wie sie dankbar daran zog und den Rauch tief inhalierte, damit sie irgendwie ruhiger wurde.

Dann richtete sie diese gequälten Augen auf mich und sagte: »Wenn sie rausfinden, daß ich dir was erzählt habe ... oder irgend jemand irgendwas erzählt habe, dann bringen sie mich um, Mike. Sie können es sich nicht leisten, daß die Leute über sie reden. Und was könntest du schon ausrichten ... das geht schon seit Ewigkeiten so und wird auch immer so weitergehen, solange es Menschen gibt. Ich will nicht sterben, wegen so was.«

Ich überlegte mir gut, was ich sagte, weil ich schon wieder wütend wurde.

»Kleines«, sagte ich zu ihr, »du kennst mich noch nicht sehr gut. Du nicht, aber von den Burschen draußen kennen mich viele nur zu gut. Vielleicht jagen sie einem anständigen Bürger einen teuflischen Schrecken ein, aber sie lassen alles stehen und liegen, wenn ich vorbeikomme. Sie kennen mich eben. Sie wissen verdammt genau, daß ich mir von ihnen nichts vormachen lasse, und wenn sie mir mit der harten Tour kommen, dann schlitz ich ihnen die Eingeweide auf. Ich hab eine Kanone, und die ist auch schon zum Einsatz gekommen ... schon oft. Ich hab einen Waffenschein und sie nicht, und wenn jemand draufgeht, steh ich im Gerichtssaal und erklär, wie's dazu gekommen ist. Vielleicht krieg ich mächtig eins auf den Deckel und meine Lizenz ist futsch, aber wenn *sie* abgedrückt haben, kommen sie auf den elektrischen Stuhl. In diesem Spiel sag ich die Trümpfe an, Kleines. Ich erschieß die dreckigen Schweinehunde mit Vergnügen, und ich laß keine Gelegenheit aus, und sie wissen es. Darum machen sie sich vor mir in die Hosen.

Und mach dir keine Sorgen, daß dir was zustößt. Vielleicht kriegen sie raus, woher die Informationen kommen, aber sie werden sich hüten, was in die Richtung zu unternehmen. Ich werde nämlich verlauten lassen, daß ich hinter jemand her bin, und wenn sie mir erst mal grob kommen, kriegen sie eine von vorn verpaßt, oder von hinten, oder sogar von oben in den Schädel. Ist mir völlig schnuppe, wo ich sie erwische. Ich geb nichts auf Sportsgeist. Ich knall sie genauso gern in 'ner dunklen Gasse ab wie woanders, und sie wissen das. Ich spiel's auf ihre Art, nur noch eine Nummer härter, und deswegen wird jemand in schlaflosen Nächten Todesängste ausstehen, die nur zu berechtigt sind.«

Ich hatte meine Hand auf ihre Schulter gelegt, und sie wandte den Kopf und küßte meine Finger. »Irgendwie bist du schon wunderbar, sogar dann noch, wenn du damit vor mir angibst«, frotzelte sie.

Der gequälte Ausdruck um ihre Augen war verschwunden.

Lola nahm noch einen letzten Zug von der Zigarette und drückte sie aus, dann sammelte sie die leeren Gläser ein. Als sie wieder aufgefüllt waren, reichte sie mir meines, und wir stießen kurz an und nahmen einen tiefen Schluck. Sie leerte ihres in zwei Zügen und holte nur einmal Luft dazwischen. Dann stellte sie es auf den Tisch. Sie war jetzt bereit zum Reden.

»Anscheinend hat niemand einen blassen Schimmer, wer hinter der ganzen Organisation steht, Mike. Es kann sich nur um eine einzelne Person handeln, oder um eine einzelne Gruppe. Ich weiß nicht in allen Einzelheiten, wer den Profit einstreicht, aber ich weiß, wie das Geschäft abgewickelt wird. Das geht alles genau nach Plan ab. Die Augen würden dir aus dem Kopf fallen, wenn ich dir verrate, wer alles darin verwickelt ist. Ein paar junge Frauen, die heute zur feinen Gesellschaft gehören, standen mal keinen Deut besser da als ich. Sie sind rechtzeitig abgesprungen. Haben die richtigen Beziehungen zwischen den ›Verabredungen‹ geknüpft und geheiratet.

Weißt du, das ganze Callgirl-Geschäft ist genau auf die verschiedenen Bedürfnisse der Freier zugeschnitten. Die Mädchen sind nur vom Allerfeinsten. Sie müssen schön und gebildet sein und die Manieren und das Auftreten besitzen, um sich in höchsten Kreisen zu bewegen. Ihre ›Klienten‹ sind die Reichen. Normalerweise handelt es sich bei einer Verabredung um ein Wochenende auf einem Landsitz oder um eine Kreuzfahrt in einem Luxusdampfer. Natürlich gibt es auch bescheidenere Verabredungen, aber die sind genauso lukrativ, zum Beispiel, wenn jemand einen Geschäftspartner unterhalten will. Solche Geschäftstaktiken zahlen sich anscheinend aus, so daß es auf das Geld nicht ankommt.

Bevor man einer jungen Frau das Angebot macht, ins Geschäft einzusteigen, wird sie gründlich überprüft. Ein Mädchen fällt auf, weil sie sich zu oft in der Öffentlichkeit zeigt, mit zu vielen verschiedenen Männern. Auf ihren nächtlichen Streifzügen lernt sie andere Mädchen kennen, die schon im Geschäft sind und sich anscheinend alles leisten können, ohne sich groß anzustrengen. Diese Bekanntschaften werden schnell zu oberflächlichen Freundschaften, ein paar Andeutungen hier und da, und das Mädchen kommt allmählich darauf, daß sie sich für das, was sie umsonst macht, auch bezahlen lassen könnte.

Also läßt sie etwas Dementsprechendes fallen, und sie wird den richtigen Leuten vorgestellt. Es wird ihr eine schöne Wohnung bereitgestellt, sie bekommt einen Vorschuß und wird im Buch als ein bestimmter Typ aufgeführt. Wenn ein Klient auf diesen Typ steht, ruft er einfach an, oder er knüpft den Kontakt über einen Mittelsmann, und schon haben die beiden ihre Verabredung. Alle Geschenke kann sie behalten, und bei manchen kommt da ganz schön was zusammen. Die Bezahlung für ihre Dienste wird im voraus geleistet, und das Mädchen bekommt davon Prozente direkt auf ihr Konto überwiesen.

Das hört sich wahrscheinlich alles sehr schön und einfach an, ein gutes Geschäft für alle Beteiligten. Das Mädchen geht auch keine längerfristigen Verpflichtungen ein. Wenn sie jemanden kennenlernen sollte, den sie mag, dann kann sie aus dem Geschäft aussteigen und heiraten, und sie kriegt sogar noch eine saftige Abschlußprämie für ihre Dienste. Das ist einer der Gründe, warum nie etwas schiefgeht. Die Mädchen lassen nichts verlauten, weil niemand was von ihren Verbindungen erfahren darf, und die Organisation zwingt sie nicht, gegen ihren Willen weiterzumachen, weil nichts gefährlicher ist als eine hysterische Frau.

Aber manchmal wird doch ein Mädchen zu einer Gefahr. Eine kriegt Gewissensbisse, oder eine fängt an zu trinken und verplappert sich, oder eine wird habgierig und droht mit Enthüllungen, wenn sie nicht mehr Geld kriegt. Das nimmt dann die Organisation selbst in die Hand. Das Mädchen verschwindet einfach ... oder hat einen Unfall. Wenn wir was darüber hören, dann ist das eine Lektion für uns, uns zu entscheiden ... entweder den Mund zu halten oder auszusteigen ... und dann ebenfalls den Mund zu halten.

Ich habe meine Lektion gut gelernt. Als ich unvorsichtig wurde und mir die Krankheit geholt hatte, habe ich meine Stellung in der Organisation verloren. Oh, sie haben nichts dazu gesagt ... eines der anderen Mädchen hat's mir gesteckt. Plötzlich mußte ich die Miete für eine teure Wohnung aufbringen und hatte kein Einkommen mehr, also hab ich alle meine Besitztümer verkauft und bin die soziale Leiter ein paar Sprossen tiefer gerutscht. Ich schämte mich so, daß ich zu keinem Arzt ging, und ich wußte auch sonst nicht mehr weiter, also hab ich mich in den Alkohol geflüchtet. Ich lernte wieder ein paar Leute kennen. Denen war es egal, was ich hatte. Sie haben mir ein Zimmer in einem Bordell besorgt, und ich war wieder im Geschäft. Ich hab lange gebraucht, bis ich es geschnallt habe, aber ich hab's geschafft und bin in die Klinik gegangen. Als ich wieder rauskam, war das Bordell weg, Nancy war tot, und du bist aufgetaucht.«

Sie sank in ihrem Sessel zusammen und schloß die Augen, als wäre sie erschöpft. Ich sagte: »Jetzt rück noch mit ein paar Namen raus, Lola.«

Ihre Augen waren bis auf schmale Schlitze geschlossen,

und ihre Stimme war ein bloßes Flüstern. »Murray Candid. Ihm gehören ein paar Nachtclubs, aber er ist immer im Zero Zero Club. Er ist der Kontaktmann, mit dem ich mich getroffen habe. Er hat alles arrangiert, aber er ist nicht der führende Kopf. Die Stadt ist in Gebiete aufgeteilt, und er ist für den Teil zuständig, in dem ich anschaffen war. Er ist gefährlich, Mike.«

»Das bin ich auch.«

»Was willst du jetzt anfangen?«

»Ich weiß es nicht, Kleines. Ich kann da nicht einfach hinmarschieren und einen Kerl ohne Beweise anklagen, auch wenn ich weiß, daß du recht hast. Das Gesetz steht sonst auf seiner Seite. Ich brauch Beweise ... mit was könnte ich ihn drankriegen?«

»Es gibt Bücher, Mike ... wenn du die findest. Sie würden nur zu gerne ganz ohne Bücher auskommen, weil man ihnen dann fast nichts mehr nachweisen könnte, aber das geht nicht, weil sie einander nicht über den Weg trauen.«

»Hätte dieser Candid sie in Verwahrung?«

»Das glaube ich nicht. Der hat vielleicht aktuelle Eintragungen, aber die wirklich wichtigen Sachen hat der führende Kopf des Ganzen.«

Ich stand auf und leerte mein Glas. »Okay, Lola, das hast du gut gemacht«, lobte ich. »Damit hab ich was in der Hand ... zumindest einen Ausgangspunkt. Du brauchst dir keine Sorgen zu machen, weil ich dich da nicht mit hineinziehen werde. Bleib zu Hause am Telephon, und ich melde mich ab und zu. Es tauchen bestimmt noch Sachen auf, die ich dich fragen muß, aber die uns jetzt noch nicht einfallen.«

Lola kam langsam aus ihrem Sessel hoch und legte ihre Arme um meine Taille. Sie legte ihren Kopf auf meine Schulter und schmiegte ihr Gesicht an meinen Nacken. »Sei vorsichtig, Mike, bitte sei vorsichtig.«

Ich hob ihr Kinn und grinste sie an. »Ich bin immer vorsichtig, Schätzchen. Mach dir um mich keine Sorgen.«

»Ich kann nichts dagegen machen, Mike. Vielleicht hab

ich nicht mehr alle Tassen im Schrank, aber ich bin verrückt nach dir.«

Bevor ich noch etwas sagen konnte, legte sie ihren Zeigefinger auf meine Lippen. »Sag nichts, Mike. Ich bin für das Gernhaben zuständig. Ich bin verdorben, und ich weiß es. Ich werde dir nicht in dein Leben reinpfuschen, also kannst du ruhig zulassen, daß ich dich weiter gern habe, solange ich will. Keine Verpflichtungen, Mr. Hammer. Ich werde bloß still in der Ecke sitzen und Küsse in deine Richtung schicken, und wo du auch bist, kannst du dir immer sicher sein, daß hier ein Mädchen auf dich wartet, das dir allein gehört. Du bist ein netter Kerl, du großer Tolpatsch. Wenn ich nicht so dumm gewesen wäre und ein normales Leben hätte, würde ich dich nicht von meiner Seite lassen.«

Jetzt war es an mir, sie zum Schweigen zu bringen. Ihr Körper war ein warmes Etwas in meinen Händen, und ich drückte sie so eng an mich, daß ich spürte, wie ihr Wellen der Erregung über den Rücken liefen. Ihre Lippen waren voll und reif, und sie war reingewaschen von dem, was sie gewesen war, und für einen kurzen Moment gab es keine Vergangenheit für uns. Ich küßte sie, und ihr Mund war wie eine schwache Glut, die zu einer lodernden Fackel entfacht worden war.

Ich mußte sie mit Gewalt von mir wegstoßen, bevor wir alles andere vergaßen. Wir standen da, einen halben Meter zwischen uns, und ich konnte nichts über die Lippen kriegen. Als ich meine Stimme wiederfand, sagte ich: »Bewahr es auf für mich, Lola, nur für mich.«

»Nur für dich, Mike«, wiederholte sie.

Als ich zur Tür hinaus ging, stand sie immer noch aufrecht und wunderschön mitten im Zimmer, und ihre Brüste hoben und senkten sich prall von einer Begierde, die wir uns beide nicht leisten konnten.

Der Zero Zero Club war ein Kellerlokal in einer Seitenstraße der Sixth Avenue, kaum zu finden in dem Labyrinth aus anderen Nachtclubs. Nur zwei Nullen in rotem Neonlicht wiesen auf die Existenz des Clubs hin. Aber das Geschäft ging großartig. Es herrschte eine gute Atmosphäre, eine sehr gute sogar ... darum hieß es wohl auch Zero Zero. Alles, was mehr als zwei Meter entfernt war, die Decke des Raums eingeschlossen, war in dem dichten Zigarettenrauch nicht mehr auszumachen.

Am unteren Ende der Treppe stand ein Typ mit Elefantenohren, der den Türsteher spielte mit einem Nicken oder Grunzen und einer ausgestreckten Handfläche. Ich drückte ihm einen Vierteldollar in die Hand, damit er mich nicht als Geizhals in Erinnerung behielt. Die Uhr an der Wand zeigte viertel nach elf, und der Laden war brechend voll. Die Menge bestand auch nicht aus heruntergekommenen Gestalten, im Gegenteil, mindestens die Hälfte der Gäste hatte Abendgarderobe angelegt. Im Gegensatz zu anderen Schuppen gab es hier keinen Tand oder billige Chromverkleidungen. Die Bar bestand aus einem massigen alten Mahagonitresen, der sich an der einen Seite entlangstreckte, und die Tische waren so um eine Tanzfläche gruppiert, daß man tatsächlich genug Platz zum Tanzen hatte. Die Band spielte in einer Nische, die man bei Bedarf auch als Bühne für eine Show nutzen konnte.

Die Gesichter um mich herum sahen nicht nach New York aus. Zumindest nicht die der Männer. Die meisten sahen aus wie Auswärtige, die in der Stadt einen draufmachen wollten. Man konnte schnell die ausmachen, die ihre Ehefrauen dabei hatten. Die schlürften ihre Getränke an der Bar oder an den Tischen, und hatten das eine Auge auf die Gattin gerichtet. Mit dem anderen linsten sie nach den herumschwirrenden Bienen, und zermarterten sich das Gehirn darüber, wie in aller Welt sie sich hatten dazu überreden lassen, die liebe Angetraute mitzunehmen.

Ja, die Atmosphäre war prima, zumindest so weit man was erkennen konnte. Der Zero Zero Club erinnerte an die Saloons in einem Goldgräbercamp im Wilden Westen, und die Kundschaft fand es toll. Unter die Menge hatte sich ein halbes Dutzend Hostessen gemischt, die dafür sorgten, daß jeder auf seine Kosten kam. Ich setzte mich an einen Tisch hinten in einer Ecke, der von ein paar Pflanzenkübeln halb verdeckt war, und wartete.

Als der Kellner erschien, bestellte ich einen Highball, bekam ihn serviert und wartete noch eine Weile.

Nach fünf Minuten entdeckte mich eine der Hostessen, eine Wasserstoffblondine, und schob sich mit wiegenden Hüften zu meinem Tisch durch.

Sie schenkte mir ein breites Lächeln mit ihren etwas zu roten Lippen und fragte: »Na, amüsieren Sie sich gut?«

»Nicht so richtig.«

Ich beugte mich vor und zog einen Stuhl für sie ran. Sie blickte sich um und ließ sich mit einem kleinen Seufzer nieder. Ich bescherte ihr wohl eine kleine Pause zwischen den Hauptgängen. Ich gab dem Kellner ein Zeichen, und er brachte ihr ohne zu fragen einen Manhattan. Sie sagte: »Das ist kein Tee, mein Freund. Sie bezahlen für guten Whiskey.«

»Warum die Erklärung?«

»Die Hinterwäldler von außerhalb haben zu viel gelesen über Hostessen, die kalten Tee trinken. Sie wollen immer mal probieren. Also trinken wir gar nichts, oder nur eine kleine Cola.«

Es hatte keinen Sinn, hier lange mit dem Geschwätz Zeit zu verschwenden. Ich leerte meinen Drink, bestellte noch einen und fragte: »Wo ist Murray?«

Die Blondine schaute mich einen Augenblick lang abschätzend an, blickte dann auf ihre Uhr und schüttelte den Kopf. »Keine Ahnung. Er kommt selten vor zwölf. Sind Sie ein Freund von ihm?«

»Nicht gerade ein Freund. Ich wollte was mit ihm besprechen.«

»Vielleicht kann Bucky Ihnen weiterhelfen. Er ist der Manager, wenn Murray weg ist.«

»Nein, der bringt mir nichts. Sie kennen doch Nancy Sanford, oder?«

Sie stellte ihr Glas vorsichtig hin und machte mit dem

nassen Boden kleine Ringe auf der Tischplatte. Sie schaute mich neugierig an. »Ja, ich kenne sie. Sie ist tot, haben Sie nichts davon gehört?«

»Doch, das weiß ich. Ich möchte rausfinden, wo sie gewohnt hat.«

»Wozu denn?«

»Hör mal zu, Schätzchen, ich betreib hier Nachforschungen für eine Versicherung. Wir glauben, daß Nancy Sanford in Wirklichkeit jemand anderes war. Sie hat einen falschen Namen benutzt. Hey, wir wissen über sie Bescheid, fast alles. Aber wenn sie wirklich diese andere Person war, dann haben wir eine Versicherungspolice auf ihren Namen, die wir gerne auszahlen würden. Die Nutznießer warten schon auf ihre fünftausend Dollar.«

»Aber warum tauchen Sie dann hier auf?«

»Man hat uns gesagt, sie hätte hier gearbeitet.«

In dem Blick der Blonden war jetzt etwas Trauriges. »Sie war in einem Bordell anschaffen ...«

»Das ist abgebrannt«, fiel ich ihr ins Wort.

»Dann ist sie in eine Bude in der Nähe gezogen, glaube ich. Ich weiß nicht genau wo, aber ...«

»Da haben wir uns schon umgeschaut. Da hat sie gewohnt, bevor sie umgekommen ist. Wo hat sie vorher gewohnt?«

»Das weiß ich nicht. Ich hab sie aus den Augen verloren, als sie hier aufgehört hat. Ab und zu hat eine erzählt, daß sie ihr über den Weg gelaufen war, aber ich hab sie nie mehr getroffen. Ich fürchte, ich kann Ihnen da gar nicht weiterhelfen. Vielleicht weiß Murray was.«

»Ich werde ihn fragen«, sagte ich. »Nebenbei bemerkt ist eine Belohnung ausgesetzt worden für Hinweise auf die Wohnung. Fünfhundert Dollar.«

Ihr Gesichtsausdruck heiterte sich erheblich auf. »Das kapier ich nicht, Mac. Fünf Lappen für Hinweise auf die Wohnung, und nicht auf ihren richtigen Namen. Worum geht es hier eigentlich?«

»Wir brauchen die Wohnung, weil wir an jemandem aus

der Gegend dran sind, der sie hundertprozentig identifizieren kann. Inzwischen haben wir aber jede Menge Ärger mit Leuten, die sich die Prämie krallen wollen, und wir wollen sie nicht auf den Jemand aufmerksam machen, bevor wir ihn haben, klar?«

»Mit anderen Worten, ich soll das alles unter Verschluß halten, bis ich was rausfinde. Wenn ich überhaupt etwas rausfinden kann.«

»Genau erfaßt.«

»Ich kauf Ihnen die Sache ab. Kommen Sie bald mal wieder vorbei, und ich berichte Ihnen. Werd mal rumfragen.« Sie trank aus und schaltete wieder auf ihr ›Amüsieren wir uns auch alle?‹ – Lächeln um, winkte mir zu und mischte sich wieder unter die übrigen Gäste. Die Kleine war scharf auf Geld, ohne Frage. Sie würde die Sache unter Verschluß halten und rumfragen. Das war nicht gerade das, für was ich hierher gekommen war, aber es würde sich vielleicht später auszahlen.

Nach anderthalb Stunden und fünf weiteren Drinks erschien Murray Candid. Ich hatte ihn noch nie vorher gesehen, aber als die Kellner plötzlich geschäftig hin- und herliefen, und die Hinterwäldler Hallos in den Raum warfen und auf ein erkennendes Lächeln warteten, mit dem sie der Freundin imponieren konnten, da wußte ich, daß der Boß eingetroffen war.

Murray Candid sah ganz und gar nicht aus wie ein Typ, der seinen Lebensunterhalt als Zuhälter für die High Society verdiente. Er war klein und rundlich, mit roten Bäckchen, einem mehrfachen Doppelkinn und einem Gesicht, das nach allen Seiten Ehrlichkeit und Anstand ausstrahlte. Er sah aus wie der klassische nette Onkel. Vielleicht *war* das ja doch gerade der Typ, der einen hochklassigen Zuhälter abgab. Die zwei Burschen, die nach ihm das Lokal betraten, taten, als gehörten sie zur Familie, aber man sah ihnen den Schläger schon von weitem an. Sie waren beide jung und tadellos gekleidet, im maßgeschneiderten Smoking. Sie lächelten in die Runde, begrüßten

Leute, die sie kannten, aber an der Art, wie sie sich immer umschauten und den Boß unter ihren Fittichen behielten, konnte man erkennen, daß sie angeheuerte Aufpasser waren. Und welche von der richtig harten Sorte. Jung, kräftig, intelligent, mit einer verwegenen Ausstrahlung, denen man anmerkte, daß ihr Job ihnen alles bedeutete. Ich hätte wetten können, daß die beiden nicht rauchten oder soffen.

Die Band begann zu spielen, und ein winziger Punktscheinwerfer erhellte die Tanzfläche. Die Deckenbeleuchtung ging aus, und ich konnte im Dämmerlicht gerade noch erkennen, wie das Trio in einer Nische am hintersten Ende des Raumes verschwand. Sie waren auf dem Weg zu dem Ort, den ich suchte ... das Büro von Murray Candid. Ich schaute mir die erste Nummer der Tänzerinnen an und wartete auch noch einen Striptease ab, dann zahlte ich und machte mich auf den Weg durch den Dunst zu der Nische. Ich schritt in einen Gang, der dort anfing.

Am hinteren Ende waren zwei Türen. Die eine hatte Glasfenster, war verschlossen, und darüber stand EXIT. Die andere war aus Stahl, aber so bearbeitet, daß es wie Holz aussah, und es gab keinen Türgriff. Murrays Büro. Ich berührte den Knopf am Rahmen, und falls irgendwo eine Glocke ertönte, konnte man sie von außen nicht hören. Aber nach ein paar Sekunden wurde die Tür geöffnet und einer der Burschen begrüßte mich mit einem knappen Nicken.

Ich sagte: »Ich möchte gerne Mr. Candid sprechen. Ist er da?«

»Er ist da. Ihr Name, bitte?«

»Martin. Howard Martin aus Des Moines.«

Er griff mit der Hand zur Wand und hob den Hörer eines Haustelephons ab. Während er nach drinnen telephonierte, befingerte ich die Tür. Sie war sicher acht Zentimeter dick, und die Innenfläche war mit einem widerstandsfähigen, schalldämpfenden Material verkleidet. Ein wirklich einladendes Büro.

Der Bursche legte den Hörer auf und trat zurück. »Mr. Candid will mit Ihnen sprechen.« Seine Stimme hatte einen komisch gleichförmigen Klang; er sprach ohne eine Silbe zu betonen. Hinter mir fiel die Tür mit einem leisen Klicken ins Schloß, und wir befanden uns in einem Vorzimmer, das nur eine einzige Dekoration aufwies ... noch eine Tür. Dieses Mal machte er sie auf, und ich trat sofort ein. Ich war schon halb im Zimmer, als ich ein Husten hinter mir hörte, mich umdrehte und sah, wie noch eine Tür zuging. Der Laden hatte Türen für drei, aber kein Anzeichen von einem Fenster.

Murray Candid saß halb versteckt hinter seinem großen Eichenschreibtisch, der fast die ganze Breite des Zimmers ausfüllte. Über seinem Kopf hingen gerahmte Photos von den Stars seiner Show und Aufnahmen von einigen Dutzend Berühmtheiten, alle handsigniert. An der Seite war eine Couch; ein paar Lehnstühle, eine Musiktruhe mit Bar waren im Zimmer verteilt. Sonst nichts, außer dem anderen Leibwächter, der ausgestreckt auf der Couch lag.

»Mr. Candid?«

Er erhob sich mit einem Lächeln und hielt mir seine Hand hin. Ich ergriff sie, in Erwartung eines feuchten, schlappen Händedrucks, aber da täuschte ich mich. »Mr. Martin aus, äh, Des Moines, nicht?«

Ich bestätigte es.

»Setzen Sie sich, Sir. Also, was kann ich für Sie tun?«

Der Schläger auf der Couch drehte kaum den Kopf, um mich anzusehen, da krächzte er schon: »Er hat eine Kanone, Murray.«

Es erwischte mich nicht ganz unvorbereitet. »Klaro, Kollege«, stimmte ich ihm zu. »Ich bin 'n Bulle. Polizei Des Moines.« Trotzdem ärgerte ich mich schwarz. Die Jacke war extra so angefertigt worden, daß die Kanone drunterpaßte und es niemand von außen erkennen konnte. Diese Burschen waren erfahrene Profis.

Murray lächelte mich groß an. »Polizisten wie Sie fühlen sich wahrscheinlich nicht ganz angezogen, wenn Sie ohne

Waffe aus dem Haus gehen. Jetzt erklären Sie mir, was ich für Sie tun kann?«

Ich lehnte mich zurück und steckte mir erst mal sorgfältig eine Zigarette an. Als ich endlich das Streichholz in einen Papierkorb warf, war ich bereit, die Sache anzugehen. »Ich möchte ein paar Weiber für 'ne Party. Wir haben nächsten Monat eine Tagung in New York, und wir wollen uns mal so richtig amüsieren.«

Falls ich mit einer verräterischen Reaktion gerechnet hatte, wurde ich enttäuscht. Murray runzelte erstaunt seine Stirn und klopfte mit den Fingern auf die Tischplatte. »Ich kann Ihnen nicht ganz folgen. Sie reden von ... Mädchen?«

»Jawohl.«

»Aber wie sollte ich Ihnen ...?«

Ich bedachte ihn mit einem Grinsen, das ins Anzügliche ging. »Hören Sie, Mr. Candid, ich bin ein Bulle. Die Jungs kommen zurück aus der Großstadt und erzählen uns alles über die wilden Partys, die sie gefeiert haben; sie haben gesagt, ich sollte Sie wegen der Mädchen fragen.«

Murrays Gesichtsausdruck zeigte offenkundiges Erstaunen. »Mich? In meinem Geschäft gibt es viele Touristen, das gebe ich gern zu, aber ich sehe da keine Verbindung. Wie könnte ich Ihnen denn solche Mädchen beschaffen. Ich bin doch kein ... kein ...«

»Ich halt mich bloß an das, was die Jungs mir gesagt haben, Mr. Candid. Die haben gesagt, ich soll Sie fragen.«

Er lächelte wieder. »Also, ich fürchte, Ihre Freunde haben sich geirrt, Mr. Martin. Es tut mir leid, aber ich kann Ihnen nicht behilflich sein.« Er stand auf und gab mir zu verstehen, daß die Unterhaltung hiermit beendet sei. Jetzt reichte er mir seine Hand nicht mehr. Ich verabschiedete mich und setzte meinen Hut auf, dann öffnete mir der Schläger die Türen.

Als ich rausging, nickte mir der Junge höflich zu und ließ die Tür hinter mir sanft ins Schloß fallen. Ich konnte mir keinen Reim auf das Ganze machen, also ging ich zur Bar und bestellte mir einen Drink. Als ich ihn kalt und feucht in der Hand hielt, betrachtete ich die sprudelnden Bläschen, die nach oben stiegen und dort zerplatzten.

Kalt und feucht. So fühlte ich mich am ganzen Körper. Es gab keinen versteckten Tresor im Boden oder in den Wänden von diesem Büro und auch kein anderes Versteck, wo der anständige Mr. Candid irgendwelche Bücher aufbewahren konnte, falls er welche hatte. Aber wenigstens konnte ich diese Möglichkeit jetzt ausschließen, immer angenommen, diese Bücher existierten überhaupt. Auch gut … der Aufwand hatte sich gelohnt.

Als ich den Drink geleert hatte, holte ich meinen Hut und verschwand aus dem Schuppen. Die Luft hier oben war auch nicht sehr sauber, aber für mich roch es so frisch wie eine Million Scheinchen nach dem Nebel vom Zero Zero. Genau gegenüber auf der anderen Straßenseite war das Clam Hut, ein winziges Restaurant, das auf Fisch und Meeresfrüchte spezialisiert war. Es gab dort eine Bar, von der aus ein Bursche sein Bier und die gegenüberliegende Straßenseite im Auge behalten konnte. Ich ging rein, bestellte ein Dutzend Schalentiere und ein Bier und wartete.

Ich hatte mich auf eine ganze Weile eingerichtet, aber daraus wurde nichts. Ich hatte noch kaum die Hälfte der Muscheln verdrückt, als Murray Candid allein aus seinem Laden kam und sich Richtung Westen in Bewegung setzte. Er schritt aus, als ob er noch was vorhätte und nicht nur einen Nachtspaziergang machte. Sein Gang war selbstbewußt und brachte ihn zügig voran. Ich hielt mich vielleicht zwanzig Meter hinter ihm, auf der anderen Straßenseite. Zweimal hielt er an und schwatzte mit irgendwem, ich tat dann so, als würde ich mich für die Speisekarten im Fenster der Restaurants interessieren. Nicht, daß ich mir Sorgen machte, entdeckt zu werden … es waren zu viele Leute unterwegs auf der Straße.

Als wir schon fast durch die ganze Innenstadt gelatscht waren und ein paar Abkürzungen eingeschlagen hatten, kapierte ich, wohin Murray wollte. Auf meiner Seite der Straße war ein Parkplatz. Ich mußte grinsen. Wenn er mich jetzt doch noch entdecken würde, hatte ich die beste Ausrede der Welt. Ich hatte meinen alten Schlitten nämlich auch hier abgestellt.

Ich ließ ihn vorgehen und folgte ihm dann in zehn Meter Entfernung. Der Parkwächter nahm mein Ticket in Empfang und gab mir die Autoschlüssel, wobei er die Augen gerade noch so lange offenhielt, daß er sein Trinkgeld kassieren konnte.

Mein Wagen stand hinten in der Ecke, und ich hielt mich im Schatten, als ich dort hinging. Außer meinen knirschenden Schritten im Kies war nichts zu hören. Irgendwo sollte eine Autotür zuschlagen oder ein Motor anspringen, aber es war absolut still. Nur die Dschungelgeräusche der Stadt hingen in der Luft. Es herrschte eine Stille wie in dem Moment, wenn der Tiger sich niederkauert, bereit zum tödlichen Sprung.

Dann hörte ich es, ein schwacher Schrei zwischen einer Reihe von Autos. Ich erstarrte, dann hörte ich es noch mal, und im nächsten Augenblick trampelte ich auf den Ort zu.

Und ich rannte durch eine dunkle Gasse aus Chrom und Metall direkt in das stumpfe Ende einer Kanone hinein, das mich mit dem Gesicht zuerst zu Boden gehen ließ. Mein Schrei erstickte mir in der Gurgel. Es blieb mir keine Zeit abzuhauen, und es war zu eng, um mich zu verteidigen. Ich bekam ein paar über den Kopf und die Schultern gebraten, Füße kickten mit unglaublicher Kraft gegen meine Rippen, und das stumpfe Ende der Kanone erwischte mich noch etliche Male.

Ich konnte die Geräusche hören, die mir über die Lippen kamen, leise Schmerzenslaute, die ich blubbernd und zuckend herausbrachte. Ich versuchte, irgend etwas zu packen, egal was, aber eine harte Schuhspitze rammte sich in mein Gesicht, und mein Schädel krachte gegen Metall, und ich konnte mich überhaupt nicht mehr bewegen.

Es war fast angenehm, so dazuliegen. Keine Schmerzen mehr. Nur Druck und das Gefühl von zerschundenem Fleisch. Ich konnte nichts sehen, nichts fühlen. Irgendwo weit weg sagte eine monotone Stimme: »Genug fürs erste.«

Dann hielt eine andere Stimme eine Weile leise dagegen, daß es überhaupt nicht genug sei, aber die erste Stimme hatte die Oberhand, und das Gehämmere hörte auf, und dann konnte ich auch nichts mehr hören. Ich lag da und wußte, daß ich eingeschlafen war, aber trotzdem bei vollem Bewußtsein einen richtigen Traum träumte. Es war mir aber auch völlig einerlei, und ich ließ mich treiben in einem Zustand, fast so, als sei ich tot.

Sechstes Kapitel

Die ersten, schräg einfallenden Sonnenstrahlen weckten mich auf. Sie fielen auf die Dächer der Häuser, und das Licht wurde in den Windschutzscheiben der parkenden Autos reflektiert. Sie brachten eine Wärme mit sich, die meiner segensreichen Betäubung ein Ende setzte und statt dessen Tausende von scharfen Schmerzen in meinem Körper aufweckte.

Mein Gesicht steckte im Schotter, meine Hände lagen ausgestreckt vor mir, und die Finger waren zu gekrümmten Klauen versteift, die ich nur mit mühevoller Anstrengung öffnen konnte. Als ich mich endlich unter dem Wagen hervorgekämpft hatte, rannen mir mit dem Schweiß auch Rinnsale mit getrocknetem Blut übers Gesicht, das sich mit frisch blutenden Verletzungen vermischte, die durch die Anstrengung wieder aufgebrochen waren.

Ich saß da und schwankte zum Rhythmus der Donnerschläge in meinem Schädel und versuchte, mit meinen Augen irgend etwas genauer anzusehen. Meine Sehkraft stellte sich nur langsam wieder ein und wurde im gleichen Maße stärker wie der dumpfe Schmerz, der überall zu pochen begann und überhaupt nicht mehr aufhörte. Mein Gehirn setzte sich endlich in Gang, und ich erinnerte mich daran, was passiert war. Aber die Erinnerung brachte mich nur zum Fluchen, worauf meine geschwollenen Lippen wieder aufplatzten. Also saß ich bloß da und dachte nach.

Mich zog ein Gewicht nach unten, das sich bei näherer Untersuchung als meine Kanone entpuppte. Sie steckte immer noch unter meinem Arm. Die hatte mir auch verdammt wenig gebracht. Ich hatte nicht mal die Chance gehabt, sie zu ziehen. Was war ich doch für ein Vollidiot gewesen, in so eine Falle zu tappen. Ein richtiger Blödmann, der es absolut verdiente, daß ihm eins über den Schädel gebraten wurde.

Irgendwie hatte meine Armbanduhr das Ganze heil

überstanden, und nur das Deckglas war zerkratzt; die Zeiger standen auf sechs Uhr fünfzehn. Ich hatte die ganze Nacht hier gelegen. Erst jetzt fiel mir auf, daß die Wagen um mich herum für die ganze Nacht geparkt waren. Diese Burschen hatten sich den Ort für den Überfall gut ausgesucht. Verdammt gut.

Ich versuchte aufzustehen, aber meine Beine wollten sich noch nicht richtig bewegen, also ließ ich mich in den Schotter zurücksinken und lehnte mich nach Atem ringend wieder an den Wagen. Es tat schon verdammt weh, wenn ich mich nur ein Stückchen bewegte. Meine Klamotten waren hinüber, an den Beinen und an der Stelle, wo die Kanone steckte, waren sie total zerrissen. Die eine Hälfte von meinem Gesicht war bis aufs rohe Fleisch abgeschürft, und ich konnte mir nicht an den Hinterkopf fassen, ohne daß ich vor Schmerz zusammenzuckte. Meine Vorderfront brannte wie Feuer von den Fußtritten gegen die Rippen. Ob irgendwelche gebrochen waren, konnte ich nicht sagen ... es fühlte sich an, als ob keine einzige heil geblieben war.

Ich weiß nicht, wie lange ich dasaß, den Kies zwischen meinen Fingern durchrieseln ließ und nachdachte. Vielleicht nur eine Minute, vielleicht eine ganze Stunde. Neben mir hatte ich einen kleinen Haufen aus Kieselsteinen angehäuft, und ich nahm sie von dem Haufen und schnippte sie an die verchromte Radkappe von dem Wagen mir gegenüber. Sie klirrten, wenn sie trafen.

Dann klirrte einer nicht, und ich streckte mich danach und hob ihn auf, um es noch einmal zu versuchen. Aber es war gar kein Kieselstein. Es war ein Ring. Ein Ring mit einem auffälligen Lilienmuster, zerkratzt und an den Stellen verbeult, wo er in den Schotter getreten worden war.

Plötzlich war ich überhaupt nicht mehr müde. Ich stand aufrecht auf meinen Beinen, und meine Lippen waren zu einem breiten Grinsen verzogen, weil der Ring, den ich gefunden hatte, der Ring von Red war. Jemand würde es mit dem Tod bezahlen, wenn sie versuchen sollten, ihn mir wieder abzunehmen. Sie würden langsamer und grausamer sterben als alle Schweinehunde vor ihnen, und wenn sie im Sterben lagen, würde ich mich verdammt noch mal ausschütten vor Lachen!

Mein Wagen stand noch dort, wo ich ihn abgestellt hatte, an der hinteren Wand. Ich schloß die Tür auf und stieg ein, wobei ich mir vorsichtig eine bequeme Stellung aussuchte, in der das Fahren nicht so höllisch weh tat. Ich stieß aus der Parklücke und wendete. Beim Hinausfahren gab ich dem Typen am Tor zwei Dollar zu für das Parken über Nacht. Er steckte die Kohle ein, ohne auch nur aufzuschauen.

Ich hatte vorgehabt, zu mir nach Hause zu fahren. Da hatte ich mich aber übernommen. Schon lange bevor ich überhaupt nur den Broadway erreicht hatte, meldeten sich die messerscharfen Schmerzen in meiner Seite wieder, und meine Beine waren so schwach, daß ich kaum die Pedale bedienen konnte. Irgendwie schaffte ich es, die Schrottmühle durch die Innenstadt zu kutschieren, ohne daß jemand dran glauben mußte, und bog zur Fifty-Sixth Street ein. Vor Lolas Wohnung war ein Parkplatz frei. Ich fuhr da rein und stellte den Motor ab. Ich wartete ab, bis ein paar Frühaufsteher an mir vorbeigelaufen waren, dann quetschte ich mich aus dem Sitz, knallte die Autotür zu und schleppte mich in das Gebäude.

Die Treppen waren die reinste Folter. Als ich endlich oben an der Wohnungstür angelangt war und klingelte, hatte ich eigentlich nur den Wunsch, diese peinigende Existenz für immer hinter mir zu lassen. Lola machte auf, und ihre Augen weiteten sich vor Schreck.

»Mein Gott, Mike, was ist passiert?« Sie packte mich am Arm und schob mich rein, wo ich auf die Couch niedersinken konnte. »Mike … bist du in Ordnung?«

Ich schluckte schwer und nickte. »Ja. Jetzt ist alles in Ordnung.«

»Ich hol einen Arzt!«

»Nein.«

»Aber Mike …«

»Verdammt, ich hab nein gesagt. Ich will mich bloß ausruhen. Ich komm schon wieder in Ordnung.« Ich brachte die Sätze nur mühsam heraus.

Sie kam zu mir rüber und zog mir die Schuhe aus, dann legte sie meine Füße auf ein Kissen. Abgesehen von dem besorgten Gesichtsausdruck hätte sie nicht reizender aussehen können, in noch einem anderen schwarzen Kleid, das aussah, als sei es ihr auf den Körper gegossen. »Mußt du irgendwohin, Kleines?«

»Zur Arbeit, Mike. Jetzt geh ich aber nicht.«

»Den Teufel wirst du nicht gehen«, sagte ich. »Das ist gerade wichtiger als ich. Laß mich nur hier liegen, bis ich wieder auf dem Damm bin. So wie es sich anfühlt, ist noch alles beieinander, und es ist auch nicht das erste Mal, daß es mich erwischt hat. Mach schon, hau ab hier.«

»Ich hab noch 'ne gute Stunde Zeit.« Ihre Hände griffen nach meiner Krawatte, lösten den Knoten und zogen sie mir aus. Dann schälte sie mich aus den Überresten meiner Jacke und meines Hemdes, ohne daß ich dabei allzu sehr in Mitleidenschaft gezogen wurde. Ich blickte sie überrascht an. »Du machst das wie eine Expertin, Schätzchen«, sagte ich ihr.

»Reine Vaterlandsliebe. Ich war Schwesternhelferin im Krieg. Ich werd dich jetzt mal saubermachen.«

Sie zündete eine Zigarette an und steckte sie mir zwischen die Lippen, dann ging sie zur Küche, und ich hörte, wie Wasser in einen Topf lief. Sie kam wieder herein mit einer dampfenden Schüssel heißes Wasser und einer Ladung Handtücher überm Arm.

Meine Muskeln fingen an, steif zu werden, und ich konnte mir die Fluppe nicht mehr aus dem Mund nehmen, bis sie mir zu Hilfe kam. Nachdem ich ein paar Mal gezogen hatte, drückte sie sie aus, dann holte sie eine Schere und schnitt mein Unterhemd auf. Mir graute vor dem Anblick, aber ich mußte hinsehen. An meiner Seite liefen Striemen entlang, die sich schon tief violett verfärbt hatten. An manchen Stellen war das Fleisch aufgeplatzt, und Blut tropfte immer noch aus offenen Wunden, die von blau schillernden Flecken umgeben waren. Sie betastete die Stellen über den Rippen auf der Suche nach Brüchen, und schon dieser sanfte Druck ließ meinen ganzen Körper verkrampfen. Aber als sie fertig war, waren wir uns beide sicher, daß da keine scharfen Kanten vorstanden und ich wenigstens im Augenblick weder für Gipsverbände noch für einen Sarg Bedarf hatte.

Das Wasser war heiß und brannte in den Wunden, aber es tat auch wohl. Sie säuberte mein Gesicht und verarztete die Schnittwunden mit einem Antiseptikum, dann tupfte sie alles wieder trocken. Ich lag ruhig da mit geschlossenen Augen und ließ sie meine Schultern, meine Arme, dann meine Brust abreiben und verzog nur ein bißchen das Gesicht, wenn sie an eine offene Stelle kam. Ich war schon fast wieder eingeschlummert, als ich spürte, daß ihre Finger meinen Gürtel aufmachten, und ich öffnete meine Augen einen Spaltbreit.

Ich sagte: »He ... nichts da ...«, aber jedes Wort war eine ungeheure Anstrengung, und sie wollte absolut nicht aufhören. Jede Bewegung tat viel zu weh, und ich konnte verdammt nichts dagegen machen, daß sie mich entkleidete, also ließ ich sie gewähren und machte meine Augen wieder zu, bis sogar meine Socken in dem Stapel auf dem Sessel lagen. Ihre Finger wischten wie kleine Zauberfedern Schmutz und Schmerzen mit dem heißen, seifigen Wasser weg, und ihre massierenden Bewegungen grenzten fast an Zärtlichkeiten.

Es war wunderbar. Es tat so gut, daß ich beim besten Teil einschlief, und als ich wieder aufwachte, war es beinah vier Uhr nachmittags, und Lola war weg. Sie hatte mich mit einem Bettlaken zugedeckt, sonst nichts. Auf dem Tisch neben meinem Ellbogen stand ein Krug mit Wasser, in dem die letzten Reste von geschmolzenen Eiswürfeln schwammen, eine frische Packung Luckies und ein Zettel.

Es tat gar nicht mehr so weh, als ich rüberlangte und ihn mir vom Aschenbecher holte. Da stand: »Mike, Liebling, rühr dich nicht von der Stelle, bis ich heimkomme. Alles bis auf die Unterwäsche hab ich eh in den Müll geworfen, also bild dir nicht ein, daß du mir entwischen könntest. Ich hab deine Schlüssel mitgenommen und hol dir neue Kleider aus deiner Wohnung. Deine Waffe ist unter dem Sofa, aber schieß bitte nicht damit rum, weil der Hausmeister mich sonst vor die Tür setzt. Sei brav. Alles Liebe, Lola.«

Die Klamotten! Zum Teufel, die konnte sie doch nicht weggeworfen haben … der Ring war in der Hosentasche! Ich schlug das Laken weg und stemmte mich hoch, und alles fing sofort an, wieder wehzutun. Ich hätte liegen bleiben sollen. Meine Brieftasche, ein paar lose Münzen und der Ring lagen in einem ordentlichen kleinen Haufen auf dem Tisch hinter dem Wasserkrug.

Aber jetzt war ich wenigstens schon in einer Haltung, aus der ich ohne weitere Anstrengungen das Telephon erreichen konnte. Ich rief die Auskunft an und fragte nach dem Namen und der Adresse von meinem Auftraggeber. Der Butler hob den Hörer ab, und er stellte mich gleich zu Mr. Berin-Grotin durch.

Er klang fröhlich und aufgeweckt; ich dagegen mehr als angeschlagen. »Mike Hammer hier, Mr. Berin.«

»Oh, guten Abend, Mike. Wie geht es Ihnen?«

»Nicht gerade besonders gut. Ich bin gestern abend zusammengeschlagen worden.«

»Wie … wie bitte?«

»Ich bin jemandem auf den Leim gegangen und in eine Falle getappt, die es in sich hatte. Mein Fehler … ich hätte es besser wissen müssen.«

»Was ist denn passiert?« Ich hörte, wie er heftig schluckte. Gewalttätigkeiten waren nicht gerade sein Metier.

»Ich hab Nachforschungen über einen Typ namens Murray Candid angestellt. Weil ich nicht rauskriegen konnte, was ich wissen wollte, bin ich ihm zu einem Parkplatz nachgeschlichen und wurde dort überfallen. Einer der Schläger wollte sich wohl großzügig zeigen und ließ mich am Leben, aber ich fange an, seine Großzügigkeit zu bedauern. Mir ginge es besser, wenn ich unter der Erde läge.«

Er platzte unvermittelt los: »Um Himmels willen! Mike ... vielleicht sollten Sie besser aufhören ... ich meine ...«

Wenn da ein Lachen in meiner Stimme zu hören war, machte ich ihm was vor. »Keine Chance, Mr. Berin. Sie können mich vielleicht durchprügeln, aber Angst machen die mir nicht. Nächstes Mal werde ich mich besser vorsehen. Auf 'ne Art bin ich sogar froh, daß es so weit gekommen ist.«

»Froh? Ich fürchte, da kann ich Ihrer Ansicht nichts abgewinnen, Mike. Solche Sachen sind so ... so unzivilisiert! Ich verstehe einfach nicht ...«

»Eines der Schweine war der Kerl, der die rothaarige Frau auf dem Gewissen hat, Mr. Berin.«

»Tatsächlich? Dann haben Sie ja *doch* Fortschritte gemacht; aber ... wie konnten Sie das rausfinden?«

»Er hat den Ring verloren, den er Red abgenommen hat, bevor er sie umgebracht hat. Ich hab ihn jetzt.«

Seine Stimme klang jetzt richtig interessiert. »Konnten Sie den Mann sehen, Mike? Werden Sie ihn identifizieren können?«

Es tat mir richtig leid, ihm die schlechten Nachrichten zu überbringen. »Die Antwort auf beides heißt nein. Es war mehr als dunkel, und ich hab sowieso nur Sternchen gesehen.«

»Das ist wirklich zu schade. Mike ... wie wollen Sie jetzt weiter vorgehen?«

»Ich glaube, erst mal werd ich 'ne Weile kürzer treten müssen.« Ich wurde langsam müde. Ich sagte: »Hören Sie, ich rufe Sie später noch einmal zurück. Ich muß mir die ganze Sache durch den Kopf gehen lassen, okay?«

»Aber sicher, Mike. Aber bitte ... seien Sie etwas vorsichtiger ab jetzt. Wenn Ihnen irgend etwas zustößt, würde ich mich persönlich dafür verantwortlich fühlen.«

Ich beruhigte ihn noch und sagte, er brauche sich keine Sorgen zu machen, dann legte ich auf und ließ mich wieder auf die Couch plumpsen. Das Telephon behielt ich dieses Mal in der Hand, damit ich im Liegen reden konnte. Ich rief Pat in seinem Büro an, aber dort wurde mir gesagt, er sei schon weg. Bei ihm daheim erwischte ich ihn. Er war froh, was von mir zu hören, und hörte still zu, als ich die ganze Geschichte zum Besten gab. Ich erzählte ihm alles, bis auf die Neuigkeiten von dem Ring.

Sogar das hätte er fast erraten. »Da gibt es noch was, stimmt's oder hab ich recht?«

»Wie kommst du denn darauf, Pat?« fragte ich ihn.

»Für jemanden, der gerade voll was einstecken mußte, klingst du verdammt viel zu gut gelaunt.«

»Ich bin zufrieden, weil ich glaube, daß ich endlich an was Wichtigem dran bin.«

»Wer waren die Jungs ... die Leibwächter von Candid?«

»Könnte sein, Pat, aber sicher bin ich mir nicht. Vielleicht hatten sie es vorher so ausgemacht und sind vor uns dagewesen, aber vielleicht hatten die auch nichts damit zu tun. Ich hab da eine andere Idee.«

»Die wäre?«

»Als ich in das Büro von Candid kam, ist gerade jemand gegangen, jemand, der mich gesehen hat. Ich bin Murray hinterher, und der andere ist mir hinterhergeschlichen. Als ihm klar wurde, wohin Murray wollte, ist er mit ein paar Jungs in einem Taxi vorgefahren und hat auf mich gewartet.«

Pat machte weiter: »Warum hat dann Murray nicht eingegriffen, als die Schlägerei losging?«

»Weil er in einer Position ist ... glaube ich ... wo er seine Weste sauberhalten muß und auf keinen Fall in die Angelegenheiten von anderen Leuten verwickelt werden darf. Wenn er mitkriegte, was vor sich ging, kümmerte es ihn nicht. Das gilt natürlich nur für den Fall, daß er nicht schon von vornherein was damit zu tun hatte.«

»Könnte hinkommen«, stimmte Pat mir zu. »Wenn wir hier nicht bloß vage Theorien in der Hand hätten, könnten wir uns einschalten und die Sache bald unter Dach und

Fach bringen. Hör mal zu … du kriegst übrigens mehr Unterstützung, als du erwartet hast.«

Er machte mich neugierig. »Wirklich?«

»Jaja. Der Knabe, der sie mit dem Auto überfahren hat, war versichert. Die Versicherung erhebt keine Einwände gegen die Todesursache und möchte die Geschädigten auszahlen. Sie versuchen gerade, die nächsten Angehörigen aufzuspüren.«

»Hast du ihnen was gesagt, Pat?«

»Keinen Ton. Sie haben sich selbst umgehört, den offiziellen Polizeibericht angefordert, und das war's. Ich wollte mich nicht zum Deppen machen und ihnen auf die Nase binden, daß ein trotteliger Privatschnüffler mir eingeredet hat, es sei Mord gewesen. Diese Jungs sind auch nicht auf den Kopf gefallen. Und noch was. Ich habe Erkundigungen eingeholt über deinen Kumpel.«

»Welchen Kumpel?«

»Feeney Last.«

Ich verspürte plötzlich überall ein Prickeln und ließ fast den Telephonhörer fallen. Man brauchte bloß den Namen des Schleimbeutels erwähnen, und schon war ich auf hundertachtzig.

Pat sagte: »Er hat 'nen guten Ruf … so weit wir das überblicken können, ist er noch nicht einmal verhaftet worden. Wir konnten zwei Städte an der Westküste ausmachen, wo er bekannt ist. In beiden war er von Unternehmen angeheuert worden, die ein paar starke Jungs brauchten. Feeney ist ein Schläger, aber er hat sich nichts zuschulden kommen lassen. Die Bullen dort haben mir erzählt, daß die kleineren Ganoven in der Stadt gehörigen Respekt vor ihm hatten, weil das Gerücht umging, er sei ein Revolverheld der alten Schule, der es auf Teufel komm raus darauf anlegt, jemand kaltzumachen. Ganz wie aus einem zweitklassigen Gangsterstreifen. Feeney hat es klug angestellt und sich einen Waffenschein für die Kanone besorgt. Bei dem Antrag sind ihm zum einzigen Mal die Fingerabdrücke abgenommen worden.«

»Du kannst ihm also nichts anhängen, oder?«

»So ist es, Mike.«

»Was ist mit dem Waffenschein, den er für den Job bei Berin-Grotin hatte?«

»Sogar daran hat er gedacht. Er hat ihn mit der Post zurückgeschickt. Der Knabe geht kein Risiko ein.«

»Also hält er sich jetzt an sein Skalpell.«

»Was?«

»Man braucht keinen Waffenschein für ein Messer, alter Junge, und Feeney hat eine Vorliebe für kalten Stahl.«

Mein Rücken tat mir weh, und ich war zu müde, um noch weiterzureden, also versprach ich Pat, ihn später noch einmal anzurufen, und legte auf. Ich stellte das Telephon auf den Tisch und rollte mich zu einer bequemeren Lage herum. Dann lag ich da und versuchte, einen klaren Gedanken zu fassen. Ich hatte Reds Ring in der Hand, und ich sah ihr Gesicht vor mir, aber jetzt waren alle harten Linien weg, und es war ein hübsches Gesicht, das lächeln konnte vor Erleichterung und Vorfreude.

Der Ring war so groß, daß er auf meinen kleinen Finger paßte. Ich steckte ihn drauf.

Um halb fünf hörte ich einen Schlüssel im Türschloß und fuhr aus meinem Halbschlaf auf mit einer Kanone in der Hand, bei der schon die Sicherung gelöst war. Über meine Handknöchel zog sich eine dünne rote Blutspur, wo ich mich an einem Nagel unterm Sofa aufgerissen hatte, als ich nach der Waffe griff.

Aber es war nur Lola.

Mein Auftritt erschreckte sie zu Tode, und sie ließ das Bündel fallen, das sie in der Hand hatte. »Mike!«

»Tut mir leid, Kleines. Ich bin ein bißchen nervös.« Ich legte die Knarre auf den Tisch.

»Ich … hab dir Kleider geholt.« Sie hob das Bündel wieder auf und kam zu mir rüber. Als sie sich auf den Rand des Sofas setzte, zog ich ihren Kopf runter und küßte sie auf ihre vollen Lippen. Sie lächelte und fuhr mir mit den Fingern über die Stirn. »Geht's dir besser?«

»Gut, Schätzchen. Die paar Stunden Schlaf waren genau das, was ich brauchte. Es wird noch ein paar Tage weh tun, aber nichts im Vergleich zu dem, wie es einem gewissen Jemand ergehen wird, wenn ich ihn erwische. Ich bin schon lange nicht mehr so zusammengeprügelt worden, aber vielleicht wird es mir eine Lehre sein. Das nächste Mal werd ich meine Augen offenhalten und jemandem eine Kugel in die Eingeweide knallen, bevor ich in eine dunkle Gasse hineinrenne.«

»Red doch bitte nicht so, Mike.«

Kleine Sorgenfalten erschienen in ihren Augenwinkeln. »Du bist wunderschön, Mädchen.«

Sie lachte, ein vergnügtes, kehliges Lachen. Dann stand sie schnell auf, packte das Laken und zog es mit einem Ruck weg. »Du bist auch wunderschön«, grinste sie mich teuflisch an.

Ich stieß einen Schrei aus und holte mir meine Toga zurück, und sie lachte noch mehr. Dann verschwand sie in der Küche, und ich öffnete das Bündel und packte meine Kleider aus. Ich knotete mir gerade die Krawatte um den Hals, als sie mich zum Essen rief. Ich marschierte in die Küche, und sie sagte: »Ohne gefällst du mir besser.«

»Sei gefälligst nicht so frech, und gib mir was zu essen.«

Ich setzte mich an den Tisch. Sie holte die Schweinekoteletts aus der Pfanne und häufte sie mir auf den Teller. Das war nicht gerade eine Mahlzeit, wie ich sie von einem Mädchen aus der Großstadt erwartet hätte ... es war einfach zu viel davon da. Ich dachte zuerst, die ganze Ladung sei für mich allein, bis Lola auch ihren Teller füllte.

Sie erriet meine Gedanken und nickte in Richtung Herd. »So 'n Essen hat mich groß und stark gemacht. Iß deine Portion auf, und du wirst auch so.«

Ich war zu hungrig, um mich bei Tisch zu unterhalten, und wir aßen schweigend. Sie servierte zum krönenden Abschluß Kuchen, gab mir ein zweites Stück, während sie ihres verspeiste. Dann nahm sie die Zigarette, die ich ihr anbot.

»Hat's dir geschmeckt?« fragte sie.

»Noch nie so gut. Ich fühl mich fast wie neu geboren.«

Sie zog genüßlich an ihrer Zigarette. »Was willst du jetzt weiter machen, Mike?«

»Ich weiß nicht genau. Erst muß ich rauskriegen, warum ich so zusammengeprügelt worden bin. Dann will ich wissen, wer's war.«

»Ich hab dir gesagt, Candid ist gefährlich.«

»Dieser fette Affe ist nicht gefährlich, Süßes. Seine Kohle, die ist gefährlich. Mit der heuert er Leute an, die das erledigen, was er selbst nicht hinkriegt.«

»Ich würde ihm trotzdem nicht über den Weg trauen. Mir sind Geschichten über Murray zu Ohren gekommen, die sich nicht gut anhören. Du hast nach den Büchern gesucht, stimmt's?«

»Nein«, erwiderte ich. »Er würde sie nicht so einfach offen rumliegen lassen. Ich hab nach einem Versteck gesucht, wo er sie aufbewahren könnte, aber da war keine Spur von einem Tresor in dem Laden. Nein, der Trip war bloß ein Aufklärungsrundgang. Diese Jungs sind auch keine kompletten Idioten. Wenn sie überhaupt Bücher führen – und ich glaub immer noch, daß das sehr fraglich ist –, dann sind die an einem Ort verstaut, den man nur nach langem Herumwühlen auftut.«

Ich lehnte mich im Stuhl zurück und holte eine Fluppe aus der Packung. Es tat mir immer noch weh, aufrecht zu sitzen, aber ich erholte mich schnell. »Mal angenommen, ich krieg was über Candid raus ... was bringt mir das? Ich bin hinter einem Mörder her, nicht hinter einer heißen Geschichte für die Zeitungen.«

Ich redete mehr mit mir selbst als mit Lola und versuchte, die Einzelheiten in meinem Kopf zu ordnen. Bis jetzt war es nur ein Wirrwarr von Fakten, die alle irgendwie wichtig sein konnten, aber insgesamt kam ich mir vor wie auf einer steilen Leiter, die nach oben führte. Mit jeder erklommenen Sprosse tat sich eine weitere auf, aber das Ende war nicht in Sicht.

»Also, Red ist ermordet worden. Und sie ist aus gutem Grund ermordet worden. Sie trug einen Ring am Finger, als sie noch lebte, aber der war nach ihrem Tod verschwunden. Und der Mord war wunderschön eingefädelt ... ich weiß nicht, wie zum Teufel das vor sich gegangen ist, aber ich krieg es noch raus. Der Mörder hat die Tat perfekt vertuscht, und sie wird offiziell zum Unfalltod erklärt. Wenn sie auf die Straße gestoßen wurde, hätte das jemand gesehen, und der Junge, der sie umgefahren hat, hätte das selbst in seinem verdammten Suff merken müssen. Aber nichts dergleichen ... er glaubt, er war ganz allein verantwortlich und hat sich aus dem Staub gemacht. Er kann sich noch genug erinnern, um die ganze Story zu bestätigen, also müßte er sich auch daran erinnern, wenn sie auf die Straße gestoßen worden wäre. Aber welches Frauenzimmer nimmt schon ihren Ring vom Finger. Frauen sind einfach nicht so! Und einer dieser Spaßvögel, die mich überfallen haben, hatte ihn bei sich, also war es wirklich Mord und kein Unfall.

Das ist doch bekloppt. Wenn es kein Mord war, würde sich niemand mehr darüber Gedanken machen, aber warum mußte sie dran glauben? Was an ihr war so wahnsinnig besonders, daß sie dafür sterben mußte. Jemand hat also Feeney Last sein Erpressungsmaterial abgenommen ... aber du sagst, so was wäre nicht ihr Stil gewesen. Sie war gefährliche Ware, sagt 'n anderer Knabe, und keiner hätte sich an sie rangetraut. Feeney ist hart im Nehmen und hat die Jungs so im Griff, daß sie nichts ausplaudern wollen. Aber vor was haben sie so Schiß? Bloß, daß sie eine Abreibung verpaßt kriegen? Oder daß jemand sie umlegt? Zum Kuckuck noch mal, man kann in dieser Stadt doch nicht einfach so rumlaufen und Leute umlegen. Zugegeben, New York ist ein rauhes Pflaster, wenn du in Schwierigkeiten steckst, aber versuch's nur mal mit deiner Kanone, und sieh zu, wie weit du kommst! Vielleicht kannst du jemanden eine Zeitlang damit einschüchtern, aber nach einer Weile fruchtet die Einschüchterungstaktik nichts mehr, und du mußt beweisen, daß du auch zur Sache gehst. Also, wer ist der Kerl, der das tun könnte und damit durchkommen würde? Nur einer … ein Gangster, der glaubt, er hat ausreichend Rückendeckung, falls was schiefgeht.«

Zum ersten Mal unterbrach mich Lola. »Ist das Feeney Last?«

»Vielleicht. Er hat einen Ruf als Revolvermann. Aber er ist auch kein Vollidiot. Sonst hätte er seinen Waffenschein nicht zurückgeschickt, als er seinen Job bei Berin verloren hat.«

Sie stimmte mir mit einem leichten Nicken zu. »Du glaubst also, daß er vielleicht Nancy umgebracht hat?«

»Ich würde einiges dafür geben, Süße, wenn ich das wüßte«, antwortete ich. »Es ist eine verrückte Sache, aber hinter dem Ganzen muß etwas ziemlich Wichtiges stehen. Es muß einen verdammt guten Grund dafür geben, wenn man jemand auslöscht. Es gibt so viele andere Möglichkeiten, Geschäfte zu machen, ohne daß man dafür den elektrischen Stuhl riskiert … außer das Risiko lohnt sich.«

»Und Nancy war dieses Risiko wert?«

»Was glaubst du, Lola?«

»Du könntest recht haben. Zumindest beweist ihr Tod, daß du nicht ganz falsch liegst. Die arme Nancy … ich verstehe trotzdem nicht, warum sie so wichtig gewesen sein konnte …, daß sie dafür sterben mußte. Ich hab dir erzählt, daß sie Geheimnisse vor uns hatte … aber trotzdem, wenn sie nicht anschaffen gegangen wäre, hätte Nancy ein anständiges Mädchen sein können. Ich meine damit, sie hatte viele gute Charaktereigenschaften. Sie war sanft, fürsorglich, rücksichtsvoll … ach, du weißt, was ich meine.«

»Aber sie hatte anscheinend einen bestimmten Grund, in dem Gewerbe tätig zu sein, das stimmt doch?«

»Das stimmt.«

»Glaubst du, sie wollte sich an einem Mann rächen … prostituierte sich, um einem Ex-Lover eine reinzuwürgen oder so was?«

»Natürlich nicht! So dumm war sie dann auch nicht!«

»Okay, okay, ich wollte nur mal fragen.«

Sie lehnte sich über den Tisch und schaute mir lange und direkt in die Augen. Ihre Stimme klang wieder belegt. »Mike ... was sind das denn für Leute, die andere einfach umbringen?«

»Dreckige Kerle, Kleines«, sagte ich. »Sie scheren sich nicht um das Leid anderer Menschen. Sie haben den Wert des menschlichen Lebens mit etwas anderem ersetzt und töten, um das zu kriegen, und dann töten sie, um es zu behalten. Aber egal, was es auch ist, es lohnt nie den Preis, den sie dafür zahlen müssen.«

»Du hast Leute umgebracht, Mike.«

Ich merkte, wie meine Lippen sich über den Zähnen spannten. »Jawohl, und ich werde auch noch ein paar mehr umlegen, Lola. Ich hasse das Ungeziefer, das die Straßen bevölkert, ohne daß es auch nur einen Kratzer abkriegt. Ich bin der Kammerjäger mit dem Vernichtungsmittel, und sie hassen mich. Aber auch wenn ich nur ein Privatbulle bin, kann ich mir doch einiges mehr leisten als sie. Ich kann die Schweine so in Rage bringen, daß sie versuchen, mich umzulegen, und ich kann sie in Notwehr erschießen und werde im Gerichtssaal freigesprochen. Die Bullen können nicht ganz so weit gehen, aber sie würden gerne, das kannst du mir glauben. Die Leute hacken dauernd auf der Polizei rum, aber die Jungs sind eigentlich in Ordnung und müssen sich nur durch die Bürokratie und die Vorschriften durchkämpfen. Sicher, es gibt auch ein paar schwarze Schafe unter den Bullen ... nicht allzu viele. Manchmal kotzt es sie vielleicht an, weil krumme Dinger vor ihrer Nase ablaufen, gegen die sie nichts machen können, aber alle kochen innerlich vor Wut, wenn sie erleben müssen, wie Verbrecher bei Sachen davonkommen, die einem anständigen Bürger das Genick brechen würden.«

Ihr Blick war jetzt ins Leere gerichtet mit einem nach innen gewandten, ernsten Ausdruck in den Augen. »Wie kann ich dir helfen?« flüsterte sie.

»Denk nach, Lola. Denk über jede Unterhaltung nach, die du mit Nancy hattest. Denk darüber nach, was sie gesagt hat, oder was sie angedeutet haben könnte. Schau zu, daß du vielleicht die eine Sache ausmachen kannst, die wichtig war. Dann sag es mir.«

»Das werd ich, Mike, das werd ich. Aber wie soll ich denn wissen, ob etwas wichtig ist?«

Ich streckte meine Hand aus und legte sie auf ihre. »Hör zu, Kleines … Ich erinnere dich ungern daran, aber du hast selbst in dem Geschäft gearbeitet. Es war ein lausiges Geschäft, aber es hat die Kohle reingebracht. Alles, was nach Auffassung gewisser Leute diese Einnahmequelle in Gefahr bringen konnte, war Grund genug für einen Mord, auch wenn es nur eine Vermutung von ihnen war. Wenn dir irgend etwas einfällt, das dieses etwas sein *könnte*, dann liegst du goldrichtig.«

»Ich glaube, ich hab verstanden, Mike.«

»Braves Mädchen.« Ich stand auf und packte die Zigaretten in die Hemdtasche. »Du weißt, wo du mich erreichen kannst. Unternimm nichts auf eigene Faust, außer, es ist absolut dringend. Ich möchte nicht, daß du auf irgendwelche schwarze Listen gerätst.«

Lola schob ihren Stuhl zurück und kam zu mir. Zusammen gingen wir zur Tür. »Warum?« fragte sie. »Bedeute ich dir soviel, Mike?«

Als sie zu mir aufschaute, sah sie schöner aus als je zuvor, groß und elegant, mit einer verborgenen Tiefe in ihrem Blick. Ich spürte die festen Wölbungen ihres Körpers, der sich an mich preßte, und ich schloß sie in meine Arme. »Du bedeutest mir mehr, als du dir vorstellen kannst, Lola. Jeder macht mal einen Fehler. Aber nicht alle finden wieder auf den richtigen Weg zurück. Es schafft nur ganz selten eine so wie du.«

Ihre Augen verwischten unter einem Schleier aus Tränen, und ihr Gesicht war weich, als sie ihre Wange an meine legte. »Sag doch so was nicht, Liebling, ich hab noch soviel vor mir, bis ich einmal für jemand die Richtige sein kann.

Sei nur lieb zu mir … aber nicht zu lieb. Ich – ich glaube, ich könnte das nicht ertragen.«

Darauf gab es keine Antwort mit Worten. Ich suchte nach ihrem Mund und spürte das Feuer in ihren Lippen, das wie an einer Zündschnur an ihr hinunterschoß, bis ihr Körper sich unter mir wölbte, und sie sich mit glühenden Bewegungen an mich schmiegte. Ich wußte, daß meine Hände ihr weh taten und daß es ihr nichts ausmachte.

Es war schwer, sie wegzuschieben; es war schwer für sie loszulassen. Ich stieß mir den Hut auf den Kopf und drückte wortlos ihre Hand, aber wir wußten beide, daß es ein Versprechen war. Ich schritt hinaus, als ob es letzte Nacht überhaupt nicht gegeben hätte und mein Körper nicht steif und wund und mein Gesicht nicht zerschlagen und geschwollen wäre.

Siebtes Kapitel

Ein Strafzettel lugte unter dem Scheibenwischer hervor. Ich zog ihn raus, überflog ihn und steckte ihn ins Handschuhfach. Wieder ein paar Stunden meiner kostbaren Zeit, die ich vor einem Verkehrsgericht verschwenden durfte. Ich saß eine Minute lang da mit meinen Händen am Steuer und war damit beschäftigt, in Gedanken die Ereignisse in eine logische Ordnung zu bringen. Scheiße, da gab es keine Ordnung. Ich kam mir vor wie der Vorsitzende einer Versammlung, der versucht, mit einem Gummihämmerchen Ruhe zu schaffen, während alle anderen Teilnehmer aufgesprungen sind und sich brüllenderweise Gehör verschaffen.

Reds Ring war an meinem Finger, ein kleines Goldband, das etwas verrutscht war, so daß es wie ein Ehering aussah. Ich rückte ihn zurecht und ließ das abendliche Dämmerlicht auf ihn fallen, damit ich die Einzelheiten besser erkennen konnte. Wenn er nur sprechen könnte. Okay, vielleicht konnte er ja ganze Bände erzählen. Vielleicht. Ich legte den ersten Gang ein, fuhr hoch bis zur Ninth Avenue und bog in südlicher Richtung ab.

Als ich die Innenstadt erreichte, hatten die kleineren Läden schon geschlossen. Ich tuckerte langsam die Straße entlang auf der Suche nach einem Juweliergeschäft, das einem alten Freund von mir gehörte. Ich hatte Glück, daß ich es fand, denn die Fassade war ganz erneuert worden und die Lichter ausgelöscht. Mein Freund machte sich gerade auf den Heimweg.

Ich klopfte an die Tür, und er zog die Jalousie zur Seite. Er erkannte mich, grinste breit und schloß die Tür auf. Ich begrüßte ihn: »Hallo Nat. Hast du Zeit für ein paar Takte?«

Er strahlte über das ganze Gesicht. Ein kleiner, rundlicher Mann, der seine fetten Jahre in dem gleichen Alpakawollmantel und denselben glänzenden Hosen verbrachte wie die mageren Zeiten früher. Seine Hand schloß sich fest um meine, als er mich hereinwinkte. »Mike«, lachte er, »für dich hab ich alle Zeit der Welt. Komm mit nach hinten. Willst du ein bißchen über die alten Tage plaudern?«

Ich legte meinen Arm um seine Schultern. »Mehr über heutzutage, Nat. Ich brauche deine Hilfe.«

»Gewiß, gewiß. Setz dich erst mal hin.« Er bot mir einen Stuhl am Tisch an, und ich ließ mich darauf nieder, während er eine Flasche Wein öffnete und uns beiden ein Glas einschenkte.

Wir prosteten uns zu und stürzten den Trank in einem Zug hinunter. Guter Wein. Er füllte die Gläser wieder auf, lehnte sich dann zurück und faltete seine Hände über dem Bauch.

»Also, Mike, was kann ich für dich tun? Hoffentlich etwas weniger Aufregendes als letztes Mal, als ich als Köder für dieses betrügerische Gaunerpack herhalten durfte.«

Ich grinste und schüttelte meinen Kopf, als ich den Ring von Red vom Finger nahm und ihn hinüberreichte. Automatisch griffen seine Finger in die Westentasche und kamen mit einer Lupe wieder hervor, die er sich ins rechte Auge klemmte.

Ich wartete, bis er ihn einige Male von allen Seiten genau betrachtet hatte, dann sagte ich ihm: »Darüber will ich was rauskriegen, Nat. Kann man den Besitzer dieses Ringes ausfindig machen?«

Einige Minuten lang untersuchte er schweigend jedes Detail des Ringes, dann ließ er die Juwelierlupe in seine Handfläche fallen und schüttelte den Kopf. »Eine Antiquität. Vielleicht, wenn er über besondere Umstände zu dir gelangt ist …«

»Die Umstände verraten nichts.«

»Das ist sehr schade, Mike. Es liegt dir viel daran, die Herkunft des Rings zu ermitteln?«

»Sehr viel.«

»Eigentlich kann man nichts feststellen. Ich hab schon viele Ringe wie diesen gesehen, und ich bin ziemlich sicher, daß ich recht habe. Andererseits ist das natürlich nur meine Meinung …«

»Deine Meinung ist mir gut genug, Nat. Was gibt er her?«

»Es ist ein Frauenring. Soweit ich das erkennen kann, keine Gravierung, aber vielleicht hat sich die Gravur auch mit der Zeit abgewetzt. Achte mal auf den Farbton des Goldes. So eine Legierung wird heute nicht mehr benutzt, um Gold zu härten. Ich würde schätzen, der Ring ist bestimmt dreihundert Jahre alt. Vielleicht noch älter. Er ist widerstandsfähiger als andere Ringe, sonst wäre das Emblem schon vollständig verwittert. Allerdings ist er nicht so glänzend wie das Gold heute. Nein, es tut mir leid, Mike, aber ich kann dir nicht weiterhelfen.«

»Das Emblem, Nat; könnte man davon die Herkunft ermitteln?«

»Wenn du die Werkstatt findest, bei der er angefertigt wurde …«, er zuckte mit den Schultern, »deren Aufzeichnungen lassen sich vielleicht so weit zurückverfolgen. Aber du mußt bedenken … dreihundert Jahre bedeutet, daß es im alten England angefertigt worden sein muß. Und mit dem Krieg und den Nazis …« Er zuckte wieder mit den Schultern, diesmal angesichts der Aussichtslosigkeit des Unterfangens. Ich nickte zustimmend, und er fuhr fort: »Zu diesen Zeiten gab es sowieso noch keine großen Werkstätten. Die Goldschmiedekunst war ein Handwerk, das vom Vater auf den Sohn weitervererbt wurde. So ein Ring wie dieser hier war eine private Auftragsarbeit, und mehr kann man darüber nicht sagen.«

Ich nahm den Ring zurück und steckte ihn mir wieder an den Finger. »Na, Nat, es war trotzdem den Versuch wert. Wenigstens hast du mir eine Menge nutzloser Rumrennerei erspart.«

Sein pummeliges Gesicht verzog sich zu einem fragenden Stirnrunzeln. »Hat die Polizei nicht Methoden, mit denen man abgewetzte Inschriften wieder lesbar machen kann, Mike?«

»Ja, sie kriegen das hin, aber mal angenommen, ich finde irgendwelche Initialen. Das wären dann sicher die der ursprünglichen Besitzerin, und weil es der Ring einer Frau ist, der zweifelsohne als Familienbesitz weitervererbt wurde, hat bestimmt die Besitzerin auch oft gewechselt. Nein, eine Gravur würde mir nicht viel weiterhelfen, auch nicht, wenn ich die ursprüngliche Besitzerin herausfinden könnte. Es war nur so eine Idee von mir. Wenn der Ring nicht so alt wäre, hätte ich damit vielleicht das Rätsel lösen können. So hat er mich nur auf eine andere Fährte gelockt, und jetzt weiß ich nicht mehr, wohin zum Teufel ich geraten bin.«

Ich erhob mich, um zu gehen, und reichte ihm zum Abschied die Hand. Nat sah enttäuscht aus. »Mußt du wirklich schon gehen, Mike? Du kannst gern mit mir nach Hause kommen. Meine Frau freut sich bestimmt, dir Hallo zu sagen. Es ist schon über ein Jahr her, seit du dich mal bei ihr hast blicken lassen.«

»Heute nicht, Nat. Ich schau ein andermal vorbei. Grüß Flo von mir und die Kinder.«

»Das mach ich. Die Kinder, na, die werden ganz schön sauer sein, daß ich dich nicht mitbringe.«

Ich verabschiedete mich, und er stand noch in der Tür, als ich wieder ins Auto stieg. Reds Ring funkelte mich an, und ich sah ihn wieder an ihrem Finger, als sie damit eine gesprungene alte Tasse elegant in ihren Händen gehalten hatte.

Verdammt noch mal ... Ich hielt den Schlüssel in Händen und konnte das Schloß nicht finden! Warum zum Teufel hatte der Mörder ihr dieses Ding vom Finger gerissen? Was hatte er schon davon, wenn man den jetzigen Besitzer nicht ausfindig machen konnte? Und wer war dieser Schlägertyp, der den Ring mit sich rumtrug, bis er ihn verloren hatte? Zum Kuckuck noch mal, das konnte einfach keine falsche Spur sein, sonst wäre der Ring doch nicht noch einmal aufgetaucht!

Mein Gehirn war in der Zwischenzeit in einen tiefen Dialog mit sich selbst versunken. Der eine Teil lenkte den Wagen weg vom Bordstein und bremste an einer roten

Ampel. Der andere fragte sich, warum ich überhaupt zusammengeschlagen worden war. Ja genau, warum eigentlich? Und warum war alles so genau ausgeklügelt worden? Sicher, es war kurzfristig geplant worden, aber sehr umsichtig und genau! Für einen Mord war ich ihnen nicht wichtig genug, aber ich hatte mir eine erstklassige Sonderbehandlung verdient. Als Warnung?

Sicherlich. Was sonst?

Murray und seine Jungs kannten nicht den gesamten Hintergrund meines Auftauchens im Zero Zero Club, aber sie hatten meine Lügengeschichte durchschaut und hielten mich für einen Klugscheißer oder jemanden, der Schwierigkeiten machen könnte, also war es eine Warnung, sich aus ihren Geschäften rauszuhalten. Und einer der Schläger, der mir die Warnung so freundlich übermittelte, hatte den Rotschopf umgebracht oder war irgendwie in den Mord verwickelt.

Ich war in den Norden der Stadt gekommen, ohne daß ich es gemerkt hatte. Ich war hierhergefahren und bewegte mich jetzt auf einem Pfad, den ich schon einmal eingeschlagen hatte. Als ich den Wagen außerhalb des Parkplatzes zum Stehen brachte, wußte ich plötzlich, hinter was ich her war.

Ich wendete und hielt an der gegenüberliegenden Straßenseite, dann ging ich zur Ecke, wartete, bis die Fußgängerampel auf Grün schaltete, und spazierte über die Straße. Ich war mir nicht ganz sicher, ob es der Wächter von letzter Nacht war; der heute war wenigstens wach.

Er öffnete das Fenster seines Wachhäuschens, als ich an die Scheibe klopfte, und ich fragte ihn: »Hat hier kürzlich jemand was verloren, Kumpel?«

Der Bursche schüttelte den Kopf. »Nur ein Typ, der seine Autoschlüssel nicht finden konnte. Warum, haben Sie was gefunden?«

»Ja, aber es geht mir nicht um 'ne Belohnung. Nur ein kleines Andenken, das eine Lady vielleicht gern wiederhätte. Wollt nur mal nachfragen.«

»Schauen Sie mal in den Kleinanzeigen der Zeitung nach. Wenn sie wirklich so daran hängt, gibt sie vielleicht eine Suchanzeige auf. Haben Sie's dabei?«

»Nein. Hab's daheimgelassen.«

Er sagte: »Ach so«, machte das Fenster wieder zu und ging wieder zu seinem Stuhl. Ich ging zurück zu meinem Wagen, aber noch bevor ich das Gebäude erreicht hatte, das den Parkplatz begrenzte, fuhr ein Wagen hinein, und seine Scheinwerfer beleuchteten für einen Moment die Autoreihen. Ich konnte ein paar Beine erkennen, die von dem grellen Schein zurückwichen und sich zwischen den Autos zusammenkauerten.

Ich blieb wie angewurzelt stehen.

Die Beine waren in genau die Reihe getreten, in die ich gestern Nacht hineingerannt war.

Mein Herz führte einen kleinen Tanz auf, und mein anderes Ich sagte, nur zu, deswegen bist du ja eigentlich hergekommen. Vielleicht hast du hier endlich was in der Hand, bloß versau es dies mal nicht wieder. Laß dir Zeit, halt deine Augen offen, und nimm den Finger nicht vom Abzug.

Die Scheinwerfer des Wagens gingen aus, und eine Tür knallte. Schritte bewegten sich auf das Tor zu. Ein fetter Kerl mit einem Homburg sagte etwas zu dem Parkwächter, lachte und überquerte die Straße. Ich wartete einen Augenblick, dann flankte ich über den Zaun. Dieses Mal ging ich kein Risiko ein. Ich blieb zwischen den Autos und der Wand, hielt meinen Kopf nach unten gebeugt und bewegte mich mit leisen Schritten vorwärts. Zweimal knirschte der Kies unter meinen Schuhen. Ich erstarrte und horchte in die Dunkelheit. Zwei Reihen vor mir hörte ich ein leises, scharrendes Geräusch und einen Schlag gegen Metall.

Ich griff in meinen Mantel und lockerte die Waffe im Holster.

Der Kerl war zu beschäftigt, um mich zu hören. Er kniete mit einem Bein auf dem Boden und durchsuchte den Kies mit seinen Fingern, den Rücken zu mir gekehrt. Ich richtete mich aus meiner gebeugten Stellung auf und wartete, als er Zentimeter um Zentimeter zu mir zurückkroch.

Noch ein Auto fuhr auf den Parkplatz. Der Kerl bewegte sich nicht von der Stelle, bis der Wagen eingeparkt hatte und der Fahrer das Gelände verlassen hatte. Dann machte er sich wieder daran, den Kies zu durchwühlen. Ich hätte meinen Arm ausstrecken und ihn berühren können.

Ich fragte: »Was verloren?«

Er fuhr so schnell hoch, daß er den Halt verlor und flach auf die Visage knallte. Beim zweiten Versuch schaffte er es und kam mit einem Schwinger hoch, bloß dieses Mal war ich darauf eingestellt. Ich schlug ihm eine in die Fresse, und der Kerl krachte gegen den Wagen, aber er ließ sich dadurch nicht bremsen. Ich sah, wie seine Linke hervorschnellte, und wich nach unten aus und traktierte ihn mit einem schnellen Doppelhammer in den Magen, der ihn vornüberklappen ließ. Ich hielt mich nicht damit auf, fair zu spielen. Ich riß mein Knie hoch und zerschmetterte seine Nase zu einer formlosen Masse. Sein Schmerzensschrei wurde von seinem eigenen Blut verschluckt.

Ich bückte mich, riß ihn hoch und drückte ihn gegen den Wagen, dann bearbeitete ich sein Gesicht mit meiner Faust, bis seine Hände schlaff nach unten fielen und er mit weit aufgerissenen Augen an dem Wagen hing.

Als ich ihn losließ, brach er zusammen und rutschte in den Kies, wo er mit stierem Blick ins Dunkel starrte. Ich zündete ein Streichholz an und hielt es an sein Gesicht, oder was davon noch übrig war. Dann fluchte ich in mich hinein. Ich hatte diesen Kerl noch nie in meinem Leben gesehen. Er war jung und hätte unter anderen Umständen vielleicht sogar gut ausgesehen. Seine Kleider waren nicht von der Stange. Ich stieß noch einen Fluch aus, dann tastete ich seine Seiten ab auf der Suche nach einer Knarre. Er hatte keine. Dann nahm ich mir seine Brieftasche vor. Sie war handgearbeitet aus teurem Maroquinleder und vollgestopft mit einem Haufen Kohle, ein paar Kreditkarten und einem Führerschein, ausgestellt auf einen gewissen Walter

Welburg. Aus reiner Neugier befühlte ich seine Hosen- und Jackentaschen und konnte keine Autoschlüssel darin entdecken. Vielleicht hatte der Kerl wirklich nur nach seinen Schlüsseln gesucht.

Verdammte Scheiße. Ich blies das Streichholz aus, ging an den Autos vorbei zum Zaun, sprang darüber und kam mir wie ein totaler Trottel vor.

Den Wagen ließ ich stehen, wo er geparkt war, und machte mich auf denselben Weg durch die Innenstadt, der mich gestern in die Falle geführt hatte, nur daß ich heute hinter niemand her war. Auf den Straßen machten sich die Taxen rar, und die nächtlichen Barbesucher fingen gerade an, die Nase in den Wind zu stecken. Diverse Etablissements hatten ihre Türen schon weit geöffnet. Gähnende Schlünde, die all die Narren verschlingen wollten. Der Lärm von mindestens einem Dutzend Bands war auf dem Gehsteig zu hören. Der Zero Zero Club blinzelte mir einladend zu, und der Lakai öffnete Taxitüren und kassierte eine stattliche Anzahl von Vierteldollars. Er sah nicht, wie ich mich hinter ihm vorbeidrückte, und brachte sich so um ein Trinkgeld.

Das Mädchen an der Garderobe beehrte mich mit einem gelangweilten Lächeln und einem Garderobenschein, dann entdeckte sie meine zerschlagene Fresse, und sie grinste: »Was war denn los … hat sie nein gesagt, und du wolltest ihr nicht glauben?«

Ich grinste geradewegs zurück. »Nein. Ich mußte sie abwehren, Kleines.«

Sie beugte sich über den Garderobentisch und stützte das Kinn in ihre Hände, wobei sie mir freie Sicht auf das erlaubte, was unterhalb vom Halsausschnitt ihrer Bluse los war. Da war ganz schön viel los. »Ich kann es ihr kaum verdenken, daß sie um dich gekämpft hat, Süßer«, sagte sie. »Ich würde auch kämpfen.«

»Du müßtest nicht kämpfen.«

Ich warf ihr einen Handkuß zu, und sie tat so, als ob sie ihn auffangen und in ihren Ausschnitt stecken würde. Ihre

Augen wurden dunkel und sinnlich, und sie sagte: »Du mußt ja deinen Hut wieder holen. Vielleicht kriegst du ihn sogar wieder, im Tausch gegen …«

Ein Paar in Abendgarderobe kam herein, und sie wandte sich ihnen zu. Die meisten Tische um die Tanzfläche herum waren besetzt. Der Lichtkegel eines Punktscheinwerfers umspielte eine Sängerin, deren wahre musikalische Berufung mehr in ihren Hüften als in ihrer Stimme lag. Weder Murray noch seine Jungs waren irgendwo zu sehen, also suchte ich mir einen leeren Tisch im Hintergrund, bestellte einen Highball und schaute mir die Show an.

Der Kellner brachte den Drink. Bevor ich noch die Hälfte getrunken hatte, fuhr mir eine Hand durch das Haar. Ich schaute auf und blickte in das lächelnde Gesicht des blonden Animiermädchens von gestern. Ich wollte zur Begrüßung aufstehen, aber sie drückte mich in meinen Stuhl, nahm sich selbst den anderen und setzte sich.

»Ich hab nach Ihnen Ausschau gehalten«, sagte sie.

Sie griff rüber, nahm sich eine Zigarette aus meiner Schachtel und klopfte sie auf dem Tisch zurecht. Nachdem ich ihr Feuer gegeben hatte, blies sie eine Rauchwolke in die Luft. »Sie haben das letzte Mal von fünfhundert Dollar geredet …«

»Ja und?«

»Vielleicht hab ich was für Sie.«

»Ja?«

»Aber nicht für fünfhundert Dollar.«

»Wollen Sie mehr?«

»Schon möglich.«

»Was haben Sie auf Lager? Für fünfhundert kann ich eine ganze Menge erwarten.«

Die Sängerin kam allmählich zum Ende ihrer Nummer, und die Blondine drückte die Fluppe im Aschenbecher aus. »Wir machen folgendes. Sie verschwinden hier, bevor die Lichter angehen. Ich mach hier um eins Schluß, und dann holen Sie mich an der Ecke ab. Wir können zu mir gehen, und ich erzähl Ihnen, was ich weiß.«

»Einverstanden.«

»Und bringen Sie lieber mehr als fünfhundert mit.«

»Ich schau mal, was sich machen läßt«, versprach ich ihr.

Sie lächelte mich an und legte ihre Hand über meine. »Wissen Sie, Sie scheinen gar kein übler Kerl zu sein, Mister. Wir treffen uns um eins.«

Ich wartete nicht, bis die Lichter angingen, sondern leerte mein Glas, winkte dem Kellner und zahlte, dann ging ich raus ins Foyer. Die Kleine in der Garderobe empfing mich in gespielter Entrüstung. »Du bist zu früh. Ich bin hier noch für ein paar Stunden beschäftigt.«

Ich warf ihr einen halben Dollar in die Schale, während sie meinen Hut holte. Als sie ihn mir rübergab, nahm sie wieder die Position ein, die mir freien Einblick auf die Stelle gewährte, wo sie meinen Kuß von vorhin hatte verschwinden lassen. Und sie hatte nichts dagegen, daß ich mich weidlich satt sah.

Ich nahm einen Schein raus, faltete ihn der Länge nach und ließ ihn in ihrem Dekolleté verschwinden. »Wenn der Boß ihn nicht findet, kannst du ihn behalten.«

»Er kommt nie drauf, da nachzuschauen«, grinste sie teuflisch. Sie richtete sich auf, und von dem grünen Scheinchen war nichts mehr zu sehen. »Aber du kriegst ihn zurück, wenn du ihm nachjagen willst.«

Ich drückte mir meinen Hut auf den Kopf und ging Richtung Ausgang. Ich war zwar keine indianische Spürnase. Aber vielleicht waren die Rothäute doch nicht so übel, wenn sie solche Spielchen spielten.

Ein Blick auf meine Armbanduhr sagte mir, daß ich noch eine lange Weile warten mußte, also ging ich zwei Straßen weiter und fand eine Bar, wo noch ein paar Hocker frei waren. Ich bestellte zweimal Bier und Sandwich und fing an, den milden Abend zu genießen. Aber meine Gedanken kehrten immer wieder zu der Blondine zurück. Sie hatte etwas zu verkaufen, und ich hoffte, es war seinen Preis wert. Fünfhundert Dollar, gerade mal die Hälfte von meinem Honorar. Ich brauchte zwei Stunden, bis ich mich endlich dazu entschließen konnte, dann ging ich nach hinten zum Telephon, warf ein Zehncentstück in den Apparat und meldete ein Ferngespräch an. Ich gab der Vermittlung die Nummer meines Auftraggebers. Der Winzling von Butler meldete sich mit einem krächzenden Hallo und teilte mir mit, daß Mr. Berin schon zu Bett gegangen sei. Aber als ich darauf bestand, daß ich ihn sprechen mußte, legte er den Hörer hin und schlurfte leise grummelnd davon. Ich war gerade damit fertig, den Apparat mit einer ganzen Handvoll von Geldstücken zu füttern, als Mr. Berin mich mit einem verschlafenen »Guten Abend« begrüßte.

»Hier ist Mike, Mr. Berin. Tut mir leid, daß ich Sie stören muß, aber etwas Wichtiges ist passiert.«

»So? Sollte ich darüber Bescheid wissen?«

»Na, ja. Sie sollten schon darüber Bescheid wissen.«

Er lachte leise in sich hinein, und die Müdigkeit verflog aus seiner Stimme. »Dann bin ich froh, daß ich Ihnen behilflich sein kann, Mike. Warum handelt es sich?«

»Ich bin vielleicht der Rothaarigen auf die Spur gekommen. Ich hab 'ner Lady fünf Lappen für ihre Schnüffeldienste angeboten ...«

»Ich verstehe nicht?«

»Fünfhundert Dollar ... wenn sie sich ein bißchen umhört und was rauskriegt. Anscheinend hat sie was. Aber jetzt will sie mehr. Soll ich mich darauf einlassen, oder soll ich versuchen, es irgendwie anders aus ihr rauszuholen.«

»Aber ... um was geht es? Hat sie ...?«

»Sie wollte nichts verraten. Wir treffen uns später heute nacht.«

»Verstehe.« Er dachte einen Augenblick nach. Dann fragte er: »Was meinen Sie, Mike?«

»Es ist Ihre Show, Mr. Berin, aber ich würde vorschlagen, wir checken die Sache durch, und wenn sie ihr Geld wert ist, kaufen wir.«

»Sie glauben also, sie könnte ihr Geld wert sein?«

»Das Risiko würde ich auf mich nehmen. Die Lady ist eine Animierdame im Zero Zero, und sie kannte Nancy.

Zumindest hat sie sie vor einer Weile gekannt, und es sieht so aus, als ob dort der Hund begraben liegt.«

»Dann tun Sie es, Mike. Die Summe ist geringfügig ... zumindest für meine Verhältnisse. Sie, äh, checken die Sache und veranlassen, was Sie für das Beste halten.«

»In Ordnung, aber sie will die Kohle sofort.«

»Wie gewünscht. Schreiben Sie ihr einen Scheck und rufen Sie mich dann an, und ich lasse das Geld telegraphisch an Ihre Bank anweisen, damit es morgen Ihrem Konto gutgeschrieben wird.«

»Gut. Ich melde mich später noch mal. Machen Sie sich keine Sorgen.«

Ich legte den Hörer wieder auf und ging zur Bar zurück. Um halb eins steckte ich mein Kleingeld ein, hielt draußen ein Taxi an und ließ mich zu der Stelle fahren, wo ich meine Karosse geparkt hatte.

Fünf Minuten nach eins kutschierte ich um die Ecke und sah die Blondine an die Bordsteinkante treten. Ich rollte das Fenster herunter und rief ihr zu, sie solle einsteigen. Sie erkannte mich, machte die Tür auf und kletterte auf den Beifahrersitz.

»Auf die Minute. Wohin fahren wir?« Ich lenkte vom Gehweg weg und ordnete mich in den Verkehr Richtung Norden ein.

»Immer geradeaus. Ich wohne in der Achtundneunzigsten.«

Zwischen ihren Beinen hatte sie eine verbeulte Reisetasche. Ich deutete mit einem Nicken darauf. »Ist da das Zeug drin?«

»Ja.« Die Blondine öffnete ihre Handtasche und kramte einen Lippenstift hervor. Es war ziemlich dunkel, aber sie schien einen geraden Strich hinzukriegen. Als ich an einer roten Ampel anhalten mußte, schaute ich sie mir genauer an. Absolut nicht zu verachten. Die Kurven sahen echt aus, und manche Körperpartien waren fast zu gut, um wahr zu sein.

Sie wandte mir ihr Köpfchen zu und schaute mir direkt

in die Augen, dann legte sie ein kleines Lächeln auf, das ihre Mundwinkel umspielte. »Neugierig?«

»Auf die Tasche?«

»Auf mich.«

»Ich bin immer neugierig auf Blondinen.«

Sie hielt still, um zu sehen, was ich als nächstes tun würde, aber die Ampel sprang auf Grün, und ich mußte mich wieder auf den Verkehr konzentrieren. An der Achtundneunzigsten bog ich ab und fuhr weiter, bis sie mir sagte, wo ich anhalten sollte. Ich parkte am Straßenrand und machte den Motor aus. Ich hielt ihr die Beifahrertür auf und nahm die Tasche, damit sie aussteigen konnte.

»Sie haben doch nicht vor, sich mit dem Ding aus dem Staub zu machen, oder?« Sie hakte sich bei mir ein.

»Ich hab's mir kurz überlegt, aber jetzt bin ich doch neugierig.«

»Auf die Tasche?«

»Auf Sie.« Sie drückte meine Hand, und wir gingen zu ihrem Haus. An der Eingangstür holte sie einen Schlüssel heraus und schloß auf. Dann führte sie mich hoch zu einer Wohnung im dritten Stock, die nach vorne zur Straße ging, und machte das Licht an. Es war ein altes Apartment mit hohen Decken, das mit einer Unzahl von neumodischem Schnickschnack renoviert worden war, was so heutzutage als schick galt. Jede Wand war in einem anderen Pastellton gestrichen, und geschmackvolle, aber nicht sehr teure Kunstdrucke in etwas merkwürdigen Anordnungen darauf verteilt. Die Möbel standen etwas unbeholfen in der Landschaft, aber sahen bequem aus.

Ich schmiß meinen Hut über einen Lampenschirm, und die Blondine sagte: »Wir sollten uns erst mal vorstellen. Ich bin Ann Minor.« Sie schlüpfte aus ihrem Mantel, wobei sie mich komisch anschaute.

»Mike Hammer, Ann. Ich arbeite auch nicht für eine Versicherung. Ich bin Privatdetektiv.«

»Weiß ich schon. Ich hab mich gefragt, ob Sie es mir sagen würden.« Ihr Lachen klang erleichtert.

»Wer hat Ihnen das verraten?«

»Ich bin selber drauf gekommen. Wußte verdammt gut, daß ich Sie oder Ihr Bild schon mal irgendwo gesehen hatte. Ist mir aber erst heute abend eingefallen.«

»Ach?«

»Ihr Bild war's.«

»Deshalb wollten Sie mich so schnell aus dem Laden draußenhaben?«

»Ja.«

»Warum?«

»Murray kann Bullen prinzipiell nicht leiden, auch keine privaten Schnüffler.«

»Was hat ein rechtschaffener Geschäftsmann denn zu befürchten?«

»Fragen Sie das noch mal, aber lassen Sie ein kleines Wörtchen weg.«

Ich schwieg lieber. Ich saß auf einer Sessellehne und beobachtete sie. Sie hängte ihren Mantel in einen Garderobenschrank, nahm meinen Hut von der Lampe, legte ihn in ein Fach und machte die Schranktür zu. Dann drehte sie sich schnell um und kam zu mir rüber.

»Ich bin kein Kind mehr«, sagte sie. »Ich glaube auch nicht, daß ich jemals eine Kindheit hatte. Sie sind nicht in den Club gekommen, um sich zu amüsieren, das hab ich gleich gesehen. Als Sie von Nancy anfingen, konnte ich mir schon ziemlich genau vorstellen, hinter was Sie her sind. Mir wird ganz flau im Magen, wenn ich daran denke, auf was ich mich da eingelassen habe. Verraten Sie mir eins, wie gut sind Sie eigentlich?«

Ich hatte meine 45er schon gezogen und die Mündung auf ihren Bauch gerichtet, noch bevor sie den Satz zu Ende bringen konnte. Nachdem sie einen langen Blick darauf geworfen hatte, steckte ich sie wieder in das Leder und wartete. Ihre Augen hatten sich geweitet.

»Ich hasse Murray. Es gibt noch mehr Typen, die ich nicht abkann, aber er ist der einzige, den ich aus vollem Herzen hasse. Ihn und seine Leibwächter.«

»Was könnten *Sie* den gegen ihn haben?«

»Tun Sie doch nicht so, als ob Sie nichts wüßten, Mike. Er ist eine miese Ratte. Ich mag nicht, was er den Leuten antut. Sie wissen, was er ist, sonst wären Sie jetzt nicht hier.«

»Was hat er Ihnen angetan?«

»Mir hat er nichts gemacht. Aber ich hab mitgekriegt, was er anderen Mädchen angetan hat. Er zahlt mein Gehalt, so weit, so gut, aber dafür muß ich auch stillhalten und mit ansehen, was in diesem Laden so alles vor sich geht. Er schmiert einem Honig um den Mund, aber er kriegt immer, was er sich in den Kopf gesetzt hat.«

Mich zuckte es in den Fingern, endlich an den Inhalt der Reisetasche auf dem Boden ranzukommen, und sie spürte es. Ann lächelte, als sie meine Gedanken erriet. Dann klopfte sie auf die Brieftasche in der Innentasche meiner Jacke. »Haben Sie das Geld dabei?«

»Soviel wie ich auftreiben konnte.«

»Wieviel?«

»Kommt drauf an, was Sie zu bieten haben. Was wollen Sie denn mit Ihrer Ausbeute anfangen?«

»Vielleicht mach ich mal ausgiebig Urlaub. Irgendwohin, bloß raus aus dieser Stadt. Ich hab die Schnauze voll davon.«

Ich ging zu der Reisetasche und hob sie auf. Sie war nicht besonders schwer. Oben drauf waren Farbspritzer, und lange abgewetzte Streifen zogen sich über die Seiten. Vielleicht war hier die Antwort. Vielleicht lag hier der Grund, warum Red umgebracht worden war. Ich strich mit der Hand über die Oberfläche und versuchte, den Verschluß zu öffnen, aber er war verschlossen. »Gehört die Ihnen?« fragte ich sie.

»Nancys, Mike. Ich hab sie heute morgen gefunden. Hinter der Bühne für die Band ist eine kleine Abstellkammer voller Gerümpel. Ich war auf der Suche nach ein paar Sachen für die Garderobe, als ich zufällig die Reisetasche fand. Am Griff war so ein Namensschild von einer Buslinie mit Nancys Namen, aber ich erinnere mich auch, das sie ihr gehörte.«

»Wie ist die Tasche denn dahin gekommen?«

»Ist schon lange her, da hat Murray den Schuppen neu herrichten lassen. Wahrscheinlich war Nancy zu der Zeit weg, und beim Aufräumen wurde einfach alles, was im Weg stand, in die Abstellkammer verfrachtet. Sie hat wahrscheinlich gedacht, sie hätte die Tasche verloren.«

Ann ging in die Küche und kam mit einer Flasche und zwei Gläsern zurück. Wir leerten beide schweigend ein Glas, dann füllte sie nach, machte es sich in der Sofaecke bequem und schaute mir zu. Wie sie so dasaß, erinnerte sie mich an eine Katze, vollkommen gelöst, aber unter der Oberfläche gespannt wie eine Feder. Ihr Kleid lag locker über den Schultern und verengte sich nach unten zu schmalen Hüften, deren Formen mehr versprachen. Sie nippte an ihrem Drink, dann zog sie ihre Beine hoch, so daß ich nicht übersehen konnte, daß nicht einmal reine Seide die festen Rundungen ihrer Schenkel verschönern konnte. Beim Atmen kämpften ihre Brüste gegen den Faltenwurf des Kleides an, und ich hoffte sehr, daß sie in diesem Kampf siegen würden.

»Möchten Sie die Tasche nicht aufmachen?« Ihre Stimme klang herausfordernd.

»Ich brauch ein Werkzeug ... einen kleinen Meißel. Irgendsowas.« Das Sprechen fiel mir nicht leicht.

Sie stellte ihren Drink auf dem Beistelltischchen ab und wand sich von der Couch. Sie ging zu nah an mir vorbei. Ich griff nach ihr und wollte sie aufhalten. Aber ich mußte mich nicht anstrengen, denn sie lag schon in meinen Armen, ihr Mund brannte auf meinem, und sie drückte sich so fest an mich, daß ich jeden Teil ihres anschmiegsamen Körpers an mir spüren konnte. Ich griff in ihre Haare, zog ihren Kopf zurück und küßte ihren Hals und ihre Schultern, und sie stöhnte leise auf. Ihr Körper war ein flammendes, leidenschaftliches Inferno, das unter der Berührung meiner Hände erbebte.

Als ich von ihr ließ, waren ihre Augen schwelende Glut, die sich jeden Augenblick entzünden konnte, dann warf sie mir ein Lächeln zu, das ihre weißen, ebenmäßigen Zähne für einen kurzen Moment aufblitzen ließ. Sie fuhr sich mit der Zunge langsam über ihre vollen, geöffneten Lippen, die nach weiteren Küssen verlangten, und sie glitzerten feucht, so daß ich wieder nach ihr fassen und sie aufhalten wollte.

Bevor ich noch dazu kam, verschwand sie in einem Durchgang. Ich hörte, wie sie in einer Schublade kramte und das Besteck durchwühlte, bis sie fand, was sie suchte. Die Schublade wurde geschlossen, aber sie kam nicht sofort zurück. Als sie wieder erschien, war das Kleid verschwunden, und sie hatte einen enganliegenden Morgenrock aus Satin umgeworfen. Darunter trug sie nichts, und sie stellte sich ins Licht der Lampe, damit ich auch genau Bescheid wußte.

»Gefällt's dir?« fragte sie mich.

»An dir schon.«

»Und an jemand anderes?«

»Würd's mir auch gefallen.«

Sie reichte mir eins dieser patentierten Wundergeräte, mit denen man angeblich jedes mechanische Problem im Haushalt bewältigen konnte, sogar ein verklemmtes Fenster. Ich nahm es ihr aus der Hand, während sie in meiner Jackentasche nach den Zigaretten suchte und sich dann eine mit dem Tischfeuerzeug ansteckte. Sie blies mir den Rauch ins Gesicht und sagte: »Kann das nicht warten?«

Ich küßte ihre Nasenspitze: »Nein, Süße, kann es nicht.«

Sie löste sich von mir, als ich mich umdrehte und die Spitze des Werkzeugs unter die Klappe des Schnappverschlusses zwängte. Ich fummelte an dem Metall rum, bis das Werkzeug unter dem Druck fast zerbarst. Dann drehte ich das Ding um und versuchte es mit der anderen Seite. Dieses Mal hatte ich Glück. Das Schloß flog mit einem laut krachenden Schnappen auf. Die äußeren Verschlüsse waren an den Stellen verrostet, wo die Chromschicht noch nicht abgesprungen war, aber sie ließen sich leicht öffnen.

Doch bevor ich die Tasche endlich aufmachen konnte, wurde das Licht ausgeknipst, und das Zimmer war plötzlich in den gedämpften Schein einer kleinen Lampe getaucht.

Ann flüsterte: »Mike?«

Ich schaute mich um und wollte sie anschnauzen, aber die Worte blieben mir in der Kehle stecken, weil Ann den Morgenmantel über die Lehne der Couch geworfen hatte und in der Mitte des Zimmers stand, eine lebendige Statue in hochhackigen Schuhen mit einer brennenden Zigarette zwischen den Fingern, die sich orangefarben in ihren Augen widerspiegelte. Sie stand da mit gespreizten Beinen und einer Hand auf ihrer Hüfte und forderte mich mit jedem Muskel ihres Körpers heraus. Meine Blondine war unten brünett, aber das machte sie nur noch faszinierender. Ich vergaß darüber alle durchgemachten Nächte und den Mord und die eingesteckten Prügel, an die mich in anderen Momenten immer noch jede Bewegung erinnerte.

Sie stand da, bis ich sie schnappte und so fest drückte, daß sie in meinen Mund hauchte, dann biß sie mich in den Hals und glitt aus meinen Händen zur Couch, wohin ich ihr folgen mußte. Die Lampe warf wogende Schatten über das Zimmer, das zum Klang unseres Atems zu flüstern schien, bis das Flüstern zu einem Schrei anschwoll, danach war alles still.

Meine Hand zitterte, als ich nach einer Zigarette langte. Ann grinste zu mir hoch, und ihre Stimme war weich, fast melodisch. »Ich hab mich schon gefragt, ob ich überhaupt noch für jemand was Besonderes sein kann.«

Ich küßte sie wieder. »Du kannst immer für jemand was Besonderes sein. Bist du jetzt zufrieden, daß du mich von meiner Arbeit abgebracht hast?«

»Ja.«

Sie sagte kein Wort, als ich aufstand und zum Tisch zurückging, aber sie ließ mich keine Sekunde aus ihren Augen. Ich nahm noch einen Zug von der Zigarette, aber der Rauch schmerzte in meiner Brust, und ich drückte sie aus.

Diesmal legte ich die Reisetasche auf den Boden und klappte den Deckel auf.

Ich stieß einen leisen Pfiff aus. Die Tasche war mit Babykleidung vollgestopft, alles ganz neu und ungetragen. Ich befühlte sie langsam, die winzigen Strampelanzüge, Babyschuhe, Mützchen und andere Dinge, die ich nicht kannte. Ganz unten in der Tasche lagen zwei weiche Baumwolldecken, die ordentlich zusammengefaltet auf ihren Einsatz warteten.

Ein gutes Dutzend Gedanken schwirrten mir im Kopf herum, aber nur einer ergab einen Sinn. Red war eine Mutter. Irgend jemand war der Vater. Ein Szenario für Erpressung und Mord, wie man es sich schöner und perfekter nicht ausdenken konnte. Nur war Nancy nicht so ein Mädchen gewesen. Dann stimmte da noch was nicht. Alle Kleidungsstücke waren neu. An einigen konnte man sogar noch erkennen, wo die Preisschildchen dran geklebt hatten. Was hatte das zu bedeuten?

Ich durchsuchte mit meiner Hand die Fächer im Innern der Reisetasche. Aus denen an der Seite kam eine Ansammlung von Sicherheitsnadeln zutage, ein Lippenstift und ein kleiner Spiegel. Im Fach am Innern des Deckels steckte eine Mappe mit Schnappschüssen. Ich holte sie raus und betrachtete sie. Auf ihnen zeigte sich mir eine andere Nancy, als die, die ich gekannt hatte. Hier war ein junges Mädchen, vielleicht gerade mal sechzehn, mit einem Jungen am Strand. Dann noch ein Bild mit einem anderen Jungen. Einige Bilder waren bei einem Ausflug oder einem Picknick aufgenommen worden, aber Nancy schien für keinen der Burschen eine besondere Vorliebe zu zeigen.

Sie war damals anders gewesen, frisch wie eine Blüte, die sich gerade geöffnet hat. Da waren noch keine harten Falten in ihrem Gesicht, kein wissender Blick in ihren Augen. Sie war jung gewesen, jung und anmutig. Ihr Mund und ihre Augen schienen mich anzulächeln, als ob sie gewußt hätte, daß diese Bilder einmal ihren Weg zu mir finden würden. Nur auf zweien waren ihre Hände deutlich zu sehen, aber auf jedem konnte ich eines deutlich erkennen. Sie hatte immer ihren Ring am Finger.

Ich schaute mir die Hintergründe genau an in der Hoffnung, auf einem ein bekanntes Wahrzeichen zu erkennen, aber es tauchte keines auf. Die Bilder zeigten nur Streifen von Meer und Sand. Als ich die Photos umdrehte, waren da auch keine Aufdrucke, die auf das Datum oder auf die Firma, die die Filme entwickelt hatte, hingewiesen hätten. Nichts. Jetzt endete meine Sackgasse wieder mit einer Mauer. Eine schöne hohe Mauer, über die ich ohne eine Leiter nicht drüberkommen würde.

Dann registrierte ich, daß Ann mit mir redete. Sie fragte: »Hilft es dir weiter?«

In meinem Gehirn fing eine Idee an, Gestalt zu nehmen, und ich nickte. Ich füllte einen Scheck aus. Dann legte ich das Papier auf den Tisch. Ich hatte mir schon meine eigenen Vorstellungen bezüglich der Summe gemacht, aber ich fragte trotzdem: »Was willst du dafür?«

Als sie nicht antwortete, drehte ich mich um und schaute sie an, wie sie immer noch splitternackt dalag und lächelte. Schließlich sagte sie: »Nichts. Du hast schon dafür gezahlt.«

Ich ließ den Verschluß der Tasche zuschnappen und ging zur Garderobe, um meinen Hut zu holen. Red hatte auf der ganzen Linie recht behalten, aber Mr. Berin schuldete mir trotzdem noch fünfhundert Dollar, die er am Morgen auf meinem Konto gutschreiben lassen sollte. Ann würde das Geld für ihren Urlaub bekommen.

Ich zwinkerte ihr zu, und sie zwinkerte zurück, dann fiel die Tür hinter mir mit einem Klick ins Schloß.

Achtes Kapitel

In dieser Nacht kam ich nicht mehr zum Schlafen. Statt dessen breitete ich den Inhalt der Tasche vor mir aus. Ich saß da, rauchte eine Zigarette nach der anderen und versuchte rauszufinden, was das alles zu bedeuten hatte. Babykleidung. Ein paar Photos. Eine zerschlissene Reisetasche. Alles hatte einmal Red gehört. Wann war das gewesen? Wo? Warum?

Im Kühlschrank hatte ich Bier. Ich leerte eine Flasche nach der anderen, trank es langsam, dachte nach und spielte in Gedanken immer wieder die Fakten durch. Ich hatte ganz schön wenig in der Hand, wenn ich alles zusammentrug.

Die Sonne kam über dem Fensterbrett hoch und verjagte die Nacht, und mir fiel ein, Mr. Berin anzurufen. Er nahm selbst den Hörer ab, und jetzt klang ich verschlafen. »Hier ist wieder Mike.«

»Guten Morgen. Sie sind früh auf.«

»Ich bin noch nicht ins Bett gekommen.«

»Für solche Disziplinlosigkeit bezahlt man im Alter, junger Mann.«

»Kann schon sein«, erwiderte ich tonlos, »aber jetzt zahlen erst einmal Sie. Ich hab meiner Bekanntschaft einen Scheck über fünfhundert Dollar dagelassen.«

»In Ordnung, Mike. Ich werde mich sofort darum kümmern. Konnten Sie irgend etwas in Erfahrung bringen von Ihrer ... soll ich sie eine Informationsquelle nennen?«

»Bislang noch verdammt wenig. Aber ich werde drauf kommen, ganz sicher werd ich das.«

»Dann betrachte ich meine Ausgabe als eine gute Investition. Aber seien Sie bitte vorsichtig, ich möchte nicht, daß Sie sich noch mehr Probleme einhandeln.«

»Solche Probleme gehören in meinem Geschäft zum Berufsrisiko, Mr. Berin. Normalerweise werde ich mit denen auf irgendeine Art fertig. Aber was ich hier an Land gezogen habe, bringt mir keine neuen Probleme. Ich hab die Geschichte nur noch nicht ganz auf die Reihe gebracht, aber die Umrisse beginnen sich abzuzeichnen.«

»Gut. Jetzt haben Sie meine Neugierde geweckt. Ist es ein Geheimnis oder können Sie mir ...?«

»Da gibt es kein Geheimnis. Ich hab eine Reisetasche, voll mit Babykleidung. Das und eine Mappe mit Photos.«

»Babykleidung?«

»Die gehörten Red ... oder ihrem Baby.«

Er ließ es sich einen Augenblick durch den Kopf gehen, dann ließ er verlauten, daß das ein ganz schönes Rätsel war. Ich war ganz seiner Meinung.

»Was haben Sie jetzt vor?« fragte er mich.

»Keine Ahnung. Ich bin viel zu müde, um jetzt noch viel zu unternehmen, soviel steht fest.«

»Dann machen Sie, daß Sie endlich ins Bett kommen. Melden Sie sich bei mir, wenn ich Ihnen irgendwie weiterhelfen kann.«

Ich versprach es und legte auf. Mir saßen die Augen wie brennende Löcher im Schädel, und das reichlich genossene Bier ließ mich über diverse Gegenstände stolpern. Ich zog noch einmal an meiner Zigarette, dann drückte ich sie aus und streckte mich auf der Couch aus und ließ den Schlaf kommen, den wundervollen, gesegneten Schlaf, der einen Schleier über all die häßlichen Dinge legte und mich in einen nebligen Traum hüllte, der weder Sinn noch Bedeutung hatte.

Es läutete. Es hörte nicht auf, penetrant zu klingeln. Ich versuchte, das Geräusch wie eine lästige Fliege zu verscheuchen, aber es ging nicht weg. Schließlich öffnete ich die Augen und kehrte in die Gegenwart zurück, in der das Telephon an meinem Kopf fast explodierte. Ich fuhr auf und hob ab, fest entschlossen, das Ding gegen die Wand zu knallen.

Velda mußte ihr Hallo zweimal wiederholen, und als ich dann nicht gleich antwortete, sagte sie: »Mike ... bist du dran? Mike ... sag doch was!«

»Ich bin's, Schätzchen. Was willst du?«

Sie war stocksauer, aber in ihrer Stimme schwang trotzdem eine gehörige Portion Erleichterung mit. »Wo zum Teufel hast du dich rumgetrieben? Ich habe heute morgen schon bei sämtlichen Kneipen in der Stadt rumtelephoniert.«

»Ich war genau hier.«

»Viermal hab ich bei dir angerufen.«

»Ich hab geschlafen.«

»Aha, hat man sich wieder mal die Nacht um die Ohren geschlagen. Kenn ich die Schöne?«

»Grüne Augen, blaues Haar, lila Haut. Was willst du, oder arbeitest du nicht mehr für mich?«

»Pat hat heute früh angerufen. Er hat was über Feeney Last. Du sollst ihn zurückrufen, sobald du kannst.«

»Na, warum hast du das nicht gleich gesagt!« Ich setzte mich mit Schwung auf und hatte die Hand schon an der Gabel. »Bis später, Velda. Ich ruf ihn gleich an.«

Ich drückte die Gabel, ließ sie wieder hochspringen und wählte die Nummer von Pats Revier. Der Bursche am Empfang informierte mich, daß Captain Chambers dagewesen sei, aber schon wieder weg sei. Nein, er konnte mir nicht sagen, wo er war. Eine offizielle Sache. Ob ich eine Nachricht für ihn hinterlassen wolle. Ich hätte ihn am liebsten lautstark verflucht, aber das wäre wohl nicht so gut angekommen, also verabschiedete ich mich mit einem Sei's drum und legte auf.

Es war fünf Minuten vor zwölf, und der Tag war schon halb hinüber. Ich sammelte die Babykleider auf, faltete sie wieder zusammen und verstaute sie in der Reisetasche. Die Photos steckte ich wieder in die Innentasche, dann ging ich unter die Dusche.

Als ich mich gerade eingeseift hatte, klingelte das Telephon schon wieder, und ich mußte tropfnaß zurück ins Wohnzimmer latschen. Es war Pat, aber ich hielt ihm keine Standpauke, daß er mich aus der Badewanne gescheucht hatte, weil ich viel zu gespannt auf seine Neuigkeiten war.

Er kicherte, als ich mich meldete und sagte: »Verrat mir mal deine Bürozeiten, alter Junge.«

»Wenn ich dir das sage, wirst du mich um meinen Job beneiden. Velda sagte, du hast was über Feeney. Was gibt's?«

Er kam gleich zur Sache. »Ich hatte doch Erkundigungen über ihn eingezogen und bekam von überall nur Negativmeldungen zurück. Heute morgen hatte ich eine Nachricht in der Post, eine Meldung von einem Sheriff im Norden. Anscheinend paßt die Beschreibung eines Typen, der wegen Mord gesucht wird, auf Feeney Last. Es gibt nur einen Haken: Der einzige Zeuge, der ihn identifizieren konnte, ist tot, und sie müssen die Anklage auf die Hühnerkacke stützen, die sie aus ihm noch rausholen konnten.«

»Das ist immerhin etwas.« Ich dachte darüber nach. Eine Verbrechervisage wie Feeney war nicht schwer zu beschreiben. Ein Schleimbeutel eben. »Was wirst du unternehmen, Pat?«

»Ich hab um nähere Einzelheiten gebeten. Wenn alles zusammenpaßt, lassen wir ihn festnehmen. Ich hab von seinem Bild auf dem Waffenschein Kopien machen lassen und sie dem Sheriff übermittelt, damit er Feeney vielleicht direkt identifizieren kann.«

»Auf jeden Fall ist es gut, so was in der Hand zu haben, Pat. Wir können ihn jederzeit als Verdächtigen einlochen, wenn wir ihn brauchen ... und wenn wir ihn aufspüren können.«

»Also in Ordnung, ich wollte dir nur kurz Bescheid sagen. Ich hab da eine Tote am Hals und muß den Bericht noch fertigmachen.«

»Kannte ich sie?« fragte ich.

»Nur wenn du dich öfters in diesen Touristenschuppen herumtreibst. Sie hat als Animiermädchen im Zero Zero Club gearbeitet.«

Meine Hand krallte sich um den Telephonhörer. »Wie sah sie aus, Pat?«

»Blondiertes Haar, um die dreißig. Sah gut aus, aber eine von der härteren Sorte. Der Gerichtsmediziner hat Selbstmord attestiert. In ihrer Handtasche war ein Abschiedsbrief und ihre vollständigen Ausweispapiere.«

Er brauchte mir ihren Namen nicht zu sagen. Auch wenn im Zero Zero Club ein Dutzend Wasserstoffblondinen beschäftigt waren, ich würde alles darauf wetten, daß ich wußte, wer die Tote war. Ich fragte: »Selbstmord, Pat?«

Der näselnde Unterton in meiner Stimme mißfiel ihm sichtlich. Er fuhr mich an: »Ja, Selbstmord. Ohne jeden Zweifel, Mike. Versuch bloß nicht, auch noch aus diesem Fall einen Mord zu machen!«

»Hieß sie Ann Minor?«

»Ja … du … woher wußtest …?«

»Liegt die Leiche noch in der Gerichtsmedizin?«

»Ja.«

»Ich bin in zwanzig Minuten da, okay?«

Ich brauchte fünfundvierzig Minuten, um dorthin zu kommen, und Pat tigerte vor dem Gebäude auf und ab. Als er mein Gesicht erblickte, verdrehte er die Augen und schüttelte angewidert den Kopf. »Hoffentlich versuchen sie nicht, dich dazubehalten«, sagte er. »Ich hab schon Leichen gesehen, die gesünder aussahen als du.«

Wir gingen rein, rüber zu dem Leichentisch, wo die Tote aufgebahrt war. Pat schlug das Leichentuch zurück und wartete. »Kennst du sie?«

Ich nickte.

»Hat das was mit dem Nancy Sanford Fall zu tun?«

Ich nickte wieder.

»Zum Teufel mit dir, Mike. Der Gerichtsmediziner wird dir eines Tages noch den Schädel abreißen. Er ist absolut sicher, daß es Selbstmord war.«

Ich nahm ihm die Ecke des Tuchs aus der Hand und deckte ihr Gesicht wieder zu. »Sie wurde auch umgebracht, Pat.«

»Okay, alter Junge, gehn wir wo hin und reden drüber. Wie wär's mit Mittagessen?«

»Ich hab keinen Hunger.« Ich dachte daran, wie sie gestern nacht ausgesehen hatte. Sie wollte für jemanden etwas Besonderes sein. Für mich. Aber sie war noch für jemand anderes etwas Besonderes gewesen.

Pat zog mich am Ärmel. »Also, ich hab Hunger, und meinen Appetit laß ich mir auch durch Mord keineswegs verderben. Ich möchte von dir wissen, wieso ein so hübscher Selbstmord plötzlich ein Mord sein soll.«

Ein paar Straßen weiter war ein Italiener, und wir gingen die paar Schritte zu Fuß. Pat bestellte sich eine große Portion Spaghetti zum Mittagessen und ich mir eine Flasche Rotwein. Als das Essen auf dem Tisch stand, machte ich den Anfang und fragte: »Wie sieht der Fall bisher aus für dich?«

»Ihr Name war Ann Minor ... was du ja anscheinend schon weißt. Sie hat in den letzten vier Jahren bei Murray Candid als Animiermädchen gearbeitet. Vorher hat sie in ein paar kleineren Clubs getanzt, und davor war sie Stripperin bei einer herumziehenden Kostümtruppe. Familienleben gleich Null. Sie hatte eine möblierte Wohnung gemietet, und der Hausmeister sagt, sie sei ein ziemlich anständiges Mädchen gewesen.

Die letzten paar Monate war sie ein bißchen niedergeschlagen, nach Aussagen ihrer Mitarbeiterinnen, aber nichts, was direkt auf einen Selbstmord hinweisen würde. In dem Abschiedsbrief steht, daß sie genug von allem hätte, ihr Leben sinnlos sei und sie keine Zukunft für sich sehen würde, deshalb ist sie ins Wasser gegangen. Die Handschrift war die gleiche wie ihre Unterschrift auf anderen Schriftstücken.«

»Quatsch!«

»Das ist kein Quatsch, Mike. Die Schriftexperten haben es überprüft.«

»Dann sollten sie das lieber noch mal überprüfen.«

Pat senkte seinen Blick, als er die harten Linien um meinen Mund bemerkte. »Ich werde mich darum kümmern.« Er wandte sich wieder seinen Spaghetti zu, schob sich eine Gabel voll rein, dann gab er mir einen Überblick über den Fall. »Wir haben die Geschehnisse so rekonstruiert: Kurz vor Tagesanbruch ist sie runter zu der alten Anlegestelle am Riverside Drive, die gerade abgerissen wird. Sie hat ihren Hut, ihre Schuhe und ihre Jacke ausgezogen … hat sie dort auf die Planken gelegt mit ihrer Handtasche obendrauf, und ist ins Wasser gesprungen.

Anscheinend konnte sie nicht schwimmen. Aber auch wenn sie es konnte, wäre sie auf jeden Fall ertrunken, weil ihr Kleid sich in ein paar Nägeln unterhalb der Oberfläche verfangen hatte, die sie unter Wasser gehalten haben. Ungefähr um halb neun Uhr heute morgen gingen ein paar Jungs da runter zum Angeln und haben zuerst ihr Zeug und dann sie entdeckt. Einer hat eine Polizeistreife angehalten, die dann den Notarzt alarmiert hat. Die Sanitäter haben erst gar nicht mit Wiederbelebungsversuchen angefangen.«

»Wie lange war sie schon tot?«

»Grob geschätzt vier bis fünf Stunden, vielleicht auch 'ne halbe Stunde mehr oder weniger.«

Ich schenkte mir noch ein Glas Wein ein und spülte es in einem Zug hinunter. »Ich war gestern nacht bis Viertel vor drei bei ihr«, sagte ich.

Pats Augen flammten auf, und er stieß die Gabel mitten in den Berg Spaghetti. Die waren vielleicht noch gut, aber er schmeckte nichts mehr. »Erzähl weiter.«

»Sie hatte eine Reisetasche aufgetrieben, die Nancy gehört hatte. Die hat sie mir gebracht, weil ich sie vorher angespitzt hatte, sich doch mal ein bißchen umzuhören, ob sie etwas über Reds Vergangenheit rauskriegen könnte. Die Tasche war voller Babykleidung, alles unbenutzt. Wir sind zu ihr in ihre Wohnung hochgegangen.«

Er nickte. »War sie verängstigt … oder bereute sie es?«

»Als ich mich verabschiedete, ließ ich ein ziemlich glückliches Mädchen zurück. Sie war keine Selbstmordkandidatin.«

»Verdammt noch mal, Mike! Ich …«

»Für wann ist die Autopsie angesetzt?«

»Heute … jetzt gerade! Wegen dir hab ich schon wieder

heiße Kohlen unter den Füßen! Mich würd's nicht im mindesten überraschen, wenn sie mit Arsen vollgepumpt wäre!« Er schmiß seine Gabel auf den Tisch, rückte seinen Stuhl vom Tisch weg und ging zum Telephon an der Wand. Als er zurückkam, brummte er: »Noch zwei Stunden und dann liegt der offizielle Bericht vor. Der Gerichtsmediziner ist gerade an der Autopsie.«

»Ich wette, er kommt auf keine andere Todesursache.«

»Warum nicht?«

»Weil hier jemand verdammt Gerissenes am Werk war.«

»Oder ein absolut Bekloppter. Vielleicht bist du sogar der Bekloppte, Mike.«

Ich steckte mir eine Zigarette an und grinste, während mir was im Kopf rumspukte, das ich mal über Ertrunkene gehört hatte. »Ich bin gar nicht so bekloppt, Kleiner. Vielleicht wird der Gerichtsmediziner gleich eine böse Überraschung erleben. Ich hab diese Blondine gern gehabt.«

»Du glaubst, das hier hängt mit Nancy zusammen, stimmt's?«

»Ja.«

»Bist du da sicher?«

»Ja.«

»Dann beschaff mir Beweise, Mike. Ohne Beweise kann ich nichts unternehmen.«

»Du kriegst deine Beweise.«

»Ach ja, wann denn?«

»Wenn wir jemand in den Händen haben, der so weit oben mitmischt, daß es lohnt, ihn zum Reden zu bringen.«

Pat stimmte mir mit einem Zucken seiner Augenbrauen zu. »Ich kann mir schon vorstellen, wie wir ihn zum Reden bringen.«

»Du bist da nicht dran beteiligt«, erinnerte ich ihn. »Wenn dieser Zeuge dir ausgeliefert wird, wird er so froh sein, endlich auszupacken, daß er singen wird wie ein Vögelein. Du brauchst überhaupt gar nichts mehr zu tun.«

»Du wirst es aus ihm rauspressen wie aus einer reifen Zitrone, nehm ich an?«

»Da liegst du verdammt richtig, mein Freund.«

»Dir ist natürlich klar, mit wem du dich da anlegst.«

»Ja, ich weiß es. Burschen, die schweres Geld für Leibwächter auf den Tisch legen. Burschen, die sich dazu noch selbst wehren können, wenn die Leibwächter mal versagen. Typen mit Geld und vielleicht mit ihrer kleinen Privatarmee.«

»Wir bewegen uns auf gefährlichem Terrain«, knirschte Pat durch die Zähne.

»Ich weiß das. Wir werden noch auf jede Menge Dreck stoßen, wenn ich nicht total falsch liege. Es wird Leuten an den Kragen gehen, die Himmel und Hölle in Bewegung setzen werden. Aber das ist genau der Punkt, warum ich die Sache allein in die Hand nehmen muß, Pat. Dir *können* sie mit ihrer Scheiße an den Karren fahren. Ich dagegen, mich können sie mal. Meinen Job können sie mir nicht wegnehmen, und sie können mir auch sonst keine Angst einjagen. Denn mit mir kriegen sie eine Art von Ärger, gegen die sie mit ihren Drohgebärden nichts ausrichten können.«

»Das sagst du dem Richtigen!« schnaubte Pat und wandte sich wieder seinen Spaghetti zu, während ich mich dem Rest Rotwein widmete. Ich konnte fast hören, wie in seinem Kopf die Verbindungen klickten. Als er fertig war, legte er die Serviette auf den Tisch. Doch bevor er sich noch genüßlich eine Zigarette anstecken konnte, rief ihn der Wirt ans Telephon. Er stieß seinen Stuhl zurück und ging zum Telephon.

Nach fünf Minuten kam er mit einem Grinsen in der Visage zurück. »Deine Mordtheorie hat ein paar Löcher bekommen. Meine Männer haben den Brief noch einmal überprüft. Es besteht absolut kein Zweifel, daß es die Handschrift von Ann Minor ist. Schriftvergleiche mit unterschiedlichen Dokumenten haben das bestätigt. Es gibt keine Spur einer Fälschung. Dagegen kommst du nicht an, Mike.«

Ich schaute mißmutig auf das leere Glas in meiner Hand.

Immerhin hatte ich genug Verstand, um zu wissen, daß die Jungs in den Polizeilaboren keine halben Sachen machten, wenn sie eine definitive Bestätigung herausgaben.

Pat beobachtete mich. »Damit ist der Fall raus aus meiner Abteilung, verstehst du?«

»Die Autopsie steht noch immer aus.«

»Möchtest du hingehen und zuschauen?«

Ich schüttelte den Kopf. »Nein, ich vertret mir lieber ein bißchen die Beine. Ich muß mal über das alles nachdenken. Ich ruf dich später an. Mich interessiert, was in dem Bericht steht.«

»Okay.« Pat sah auf seine Uhr. »Ruf mich in ein paar Stunden an. Ich bin in meinem Büro.«

»Eins noch ....«

Pat grinste. »Ich hab mich schon gefragt, wann du danach fragen würdest.«

Er war absolut nicht auf den Kopf gefallen. »Ich habe gerade keine Zeit dafür, und außerdem machen meine Beine noch nicht mit bei soviel Rumrennerei. Wie wär's, wenn du mit eurem Nachrichtendienst sämtliche Krankenhäuser für mich überprüfen lassen könntest. Krieg raus, ob bei ihnen jemals eine Nancy Sanford auf der Entbindungsstation gelegen hat. Laß dir den Namen des Vaters geben, die Familienangehörigen und alles, was sie sonst noch haben. Könntest du das für mich tun?«

»Das hätte ich sowieso gemacht, Mike. Ich werde es sofort in die Wege leiten.«

»Danke.«

Ich nahm die Rechnung und zahlte, dann verabschiedete ich mich von Pat. Eine Weile ging ich die Straße hoch, die Hände in meinen Hosentaschen, und pfiff eine tonlose Melodie vor mich hin. Der Tag war wirklich schön, ein herrlicher Tag ... absolut kein Tag für einen Mord.

Selbstmord? Von wegen! Sie hatten es so schlau eingefädelt, daß man überhaupt nicht drauf kommen konnte, daß es ein Mord gewesen war ... noch nicht. Na, vielleicht kam nicht irgend jemand drauf, aber ich schon. Ich würde mein

Hemd darauf verwetten, daß die Blondine den falschen Leuten die falschen Fragen gestellt hatte. Jemand mußte sie zum Schweigen bringen. Alles paßte zusammen, ganz wunderbar. Sie hatte sich diese fünfhundert Dollar verdienen wollen, aber sie hatte zuviel gekriegt für das Geld.

Nachdem ich einmal um das ganze Straßenkarree gelaufen war, spazierte ich zu meinem Wagen rüber und stieg ein. Zur Abwechslung waren die Straßen mal halb leer, und ich rollte Richtung Norden, ohne daß ich auch nur wegen einer roten Ampel anhalten mußte. Ich bog in die sechsundneunzigste Straße zum Fluß hin ab, fand einen Parkplatz und stieg aus.

Eine leichte Brise blies vom Wasser her und brachte den halbwegs gereinigten Geruch einer Stadt voll Arbeit und Schweiß mit sich hoch. Das Lüftchen war kühl und erfrischend, aber es roch trotzdem nach etwas Unsauberem. Die Farbe des Flusses ging ins Gräuliche, und er war ganz und gar nicht so tiefblau, wie er hätte sein sollen. Der Schaum, der sich im Kielwasser der vorbeifahrenden Schiffe bildete, war zu dick. Fast wie Blut. In der Nähe des Strandes verwandelte sich seine Farbe ins Schmutzigbraune von all dem Dreck, der ans Ufer gespült wurde. Wenn man nur einen kurzen Blick auf die Szenerie warf, sah es alles ganz hübsch aus, aber wer ein bißchen zu genau hinschaute und darüber nachdachte, dem wurde speiübel.

(Sie hat ihren Hut, ihre Schuhe und ihre Jacke ausgezogen … hat sie dort auf die Planken gelegt, mit ihrer Handtasche obendrauf, und ist ins Wasser gesprungen.) So würde es wohl eine Frau machen … eine Frau, die schon lange über Selbstmord nachgedacht hatte. Nicht eine, die sich plötzlich dazu entschlossen hatte. So ein Selbstmord war gut überlegt, alle Sachen lagen schön beieinander, damit es keine Probleme für die Nachwelt gab. Wenn es überhaupt ein Selbstmord gewesen war. Ordentlich, als ob es schon seit langer, langer Zeit geplant worden war.

Meine Schritte hatten mich hinunter zu einer Grasfläche

am Wasser geführt, direkt auf eine Anlegestelle zu, die halb abgerissen war. Dort war neuerdings ein Wachmann in einem brandneuen Häuschen postiert worden. Aus den Augenwinkeln konnte ich ein Gesicht erkennen, das sich zu einem unangenehmen Grinsen verzog. Der Wachmann grinste immer noch, als er rauskam, ein kleiner, fetter Kerl mit einer Bierflasche in der Hand. Er hielt mich anscheinend für einen weiteren Bullen, weil er mir bloß zunickte und mich den Steg vorlaufen ließ, ohne irgendwelche dummen Fragen zu stellen.

In meinem Kopf fing die Musik an zu spielen. So war es immer, wenn mir Einfälle kamen und mein Blut pulsierte. Jetzt hatte ich eine verrückte, wilde Idee, mit der man vielleicht etwas beweisen konnte. Das würde Pat doch in die Sache reinziehen. Aber dann würde die ganze Scheiße so richtig zum Kochen kommen. Köpfe würden rollen. Am Times Square würde man eine Guillotine aufstellen. Die Leute könnten dann klatschen und brüllen wie im Kolosseum, sich ab und zu davonschleichen und sich erholen und dann das Ganze wieder von vorn mitmachen.

Auf einem Pfosten stand ein leeres Erdnußbutterglas, in dem tote Würmer lagen. Ich schüttelte die Dinger raus und rieb das Glas mit einem Taschentuch so sauber, daß es blitzte. Dann warf ich das Taschentuch auch gleich weg. Ich kletterte an einem Stützpfeiler zur Wasseroberfläche hinunter und füllte das Glas fast randvoll. Dann kraxelte ich wieder hoch, schraubte den Deckel fest zu und ging zurück zur Straße.

Anstatt Pat anzurufen, fuhr ich direkt in sein Büro. Er schüttelte mir die Hand und lud mich ein zu einem Spaziergang den Gang hinunter in ein anderes Zimmer, wo er einen Bericht abholte, dann führte er mich zurück zu seinem Kabuff. Er reichte mir den Bericht. »Hier ist es, Mike. Tod durch Ersticken. Sie ist ertrunken. Wir haben auch den Zeitpunkt des Todes richtig geschätzt. Es gibt keinen Zweifel mehr.«

Ich machte mir nicht die Mühe, den Bericht zu überfliegen. Statt dessen warf ich ihn wieder auf seinen Schreibtisch. »Ist der Gerichtsmediziner noch im Haus, Pat?«

»Er ist im Keller, wenn er noch nicht weg ist.«

»Ruf an und frag nach.«

Er wollte zu einer Frage ansetzen, überlegte sich das aber noch mal und griff zum Telephon. Eine Minute später sagte er: »Er ist noch da.«

»Sag ihm, er soll warten.«

»Du hast dir hoffentlich einen guten Grund überlegt. Er ist ziemlich schlechter Laune. Außerdem spricht er gerade mit dem Staatsanwalt.«

»Ich hab einen guten Grund.«

Pat trug der Vermittlung auf, den Gerichtsmediziner aufzuhalten, wobei er mich keine Sekunde aus den Augen ließ. Nachdem er aufgelegt hatte, lehnte er sich nach vorn über seinen Schreibtisch. »Was hast du diesmal?«

Ich stellte das Glas auf den Tisch. »Er soll das hier analysieren.«

Er nahm das Glas in die Hand und betrachtete es mit einem prüfenden Blick, dann schüttelte er es, damit der Satz sich nach oben bewegte, und blickte mißtrauisch in die trübe Brühe in dem Glas. Als er sah, daß ich keine weiteren Erklärungen abgeben würde, stand er abrupt auf und verließ das Zimmer. Ich hörte, wie er mit dem Aufzug nach unten fuhr.

Ich hatte mich durch eine halbe Schachtel Luckies geraucht, als ich den Aufzug wieder hochkommen hörte. Schritte näherten sich schnell und laut der Bürotür, und ich wußte gleich, daß er echt wütend war.

War er auch. Mit einem Gesichtsausdruck, der einen erheblichen Grad der Verärgerung anzeigte, knallte er erst das Glas auf den Schreibtisch und wandte sich dann mir zu. »Was sollte denn das für ein toller Tip sein? Er hat es wirklich analysiert ... und mich wissen lassen, daß es nichts außer Wasser ist, angereichert mit allem erdenklichen Dreck, der heute so in städtischen Gewässern rumschwimmt. Dann wollte er genau wissen, warum und wozu. Ich bin dagestanden wie ein vollkommener Trottel. Was hätte ich denn sagen sollen, daß ein Privatschnüffler das Polizeilabor benutzt, um ein nicht existentes Mordkomplott aufzudecken? Ich hatte ja keine Vorstellung, was es war, das mich da unten erwartete, aber ich hätte schon gedacht, daß du was Besseres zu bieten hättest!«

»Warum hast du den Gerichtsmediziner nicht mal gefragt, ob er dieselbe Brühe auch in ihrer Lunge gefunden hat? Nicht in ihrem Magen, wohlgemerkt, sondern in ihrer Lunge. Beim Ertrinken erstickt man, weil so ein kleines Ventil in der Kehle die Luftröhre verschließt, damit kein Wasser in die Lunge reinfließen kann. Es braucht nicht viel, damit eine Person erstickt ... nur soviel Flüssigkeit, daß dieses Ventil zuklappt. Man findet viel Wasser im Magen, aber sehr wenig in der Lunge. Mach schon, frag ihn.«

Pat fielen fast die Augen aus dem Kopf. Er entblößte seine Zähne, und sein Mund verzog sich zu einem animalischen Grinsen. Er zischte: »Du bist doch ein gerissener Hund, du.«

Er nahm den Telephonhörer zur Hand und rief runter. Die Unterhaltung dauerte nicht länger als eine Minute, aber jede Menge aufgeregter Sätze flogen hin und her. Dann legte er den Hörer wieder auf und rutschte in seinen Sessel. »Sie überprüfen es jetzt. Ich glaube, da hast du einen Volltreffer gelandet.«

»Das hab ich dir schon vorher gesagt.«

»Nicht so voreilig, Mike. Wir müssen erst den Bericht abwarten. Jetzt rück mal mit deiner Story raus.«

»Ganz einfach, Pat. Ann Minor ist ertränkt worden, höchstwahrscheinlich in ihrer eigenen Wohnung. Dann wurde sie in den Fluß geworfen.«

»Das bedeutet, daß die Leiche aus dem Haus transportiert worden sein muß, ohne das es jemand sehen durfte, das ist dir klar?«

»Na und? Wer ist denn schon noch auf der Straße zu dieser Zeit? Zum Teufel, sie da rauszukriegen, war nicht schwer. Sie in den Fluß zu schmeißen auch nicht.«

»Es bleibt nur noch ein Haken. Der Abschiedsbrief.«

»Dazu hab ich mir auch schon was einfallen lassen.«

Pat stützte seinen Kopf mit den Händen. »Weißt du, ich bin eigentlich ziemlich helle. Ich kenne die Arbeit der Polizei in- und auswendig, und ich bin nun schon mindestens genauso lange dabei wie du. Ich liebe diese Arbeit, ich bin gut darin. Aber du hast immer die grandiosen Einfälle. Glaubst du, ich verlaß mich zu sehr auf meine althergebrachten Methoden? Wird aus mir allmählich ein typisch phantasieloser Bulle? Was zum Henker mach ich falsch, Mike?«

Ich konnte wirklich nur noch über ihn lachen. »Du läßt nicht nach, Junge. Du läßt nur eins außer acht ... gelegentlich weiß ein gerissener Gauner genauso viel wie ein gerissener Bulle. Du solltest manchmal ein bißchen mehr wie einer von *denen* denken. Damit kommt man weiter.«

»Quatsch.«

»Wir haben jetzt zwei Morde. Beide sollen so aussehen, als ob etwas anderes die Todesursache war. Für den ersten haben wir noch keine Beweise, aber der zweite zeigt dir, gegen was für Leute wir ankämpfen. Es sind ganz bestimmt keine Amateure.«

Pat blickte hoch. »Du hast gesagt, dir sei was eingefallen ...«

»Keine Chance. Laß dir selbst was einfallen. Diese Idee ist ein bißchen zu versponnen, selbst für dich. Wenn es so war, wie ich es mir denke, dann fügt sich nur ein weiterer Teil in das Puzzle. Vielleicht gehört es ja auch zu einem ganz anderen Puzzle.«

Das Telephon klingelte wieder, und Pat ging ran. Sein Gesichtsausdruck verriet nichts, bis die Unterhaltung beendet war. Er sah nicht gerade glücklich aus. »Meine Abteilung hat es rausgekriegt. Das Wasser in ihrer Lunge war sauber. Geringe Spuren von Seife. Sie ist wahrscheinlich in einer Badewanne ertränkt worden. Keine Spur von Wasserverunreinigungen in der Lunge.«

»Dann freu dich doch.«

»Ja, gleich fang ich an, über's ganze Gesicht zu strahlen. Unten klopfen sie mir tüchtig auf die Schulter, aber sie wollen wissen, wie ich da drauf gekommen bin. Was zum Teufel soll ich denen jetzt erzählen?«

Ich stieß den Stuhl zurück und stand auf. »Sag ihnen doch einfach, das hättest du dir alles in deinen zwei kleinen Köpfen zusammengereimt.«

Als ich hinausging, fluchte Pat ziemlich leise vor sich hin, aber jetzt grinste er.

Und ich grinste auch, weil ich wollte, daß die Polizei bei diesem Ding mit von der Partie war. Das, was ich vorhatte, war für eine Person allein zu schwierig. Viel zu schwierig. Sogar für mich. Die Bullen hatten Männer und Waffen. Sie hatten auch den nötigen Verstand. Nicht mehr lange und dann würden diese Köpfe rollen.

Bevor ich heimfuhr, holte ich mir mein Abendessen in einem Selbstbedienungsrestaurant. Ich schaufelte so ziemlich alles, was sie hatten, auf ein Tablett und suchte mir einen Tisch, an dem ich in Ruhe gelassen wurde und ungestört nachdenken konnte. Als ich gegessen hatte, ging es mir besser. Bei einer Zigarette dachte ich weiter nach. All die unterschiedlichen Teile des Puzzles hatte ich in meinem Hirn säuberlich geordnet, aber ich konnte sie nicht zusammenkriegen. Aber wenigstens waren sie jetzt klar, wenn ich auch noch nicht erkennen konnte, was für ein Bild das Puzzle ergeben würde. Eins wußte ich genau ... es würde ein Bild herauskommen, wenn die Teile einmal zusammengesetzt waren. Ich schaute wieder auf Nancys Ring und sagte: »Bald, Red ... nicht mehr lange.«

Innerhalb von einer Stunde hatte der Tag seinen strahlenden Glanz verloren, und ein leichter Regen stellte sich mit der Abenddämmerung ein. Ich schlug meinen Kragen hoch und hielt mich im Schutz der Gebäude, bis ich meinen Wagen erreichte. Der Verkehr war jetzt stärker geworden, aber ich fuhr auf eine Schnellstraße, auf der ich fix nach Hause kam. Als ich bei meiner Wohnung war, schüttete es in Strömen, ohne Anzeichen, daß es bald aufhören würde.

Ich stellte den Wagen in die Garage und rannte zur Haustür. Trotzdem war ich klatschnaß, noch bevor ich das Vordach über dem Hauseingang erreicht hatte.

Als ich versuchte, den Schlüssel ins Schlüsselloch zu stecken, war es blockiert. Ich versuchte es noch einmal, aber es war wieder blockiert. Dann sah ich Kratzspuren auf dem Messing. Das Schloß war aufgebrochen worden. Mit einer Hand riß ich meine Knarre raus und trat gegen die Tür. Sie flog auf, und ich preschte rein wie ein Vollidiot, ein hervorragendes Ziel für jemand, der mich abknallen wollte. Nur war da niemand in der Wohnung außer mir.

In jedem Zimmer waren die Lichter an, und die gesamte Bude war auf den Kopf gestellt worden. Nichts stand mehr an seinem Platz. Die Kissen auf den Sesseln und der Couch waren aufgerissen worden, und der Luftzug von der offenen Tür wirbelte die Füllung durch die Gegend wie Pusteblumenflocken.

Schubladen waren ausgeleert und mitten auf dem Boden liegen gelassen worden. Alle meine Kleider waren aus dem Schrank geräumt und auf einen Stapel gehäuft worden. Alle Taschen waren nach außen gekehrt. Sie hatten nicht mal den Kühlschrank übersehen. Die Flaschen, Dosen und der Aufschnitt lagen auf dem Tisch und im Dreck unter der Spüle und zogen Fliegen an.

Ich griff zum Telephon, wählte die Nummer des Hausanschlusses und wartete, bis der Pförtner unten an den Apparat ging. Als er sich meldete, mußte ich mich beherrschen, um nicht laut zu werden. »Hier ist Mike Hammer aus Apartment 9D. War heute jemand da und hat nach mir gefragt?«

Der Bursche verneinte.

»Hat jemand um das Haus rumgeschnüffelt? Jemand, der hier nichts zu suchen hat?«

Wieder ein Nein. Er fragte mich, ob es ein Problem gäbe.

Ich antwortete: »Noch nicht, aber ziemlich bald wird es ein größeres Problem geben. Jemand hat meine Bude auseinandergenommen.«

Das versetzte ihn nun doch in Aufregung, aber ich wies ihn an, es nicht zu melden. Ich war nicht in der Stimmung, Fragen zu beantworten oder den Nachbarn einen Schreck einzujagen. Ich ging ins Schlafzimmer und riß die Decken von dem Haufen in der Ecke. Die Reisetasche war noch da, unter mehreren Lagen von Wollfetzen. Der Deckel stand weit offen, und die Babykleider waren um die Tasche verstreut. Einige waren nicht einmal auseinandergefaltet worden. Die beiden Seitentaschen und die Tasche im Deckel waren vollständig abgerissen und das Futter aufgerissen worden, so daß man mit einer Hand dahinter fassen konnte.

Die Mappe mit den Photos war weg.

Ich verschaffte mir einen Überblick über alles, was sich in der Wohnung befand, ein Unterfangen, das mich zwei Stunden kostete, aber das einzige, was fehlte, waren die Bilder. Nur um ganz sicher zu sein, ging ich noch mal alles durch. Ich hätte mich nicht bemühen brauchen. Vierundfünfzig Dollar und eine Armbanduhr lagen unberührt auf der Kommode, aber ein paar alte Photos waren verschwunden.

Für mich hatten sie keine Bedeutung gehabt, aber offensichtlich für jemand anderen. Darum hatte Ann sterben müssen. Ich ließ mich mit einer Zigarette zwischen den Lippen auf den Überresten eines Sessels nieder und überschlug das Ganze noch einmal. Eine Uhr auf dem Boden war mit einem Absatz zertrümmert worden. Eine Zigarettendose war mit Gewalt aufgebrochen worden. Eine Steckdose war aus der Wand gerissen worden, und die Kabelenden hingen jetzt heraus wie gebrochene Finger.

Ich schaute mich dieses Mal gründlicher um und bemerkte, daß die Suche Methode hatte. Sie hatten die Photos mitgenommen, aber sie waren noch hinter etwas anderem her, etwas, das so klein war, das es fast überall versteckt sein konnte. Das Tintenfaß war auf dem Tisch ausgeleert worden, und mir fiel ein, daß auch der Salz- und der Pfefferstreuer in der Küche ausgeschüttet waren.

Klar, es war einfach genug. Ich hob meine Hand und grinste den Ring an. »Sie werden wiederkommen, Kleines«, erklärte ich ihm. »Sie haben dich dieses Mal nicht gefunden, also werden sie wiederkommen. Und wir werden gemeinsam auf sie warten.«

Jetzt konnte ich mich wieder beruhigen. Ich würde gewaltig was einstecken müssen, aber ich konnte mich entspannen. Das Bild nahm Form an. Nancy war die Galionsfigur. Der Ring, das war Nancy. Und sie wollten ihre Photos zurück. Warum, war mir nicht klar. Sie waren alt, und auf ihnen war nichts zu sehen, aber sie waren anscheinend wichtig. Die Babykleider hatten keine Bedeutung für sie, aber der Ring und die Photos schon.

Mein Blick war ins Leere gerichtet. Ich sah Nancys Brief an mich vor mir. Irgendwann würde sie mich wieder brauchen ... sie machte viele Sachen ... nur eine war noch von Bedeutung für sie ... zwischen uns war Vertrauen.

Worte. Ich hatte jetzt eine Menge Worte. Ein paar zupften an meinem Gehirn und versuchten, sich einen Weg ins Freie zu graben. Was war das? Was, zum Teufel, versuchte da, aus meiner Erinnerung aufzutauchen? Es schrie auf, um sich Gehör zu verschaffen, aber mein Gehirn blieb taub. Ich lauschte, aber ich konnte es nicht verstehen. Verdammt, was war da? An was wollte ich mich erinnern? Jemand hatte etwas gesagt. Damals war es ohne Bedeutung gewesen, aber es war hängengeblieben, und ich hatte es mir bis jetzt gemerkt. Wer hatte es gesagt? Was war es?

Ich schüttelte meinen Kopf, um ihn klar zu kriegen, in der Hoffnung, daß es mir dann kommen würde. Das kreischende Geklingel des Telephons riß mich aus dem Nebel, und ich stand auf und hob ab. Pats Stimme begrüßte mich, mit einem leicht genervten Unterton.

»Was gibt's, Pat?«

»Ich wollte dir nur sagen, daß wir die Sache noch einmal durchgegangen sind. Es haut hin. Der Gerichtsmediziner und der Staatsanwalt reden jetzt auch von Mord. Jetzt wollen sie eine Antwort auf die Frage des Abschiedsbriefs. Er sieht verdammt echt aus. Wie war das mit deinem Einfall … ich steck hier völlig fest ohne einen Tip von dir.«

Ich antwortete ihm, ohne richtig bei der Sache zu sein. »Befrag doch mal ein paar ihrer Freundinnen. Frag nach, ob sie jemals darüber geredet hat, sich das Leben zu nehmen. Vielleicht hatte sie das ja wirklich mal vor und hat den Abschiedsbrief geschrieben. Jemand hätte es ihr ausreden können und hat dann den Brief aufgehoben, zur späteren Verwendung.«

»Du denkst auch an alles, oder?«

»Wenn's nur so wäre, Pat.«

»So einfach wird es außerdem auch nicht werden. Ich habe dem Staatsanwalt die Geschichte vorgelegt, und sie hat ihm gar nicht gefallen. Er meint, das Ganze sei absurd.«

»Was glaubst du?«

»Ich glaube, wir haben eine Schlange am Hals erwischt.«

»Das ist die einzige Art, wie man eine Schlange sicher packen kann.«

»Ich hoffe bloß, du hast recht. Du bist immer noch dran, Mike?«

»Mitten drin, alter Junge. Du kriegst Bescheid, wenn ich etwas habe. Jetzt zum Beispiel. Jemand ist in meine Wohnung eingebrochen und hat sie ruiniert. Sie hatten es auf Nancys Ring abgesehen. Den haben sie nicht gekriegt, aber sie haben die Schnappschüsse, die mir die Blondine besorgt hatte.«

»Zum Teufel!« Pat explodierte fast. »Warum hast du sie auch bei dir aufbewahrt? Das hättest du doch besser wissen können!«

»Klar, ich riegle den Stall ab, nachdem das Pferd gestohlen wurde. Ich wäre gar nicht darauf gekommen, daß sie wichtig sind, wenn die sie nicht hätten mitgehen lassen. Über die Photos laß ich mir auch keine grauen Haare wachsen. Warum sie den Ring wollten, würde mich mehr interessieren. Man kann den vorherigen Besitzer nicht ausfindig machen, aber sie wollten ihn trotzdem.«

Pat schwieg einen Moment, dann sagte er: »Ich habe

auch Neuigkeiten für dich. Ich hab eine Antwort von einem Krankenhaus in Chicago erhalten. Wir hatten wirklich Glück, daß so schnell eine Antwort kam.«

Ich zerquetschte fast den Hörer. »Ja?«

»Nancy Sanford hat dort vor vier Jahren ein Kind zur Welt gebracht. Sie war eine ledige Mutter. Sie hat sich geweigert, den Namen des Vaters preiszugeben, und man legte sie auf eine Sozialstation, die von einer Gruppe finanziert wird, die sich um solche Fälle kümmert. Es war eine Totgeburt. Kein Mensch weiß dort, was danach aus ihr geworden ist.«

Meine Hand zitterte. Ich brachte nur noch ein Flüstern zustande, als ich ihm für die Information dankte. Bevor ich auflegte, sagte er: »Dieser Ring … bring ihn lieber zu mir zur Aufbewahrung, Mike.«

Ich lachte barsch auf. »Einen Teufel werd ich. Nancy läuft in euren Büchern immer noch als Unfall mit Fahrerflucht. Sobald ihr das in Mord umändert, kannst du den Ring haben.«

Pat wollte mich umstimmen, aber ich unterbrach ihn.

»Was wollt ihr nun wegen der Blondine unternehmen? … und wegen Murray?«

»Er wurde gerade aus seinem Club geholt. Ist auf dem Weg hierher. Hör mal zu, wegen dem Ring, ich möchte …«

Ich bedankte mich und legte auf. Murray wurde gleich verhört. Es würde ein paar Stunden dauern, mindestens, wenn er nicht einen guten Rechtsanwalt und sehr gute Verbindungen hatte. Genug Zeit für mich.

Neuntes Kapitel

Im Telephonbuch gab es zwei Einträge für Murray Candid: Die eine Adresse war der Club und die andere in einer schikken Wohngegend in Brooklyn. Mir gefiel keine der beiden. Ich rief die Nummer in Brooklyn an. Ein Butler mit britischem Akzent meldete sich und teilte mir mit, daß Mr. Candid ausgegangen war. Er würde nicht zurückerwartet, bis der Club zumachte, aber ich könnte eine Nachricht hinterlassen. Ich murmelte was von »nicht so wichtig« und legte auf.

Noch ein Butler. Wahrscheinlich auch goldene Kronleuchter und seltene Ming-Vasen.

Ich blieb mit der Hand über der Scheibe und wählte nach kurzem Überlegen Lolas Nummer ein. Sie erkannte meine Stimme und lächelte durch das Telephon. »Hallo, Liebling. Wo bist du?«

»Daheim.«

»Werd ich dich bald mal wiedersehen?«

Sie schaffte es, daß ich mich nach nur ein paar Worten warm und geborgen fühlte. »Vielleicht in einer Weile. Gerade stecke ich bis zu den Ohren in was drin. Ich dachte, vielleicht kannst du mir helfen.«

»Selbstverständlich, Mike. Um was ...?«

»Kanntest du eine Ann Minor. Sie hat für Murray gearbeitet.«

»Sicher. Ich bin seit Jahren mit ihr befreundet. Warum?«

»Sie ist tot.«

»Nein!«

»Doch. Sie wurde ermordet, und ich weiß auch, warum. Es hat was mit Nancy zu tun, nur bei diesem Fall sind auch die Bullen mit auf unserer Seite.«

»Oh, Mike ... warum passieren solche Sachen? Ann war nicht ... sie war nicht wie wir. Sie hat nie etwas Falsches gemacht. Weißt du, sie hat sich um die Mädchen, die anschaffen gingen, gekümmert ... hat versucht, ihnen zu helfen. Oh, Mike ... warum nur? Warum?«

»Wenn ich weiß, warum, dann weiß ich auch, wer sie umgebracht hat, Schätzchen. Aber darum geht es nicht. Kannst du dir vorstellen, wo Murray einen privaten Unterschlupf haben könnte? Nicht sein Haus in Brooklyn, sondern ein Ort, zu dem er Gäste bringt, die er später ausnehmen will, oder wo er irgendwelche Geschäftsverbindungen anleiert?«

»J-ja. Er hatte so einen Unterschlupf im Village. Es wird aber nicht mehr der gleiche sein, den ich kannte, weil er die Wohnungen regelmäßig wechselt. Er wollte nie zu lange an einem Ort bleiben, aber er bevorzugte das Village. Ich ... war da mal oben ... auf einer Party. Es war nicht sehr schön, Mike; ich möchte lieber nicht darüber sprechen.«

»Das brauchst du auch nicht. Wo war diese Wohnung?«

Sie nannte mir die Adresse, und ich kritzelte sie auf ein Stück Papier. »Du wirst dich umhören müssen, um rauszukriegen, wo er jetzt untertaucht. Ich könnte es finden, glaube ich, aber ...«

»Du bleibst schön hier. Ich kann es schon alleine rauskriegen. Ich möchte nicht, daß irgend jemand auf dich aufmerksam wird.«

»In Ordnung, Mike. Bitte paß auf dich auf ... bitte.«

Ich grinste. Um mich machten sich nicht gerade viele Leute Sorgen, und es gab mir ein gutes Gefühl. »Ich werde ganz vorsichtig sein, Süße. Ich werde dich sogar später noch mal anrufen, damit du sicher weißt, daß alles in Ordnung ist. Okay?«

»Wenn du nicht anrufst, werde ich dir das niemals verzeihen. Ich warte am Telephon auf dich.«

Ich legte den Hörer sanft auf die Gabel und tätschelte das Telephon liebevoll.

Der Abend war schon ziemlich fortgeschritten, als ich endlich meine gesamte Garderobe angelegt hatte. Ich trug einen maßgeschneiderten Anzug, in den die Vorrichtungen für mein Waffenarsenal schon eingebaut waren, und sah aus wie ein Modellgangster aus der Prohibitionszeit. Ich konnte sogar meinen Trenchcoat in dem restlichen Zeug finden und warf ihn mir über. Dann steckte ich mir noch jeweils eine Packung Zigaretten in die Taschen.

Nachdem ich noch einen letzten Blick auf das Chaos geworfen hatte, ging ich runter in die Garage zu meinem Wagen. Es regnete jetzt noch stärker als vorhin. Das Wasser prasselte schräg auf den Gehweg und trieb die Menschen in den willkommenen Schutz der Toreinfahrten. Autos fuhren vorbei, die Scheibenwischer flitzten wie aufgeregte Käfer hin und her, und die Fahrer starrten über das Steuer gebeugt angestrengt nach vorne raus.

Ich stieß rückwärts aus der Garage, wendete und fuhr rüber zum Broadway, auf dem ich mich Richtung Süden hielt. Das Village war gewöhnlich um diese Zeit vollgestopft mit Touristen und Einheimischen, aber heute waren die Gehwege menschenleer. Sogar die Taxen warteten in langen Schlangen hinter den Rufsäulen. Ab und zu verschwand jemand schnell in der einen oder anderen Bar oder rannte zum Kiosk beim U-Bahneingang mit einer Zeitung schützend über dem Kopf, aber wenn man heute abend nach Leben im Village suchte, würde man es nur im Trockenen unter einem festen Dach finden.

An der Ecke in der Nähe von der Adresse, die Lola mir gegeben hatte, war ein Laden, der sich Monica's nannte. Durch den Regen konnte man das rote Neonlicht nur verschwommen erkennen, und als ich langsam daran vorbeifuhr, erspähte ich eine Handvoll trauriger Gestalten auf Barhockern, die eng nebeneinander über ihren Drinks am Tresen saßen. Ich konnte genausogut hier wie irgendwo anders anfangen, meine Erkundigungen einzuholen.

Ich parkte den Wagen und schlug mir den Mantelkragen hoch, dann quälte ich mich geduckt aus dem Auto, wobei ich erst einmal über riesige Pfützen steigen mußte. Kopf voran bahnte ich mir einen Weg durch den Wolkenbruch. Bevor ich den Schuppen erreichte, waren meine Hosenbeine vollkommen durchnäßt, und in meinen Schuhen platschte das Wasser.

An der Bar gingen wie auf Kommando die Köpfe hoch

und drehten sich zu mir um. Drei Männer waren auf dem Weg woandershin vom Regen überrascht worden und hatten sich hierher geflüchtet. Sie wandten sich wieder ihren Drinks zu. Zwei Ladies interessierten sich mehr für einander als für irgendwelche Männer, und sie machten weiter mit tiefen, sinnlichen Blicken und verführerischen Berührungen ans Knie. Dann waren da noch zwei Typen, die mich anstrahlten und dann häßliche Blicke austauschten, als ob sie um den Neuankömmling kämpfen wollten. Monica's hatte eine erlesene Stammkundschaft.

Hinter dem Tresen stand ein großer, bulliger Kerl mit einer Narbe auf dem Kinn und einem Ohr, das so zersäbelt war, daß es wie zerbröselter Blumenkohl aussah. Wenn das Monica war, würde ich meinen Hut als Nachtisch verspeisen. Er kam den Tresen entlang und fragte mich, was ich wollte. Ich bestellte einen Whiskey, und seine Oberlippe verzog sich zu einem Grinsen.

»Noch 'n Normaler.« Seine Stimme war ein versoffenes Krächzen. »Der Laden wird noch umgedreht.«

Die zwei Schwuchteln blökten in seine Richtung und sahen beleidigt aus.

Er stellte die Flasche direkt vor mir auf die Theke. »Sogar die Ladies sind hier pervers. Ich hab mal in 'nem anderen Schuppen gejobbt, da haben sie sich gegenseitig mächtig das Fell versohlt für 'n Burschen. Hier drin stehn die Ladies nur auf andere Weiber.«

»Ja, nichts geht über 'ne Lady«, sagte ich.

»Drinnen laufen noch zwei solo rum, Kerlchen. Guck mal nach, ob sie was für dich sind.«

Dabei verzog er sein Auge in einem nicht zu übersehenden Zwinkern, und ich nahm mein Glas, warf einen Dollar auf den Tresen und ging rein. Da waren wirklich noch zwei Mädchen, wie er gesagt hatte, bloß waren die schon besetzt. Zwei Damen in Herrenanzügen unterhielten sie besser, als ich es gekonnt hätte.

Also setzte ich mich allein an einen Tisch beim Klavier und beobachtete sie. Einer der Jungs vom Tresen kam rein und stellte einen Drink vor mich hin, wobei er süffisant vor sich hinlächelte und sich zu mir setzte.

Er begann: »Der Barmann nimmt den Mund ein bißchen zu voll, finden Sie nicht auch?«

Ich brummte zurück und leerte den Drink. Diese Typen gehen mir mächtig auf die Eier.

»Sie sind zum ersten Mal hier, nicht?«

»Ja.«

»Aus einem anderen Teil der Stadt?«

»Ja.«

»Aha.« Dann runzelte er die Stirn. »Sie … haben nicht schon eine Verabredung?«

Der Kerl wollte anscheinend unbedingt eine in die Fresse, und ich hatte schon fast ausgeholt, als ich meine Meinung doch noch änderte und murmelte: »Ich wollte mich mit einem gewissen Murray Candid treffen. Er hat mir seine Adresse gegeben, aber ich habe sie vergessen.«

»Murray? Das ist ja ein *lieber* Freund von mir. Aber er ist vor einer Woche wieder umgezogen. Georgie hat mir erzählt, er hätte sich jetzt über dem Gemüsehändler zwei Straßen weiter eingemietet. Wie lange kennen Sie ihn denn schon? Na so was, erst letzte Woche habe ich … äh, wollen Sie schon gehen? … Wir haben uns doch noch nicht mal …«

Ich machte mir nicht mal die Mühe, mich zu ihm umzudrehen. Wenn der Knabe versuchen sollte, mir nachzukommen, würde ich ihn um eine Straßenlaterne wickeln. Der Barkeeper schaute rüber und krächzte mir zu, daß man es nicht leicht mit diesen bepinselten Lackaffen hatte. Ich konnte ihm nur zustimmen.

Aber der Kerl hatte mir den Tip gegeben, auf den ich es abgesehen hatte. Ich hatte Glück gehabt. Vielleicht hätte ich ihm in seinen kleinen Popo kneifen sollen, damit er sich besser fühlte.

Ich fuhr gemächlich die Straße hinunter, machte eine Kehrtwendung und kam zurück. In dem Gemüseladen brannte kein Licht, und die Rolläden in dem Apartment darüber waren heruntergelassen. Alles war dunkel. Ein paar Autos waren an der gegenüberliegenden Straßenseite geparkt, und ich quetschte mich dazwischen und wartete eine Minute, bis sich die vereinzelten Fußgänger im Regen verloren hatten.

Es kostete mich Überwindung, nicht über die Straße zu rennen. Ich überquerte sie, ging auf den Laden zu und trat dort in den Hauseingang, als ob ich mir eine Fluppe anstecken wollte, aber eigentlich wollte ich mich etwas umsehen. Leider gab es da gar nichts zu sehen, und ich drückte mich noch tiefer in das Dämmerlicht des Hauseingangs und probierte, ob die Tür offen war. Ich spürte, wie sie sich unter meiner Hand öffnete. Ich zog an der Fluppe und schaute mir die Briefkästen an. Auf einem stand »Gahl«, so hieß auch der Gemüseladen. Der andere Briefkasten war der für die obere Wohnung, und es stand nichts drauf.

Das mußte es sein.

Meine Augen brauchten ein paar Minuten, um sich an die Dunkelheit zu gewöhnen, dann konnte ich die abgetretene, wacklige Treppe ausmachen, die zum Teil noch mit einem alten Teppich bedeckt war. Ich ging eng an der Wand entlang und bemühte mich, leicht aufzutreten, damit die Stufen nicht quietschten. Aber ich konnte so vorsichtig sein, wie ich wollte, die Treppe ächzte bedrohlich und schien nur darauf zu warten, daß ich meinen Fuß hob, um beim nächsten Schritt wieder zu ächzen.

Der Treppenabsatz im ersten Stock war kaum größer als eine enge Kiste, von der auf der einen Seite eine Tür abging, auf die mit weißer Farbe »Gahl« geschrieben stand. Sie hätten es kotzgrün schreiben sollen, damit es besser zum Namen paßte. Daneben war ein Geländer in der gleichen Farbe, an dem ich mich zur besseren Orientierung festhielt und meinen Weg nach oben in den nächsten Stock ertastete. Diese Treppen waren neu. Sie machten keinerlei Geräusche. Als ich die Tür erreicht hatte, griff ich mit der Hand zum Türknauf und erstarrte. An mein Ohr war ein undefinierbarer Ton gedrungen.

Jemand war in der Wohnung. Jemand, der sich leise, aber schnell hin- und herbewegte.

Ich hatte den Knauf noch in der Hand und drehte ihn langsam, ohne jedes Geräusch, bis der Schnapper vollständig geöffnet war. Die Angeln waren gut geschmiert. Ich öffnete die Tür langsam und unhörbar Zentimeter um Zentimeter, bis ich ins Innere blicken konnte. Die Lichter waren aus, und die schlurfenden Geräusche kamen aus dem Nebenzimmer.

Als die Tür halb offen stand, holte ich meine 45er raus und behielt sie in der Hand. Etwas fiel auf den Boden und zerbrach, und jemand flüsterte einem anderen zu, er solle doch um Gottes willen nicht so einen Krach machen. Es waren also zwei.

Dann sagte der andere: »Verdammte Scheiße, ich hab mich geschnitten.«

Ein Stuhl wurde weggerückt. Scherben, die auf dem Fußboden lagen, klirrten gegen die Wand.

Die erste Stimme sagte: »Hab ich dir nicht gesagt, du sollst leise sein?«

»Halt jetzt verdammt noch mal die Klappe. Du hast mir gar nichts zu sagen.«

Ich hörte das Geräusch von Stoff, der zerrissen wird, dann noch mal. Die Stimme flüsterte: »Ich kann das nicht richtig verbinden. Ich geh mal raus.«

Er bewegte sich in meine Richtung und tastete sich um die Möbel herum auf die Tür zu. Ich hatte mich an die Wand gedrückt und umklammerte die Knarre. Seine Hände ertasteten die Öffnung zum Treppenhaus, und einen Moment lang stand er nur da, eine dunkle Silhouette, die sich gegen ein noch dunkleres Schwarz abhob, dann berührte seine Hand meinen Mantel, und sein Mund öffnete sich zu einem Schrei.

Ich zog ihm mit dem Revolverlauf eins über den Schädel. Es machte ein häßliches, dumpfes Geräusch, und seine Knie gaben unter ihm nach. Er fiel mir geradewegs in die Arme, schlaff und schwer. Sein Kopf hing zu einer Seite hinunter, und ich hörte, wie Blutstropfen auf den Boden klatschten. Es wäre alles gut gegangen, wenn ich ihn hätte hinlegen können, aber sein Körper klappte in meinen Händen zusammen, und eine Pistole fiel aus seinem Holster und krachte mit lautem Getöse auf das Parkett.

Drinnen war es mäuschenstill. Kein Ton war zu hören, nicht einmal das Geräusch seines Atems. Ich fluchte vor mich hin.

Mit einer Stimme, die kaum zu hören war, rief der Bursche: »Ray … warst du das, Ray?«

Ich mußte ihm antworten. »Ja, ich war's.«

»Komm wieder rein, Ray.«

Ich riß mir meinen Hut vom Kopf und schlüpfte aus dem Mantel. Der andere Kerl hatte ungefähr meine Größe, und vielleicht würde ich ja damit durchkommen.

Gerade noch rechtzeitig wurde mir klar, daß ich im Begriff stand, eine große Dummheit zu begehen. Ich ging runter auf Hände und Knie und krabbelte auf allen Vieren um die Ecke. Da stand der Typ und hatte seine Kanone auf die Höhe gerichtet, in der sich mein Bauch befunden hätte.

Mein Kumpel da draußen hieß nicht Ray, und ich hatte trotzdem darauf geantwortet.

Er sah mich im gleichen Moment, und eine Feuerzunge flammte mit einem »Plop«-Geräusch in meine Richtung. Aber ich hatte mich zur Seite gerollt, noch bevor er abgedrückt hatte, und die Kugel schlug in die Wand.

Irgendwie brachte ich meine Beine unter mich und setzte mit der 45er ein Dauerfeuer in Gang, dessen Donnern den Raum erschütterte. Ich wartete das Gegenfeuer erst gar nicht ab. Ich konnte die schattenhaften Umrisse eines Sessels ausmachen und hechtete dahinter. Im gleichen Moment hörte ich, wie der andere Typ nur einen Meter entfernt in Deckung ging.

Von meiner Position aus war es unmöglich, in der Dunkelheit festzustellen, ob er mich sehen konnte oder nicht. Ich blieb liegen und zwang mich dazu, leise zu atmen, obwohl ich wie ein Hund schnaufen wollte. Mein Gegenüber hatte sich nicht ganz so gut unter Kontrolle. Er schnappte nach Luft und veränderte dann schnell seine Position, aus Angst, ich könnte ihn gehört und geortet haben. Ich ließ ihn schwitzen. Ich wußte jetzt, wo er sich befand, aber ich feuerte noch nicht. Er bewegte sich wieder, absichtlich diesmal. Er überlegte wohl, ob er mich mit seinem ersten Schuß erwischt hatte. Mein eines Bein fing an, sich zu verkrampfen, und mein Arm zitterte, weil ich mich mit vollem Gewicht auf ihn stützte. Viel länger konnte ich das Stilleben nicht mehr aufrechterhalten.

Der Kerl machte sich zur nächsten Runde bereit, aber vorsichtig. Ich richtete meine Augen auf einen Punkt etwas seitlich von der Stelle, wo er meiner Meinung nach erscheinen würde, und wartete, wobei ich die Gegend überschaute, aber meinen Blick nicht auf eine bestimmte Stelle konzentrierte. Ich versuchte mich an das zu erinnern, was man uns über Geländesicherung bei der Armee beigebracht hatte. Es hatte im Dschungel funktioniert. Verdammt, jetzt *mußte* es doch auch funktionieren.

Dann sah ich seinen Kopf. Durch die Vorhänge am Fenster drang gerade so viel Licht ins Innere, daß die Wand eine bißchen dunkler erschien. Auf diesem Hintergrund war sein Gesicht ein sich bewegender Fleck. Er kroch geradewegs in die Schlußlinie meiner Knarre. Meine Finger wollten schon langsam den Abzugshahn betätigen, als der Junge im Treppenhaus wieder zu Leben erwachte. Seine Füße knallten gegen die Wand, und seine Fingernägel kratzten über den Boden. Er lag für einen Moment still, dann dämmerte es ihm, wo er war und was passiert war. Er stieß einen halberstickten Fluch aus und kroch zur Tür.

Das Ganze löste die Spannung im Zimmer. Der Kerl hinter dem Sessel tat einen Satz, bei dem er die angehaltene Luft mit einem pfeifenden Atemstoß entweichen ließ, und dann sprang er aus seiner gebückten Stellung auf den Sessel, der zurückkippte und im gleichen Moment auf mich fiel, als meine 45er losging.

Er schrie auf, stolperte und fiel hin, sprang gleich wieder

auf und rannte noch gegen die Wand, bevor er schließlich die Tür erreichte. Ich kämpfte mit dem umgefallenen Sessel, und meine Kanone spuckte Kugeln in ein leeres Zimmer. Ich konnte hören, wie der andere Kerl einen Treppenabsatz hinunterpurzelte. Bis ich endlich wieder auf den Beinen war, heulte draußen schon ein Motor auf, und ein Wagen startete mit Kavaliersstart durch und war die Straße hoch verschwunden.

Es hatte keinen Sinn, ihnen hinterherzujagen. Ich zündete ein Streichholz an, fand den Lichtschalter und machte das Licht an. Ein Blick genügte, und ich wußte, bei was ich sie hier gestört hatte. Auf einer Seite der Wand stand ein Bücherregal, aus dem die Hälfte der Bücher herausgerissen und auf den Boden geworfen worden war. Ein paar waren wieder zugefallen, aber mindestens fünfzig lagen noch aufgeschlagen da.

Ich verstaute die Knarre wieder unter meinem Arm und machte da weiter, wo ich die beiden unterbrochen hatte, riß die Bücher runter und blätterte sie durch. Mit dem Licht kam ich um einiges schneller voran, und ich war bei der Hälfte des vorletzten Regals angelangt, als ich ein Buch öffnete und dabei ein anderes aus einer Aushöhlung herausfiel, die in die Seiten des ersten hineingeschnitten war.

Jemand brüllte auf der Straße herum, und in der Wohnung unter mir wurde eine Tür zugeschlagen. Ich schob das Buch hinten unter meinen Gürtel, schnappte mir im Treppenhaus Hut und Mantel und raste wie ein Verrückter die Treppen hinunter. Als ich beim Absatz im ersten Stock war, öffnete sich die Tür, wurde aber sofort wieder zugeschlagen und von innen mit einem Riegel verschlossen.

Die offene Eingangstür sah ungemein einladend aus, obwohl es draußen immer noch schüttete. Die letzte Treppe nahm ich zwei Stufen auf einmal, kam unten mit Volldampf an und spürte nur noch, wie mein Schädel in einem Wirbelwind von kreiselnden Lichtern und irren Tönen explodierte, als etwas gegen meinen Nacken krachte.

Ich hatte keine Kontrolle mehr über meinen Körper. Er

fiel in einen schlaffen Haufen zusammen, und mein Kopf schlug hart auf den Boden. Aber ich spürte keine Schmerzen, befand mich nur in einem Zustand der Betäubung, durch den ein anderes Licht zuckte, diesmal ein helles rotes Licht. Ich fühlte einen Druck auf meiner Brust, und in diesem letzten Moment, an den ich mich erinnern konnte, wurde mir klar, daß ich in eine Falle gelaufen war und jemand aus kürzester Entfernung eine Kugel in mich gejagt hatte.

Wie lange ich da so gelegen hatte, konnte ich nicht sagen. Es gibt Situationen, da verfügt der Körper über unglaubliche Kräfte der Selbstheilung. Ein Ton drang durch zu mir, das hohe Heulen einer Polizeisirene. Ohne daß ich wußte wie, hielt ich plötzlich Mantel und Hut in den Händen, taumelte zur Eingangstür und trat ins Freie. Auf der Straße hatte sich eine Menge von Leuten angesammelt, von denen ein paar in meine Richtung zeigten, aber wenn sie mich überhaupt sehen konnten, ließen sie es sich nicht anmerken. In diesem Moment war ich froh über den Regen und über die Dunkelheit der Nacht und über die Schatten, die sich schützend um mich legten, als ich über die Straße torkelte und meinen Wagen suchte.

Als ich ihn endlich gefunden hatte, fiel ich halb über den Fahrersitz und zog die Tür hinter mir zu. Mein Brustkorb fühlte sich an wie eingedrückt, und mein Schädel war ein pulsierendes Etwas, das Feuerzungen aussandte, die meinen ganzen Körper versengten. Aus meinem Nacken war jegliche Empfindungsfähigkeit gewichen, und obwohl ich dort rein gar nichts spüren konnte, schmerzte mich jeder Atemzug. Es tat noch mehr weh, wenn ich versuchte, einen Ton von mir zu geben.

Ich hörte die kreischenden Bremsen eines Streifenwagens, hörte stapfende Schritte, lautes Rufen und das aufgeregte Gemurmel der Menge, die mit jeder Minute mehr Zulauf bekam. Ich konnte mich nicht mehr länger auf dem Sitz halten. Zum Teufel mit den Leuten. Zum Teufel mit allem um mich herum. Probeweise schloß ich die Augen, und meine Arme gaben ohne jede Vorwarnung nach. Ich sackte nach vorne auf den Fahrzeugboden und fand mich stöhnend in einer Dreckpfütze wieder.

Mir war kalt, so kalt, wie es mir noch nie gewesen war. Ich war klatschnaß und zitterte am ganzen Leib. Ich wollte meinen Kopf nicht rausstrecken, weil die Japse bloß wenige Meter von mir entfernt auf mich warteten. Irgendwo hinter den Linien hatte man einen Verpflegungswagen rangerollt, und mir stieg der Duft von heißem Kaffee und Eintopf in die Nase, und ich hörte, wie die Jungs sich zum Essenfassen anstellten. Ich wollte ihnen zurufen, daß sie mich hier rausholen sollten, mir mit ihrer Artillerie Deckung geben sollten, damit ich verdammt noch mal aus diesem Fuchsbau hier rauskam, aber wenn ich schrie, würde ich meine Position den Japsen verraten, und die würden eine Granate geradewegs über mir explodieren lassen. Nur um die Sache noch schlimmer zu machen, prasselte der Regen noch stärker herunter.

Meine Augen aufzukriegen, war an sich schon ein mühevolles Unterfangen. Durch das offene Fenster regnete es ins Auto herein, und ich war völlig durchnäßt. Wieder stieg mir Kaffeegeruch in die Nase, der von einem Fenster kam. Abgestützt auf meine Handflächen stemmte ich mich auf den Fahrersitz und setzte mich hinters Steuer.

Die Menge war verschwunden, die Polizei war weg, und die Straße war wieder leer. Nur der Regen, schwarze Fensterlöcher, ein Betrunkener, der auf dem Gehsteig entlangwankte. Ich wußte genau, wie er sich fühlte. Der Nebel in meinen Gehirnwindungen verflog allmählich und ließ mich zurück mit einem Klopfen in meinem Kopf und im Brustkorb.

Ich griff mit einer Hand in meine Jacke, tastete vorsichtig und befühlte halb verängstigt den Riß im Stoff. Dann holte ich die 45er raus. Die Kugel war oben in den Schlitten eingeschlagen, hatte ihn losgerissen und sich selbst in den blauen Stahl eingegraben. Sie sah aus wie eine widerliche, in Blei gegossene Amöbe. Meine Brust tat zwar verteufelt weh von der Gewalt des Aufpralls, aber die Haut war nicht einmal eingeritzt.

Und irgendwo da draußen dachte jemand, ich sei mausetot.

Ich griff hinten unter meinen Gürtel und tastete nach dem Buch. Es war noch da. Ich konnte eh nicht erkennen, was es war, also warf ich es erst mal ins Handschuhfach.

Ich brauchte noch einmal zehn Minuten, bis ich endlich so weit bei Kräften war, daß ich mir zutraute zu fahren und wenigstens das Steuer halten konnte. Ich machte den Motor an und schaltete das Licht ein.

Im nächsten Moment bemerkte ich es. Im bläulichen Licht der Armaturen glitzerte mich der Ring des Rotschopfs nicht mehr an. Er war weg.

An meinem kleinen Finger war ein langer roter Kratzer, wo der Ring hastig heruntergerissen worden war. Sie waren früher zurückgekommen, als ich erwartet hatte.

Die Sache entwickelte sich prächtig. Noch ein bißchen besser, und kleine Engelchen würden mich im Himmel begrüßen.

Zehntes Kapitel

Zeit spielte keine Rolle für Lola. Sie hatte versprochen zu warten, und das tat sie auch. Im Haus brannte nur in ihrer Wohnung noch Licht, und ich konnte erkennen, wie ihr Schatten zweimal an den zugezogenen Vorhängen vorbeiging und dann wieder im Innern des Zimmers verschwand.

Ich hatte den letzten Strafzettel fürs Falschparken noch nicht vergessen; dieses Mal fand ich einen freien Parkplatz, der nicht direkt an der Auffahrt zur Schnellstraße war, und fuhr rein.

Beim Rückweg zu Lolas Wohnung mußte ich mir Zeit lassen. Ich wünschte mir, auf den Gehsteigen wäre ein weicher Teppich ausgerollt, der meine Schritte auf dem Beton abdämpfen würde. Jeder Schritt schüttelte den schmerzhaften Ballon kräftig durch, der oberhalb meines Halses begann, und als ich mir eine Zigarette ansteckte, um die Schmerzen zu vergessen, verursachte der Rauch Krämpfe in meiner Lunge, die sich zu einem Husten ausweiteten, das sich wie tausend Messerklingen in meinen Brustkorb bohrte.

Die Treppen sahen aus, als ob sie sich meilenweit nach oben erstreckten. Ich konnte sie nur auf die Weise bezwingen, daß ich ein paar hochging, mich ausruhte, dann wieder ein paar hinter mich brachte. Die Haustür war offen, und ich kündigte mich nicht durch mein Klingeln an, bis ich oben an der Wohnungstür war. Da drückte ich die Türglocke und hielt sie, während ich an den Türpfosten gelehnt wartete.

Ich hörte drinnen ihre Absätze auf dem Fußboden klicken, in Eile, dann rannte sie los. Ihre Finger fummelten am Riegel herum, schoben ihn zurück, und sie riß die Tür auf.

Ich glaube, ich sah nicht so toll aus. Sie sagte: »Oh, Mike!« und ihre Finger strichen sanft über mein Gesicht, hielten meine Wangen, dann nahm sie meine Hand und führte mich hinein.

»Ich hätte dich fast versetzt.« Es war nicht einfach, sie anzugrinsen.

Lola schaute mich an und schüttelte ihren Kopf. »Wirst du mich ... wirst du mich irgendwann mal besuchen kommen, wenn du nicht krankenhausreif geschlagen bist?«

Ganz langsam drehte ich sie zu mir her. Sie war begehrenswert, diese Frau. Heute nacht hatte sie sich für mich schön angezogen, in der Hoffnung, daß ich nicht nur anrufen würde. Sie stand da fast so groß wie ich, und die Formen ihres Körpers wurden durch ein glitzerndes grünes Kleid betont, das Wellen von Licht auf ihren Beinen abzeichnete, wenn sie sich bewegte. Ich hielt sie mit ausgestrecktem Arm von mir, sah sie nur an und sog den Duft eines berauschenden Parfums ein. Ihre Haare umrahmten dunkel ihr Gesicht, weich und zart wie Federn, dann wogten sie auf ihre Schultern. Ich wollte nur meine Augen schließen und ihr Haar über mich fallenlassen wie eine Decke. Irgendwo hatte sie eine neue Schönheit gefunden, oder vielleicht war sie auch immer schon dagewesen, aber jetzt konnte man ihr diese Schönheit nie mehr wegnehmen.

Meine Hände fanden ihre Taille, und ich zog sie nah zu mir heran, wartete, bis sie ihre Augenlider halb schloß, ihre Lippen sich öffneten und zum Kuß bereit waren. Ihr Mund war ein weiches Bett aus lodernden Flammen, und ihre Zunge ein suchendes Etwas, das Fragen stellte, die ich gierig beantworten mußte. Als ich sie von mir wegstieß, stand sie einen langen Augenblick da und atmete schwer, bevor sie ihre Augen wieder öffnete und lächelte. Sie mußte mir nicht sagen, daß ich sie haben konnte, wann immer ich wollte. Ich wußte das.

Ihre Augen beobachteten mich. »Mike ...«

Ich strich mit den Fingern durch ihr Haar, wie ich es mir gewünscht hatte. »Was, Süße?«

»Ich liebe dich, Mike. Nein ... lieb mich nicht zurück. Versuch es nicht mal. Laß mich nur dich lieben.«

Ich zog ihr Gesicht zu mir und küßte ihre geschlossenen Augen. »Das ist gar nicht so einfach. Ich bin nicht gut, wenn ich was nicht tun soll.«

»Das hier mußt du tun, Mike. Ich hab noch so viel wettzumachen.«

»Das stimmt doch gar nicht, Kleines. Du kannst das, was dir passiert ist, hinter dir lassen und vergessen. Ich scher mich einen Dreck drum, was du dieses Jahr schon getrieben hast, oder letztes. Wer zum Teufel bin ich denn auch, daß ich dir Vorwürfe machen könnte? Wenn sich schon jemand deswegen schämen muß, wie du dir deinen Lebensunterhalt verdient hast, dann sollte höchstens ich mich schämen. Ich hab mich auf die gleichen Dinger eingelassen wie du, aber bei einem Mann ist das ein Kavaliersdelikt. Es kommt auch nicht darauf an, was du gemacht hast, sondern wie du darüber denkst. Mann, ich hab schon mehr Penner in irgendwelchen Bars getroffen, die mehr für dich tun würden als die Hälfte der frommen Kirchgänger.«

»Aber ich will, daß es anders bei mir wird, Mike. Ich streng mich so an, damit ich … anständig werde.«

»Du warst schon immer anständig, Lola. Ich kenn dich noch nicht so lang, aber ich wette, du warst immer anständig.«

Sie drückte meine Hand und lächelte. »Vielen Dank, Mr. Hammer. Du machst es mir viel zu leicht. Darum lieb ich dich ja so.« Sie hielt ihre Fingerspitzen auf meinen Mund, damit ich nichts antworten konnte. »Aber es muß auch für mich stimmen. Ich hab noch viel wettzumachen. Ich will es wert sein, daß man mich liebt.«

Ich wollte sie auf die Nasenspitze küssen, aber die Bewegung war zu schnell, und ich zuckte zusammen. Lola brauchte keine langen Erklärungen. Sorgenvolle Falten bildeten sich in ihren Augenwinkeln, und sie zeigte wortlos auf einen Sessel.

Nachdem ich mich niedergelassen hatte, sagte sie: »Schon wieder, Mike?«

»Schon wieder.«

»Ist es schlimm?«

»Es hätte ziemlich schlimm ausgehen können. Eine Kugel, die eigentlich für mein Herz bestimmt war, hat in meine Kanone eingeschlagen und sie ruiniert. Ohne die stählerne Lady geh ich bestimmt nie mehr aus. Dieselbe Bande muß mir auch mit einem Vorschlaghammer eins übergebraten haben. Die hätten mir wahrscheinlich am liebsten die Rübe von den Schultern geschlagen.«

»Wer … wer war es denn?«

»Keine Ahnung. Es war stockdunkel. Ich hatte es eilig, und wir kamen gar nicht dazu, uns vorzustellen.«

Sie lockerte meine Krawatte und den Hemdkragen, setzte sich auf die Armlehne und massierte mir Nacken und Kopf. Ihre Finger waren lang und kühl, und sie suchten nach dem Schmerz und wischten ihn weg. Ich lehnte den Kopf zurück und schloß die Augen. Ich genoß die Berührungen ihrer Hände und labte mich an der Nähe ihres Körpers. Mit einer vollen, kehligen Stimme summte sie eine leise Melodie, bis ich vollständig entspannt war.

Ich sagte: »Sie haben Nancys Ring, Lola.«

»Sie haben ihn.« Es war keine Frage; eher ein Satz, der mir zu verstehen gab, daß sie bereit war zuzuhören, wenn ich bereit war, es ihr zu erzählen.

»Ich habe Murrays Unterschlupf ausfindig gemacht und bin hochgegangen. Seine zwei Leibwächter waren gerade dabei, das Bücherregal zu durchforsten. Er muß ihnen gesagt haben, wo es war, aber er hatte wohl nicht mehr genug Zeit, ihnen das Versteck genau zu beschreiben.«

»Haben sie es gefunden?«

»Nein. Ich habe es entdeckt.«

Ihre Hände massierten meine Schultern und kneteten tief in die Muskeln. »Was war es?«

»Ein Buch. Ein Buch, das in einem anderen Buch versteckt war.« Mit geschlossenen Augen griff ich in meine Jacke und holte es aus der Innentasche. Sie nahm es mir mit einer Hand ab, und ich hörte, wie sie es aufschlug.

Sie schaute sich die Seiten eine Weile an, dann blätterte

sie durch das Buch. »Es ist vollgeschrieben mit unleserlichem Gekritzel.«

»Genau das hab ich erwartet.« Ich nahm ihre Hand von meinem Nacken und küßte sie, daraufhin reichte sie mir mit einem verwunderten Stirnrunzeln das Buch zurück.

Es war nicht größer als ein kleiner Notizblock und in schwarzes Leder gebunden. Diese Größe paßte hervorragend in die Innentasche einer Jacke und konnte leicht überall verborgen werden. Die Schrift war klein und genau, wie von einem Buchhalter. Die einzelnen Zeilen verliefen schnurgerade über die Seiten, als ob sie auf unsichtbaren Linien geschrieben worden wären.

Buchstaben, Zahlen, Symbole ohne verständliche Bedeutung. Großbuchstaben, Kleinbuchstaben. Ein paar Buchstaben waren absichtlich seitenverkehrt geschrieben. Trotzdem folgte alles einer bestimmten Ordnung, die man nicht übersehen konnte. Ich blätterte die Seiten zügig durch. Das Geschreibsel füllte drei Viertel des Buches, die übrigen Seiten waren leer.

Lola hatte mir über die Schulter gesehen. »Was bedeutet das, Mike?«

»Es ist ein Code.«

»Verstehst du ihn?«

»Nein, aber es gibt Leute, die ihn lesen können. Vielleicht kannst du das sogar. Schau mal, ob dir irgendwas darin bekannt vorkommt.« Ich hielt ihr das Buch hin und schlug die erste Seite auf.

Sie suchte die Seiten gemeinsam mit mir ab, wobei sie ihre untere Lippe zwischen die Zähne klemmte und aufmerksam meinem Finger folgte, mit dem ich jede Zeile entlangfuhr. Am Ende jeder Seite schüttelte sie ihren Kopf, und ich blätterte zur nächsten um.

Aber es kam nichts dabei heraus. Sie wußte nicht mehr darüber als ich. Ich hätte an dieser Stelle Schluß gemacht, aber ich spürte plötzlich, daß sich ihre Hand fester um meinen Arm legte und sie tiefer in ihre Lippe biß. Sie wollte etwas sagen, aber verstummte dann wieder.

»Was ist los?« fragte ich nach.

»Nichts, es kann nicht sein.« Ihre Stirn legte sich wieder in Sorgenfalten.

»Sag's mir, Kleines.«

Mit zitterndem Finger deutete sie auf ein Symbol, das wie ein schwieriges Wort auf einem Stenoblock aussah. »Das ist … lange her, … da war ich in Murrays Büro, als ein Mann ihn anrief. Murray unterhielt sich eine Weile mit ihm, dann notierte er sich etwas auf einem Stück Papier. Ich glaube … ich glaube, es war dieses Symbol. Er hat gesehen, wie ich ihn beobachtete, und hat es verdeckt. Danach hat er mir gesagt, daß ich eine Verabredung hätte.«

»Wer war der Freier?«

»Muß … ich dir das sagen?« Sie bat mich stumm darum, ihr die Erinnerung zu ersparen.

»Nur dieses eine Mal, Baby.«

»Ich weiß seinen Namen nicht mehr.« Sie redete schnell. »Er war von auswärts. Er war fett und schleimig, und ich habe ihn gehaßt, Mike. Ach bitte … nichts mehr weiter, nichts mehr.«

»In Ordnung, das reicht auch.« Ich klappte das Buch zu und legte es auf das Beistelltischchen. Die Sache war ins Rollen gekommen. Die Köpfe würden schon noch folgen. Ich griff zum Telephon.

Pat war schon im Bett, aber er war noch nicht eingeschlafen. Seine Stimme klang hellwach und angespannt. »Hatte ich mir gedacht, daß es nur dir einfallen könnte, mich jetzt noch anzurufen«, sagte er mir. »Was ist los?«

»Das möchte ich gern von dir wissen. Vielleicht hast du *mir* ja was zu berichten.«

»Sicher, ich berichte dir gern. Schließlich bist du ja derjenige, der mich in diese Scheiße hineingeritten hat, und, Kumpel, wenn ich Scheiße sage, meine ich das auch.«

»Du hast Ärger, Pat?«

»Jede Menge. Wir haben Murray zum Verhör aufs Revier gebracht. Natürlich hatte er von Tuten und Blasen keine Ahnung. Nach seiner Aussage war Ann Minor ein launenhaftes Ding, das ständig was mit dem Schicksal zu hadern hatte, und dazu noch eine elende Nervensäge. Er hatte schon vor einer Weile vorgehabt, sie rauszuschmeißen und denkt, sie hat das mitgekriegt. Danach sei sie noch übler drauf gewesen. Er hat es mit Fassung getragen, als wir ihm von ihrem Selbstmord erzählten.«

»Das sieht ihm ähnlich.«

»Aber das ist nicht alles. Er wußte, daß es um mehr als Ann Minor ging, aber er hatte einen guten Anwalt. Wir konnten ihn absolut nicht festhalten. Knapp dreißig Minuten, nachdem wir ihn laufenließen, begann hier die Scheiße zu dampfen. Irgend etwas geht da vor sich, und sie haben es voll auf mich abgesehen. Bis heute abend hatte ich ja keine Ahnung, in was für dreckige Geschäfte die Leute verwickelt sind, die die Geschicke dieser Stadt leiten. Du hast da was Schönes angeleiert, mein Junge.«

»Und ich werde es auch zu Ende bringen, das versprech ich dir. Was war mit der Wohnung … Anns Wohnung? Fingerabdrücke?«

»Keine, die uns weiterbringen. Die Badewanne war so sauber, als wär sie mit Meister Propper gescheuert worden. An der Wand darüber waren ein paar Abdrücke, die aber von ihr selbst waren. Alle übrigen sind weggewischt worden. Wir haben Proben von dem Wasser genommen und sie analysiert. Wir haben einen Beweis. Spuren von derselben Seife.«

»Hast du dich wegen dem Abschiedsbrief mal umgehört?«

»Teufel, dazu hatte ich keine Zeit. Zwei meiner Männer haben angefangen, ein paar von den Angestellten im Zero Zero Club zu befragen, aber bevor sie noch weit gekommen sind, wurden sie ans Telephon gerufen. Eine Stimme hat ihnen geraten, mit der Fragerei aufzuhören, wenn ihnen ihr Leben lieb wäre.«

»Wie haben sie reagiert?«

Pat antwortete mit einem knurrenden Unterton in der Stimme. »Sie lassen sich keine Angst einjagen. Sie haben den Anruf zurückverfolgt, aber er kam von einem öffentlichen Telephon in einem U-Bahnhof. Sie haben mich angerufen und um weitere Anweisungen gebeten. Die haben sie auch gekriegt. Ich habe ihnen geraten, wenn nötig ein paar kräftige Ohrfeigen zu verteilen.«

Ich mußte lachen. »Du hast was dazu gelernt, hm?«

»Ich werd nur allmählich richtig sauer, verdammt noch mal. Die Leute zahlen ihre Steuern, damit wir sie beschützen. Was glauben diese Kerle eigentlich, wozu die Polizei da ist, daß sie irgendwelchen Privatleuten zu Diensten ist, oder was?«

»Ein paar Bullen führen sich schon so auf«, bemerkte ich etwas verbittert. »Hör zu, Pat, ich hab hier etwas Wichtiges für dich. Ich weiß, es ist schon spät und so, aber das ist wichtig. Steh auf und komm so schnell wie möglich hierher, okay?«

Er stellte keine langen Fragen. Ich hörte, wie er aus dem Bett glitt und das Licht anknipste. Ich gab ihm Lolas Adresse, und er sagte Okay und legte auf.

Lola stand auf, ging in die Küche und kam mit einem Tablett und ein paar Flaschen Bier wieder rein. Sie öffnete eine Flasche und schenkte ein, dann gab sie mir das große Glas. Sie machte es sich in dem Sessel mir gegenüber bequem und fragte: »Was geschieht jetzt?«

»Wenn ich mich nicht irre, werden wir jetzt erst mal gewissen Leuten einen mordsgewaltigen Schrecken einjagen.«

»Murray?«

»Dem auch.«

Wir genossen unser Bier, tranken aus und machten eine neue Flasche auf. Jetzt kuschelte Lola sich mit übereinandergeschlagenen Beinen ans andere Ende der Couch und legte einen Arm ausgestreckt auf die Rückenlehne. »Kommst du hierher auf meine Seite, oder rutsch ich rüber zu dir?« fragte sie mit einem verschmitzten Grinsen.

»Ich rutsch rüber«, erwiderte ich.

Sie machte mir Platz auf ihrem Kissen, behielt aber das

Bierglas in der Hand. »Damit die eine Hand keinen Unsinn macht.«

»Was ist mit der anderen Hand?«

»Die soll ein bißchen Unsinn machen.«

Ich lachte mit ihr und zog sie an mich heran, damit sie sich an meine Schulter schmiegen konnte. »Mike ... ich glaub, Teenager fangen es gar nicht mal so falsch an. Es macht Spaß, nur so rumzuschmusen.«

Dagegen konnte ich nichts einwenden. Als das Bier alle war, holte sie noch eine Flasche und kam dann in meine Arme zurück. Ich hätte über Nancy nachdenken sollen oder mich vielleicht weiter mit dem Fall beschäftigen, aber es war so schön, nur mit ihr hier zu sitzen und rumzualbern. Sie war ein Mädchen, das einem diese jugendliche Unbeschwertheit zurückgeben konnte, von der man geglaubt hatte, das man sie übers Älterwerden ganz verloren hatte.

Pat kam viel zu früh. Er klingelte unten an der Haustür, und Lola drückte den Öffner, um ihn hereinzulassen. Er mußte die Treppen hochgerast sein, weil er nur ein paar Sekunden später schon an die Wohnungstür klopfte.

Lola öffnete ihm mit einem Lächeln, und ich rief: »Lola, das hier ist Pat Chambers, Freund und Helfer in der Not.«

Pat sagte: »Hallo, Lola«, und kam dann rüber zu mir und warf seinen Hut auf die Rückenlehne der Couch. Er verschwendete keine Zeit mit Höflichkeiten.

»Leg los. Was hast du?«

Lola holte mir das Buch von dem Tischchen, und ich reichte es ihm. »Ein Teil von Murrays Büchersammlung, Pat. Chiffriert. Glaubst du, daß du den Code knacken kannst?«

Ich musterte sein Gesicht und sah, wie er seine Lippen hart zusammenpreßte. Er redete mit sich selbst. »Ein Gedächtniscode. Verdammte Scheiße.«

»Was?«

»Es ist ein Gedächtniscode, darauf wett ich einen Fünfer. Er hat ein Symbol oder eine bestimmte Struktur für alle

Eintragungen, und er ist der einzige, der weiß, was sie bedeuten.«

Ich stellte das Bierglas ab und setzte mich an den Rand der Couch. »Die Jungs in Washington haben den japanischen Kriegscode doch auch entschlüsselt, oder?«

»Ja, aber das war was anderes.« Er schüttelte betrübt seinen Kopf. »Nimm mal an, du sagst mir ein Wort, oder auch mehrere, wenn du willst. Du weißt, was sie bedeuten, aber ich nicht. Wie könnte ich so was entschlüsseln? Wenn du lange Sätze formulierst, würden Wiederholungen auftauchen, aber wenn du darauf achtest, das sich nichts wiederholt und du immer ein anderes Zeichen oder eine andere Buchstabenverbindung verwendest, die nur du auswendig kannst, dann gibt es nichts, womit ich anfangen kann, den Code zu enträtseln.«

»Man braucht dazu ein gutes Gedächtnis, oder?« unterbrach ich ihn.

»Für manche Sachen. Aber hier drin gibt es nicht allzu viel, daß man auswendig wissen muß.« Er klopfte auf das Buch. »Wahrscheinlich würde es jeder hinkriegen, der sich eine Weile damit beschäftigt.«

Ich griff nach dem Glas und füllte es mit dem Rest, der noch in der Flasche war. »Lola glaubt, daß sie eins der Symbole erkannt hat. Murray hat es benutzt, um einen seiner ›Klienten‹ zu identifizieren. Dieses kleine Wunderwerk hier ist Murrays Buchhaltung, wo er alle seine Klienten und seine fleischliche Ware auflistet.«

Pat sprang auf, und ein helles Licht loderte in seinen Augen. »Dieser dreckige Schweinehund! Wenn das stimmt, dann können wir ihn in der Luft zerfetzen! Wir könnten dem ganzen Gewerbe endgültig den Todesstoß verpassen!«

Seine Ausdrucksweise war nicht mehr ganz salonfähig, weil er sich zu oft mit Privatdetektiven abgab. »Nicht für immer«, erinnerte ich ihn.

»Besser als überhaupt nicht. Zumindest zahlen sie für die Leute, die sie auf dem Gewissen haben. Woher hast du das Buch, Mike?«

»Dein süßer Candid hat sich im Village eine Bude für Partys eingerichtet. Während du ihn in die Mangel genommen hast, hat er seine Jungs da hingeschickt, damit sie das Buch holen, reine Vorsichtsmaßnahme. Ich hab sie dabei überrascht. Das verdammte Ding war soviel wert, daß sie mich fast umgelegt hätten. Ich bin ganz knapp an meiner Beerdigung vorbeigeschlittert.«

»Du kannst sie also identifizieren?«

»Nichts dergleichen. Ich konnte ihre Gesichter nicht erkennen. Aber der eine müßte einen tiefen Schnitt an der Hand und eine Mordsbeule auf der Stirn haben. Der andere Knabe ist sein Kumpel. Ich glaube, es waren Murrays persönliche Leibwächter. Wir haben ihn wahrscheinlich so schnell zum Verhör abgeholt, daß ihm keine Zeit mehr blieb, das Buch selbst zu sichern. Er hat wahrscheinlich gedacht, niemand würde groß Ermittlungen über Anns Tod anstellen, außer ein paar Routinefragen in seinem Laden.«

»Da könntest du recht haben. Ich laß dieses Ding photokopieren und reich es mal bei den Experten rum. Ich sag dir Bescheid, was sie rauskriegen können.«

»Gut.«

»Wo kann ich dich denn anrufen?«

»Gar nicht. Ich werde dich anrufen.«

»Kapier ich nicht, Mike. Kommst du nicht …?«

Er hielt inne, als er meinen Gesichtsausdruck bemerkte. »Ich bin offiziell tot.«

»Großer Gott!«

»Es waren drei Typen in Murrays Bude. Einer hatte nichts mit der Sache von Murray zu tun. Er wollte nur den Ring der Rothaarigen. Er hat mir frontal eine verpaßt. Wenn er mich wiedersieht, muß er denken, er steht einem Geist gegenüber.«

Pat verstand sofort, was das alles zu bedeuten hatte. »Er hat dich verfolgt. Der gleiche Typ hat auch die Blondine alle gemacht, ist dir nach Hause nachgeschlichen, hat deine Bude durchsucht und ist immer direkt hinter dir geblieben, bis er einen todsicheren Schuß auf dich abfeuern konnte.«

»Genau. In einem dunklen Hausflur.«

»Und er hatte es nur auf den Ring abgesehen?«

»Kann ich mir nicht anders vorstellen. Ich hatte das Buch bei mir, und er hat nicht mal danach gesucht.«

»Dann haben wir also zwei verschiedene Gruppierungen. Und beide sind aus unterschiedlichen Gründen hinter dir her.«

»Es könnte auch derselbe Grund sein, aber sie wissen nichts voneinander.«

Ein Grinsen breitete sich in seinem Gesicht aus. »Sie werden darauf warten, daß deine Leiche gefunden wird. Sie werden Ohren und Augen danach offenhalten. Sie werden wissen wollen, was mit der Leiche geschehen ist.«

Ich nickte. »Sollen sie sich darüber den Kopf zerbrechen«, sagte ich bedächtig. »Sie werden sich überlegen, daß die Bullen das Ganze mit Absicht unter Verschluß halten. Sie werden denken, daß du mit was hinterm Berg hältst. Laß uns einfach abwarten, was passiert, Pat.«

»Hmmm.« Das war alles, was er dazu zu sagen hatte. Er ging mit einem zufriedenen Gesichtsausdruck zur Tür und arbeitete in Gedanken schon die Feinheiten aus. Pat drehte sich noch einmal um, winkte uns zum Abschied kurz zu und war weg.

Lola sammelte die leeren Bierflaschen ein und schaute mich von der Seite her an. »Wenn du wirklich tot bis, dann werde ich eine wunderbare Totenwache halten.«

Ich deutete einen Tritt in ihre Richtung an, und sie wich aus und holte Nachschub. Als sie zurückkam, merkte ich gleich, daß sie wieder ernst war. Ihre Augen schauten mich fragend an, dann sagte sie: »Kannst du es mir nicht erzählen ... die Sache, daß deine Wohnung durchsucht worden ist, meine ich? Wenn ich mir schon um dich Sorgen machen muß, dann will ich wenigstens genau wissen, worüber ich mir Sorgen mache.«

Also erzählte ich es ihr, allerdings ließ ich ein paar Einzelheiten weg. Ich belastete sie eh schon genug. Sie hörte aufmerksam zu, bis ich alles geschildert hatte, nahm jedes

Wort auf und versuchte, in Gedanken alles genau zu rekonstruieren. Als ich fertig war, ließ ich ihr Zeit, sich alles durch den Kopf gehen zu lassen. Schließlich sagte sie: »Die Babykleider, Mike ... das stimmt.«

»Was?«

»Nancy hatte Schwangerschaftsstreifen auf ihrem Bauch. So bläuliche Streifen vom Kinderkriegen. Ich hab sie nie danach gefragt.«

»Das haben wir rausfinden können. Das Baby wurde tot geboren.«

»Der Vater ...?«

»Keine Spur.«

Sie dachte über etwas anderes nach und nagte an einem Fingernagel. »Diese Photos, die dir gestohlen wurden ...«

»Das waren nur Schnappschüsse von ihr, als sie jünger war.«

»Das mein ich nicht.«

»Was denn dann?«

»Dieser Mensch, der so nachlässig war ... du hast gesagt, er hat nur den Ring mitgenommen ... hat nicht mal nach dem Buch gesucht, das du gefunden hast ...«

»Er wußte nicht, daß ich es hatte.«

»Ja, das mein ich auch nicht. Vielleicht hat er die Photos nur so mitgenommen. Hat sie nicht mal genau angeschaut, sondern sie nur mitgenommen. Es hätten auch ganz andere Photos sein können.«

Mir dämmerte langsam, worauf sie hinaus wollte, aber ich wollte ganz sicher gehen. »Was meinst du genau damit, Lola?«

»Nancy hatte eine Kamera, das hab ich dir schon gesagt. Vielleicht waren sie hinter Photos her, die sie gemacht hat. Vielleicht haben sie die anderen nur aus Versehen mitgehen lassen.«

Es war einleuchtend. Ich drückte sie ein bißchen und grinste sie zwischen den Zähnen hindurch an. »Jetzt bist du der kluge Kopf«, lobte ich sie. »Aber du hast doch behauptet, Erpressungen wären nicht Nancys Stil.«

»Ich habe gesagt, ich *glaube*, sie würde so was nicht machen. Ich kann mir das immer noch nicht so richtig vorstellen, aber wer weiß?«

»Weißt du was, wir werden das Feeney Last genau vor die Füße knallen. Wenn er der Scheißkerl ist, der hinter dem Ganzen steht, machen wir ihn damit fix und alle!«

Lola legte ihre Hand auf meine und ergriff meine Finger. »Mike ... reg dich nicht auf. Du mußt erst mal darüber nachdenken. Wenn er nicht der Typ dafür ist ...«

»Aber, verdammt, er ist genau der Typ für so was. Vielleicht hab ich ihn unterschätzt, was seine geistigen Kapazitäten angeht. Man kann einfach nicht wissen, was in ihren Köpfen vorgeht, Lola. Sie können eine völlig ausdruckslose Visage haben, hohl wie eine leere Kokosnuß, aber da oben verbirgt sich trotzdem ein gut funktionierendes Gehirn. Verdammt, überleg doch mal, wo Feeney überall aufgetaucht ist ... in dem Imbiß hat er sich an Red rangemacht ... er hat ihr Angst eingejagt und 'ner ganzen Reihe von anderen Leuten auch. Er ist knallhart und arbeitet mit schmutzigen Tricks. Für gewöhnlich jagt so jemand anständigen Leuten Angst ein. Er durfte sogar eine Kanone mit sich rumtragen, um seinen Drohungen Nachdruck zu verleihen, auch wenn das nicht der eigentliche Zweck der Waffe war. Er hatte sich das großartig ausgeklügelt!

Also war Nancy an das belastende Material für seine Erpressungen rangekommen ... er hat gesagt, es wären Photos von einem Typ in einem Hotelzimmer mit 'nem Mädchen. Wer war der Typ, und wer war das Mädchen? Vielleicht war es sogar Nancy selbst. Wenn sie eine gute Kamera hatte, konnte sie mit einem Selbstauslöser und einer Intervallschaltung automatisch Bilder aufnehmen. Vielleicht wußte Feeney, daß so ein Bild existierte, und er wollte es ... vielleicht war es genau anders herum. Er hatte das Bild, und sie hat es ihm abgenommen. Teufel, vielleicht haben sie sogar gemeinsame Sache gemacht.

Eins wissen wir sicher, Feeney hat ihr Zimmer durchsucht. Er ist ein rotziger kleiner Scheißtyp, der sich so eine

Gelegenheit nicht entgehen lassen würde. Die Sache hat nur einen Haken. Feeney hat ein Alibi. Er war bei Berin-Grotin, als Nancy umgebracht wurde. Falls er sich nicht davonmachen konnte, ohne daß der alte Knabe es mitgekriegt hat, dann mußte er mit jemand zusammenarbeiten, der den Mord erledigt hat.«

Sie ging an das Ganze mit einer Einstellung heran, die mich an Pat erinnerte, und zwang mich, jeden meiner Gedanken zu hinterfragen. »Aber du hast mir erzählt, daß Mr. Berin sich absolut sicher war ... und die Polizei ist sich genauso sicher, daß dieser Junge Nancy bei einem Unfall überfahren hat. Wie paßt das denn zusammen?«

Die Schmerzen in der Herzgegend meldeten sich wieder, und ich sank in den Sessel zurück. »Ach, ich weiß es nicht. Gar nichts paßt hier zusammen. Wenn Nancys Tod ein Unfall war, wer hat dann ihren Ring mitgehen lassen, und vor allem warum ... und warum dieser ganze Aufwand, um ihn zurückzubekommen? An dem Ring hängt alles. Wenn ich nur wüßte, was es mit ihm auf sich hat, dann hätte ich die Lösung.«

Ich kramte meine Zigaretten hervor, klemmte mir zwei in den Mund und steckte sie gleichzeitig an. Lola holte sich ihre direkt von meinen Lippen ab und nahm einen tiefen Zug. Als ich meine Augen schloß, sagte sie: »Darauf will ich aber gar nicht hinaus, Mike. Nancy besaß irgendwelche Photos, die wichtig waren. Ihr Zimmer wurde danach durchsucht ... das muß der Grund gewesen sein, denn den Ring hatten sie zu diesem Zeitpunkt ja schon. Du hast gesagt, sie hätten sie nicht gefunden. Also haben sie deine Wohnung durchsucht und Photos mitgenommen, auf denen anscheinend nichts Besonderes war. Okay, gehen wir davon aus, daß sie *wirklich* unwichtig waren ... aber wo sind dann die, auf die sie es wirklich abgesehen haben?«

Guter Gott, wie konnte ich nur so unglaublich bescheuert sein! Ich nahm die Zigarette, drückte sie mit einer Hand aus, und merkte nicht mal, wie ich mich dabei verbrannte. Die Photos, die Photos. Nancy hatte sich mit ihren eigenen

Liebesdiensten Druckmittel für Erpressungen beschafft, das genialste Komplott, von dem ich je gehört hatte. Sie hatte Schnappschüsse gemacht von allem und jedem und war dabei, sie zum Einsatz zu bringen, als Feeney Last wieder mal zu ihr mit aufs Zimmer kam, die verdammten Dinger herumliegen sah und sie für sich selbst wollte.

Natürlich, es konnte gar nicht anders gewesen sein. Ein billiger Revolverheld mit hochfliegenden Plänen, der eine Chance sah, ans große Geld zu kommen. Aber bevor er das ganze Geschäft alleine durchziehen konnte, mußte Nancy noch vor ein Auto laufen und sich umnieten lassen. Vielleicht hatte Feeney sogar einen Kerl auf sie angesetzt, damit sie keine dummen Dinger auf eigene Faust drehen konnte, einer, der so weit in die Sache eingeweiht war, daß er den Ring mitnahm, um die Identifizierung der Leiche hinauszuzögern. Und warum? Weil jeder Hinweis auf ihre Identität vielleicht andere darauf aufmerksam machen würde, daß da ja noch ihre Photos im Umlauf waren. Daß der Ring wieder aufgetaucht war, war reiner Zufall.

Und Nancy war im Grunde ihres Herzens nur eine Erpresserin gewesen.

Sei's drum, es scherte mich einen Dreck, was sie gewesen war. Für kurze Zeit war sie eine gute Freundin. Vielleicht war Feeney auch nicht für ihren Tod verantwortlich, aber er hatte es vorgehabt. Für mich spielte das keine Rolle, er würde so oder so dafür bezahlen müssen. Die Blondine hatte ich auch ziemlich gern gehabt.

Ich blies einen Rauchring zur Decke hoch, und Lola steckte ihren Zeigefinger in der Mitte durch. Sie wartete wieder, damit ich Zeit zum Nachdenken hatte. Laut sagte ich: »Die Kamera, Lola, wo kann die stecken?«

Sie antwortete mit einer anderen Frage. »Hat Nancy dir gegenüber nicht irgendwas erwähnt, daß es ihr aus einem bestimmten Grund nicht sonderlich gut ging?«

Der Rotschopf hatte so was angedeutet, das stimmte. »Ja. Das Geschäft lief schlecht, hat sie gesagt. Es wäre vorstellbar, daß Feeney ihre Kundschaft absichtlich verjagt hat. Er hat es bei mir versucht an diesem ersten Abend. Sie brauchte Kohle. Bestimmt hat sie die Kamera versetzt.«

Mit jedem Gedanken ergaben sich neue mögliche Zusammenhänge. Die Teile des Puzzles, die überall auf dem Boden verstreut waren, wurden mit einem unsichtbaren Staubsauger auf den Tisch gesogen. Geisterhafte Finger hoben die Teile eins ums andere auf und legten sie an die richtige Stelle, wobei sie ab und zu zögerten, damit ich eines einfügen konnte. Es war ein Spiel. Erst legte er eins, dann ich eins. Dann ließ er mich zwei, drei Teile einordnen und drängte darauf, daß ich das ganze Puzzle selbst fertigmachte. Aber ein paar Teile paßten an zwei verschiedenen Stellen, und die mußte man zurückhalten, bis man ganz sicher war, wohin sie gehörten.

Die alte Henne in Nancys Unterschlupf hatte gesagt, sie sei nur mit ein paar Dollar und sonst nichts aufgetaucht. Sie war pleite gewesen. Wo hatte sie davor gewohnt? Hatte sie versucht, von Feeney Last wegzukommen … mit dem Ergebnis, daß er sie doch wieder aufgespürt hatte? Wie Cobbie Bennett richtig bemerkt hatte, auf die Mund-zu-Mund-Propaganda konnte man sich verlassen. Auf jeden Fall konnte man über solche Kanäle feststellen, wo sich eine rothaarige Prostituierte gerade aufhielt. Also war sie aus der Gegend weggezogen, um ihn loszuwerden, und es hatte nicht geklappt. An irgendeinem ihrer Aufenthaltsorte hatte sie die Photosammlung zurückgelassen, auf die er scharf war, und die war immer noch dort. Wartete nur darauf, entdeckt zu werden. Genau jetzt suchte jemand nach ihnen, und er ließ sich alle Zeit der Welt, weil er dachte, ich sei tot. Feeney Last würde eine Riesenüberraschung erleben.

Lola legte ihren Arm um mich. »Bist du fertig?«

»Fast.« Die Anspannung ließ nach, und ich konnte mich einer erwartungsvollen Ruhe hingeben.

»Wann?«

»Morgen. Übermorgen. Auf jeden Fall bald. Morgen begeben wir uns wieder auf die Fährte. Aber zuerst muß ich mir eine neue Kanone besorgen. Pat macht das schon. Dann fangen wir an.«

»Wer ist wir?«

»Ich und du, Zuckerpüppchen. Vergiß nicht, daß ich ja eigentlich tot bin. Ein Leichnam kann nicht so einfach durch die Straßen wandern. Morgen wirst du dir deine armen Beine wund laufen und bei jeder Pfandleihe in der Stadt nachfragen, bis wir die Kamera gefunden haben. Wenn der Einlösezettel noch dran ist, steht da eine Adresse drauf, und die brauchen wir.«

Lola zeigte ihre Zähne und grinste, dann streckte sie ihre Beine vor sich aus. In einer äußerst verführerischen Geste schob sie ihr Kleid langsam Zentimeter um Zentimeter höher, so daß ich die üppigen Rundungen ihrer Schenkel bestaunen konnte, dann zog sie es immer höher über die Knie, bis das weiche weiße Fleisch oberhalb ihrer Strapse zu sehen war.

Sie hatte ihre Augenbrauen aufreizend hochgezogen, und ihre Stimme war nur ein Flüstern. »Muß ich da nicht meilenweit in der Gegend rumlaufen?«

Sie würde meilenweit in der Gegend rumlaufen müssen.

Ich langte rüber und schob ihr das Kleid wieder runter, was eigentlich gar nicht meine Art ist, aber es lohnte sich, weil sie ihren Kopf in den Nacken warf und lachte. Ich küßte sie, bevor sie ihren Mund wieder schließen konnte, und sie preßte ihre Arme um meinen Hals, bis es wieder weh tat.

Ich stieß sie grob von mir weg, aber hielt sie immer noch in meiner Nähe, und sie sagte: »Ich liebe dich, Mike, ich liebe dich, ich liebe dich, ich liebe dich.«

Ich wollte ihr genau dasselbe sagen, aber sie wußte, was da kommen würde, und hielt mich mit ihren Lippen davon ab. Dann stand sie auf und streckte mir ihre Hände entgegen, um mich auf die Füße zu ziehen. Während ich zuschaute, verwandelte sie das Sofa in ein Bett und holte ein Kissen aus ihrem Schlafzimmer. Ich streifte mir die Schuhe von den Füßen und warf meine Jacke und die Krawatte über einen Sessel. »Ab mit dir ins Bett«, befahl ich ihr, »die Totenwache halten wir ein andermal.«

»Gute Nacht, Mike.« Sie warf mir einen imaginären Kuß zu. Ich schüttelte den Kopf, und sie kam her und holte sich einen richtigen ab. Dann legte ich mich zwischen die Laken und versuchte, mir darüber Klarheit zu verschaffen, ob ich jetzt ein Vollidiot, plötzlich prüde, einfach zu müde oder wirklich verliebt war.

Ich entschied mich für die Müdigkeit und schlief grinsend ein.

Elftes Kapitel

Ich wurde vom Blubbern einer Kaffeemaschine und dem Geruch von Speck und Eiern geweckt, die in der Pfanne brutzelten. Ich gähnte, streckte mich und erwachte zu Leben, als Lola hereinmarschierte. Sie sah heute morgen genauso reizend aus wie gestern abend. Sie winkte mich mit dem Finger zu sich. »Das Frühstück ist serviert, mein Gebieter.«

Sobald sie wieder in der Küche verschwunden war, stieg ich in meine Klamotten und folgte ihr. Sie informierte mich, daß sie schon ihren Boß angerufen und sich krank gemeldet hatte. Ihr war empfohlen worden, sich den Tag freizunehmen. Wenn's sein mußte, auch ein paar Tage, damit sie sich erholen konnte.

»Sieht ja so aus, als wollten sie dich unbedingt bei der Stange halten.«

Sie rümpfte ihre Nase in meine Richtung. »Sie sind nur freundlich zu einer kompetenten Arbeitskraft. Die Leute dort finden es gut, wie ich Model stehe.«

Als wir mit dem Frühstück fertig waren, ging sie ins Schlafzimmer, zog sich ein Kostüm an und steckte das Haar unter einen Hut. Absichtlich legte sie nur ganz wenig Make-up auf, aber das tat ihrer Schönheit keinen Abbruch. »Ich geb mir Mühe, so auszusehen, als könnte ich mir nur Sachen aus der Pfandleihe leisten«, erklärte sie mir.

»Damit täuschst du niemand, Süße.«

»Hör endlich auf, so nett zu mir zu sein.« Sie stellte sich vor den Spiegel und begutachtete ihre Gesamterscheinung, dann nahm sie hier und da noch ein paar kleine Veränderungen vor. »Wie gehe ich jetzt genau vor, und was soll ich sagen, Mike?«

Ich lehnte mich auf dem Stuhl zurück. »Knöpf dir das Telephonbuch vor ... die Gelben Seiten. Mach dir eine Liste von allen Läden und klapper sie ab. Du kennst die Kamera ... vielleicht steht sie im Schaufenster, vielleicht mußt du drinnen nachfragen. Erklär dem Burschen, was du suchst und schau dir alles genau an. Wenn du sie findest, kauf sie. Vergiß nicht, wir brauchen die Adresse auf dem Einlöseschein. Du kannst dir auch irgendeine Geschichte aus den Fingern saugen … du mußt nur überzeugend klingen, und man darf dir nicht anmerken, wie wichtig es ist.«

Ich zückte meine Brieftasche und holte ein paar Scheine raus. »Hier. Du brauchst Geld fürs Taxi und für 'n Kaffee unterwegs und die Kohle, die der Bursche für die Kamera verlangt. Falls du sie findest.«

Sie verstaute die Scheine in ihrer Handtasche. »Mal ehrlich, für wie wahrscheinlich hältst du es, daß ich sie finde, Mike?«

»Ziemlich unwahrscheinlich. Trotzdem, ich weiß sonst keinen Weg, wie wir weiterkommen. Es wird nicht leicht sein, sie aufzustöbern, aber es ist die einzige Spur, der wir gerade nachgehen können.«

»Wirst du hierbleiben, während ich weg bin?«

»Mal sehen.« Ich schrieb ihr die Nummer von meiner Wohnung und von meinem Büro auf, außerdem fügte ich noch Pats Telephonnummer dazu. »Falls du irgend etwas rauskriegen solltest, kannst du mich hier oder unter diesen Nummern erreichen. Wenn du in Schwierigkeiten steckst und ich nicht da bin, dann ruf bei Pat an. Also, ist jetzt alles klar?«

Sie nickte. »Ich glaube schon. Kriegt das treusorgende Weib nicht einen Abschiedskuß von ihrem faulen Gatten, wenn sie sich auf den Weg zur Arbeit macht?«

Ich packte ihren Arm und zerrte sie zu mir herunter. Ich preßte meine Lippen hart auf die ihren und spürte überall in meinem Körper das Feuer wieder aufflammen. Ich mußte sie wegstoßen.

»Ich möchte gar nicht von dir weggehen«, sagte sie.

»Mach die Fliege.« Sie rümpfte noch einmal ihr Näschen und winkte mir von der Tür zum Abschied zu.

Sobald sie weg war, ging ich rüber zum Telephon und wählte die Nummer vom Büro. Velda meldete sich mit den

Worten: »Es tut mir leid, aber Mr. Hammer ist im Moment nicht im Büro.«

»Wo ist er denn?«

»Ich bin leider nicht befugt, Ihnen darüber Auskunft zu geben. Er sollte … Mike! Wo zum Teufel steckst du denn? Warum kommst du nicht mal vorbei und kümmerst dich um dein Geschäft? Ich weiß überhaupt nicht …«

»Ich will nichts mehr hören, Täubchen. Ich kann hier nicht weg. Hör mal, hat jemand für mich angerufen?«

»Das kann man wohl sagen. Ich bin noch nicht einmal dazu gekommen, die Post zu öffnen!«

»Wer hat angerufen?«

»Als erstes hat ein Mann angerufen, der seinen Namen nicht nennen wollte. Er meinte, er hätte eine vertrauliche Nachricht für dich, und er würde es später noch mal versuchen. Dann hatte ich zwei potentielle Kunden an der Strippe, aber ich hab ihnen gesagt, daß du beschäftigt bist. Beide waren der Meinung, ihre Sache sei so dringend, daß du alles andere gleich stehen und liegen lassen mußt und für sie arbeiten sollst.«

»Hast du ihre Namen notiert?«

»Ja, sicher. Beide hießen Johnson. Mark und Joseph Johnson, sind aber nicht miteinander verwandt.«

Ich stöhnte. Ungefähr ein Drittel oder ein Viertel der Leute im Telephonbuch heißen Johnson. »Wer sonst noch?«

»Dann noch ein Kerl namens Cobbie Bennett. Es war ziemlich schwierig, überhaupt seinen Namen aus ihm rauszukriegen, weil er kurz vor einem Nervenzusammenbruch stand. Er sagte, er muß sofort mit dir sprechen, aber wollte mir nicht anvertrauen, warum. Ich habe ihm versprochen, daß du ihn auf der Stelle anrufst, wenn du reinkommst. Er wollte mir aber keine Nummer hinterlassen. Seither hat er noch dreimal angerufen.«

»Cobbie! Was könnte der auf dem Herzen haben? Er hat nichts verlauten lassen, Velda?«

»Keinen Ton.«

»Okay, weiter.«

»Dein Auftraggeber, Mr. Berin-Grotin, hat angerufen. Er wollte nachfragen, ob sein Scheck rechtzeitig bei deiner Bank angekommen ist. Davon wußte ich nichts, also hab ich ihm gesagt, daß du ihn zurückrufst. Er meinte, das sei nicht nötig, wenn alles in Ordnung ist.«

»Na, nichts ist in Ordnung, aber es ist zu spät, sich noch darum zu kümmern. Halt du die Stellung am Telephon, Kindchen. Egal, wer auch anruft, sag allen, ich sei nicht da. Aber jetzt paß mal gut auf ... du weißt *nicht*, wo ich bin, und du hast seit gestern auch *nichts* mehr von mir gehört. Hast du das verstanden?«

»Jawohl, aber ...«

»Kein Aber. Die einzigen Menschen, mit denen du offen reden kannst, sind Pat und ein Mädchen namens Lola. Nimm ihre Nachrichten entgegen. Wenn es irgend etwas Wichtiges ist, dann versuch, mich bei mir zu Hause oder hier zu erreichen.« Ich rasselte Lolas Nummer herunter und wartete, bis sie sie sich notiert hatte.

»Mike ... was ist los? Warum kannst du mir nicht ...?«

Ich wurde es leid, alles dreimal zu sagen. »Ich bin eigentlich tot, Velda. Mein Mörder denkt, er hat mich erledigt.«

»Mike!«

»Ach, hör auf, dir Sorgen zu machen. Ich hab nicht mal einen Kratzer abgekriegt. Die Kugel ist in meine Kanone eingeschlagen. Dabei fällt mir ein ... ich muß mir dringend eine neue besorgen. Tschüß, Kleines. Bis bald.«

Ich legte den Hörer auf, rutschte vor auf die Stuhlkante und fuhr mir mit der Hand übers Gesicht. Cobbie Bennett. Er war am Rande eines Nervenzusammenbruchs, und er wollte mich treffen. Warum, wollte er nicht sagen. Ich fragte mich, welcher der beiden Johnson-Knaben der Mörder war, der sich vergewissern wollte, ob ich wirklich die Gefilde der Lebenden verlassen hatte. Und wer war wohl der Anrufer mit der vertraulichen Nachricht? Zumindest wußte ich, wer Cobbie war.

Hoffentlich fand ich ihn.

Meine Jacke war total zerknittert, weil sie auf dem Sessel gelegen hatte, und ohne eine Knarre unter dem Arm hing sie lose herum wie die weiten Gangsterklamotten aus den Dreißigern. Das leere Holster füllte die Ausbeulung ein bißchen aus, aber es sah immer noch nach nichts aus. Ich schloß die Tür hinter mir ab und ging die Treppen hinunter, als sei ich nur irgendein Hausbewohner, vielleicht einer, der ein bißchen heruntergekommen war. In dieser Gegend fiel ich ohnehin nicht besonders auf.

An der Ninth Avenue schnappte ich mir ein Taxi und ließ mich zu einem Waffenhändler in der East Side fahren. Der Typ, der den Laden führte, hatte womöglich schon das Gewehr von Daniel Boone gefertigt, so alt war er. Das Waffengeschäft war einmal seine Haupteinnahmequelle gewesen, aber seit Recht und Ordnung in der Stadt Einzug gehalten hatten, hatte er sich auf Schlösser spezialisiert, selbst wenn das Ladenschild über der Eingangstür nicht so aussah.

Außer nach meinem Waffenschein stellte er mir keine weiteren Fragen. Die Überprüfung ließ er mit einem kurzen Blick auf das Bild und mein Gesicht bewenden. Er nickte. Dann wollte er wissen, was ich gern hätte. Auf einem Regal an der Wand lagen ein paar neue 45er aus Armeebeständen, und ich zeigte auf sie. Er holte sie herunter. Ich testete den Mechanismus. Ich wählte eine aus, die meinen Ansprüchen genügte, zog einen Geldschein aus meiner Rolle, trug mich ins Waffenregister ein und erhielt die Quittung und einen Hinweis, daß ich mich bei der Polizei melden mußte, um die Registriernummer der neuen Pistole auf meinem Waffenschein eintragen zu lassen.

Mir ging es wesentlich besser, als ich den Laden verließ.

Wenn die Sonne sich schon hübsch ins Bett gepackt hätte, dann wäre es eine Sache von Minuten gewesen, Cobbies Aufenthaltsort ausfindig zu machen. Am hellen Mittag war das ein größeres Problem. In einem Zigarrengeschäft an der Ecke ließ ich mir einen Dollar in eine Handvoll Fünfcentstücke wechseln und arbeitete mich durch das Telephonbuch. Ich rief eine Klitsche nach der anderen an, in denen Cobbie für gewöhnlich seine Nächte verbrachte. Überall erhielt ich die gleiche Antwort. Cobbie war wie vom Erdboden verschwunden. Zwei wollten wissen, wer ich sei, und ich sagte »ein Freund« und legte auf.

Manchmal ist die Großstadt schlimmer als der Dschungel. Man kann darin einfach untertauchen, eben weil eine Million Menschen immer auf Armes Länge um dich herum sind. Mir kam das jetzt sehr gelegen. Ein Kerl konnte tagelang in den Straßen herumwandern, ohne erkannt zu werden, wenn er gewisse Vorkehrungen traf, damit niemand auf ihn aufmerksam wurde. Ein Taxi kam vorbei, und ich pfiff ihm nach. Ich sagte dem Fahrer, wohin ich wollte, lehnte mich dann in das Polster zurück und machte kleine Entspannungsübungen, um die Halsmuskulatur zu lokkern.

Ich vermißte den Ring von Red. Solange ich ihn am Finger getragen hatte, war es mir gut gegangen. Nancy, eine Mutter ... eine Erpresserin? Ein Mädchen, das Pech gehabt hatte. Ein gutes Kind. Ich bekam ihren Blick nicht aus meinem Kopf, als ich ihr die Kohle rübergeschoben hatte. Ich werde nie vergessen, daß ich ihr noch gesagt hatte, ihr Job sei glatter Mord.

Ich hatte damals nicht geahnt, wie recht ich behalten sollte.

Es hatte ihr sicher Spaß gemacht, sich die Kleider zu kaufen, bedient zu werden, sich selbst im Spiegel wieder als anständige Frau zu sehen. Hatte es ihre Einstellung verändert, ihre persönliche Lebensphilosophie? Sie war glücklich gewesen, soviel wußte ich. Ihr Brief sprudelte förmlich über vor Lebensfreude. Was war das nur, das ihr so viel bedeutet hatte ... und hatte ich dazu beigetragen, daß sie ihre Ansicht darüber änderte?

Nancy mit der Anmut einer Dame, nur auf den ersten Blick eine Herumtreiberin. Ein Mädchen, weich und warmherzig, das eigentlich dafür geschaffen war, abends zu Hause zu bleiben und für irgendeinen Burschen das Abendessen zu kochen. Statt dessen war sie von einem pistolenschwingenden Schlägertypen terrorisiert worden. Von einem lausigen Schleimbeutel. Ein Mädchen, das keinen anderen Ausweg sah, als wegzurennen, gezwungen, ihren Körper zu verkaufen, um ihr Leben zu fristen. Ich tat ihr einen kleinen Gefallen, und ihre Augen hatten aufgeleuchtet wie Kerzen auf einem Altar. Wir waren Freunde gewesen, verdammt gute Freunde für eine kurze Zeit.

Der Fahrer rief nach hinten: »Wir sind da, Mister.«

Ich steckte ihm einen Geldschein durch das Fenster und stieg aus. Ich blickte mich ein paarmal um, bis ich die wohlbekannte blaue Uniform auf der Straße entdeckte. Ich mußte Cobbie so schnell wie möglich finden. Der Bulle kam auf mich zu. Ich schaute mir irgendwelche Schaufensterauslagen an, bis er an mir vorbei war. Als er einen Vorsprung von hundert Metern hatte, schlenderte ich ihm gemächlich hinterher.

Viele Leute machen dauernd die Bullen nur runter. Sie denken, Bullen wären nur menschliche Verkehrsampeln oder zwei namenlose Gesichter in einem vorbeifahrenden Streifenwagen, die anscheinend nur darauf warten, daß unbescholtene Bürger ihnen Schwierigkeiten machen. Dabei übersehen sie, daß ein Bulle Augen und Ohren hat und sich seine eigenen Gedanken macht. Sie übersehen, daß ein Bulle, der seine Runden dreht, es manchmal gar nicht anders haben möchte. Es ist seine Straße. Er kennt alle, die hier leben. Er weiß, wer die Bewohner sind, was sie machen und wo sie ihre Zeit verbringen. Er möchte gar nicht versetzt werden, auch nicht für eine Beförderung, weil er dann seine Freunde verliert und an einen Schreibtisch gefesselt ist oder an einen Fall, der ihm nichts bedeutet. Der Bulle, dem ich folgte, sah aus wie einer von dieser Sorte. Er war groß und stämmig und fast ebenso breit wie hoch. In seinem Gang lag das Bewußtsein, daß er hier zu etwas nütze war, und seine Haltung verriet Stolz über seine Aufgabe. Ein paarmal konnte ich beobachten, wie er Frauen zunickte, die am Hauseingang saßen, und wie er spaßeshalber ein paar jungen Gören hinterherjagte, weil sie was Fieses über die Polente hinter ihm hergeschrien hatten. Eines Tages würden dieselben Kinder um Hilfe schreien, und er würde ihnen aus der Patsche helfen.

Als der Bulle sich an einer Notrufsäule bei seinem Revier abmeldete, kam ich näher an ihn heran. Er ging in eine Gaststätte mit Mittagstisch, setzte sich auf einen Hocker am Tresen, und ich plazierte mich genau neben ihn. Nachdem er Jacke und Hut abgelegt hatte, bestellte er Corned beef mit Krautsalat, und ich nahm das gleiche. Unser Essen kam, und wir ließen es uns schweigend schmecken. Als wir unsere Portionen halb aufgegessen hatten, zahlten die zwei Burschen neben mir und gingen. Das war die Gelegenheit, auf die ich gewartet hatte.

Einer hatte eine Zeitung auf dem Hocker liegenlassen, und ich hielt sie als Sichtschutz vor mich hin, während ich meinen Ausweis und meine Lizenz aus der Tasche kramte. Ich mußte den Bullen nur leicht antippen. Er sah hoch, musterte die Papiere, die ich ihm in der offenen Handfläche zeigte, und runzelte fragend seine Stirn.

»Mike Hammer, Privatdetektiv.« Ich redete leise und kaute weiter, während ich sprach. »Schauen Sie mich nicht direkt an.«

Der Bulle runzelte wieder seine Stirn und wandte sich wieder seinem Mittagessen zu. »Pat Chambers kann für mich bürgen. Ich arbeite mit ihm zusammen an einem Fall.« Jetzt wurden die Runzeln auf der Stirn noch etwas tiefer, und ungläubige Falten bildeten sich auf seinen Wangen.

»Ich muß unbedingt Cobbie Bennett finden«, erklärte ich ihm. »Schnell. Wissen Sie, wo er steckt?«

Er schob sich noch ein Stück Corned beef rein und warf dann ein Zehncentstück auf den Tresen. Der Koch kam rüber, und der Bulle bat um Wechselgeld. Als er die zwei Fünfer erhalten hatte, stand er noch immer kauend auf, ging rüber zum Telephon und machte den Verschlag hinter sich zu.

Ungefähr eine Minute später kam er zurück und bearbeitete wieder das Corned beef. Schließlich schob er den leeren Teller von sich weg, stellte die Kaffeetasse vor sich und schien mich in diesem Moment zum ersten Mal richtig zu bemerken.

»Sind Sie durch mit der Zeitung, junger Mann?«

»Ja.« Ich reichte sie ihm rüber. Er holte eine Hornbrille aus seiner Innentasche, setzte sie auf und schlug die Seite mit den Baseballergebnissen auf. Seine Lippen bewegten sich, als ob er leise mitlesen würde, aber er sagte: »Ich glaube, Cobbie versteckt sich in einer Pension eine Straße westlich von hier. Altes Sandsteingebäude mit einem renovierten Hauseingang. Er kommt mir total verängstigt vor.«

Der Kellner räumte die Teller ab. Ich bestellte ein Stück Kuchen und noch einen Kaffee, verspeiste dann langsam den Nachtisch, zahlte und ging. Der Bulle las immer noch die Zeitung; er schaute kein einziges Mal mehr auf und würde sich wahrscheinlich auch in den nächsten zehn Minuten nicht vom Fleck rühren.

Zuerst fiel mir der neue Hauseingang ins Auge, dann das dazugehörige Gebäude. Cobbie Bennett entdeckte mich zuerst. Er linste aus einem Fenster im zweiten Stock, als ich gerade die Treppen zum Haus hochging, und für den Bruchteil einer Sekunde konnte ich ein fahles, weißes Gesicht erkennen, dem die Todesangst in tiefen Spuren auf die Haut geschrieben war.

Die Eingangstür stand offen, und ich betrat den Flur. Cobbie rief mich von der obersten Treppenstufe. »Hier bin ich, Mike, hier oben.« Dieses Mal paßte ich auf, wohin ich ging. In diesem verdammten Flur gab es zu viele reizende Nischen, in denen sich ein Kerl mit einem Baseballschläger verstecken konnte. Bevor ich noch den Treppenabsatz erreicht hatte, packte mich Cobbie schon an meinem Kragen und zog mich schnell in ein Zimmer.

»Mann, Mike, wie haste mich denn gefunden? Ich hab nie jemand was gesagt, wo ich bin! Wer hat dir gesteckt, daß ich hier wohne?«

Ich schubste ihn von mir weg. »Es war nicht schwer, dich aufzuspüren, Cobbie. Niemand kann sich ewig versteckt halten, wenn einer wirklich hinter ihm her ist.«

»Sag doch so was nich, Mike, okay? Mann, is schon schlimm genug, daß du mich gefunden hast. Stell dir nur mal vor ...«

»Hör endlich auf, wie ein Depp rumzublubbern. Du wolltest mich sehen. Hier bin ich.«

Er schob einen Riegel vor die Tür und schritt im Zimmer auf und ab, wobei er sich mit den Fingern durchs Haar fuhr und übers Gesicht. Er konnte keinen Moment ruhig stehenbleiben, und daß ich mich in den einzigen Sessel im Zimmer hatte plumpsen lassen und so absolut die Ruhe weg hatte, machte ihn nur noch nervöser.

»Sie sind hinter mir her, Mike. Ich bin gerade noch rechtzeitig weggekommen.«

»Wer sind sie?«

»Hör mal, du mußt mir aus der Patsche helfen. Du hast mich weiß Gott in diese Scheiße reingeritten, jetzt mußt du mir auch wieder raushelfen. Sie sind hinter mir her, verstehste? Ich kann nich hierbleiben. Ich muß weg aus der Stadt.« Er steckte sich eine Zigarette in den Mund und versuchte, sie anzuzünden. Er schaffte es mit dem vierten Streichholz.

»Wer sind die?« fragte ich noch mal.

Cobbie fuhr sich mit der Zunge über die Lippen. Er hatte ein nervöses Zucken in der Schulter, und er drehte seinen Kopf immer wieder zur Tür, als ob er dort etwas hören würde. »Mike. Jemand hat dich mit mir an dem Abend gesehen. Der hat geplaudert, und jetzt haben sie's auf mich abgesehn. Ich ... ich muß hier verschwinden.«

Ich blieb stumm sitzen und betrachtete ihn. Er zog noch einmal an seiner Zigarette, dann warf er sie auf den abgelaufenen Teppich und drückte sie mit dem Absatz aus. »Verdammt, Mike, sitz doch nich bloß so da. Sag was!«

»Wer sind sie?«

Zum ersten Mal kapierte er wirklich, auf was ich es abgesehen hatte. Um seine Mundwinkel herum wurde er bläßlich. »Weiß ich nicht. Weiß ich echt nicht. Es is was Großes. Alles, was ich weiß, ist, sie haben mich im Visier, weil einer gesehen hat, wie ich mit dir gequatscht hab. Was soll ich bloß machen, Mike? Ich kann hier nicht bleiben. Du kennst diese Kerle nicht. Wenn die mal hinter dir her sind, dann kriegen sie dich auch!«

Ich stand auf und streckte mich, mit einem betont gelangweilten Gesichtsausdruck. »Ich kann dir nicht aus der Patsche helfen, Cobbie, wenn du mir nicht erst mal was erzählst. Wenn du jetzt nicht zu singen anfängst, dann kannst du meinetwegen zur Hölle fahren. Sollen sie dich eben erwischen.«

Er packte mich am Ärmel und hielt sich daran fest, als ob es um sein Leben ginge. »Nein, Mike, mach das nicht ... Ich würd dir ja erzählen, was ich weiß, aber ich weiß doch nichts. Ich hab bloß die Meldung gekriegt, und dann hab ich ein paar Sachen gehört. Es ging um diese Rothaarige. Wegen dir haben die mich jetzt auf dem Kieker. Gestern nacht sind ein paar Schläger auf meiner Straße erschienen. Die waren nicht von hier. Waren aber schon mal da, als es Ärger gegeben hatte, und dann sind ein paar Typen einfach verschwunden. Ich weiß, warum die jetzt da sind ... sind hinter mir her ... und hinter dir vielleicht auch.«

Er hatte sich ein bißchen beruhigt. »Red weiter, Cobbie.«

»Das Gewerbe ist organisiert, verstehste. Wir löhnen Schutzgelder, und nicht zu knapp. Ich weiß nicht, wer das einsackt, aber wenn wir zahlen, gibt es keinen Zoff. Solang wir das Maul nicht aufreißen, gibt's auch keinen Ärger. Aber verdammte Scheiße, du tauchst auf, und jemand hat mitgekriegt, daß ich mit dir geredet hab, und jetzt gibt's 'ne Menge Zoff, und ich bin der Dumme.«

»Woher wollen die denn wissen, was du mir gesteckt hast?«

Er wurde fuchsteufelswild. »Das ist denen doch scheißegal! Glaubst, die schert's, was ich gesagt hab? Gibt so Typen, die sind das reinste Gift, und du bist so einer, weil du hinter der Rothaarigen her warst! Warum ist sie bloß nicht schon früher verreckt!«

Ich packte ihn hart am Arm und zog ihn ganz nahe vor mein Gesicht. »Halt bloß die Fresse«, knurrte ich.

»Äh, Mike, hab ich echt nicht so gemeint, ehrlich. Ich will's dir nur klarmachen.«

Ich ließ ihn los, und er trat einen Schritt zurück und wischte sich die Stirn mit seinem Hemdsärmel ab. Im Deckenlicht glitzerte eine Träne, die seine Wange runterrollte. »Ich weiß doch nicht, um was es da geht, Mike. Ich will nur nicht umgelegt werden. Kannst du mir nicht helfen?«

»Mal sehen.«

Cobbie schaute mich voller Hoffnung an. Seine Zunge fuhr wieder über die ausgetrockneten Lippen. »Ja?«

»Denk nach, Cobbie. Denk mal über die Kerle nach, die da aufgetaucht sind. Wer waren die?«

Die Falten in seinem Gesicht vertieften sich. »Harte Jungs. Die hatten Knarren dabei. Ich glaub, die kamen aus Detroit.«

»Für wen arbeiten die?«

»Für den Typ, der auch die Schutzgelder einstreicht, würd ich mal sagen.«

»Namen, Cobbie?«

Er schüttelte den Kopf, und aus seinem Gesicht war wieder alle Hoffnung verschwunden. »Ich bin bloß 'n kleiner Scheißer, Mike. Ich weiß doch nix. Jede Woche geb ich 'n Viertel von meinem Gewinn an einen Kerl ab, der es wieder an jemand anderen weiterreicht, die Kette hoch bis ganz oben. Ich möcht nich mal wissen, wer dahinter steckt. Ich … ich hab Schiß, Mike, totalen Schiß. Ich konnt nur noch dich anrufen. Mich kennt doch jetzt keiner mehr, weil die wissen, daß die hinter mir her sind, darum wollt ich dich doch treffen.«

»Weiß sonst noch jemand, daß du hier bist?«

»Nee. Nur du.«

»Was ist mit der Vermieterin?«

»Die kennt mich nich. Kümmert sich auch nich drum. Wie hast du rausgekriegt, wo ich bin, Mike?«

»Kanäle, über die deine Kumpels nicht gehen. Mach dir keine Sorgen deswegen. Ich will, daß du folgendes machst. Rühr dich nicht vom Fleck, geh nicht aus diesem Zimmer, nicht einmal die Treppen runter. Bleib weg vom Fenster und sorg dafür, daß die Tür immer abgesperrt ist.«

Seine Augen weiteten sich, und seine Hände faßten nach meinen Armen. »Dir ist was eingefallen, wie ich hier raus komm? Glaubst, ich schaff es vielleicht aus der Stadt?«

»Vielleicht. Wir müssen das ganz vorsichtig machen. Hast du was zum Essen da?«

»Ein paar Dosen und zwei Flaschen Bier.«

»Damit kommst du durch. Jetzt paß mal genau auf. Ich möchte, daß du morgen abend genau um neun Uhr dreißig das Haus verläßt. Geh runter auf die Straße, halt dich rechts, und an der nächsten Kreuzung gehst du wieder Richtung Westen. Spazier einfach rum, als hättest du nicht den blassesten Schimmer, daß irgendwas im Busch ist. Lauf in deiner Gegend rum, sag Hallo zu deinen Freunden. Aber geh nirgends rein, sondern lauf immer weiter. Kapiert?«

Kleine Schweißtropfen standen ihm auf der Stirn. »Mein Gott, willst du, daß sie mich umbringen? Ich kann hier nicht einfach rausmarschieren und ...«

»Vielleicht willst du lieber hier drin umgelegt werden ... wenn du nicht vorher verhungert bist.«

»Nein, Mike. So mein ich das ja nich! Aber, Mann, einfach so rauszugehn ...«

»Wirst du es machen oder nicht? Für lange Mätzchen hab ich keine Zeit, Cobbie.«

Er ließ sich in den Sessel plumpsen und vergrub sein Gesicht in den Händen. Cobbie war nahe am Wasser gebaut. »J-ja. Ich werde rausgehn. Neun Uhr dreißig.« Sein Kopf schnellte hoch, mit tränenverschmiertem Gesicht. »Was haste denn vor? Kannste mir's nicht verraten?«

»Nein, das geht nicht. Du hältst dich einfach an das, was

ich dir aufgetragen habe. Wenn alles klappt, dann kommst du lebendig aus der Stadt raus. Aber eines kannst du dir hinter die Ohren schreiben.«

»Was denn noch?«

»Laß dich ... hier ... nie mehr ... blicken.«

Damit verließ ich Cobbie, dessen Gesicht wieder eine bleiche und kränkliche Farbe angenommen hatte. Als die Tür ins Schloß fiel, konnte ich noch hören, wie er wieder zu schluchzen begann.

Draußen war die Dämmerung früher als sonst hereingebrochen, weil ein grauer Dunstschleier aus Regenwolken von Südosten herüberblies und sich über die Stadt legte. Ich überquerte die Straße und ging Richtung Norden zu einem Kiosk am U-Bahnschacht. Bevor ich ihn erreicht hatte, fing es wieder an zu regnen. Die U-Bahn war gerade weg, und ich mußte fünf Minuten auf die nächste warten, also suchte ich mir ein Telephon und rief in Lolas Wohnung an. Niemand war da. Besser keine Nachrichten als schlechte, dachte ich mir. Ich rief das Büro an, und Velda berichtete mir, daß am Nachmittag alles ziemlich ruhig gewesen war. Ich legte auf, bevor sie mich ausfragen konnte. Außerdem kam gerade die U-Bahn hereingerattert.

An der Fünfundneunzigsten stieg ich aus, schnappte mir ein Taxi und ließ mich zu der Stelle kutschieren, wo ich meinen Wagen geparkt hatte. Für einen Moment dachte ich, ich hätte einen Kerl vorbeigehen sehen, der mir bekannt vorkam. Ich kniete mich hin und fummelte an meinen Schnürsenkeln herum. Es wurde langsam ganz schön nervig, einen Leichnam zu spielen.

Als sich endlich eine gute Gelegenheit bot, sprang ich in den Wagen und brauste davon, so schnell ich konnte. Ein paar Sachen konnte ich mir nicht leisten, und eine davon war, in der Nähe von Lolas Wohnung entdeckt zu werden. Ich wollte sie für mich haben, so schön wie sie war, und ganz sicher.

Ein Wind erhob sich und fing an, den Regen in der Gegend herumzupeitschen. Die vereinzelten Fußgänger, die noch unterwegs waren, drängten sich unter Markisen zusammen oder brüllten hinter Taxen her, die nicht daran dachten, anzuhalten. Jedesmal, wenn ich an einer roten Ampel halten mußte, konnte ich die bleichen, verschwommenen Gesichter hinter den Ladenfenstern sehen. An den Scheiben lief das Wasser in Strömen herunter, so daß es wirkte, als ob die Gestalten unheimlich hin- und herschwankten. Alle hatten denselben ausdruckslosen Blick von Gefangenen, denen nicht geholfen werden kann.

Ich fragte mich, ob Lola in Schwierigkeiten geraten war. Der Regen würde sie ganz schön viel Zeit kosten, gerade jetzt, wo es so wichtig war, daß sie die Kamera schnell ausfindig machte. Dieses verdammte Ding. Warum hatte sich Red nur überhaupt damit abgegeben?

Lola hatte von einem Job gesprochen, nicht? Bei einem Laden namens Quick Pix oder so ähnlich. Bis jetzt hatte ich das ganz vergessen. Ich sah eine Parklücke vor mir und fuhr hinein, dann bereitete ich mich darauf vor, in einen Zeitungsladen zu stürzen, sobald der Regen ein bißchen nachließ. Zwischen zwei Regenschauern war eine Art Flaute, und ich nutzte die Gelegenheit, rannte über den Gehweg und drängelte mich durch das Grüppchen, das sich vor der Tür ins Trockene gerettet hatte.

Drinnen schnappte ich mir das Telephonbuch und blätterte darin herum, aber für keinen Stadtteil war so etwas wie Quick Pix eingetragen. Nicht mal in abgewandelter Form. Ich kaufte mir eine neue Schachtel Zigaretten und fragte den Verkäufer, ob er noch ein altes Telephonbuch rumliegen hatte. Er schüttelte erst den Kopf, doch dann fiel ihm was ein, und er meinte, ich solle mal kurz warten. Er ging ins Hinterzimmer und kam mit einem zerlesenen Telephonbuch von Manhattan zurück, das völlig verstaubt war.

»Normalerweise nehmen sie die Dinger ja wieder zurück, aber das hab ich ganz vergessen«, erklärte er mir. »Hab's vor kurzem hinten im Regal gesehen.«

Ich bedankte mich und blätterte es durch. Meine Intuition hatte mich nicht im Stich gelassen. Für Quick Pix war eine Telephonnummer und eine Adresse in einer Seitenstraße der Ninth Avenue angegeben. Als ich die Nummer gewählt hatte, hörte ich es ein paarmal in der Leitung klicken, und dann fragte mich die Vermittlung, wen ich sprechen wollte. Ich nannte ihr die Nummer, und sie gab mir die Auskunft, daß der Anschluß schon vor einer Weile abgestellt worden war.

Das war's also gewesen. Oder vielleicht noch nicht ganz. Vielleicht gab es immer noch ein Büro, nur kein Telephon mehr.

Ein Kerl fragte mich, ob ich Richtung Norden fahren würde. Ich nahm ihn mit. Während der ganzen Fahrt quasselte er in einer Tour, aber ich hörte nicht zu. Er mußte mich schubsen, damit ich ihn an einem U-Bahnhof rausließ. Ich fuhr an die Seite ran, er öffnete die Tür, bedankte sich und rannte die Treppen hinunter.

Hinter mir wurde ich von einem wütenden Hupkonzert bedacht, und noch lauter schrillte die warnende Trillerpfeife eines Verkehrsbullen. Ich war am rotieren und fluchte lautstark, als ich in die Gegenwart zurückkehrte. Denn auf dem Zeitungsstand am U-Bahneingang lag ein Stoß mit Abendzeitungen, von denen jede einzelne der Welt in riesigen Lettern verkündete, daß die Polizei in der ganzen Stadt eine konzertierte Aktion gegen die illegale Prostitution durchführte.

Jemand hatte aus dem Nähkästchen geplaudert.

Ich hielt an der nächsten roten Ampel, rief einem Zeitungsjungen zu, er solle mir eine herbringen und spendierte ihm einen Dollar für seine Mühe. Da stand es, schwarz auf weiß, in Schlagzeilen, Überschriften und Untertiteln. Die Polizei verfügte über Informationen, die zur größten Verhaftungswelle führen würden, die die Stadt je erlebt hatte.

Genau so war es, wunderbar. Das hatte uns gerade noch gefehlt, eine Warnung für das Oberschwein persönlich. Pat tobte bestimmt vor Wut. Die Zeitungen handelten mal wieder ganz im Interesse der Bürger und jagten die Ratten aus der Stadt. Verdammt noch mal, warum konnten sie nicht lange genug stillhalten!

Die Ampel sprang auf Grün, und meine Straße kam. Ich konnte aber erst eine Straße danach einbiegen, weil es eine Einbahnstraße war, und fuhr von der anderen Seite an das Haus ran. Ich quetschte mich zwischen einen altersschwachen Lieferwagen und einen verbeulten Sedan. Die Adresse entpuppte sich als ein verwittertes Bürogebäude mit einer Polsterei vorne drin. An der einen Seite war ein schmaler Eingang, daneben ein Lastenaufzug, und an der Tür klebte ein Schild, das freie Büroräume zur Vermietung anbot.

Ich klingelte und hörte, wie der Aufzug beim Herunterkommen klapperte und qietschend unten anhielt. Die Aufzugstür öffnete sich, und ein Typ, der sich schon mindestens eine Woche lang nicht mehr rasiert hatte, stierte mich mit wäßrigen Augen an und wartete darauf, daß ich etwas sagte.

»Wo kann ich den Hausmeister finden?«

»Was wollen Sie denn von dem?« Er spukte einen Strahl Tabaksaft zwischen das Bodengitter des Aufzugs.

Ich hielt ihm mit der einen Hand mein Abzeichen und mit der anderen einen Fünfer hin und zeigte ihm beides. »Privater Schnüffler.«

»Ich bin der Hausmeister.«

Er schnappte sich den Fünfer und steckte ihn in seine Brusttasche. »Ich höre.«

Ich sagte: »Ich suche eine Firma namens Quick Pix. Im Telephonbuch war das hier als ihre Geschäftsadresse eingetragen.«

»Das ist aber schon lang her, Freundchen. Sind hier vor fast 'nem Jahr ganz auf die Schnelle abgehaun.«

»Ist noch jemand da?«

»Nö. Das Haus ist ein Haufen Schrott. Wer will sich hier schon einmieten? Vielleicht wieder so ein Laden wie Q.P. Das war ein ganz windiger Haufen, glaub ich.«

»Wie wär's, kann ich mal einen Blick in das Büro werfen?«

»Sicher, komm'n Se mit hoch.«

Ich stieg ein, und wir rumpelten bis zum vierten Stock hoch. Er ließ die Aufzugstür offen und knipste die Lichter an, dann zeigte er auf das Ende des Gangs. »Raum 209.«

Die Tür war unverschlossen. Wo ein ordentliches Sicherheitsschloß hingehört hätte, war nur ein rundes Loch, das aussah wie die Augenhöhle eines Totenkopfes. Der Hausmeister vollführte ein paar Tricks am Sicherheitskasten, und im Zimmer ging das Licht an.

Es war wirklich ein ganz schönes Chaos. Irgend jemand hatte hier zusammengepackt, als sei ihm der Teufel auf den Fersen. Fertige Probeabzüge und Negative waren auf dem Boden verstreut und mit einer Schicht aus Spinnweben und langen Staubfäden überzogen. Die beiden Fenster hatten keine Jalousien und brauchten auch keine, weil durch die dicke Staubschicht sowieso kein Sonnenstrahl hereindringen konnte. Aus einer umgeworfenen oder aufgerissenen Packung war Fixierer verstreut worden. Eine Ecke war mit weißem Pulver bedeckt. Sogar jetzt konnte man ein paar Fußabdrücke in dem weißen Zeug erkennen.

Ich sammelte eine Handvoll Schnappschüsse auf und schaute sie mir an. Sie hatten alle das gleiche 7-x-10-Zentimeter-Format und zeigten Aufnahmen von Paaren auf der Straße, Paare, die Arm in Arm gingen, auf Parkbänken saßen, aus den Theatern am Broadway kamen und sich angrinsten. Auf den Rückseiten waren mit Bleistift Nummern und Notizen zu den Photos gekritzelt worden.

Ein großer Pappkarton diente als Aufbewahrungsort für die Bestellscheine. Vorne quollen leere Scheine heraus, auf denen eine Papiertasche mit einem Schlitz für einen Vierteldollar aufgeklebt war. Die hintere Hälfte des Kartons enthielt Bestellscheine, die schon eingeschickt worden waren und bei denen Name und Adresse des Absenders an der richtigen Stelle ausgefüllt war. Sie waren in Bündeln von ungefähr je hundert Stück zusammengebunden, und alles zusammengezählt kamen hier schon ein paar tausend Dollar an Bargeld zusammen. Quick Pix hatte gar kein schlechtes Geschäft gemacht.

An der einen Wand war ein Regalbrett angebracht, auf dem Schuhschachteln standen, die mit Namen versehen waren. Auf einem stand »N. Sanford«, und mein Interesse war sofort geweckt. Darin waren Karteikärtchen, die so numeriert waren, daß sie dem Film in der Kamera entsprachen, alles in allem vielleicht ein Vorrat für drei bis vier Tage. Mit Bleistift hatte sich jemand eine Notiz gemacht, mehr Film zu bestellen. Eine ordentliche, genaue Handschrift. Sehr feminin. Es war zweifellos Nancys. Ich kramte die Notiz raus und steckte sie in meine Tasche.

Der Kerl war an der Tür stehengeblieben und beobachtete mich schweigend. Ich hörte, wie er ein paarmal aufseufzte, dann sagte er: »Wissen Se was? Ganz so schlimm sah der Laden doch nicht aus, als die abgezogen sind.«

Ich unterbrach, woran ich gerade war. »Wieso?«

»Ich kam damals rein nachsehen, ob die Wände noch standen, und all der Müll auf dem Boden hier, der war in einer Ecke aufgestapelt. Sieht so aus, als hätte da jemand drin rumgewühlt.«

»Sicher?«

Er spuckte auf den Boden. »Sicher.«

»Wer hat diese Firma denn geleitet?«

»Hab seinen Namen vergessen.« Er zuckte mit den Schultern. »Irgend so ’ne runtergekommene Type. Aber ich glaub, nach ’ner Weile hat er hier ein ganz gutes Geschäft gemacht. Eines Tages kommt er hier mit einem neuen Kabriolett vorgefahren, sagt mir, er zieht aus und macht die Fliege. Hat nie auch nur zehn Cent springen lassen.«

»Was war mit den Leuten, die für ihn gearbeitet haben?«

»Teufel, die konnten’s einfach nicht fassen. Kamen abends noch vorbei und fingen an, mit mir rumzustreiten. Was sollte ich denn machen, ihre Löhne zahlen, oder was? Hatte Glück, daß ich den Kerl noch zu fassen kriegte und die ausstehende Miete eintreiben konnte. Der hat niemand was gesagt, der doch nicht.«

Ich steckte mir ein Streichholz zwischen die Zähne und kaute darauf herum. Nachdem ich mich noch mal kurz umgeschaut hatte, ging ich raus. »Das war's.« Er machte die Tür zu und spielte wieder am Sicherungskasten herum, dann stieg er nach mir in den Aufzug, und wir bewegten uns nach unten.

»Haben Sie gefunden, was Sie gesucht haben?«

»Ich hab nach nichts Speziellem gesucht. Ich mache Nachforschungen über den Besitzer. Er schuldet jemand Geld, und ich muß es eintreiben. Für Filmmaterial.«

»Was Sie nicht sagen. Mir fällt da ein, da steht noch mehr Zeug im Keller rum. Ein Mädchen, das dort gearbeitet hat, hat mich gefragt, ob sie's da unterstellen kann. Ich hab's ihr erlaubt, als sie mir 'n Dollar zugesteckt hat.«

»Ein Mädchen?«

»Ja, so 'n Rotschopf. Nettes Mädchen.«

Er spuckte wieder auf das Gitter, und der Rotz klatschte an die Wand. »Lesen Sie eigentlich die Zeitung?« fragte ich ihn.

»Manchmal die Comicseiten. Bloß die Bilder. Meine Brille ist mir vor vier Jahren kaputtgegangen. Hab mir nie mehr eine neue besorgt. Warum, ist was passiert?«

»Nein, nichts. Ich würde mir gern das Zeug im Keller anschauen.«

Bevor er noch große Andeutungen machen mußte, reichte ich einen weiteren Fünfer rüber, der zu dem anderen in die Brusttasche wanderte. Beim Grinsen zeigte er Zähne, die so braun wie Scheiße waren. Wir fuhren am Ausgang im Erdgeschoß vorbei und hielten mit einem heftigen Ruck im Keller an. Die Luft war feucht und moderig, fast wie im Leichenschauhaus, aber hier kam noch der Gestank von Dreck und Fäulnis dazu und das ununterbrochene Trippeln von Rattenfüßen, die auf den Rohren und Balken herumrannten. Es gab kein Licht, aber mein Begleiter holte eine Taschenlampe aus einer Nische und richtete einen Lichtstrahl gegen die Wände. Kleine aufmerksame Äuglein schauten mich an, rannten dann davon und erschienen weiter hinten wieder. Ich bekam eine Gänsehaut.

Ihm schien das alles gar nichts weiter auszumachen.

»Da hinten, glaube ich.« Er deutete mit dem Licht der Taschenlampe zum Boden und wir kletterten über Kisten, ausrangierte Möbel und anderen Schrott, der sich über einen Zeitraum von Jahren hier unten angesammelt hatte. An einer Tonne hielten wir an, und er stocherte darin mit einem Besenstiel herum, womit er nichts als ein paar Ratten vertrieb. Dahinter stand ein Regal, das absolut vollgestopft war. Mit einem Schlag seines Besenstiels klopfte der Hausmeister eine dicke Staubschicht von ein paar Papierstapeln. Die meisten waren alte Rechnungen und Quittungen, ein paar staubige Ordner und eine Masse von altem Papier, das jemand sorgfältig aufbewahrt hatte. Ich half ihm bei der Suche und öffnete ein paar Kartons. Einer war voll mit Bleistiftstummeln; im anderen waren ein paar unfertige Aktzeichnungen. Sie waren nicht besonders gut.

Der Lichtstrahl wanderte von mir weg, bevor ich die Kartons wieder auf das Regal schieben konnte, und der Hausmeister sagte: »Das ist es, glaub ich.« Ich hielt die Taschenlampe, als er einen Karton aus dicker Wellpappe hervorzog, der mit Schnur umwickelt war. Jemand hatte mit einem Rotstift in großen Buchstaben NICHT WEGWERFEN daraufgeschrieben. Er nickte und spitzte seinen Mund auf der Suche nach einer Ratte, auf die er den Tabaksaft ablassen konnte. Er entdeckte eine auf einem Rohr und spuckte los. Ich hörte, wie die Ratte quiekend bis ans Ende des Rohrs raste, dort runterfiel und in einem Papierhaufen auf dem Boden zuckend verendete. Das Zeug, das der Kerl kaute, mußte pures Gift sein.

Ich knotete die Schnur auf und öffnete den Karton. Innen war noch ein Karton, der mit einem dünneren Bindfaden verschnürt war, der sich leicht aufreißen ließ. Meine Hand zitterte ein bißchen, als ich den Deckel aufmachte und den Lichtstrahl näher heranholte.

In dem Karton waren Photos, die alle ordentlich in zwei Reihen eingeordnet und durch ein paar Lagen aus Papiertaschentüchern geschützt waren. An den Seiten war der Karton mit Löschpapier ausgelegt, um Feuchtigkeit abzuhalten, und zwischen den Schnappschüssen steckten Karteikarten mit dem Datum, an dem sie aufgenommen worden waren.

Vielleicht erwartete ich zuviel. Vielleicht war es der Gedanke an die anderen Photos, die mir geklaut worden waren, vielleicht, weil ich wußte, daß Photos irgendwie für das Ganze wichtig waren, aber ich hielt meinen Atem an, als ich die Photos erwartungsvoll herausnahm.

Dann ließ ich alle Flüche vom Stapel, die mir so geläufig waren. Ich hatte nur einen weiteren Packen von Straßenszenen mit lächelnden Paaren, die in die Kamera winkten oder rumalberten. Ich war so verdammt sauer, daß ich sie fast dort liegen gelassen hätte, aber dann erinnerte ich mich, daß mich der Spaß fünf Dollar gekostet hatte und ich auch was für die Kohle kriegen sollte. Ich klemmte mir den Karton unter den Arm und ging zurück zum Aufzug.

Als wir wieder an der Eingangstür angelangt waren, fragte mich der Hausmeister, ob ich Lust hätte, mich ins Besucherbuch einzutragen, und ich kritzelte J. Johnson hin und ging.

Fünfzehn Minuten nach acht rief ich bei Pat zu Hause an. Er war noch nicht daheim, also versuchte ich es in seinem Büro. Die Zentrale spürte ihn auf, und kaum hörte ich seine Stimme, wußte ich, daß es Ärger gab. Er sagte: »Mike? Wo bist du?«

»Ganz in der Nähe deiner Wohnung. Gibt's was Neues?«

»Ja.« Er sprach abgehackt. »Ich muß mit dir sprechen. Können wir uns in zehn Minuten im Roundtown-Grill treffen?«

»Ich komme. Was ist los?«

»Sag ich dir dann. Bis in zehn Minuten.« Jemand rief ihn, und er legte auf. In genau zehn Minuten hatte ich den

Roundtown-Grill erreicht und drängelte mich nach hinten durch, wo ich Pat am abgelegendsten Tisch entdeckte. Auf seiner Stirn lagen Sorgenfalten, die vor ein paar Tagen noch nicht dagewesen waren und die ihn älter erscheinen ließen. Er grinste mich gezwungen an und winkte mir, ich solle mich hinsetzen.

Neben ihm lag eine Ausgabe der Abendzeitung, und er breitete sie auf dem Tisch aus. Er tippte auf die Schlagzeile. »Hast du damit irgend etwas zu tun?«

Ich steckte mir eine Fluppe in den Mund und zündete sie an. »Das weißt du doch genau, Pat.«

Er knüllte die Zeitung zu einer Kugel zusammen und warf sie zur Seite, wobei er ein knurrendes Geräusch ausstieß. »Hab ich auch nicht gedacht. Ich mußte nur sichergehen. Irgendwie ist es rausgekommen. Das hat uns die Sache ganz schön vermasselt.«

»Was ist passiert?«

Der Kellner stellte uns zwei Bier hin, und Pat stürzte seins hinunter, bevor der Knabe weg war, und bestellte sich gleich ein zweites. »Mir geht es an den Kragen, Kumpel. Mir geht es sogar ganz mächtig an den Kragen. Hast du eine Ahnung, wie viele beschissene kleine Arschlöcher es auf der Welt gibt? Ein paar Millionen bestimmt. Neunzig Prozent davon leben hier unter uns in dieser Stadt. Jedes beschissene, kleine Arschloch kontrolliert ein paar Wählerstimmen. Jedes beschissene kleine Arschloch verlangt, daß etwas getan wird oder eben nicht getan wird. Sie rufen eine wichtige Persönlichkeit an und lassen sie wissen, was sie wollen. Und bald kriegt diese Persönlichkeit ganz schön viele von diesen Anrufen und beschließt, daß sie doch lieber was in der Sache unternimmt, und dann geht es mir an den Kragen. Von oben kommen Andeutungen, die Sache abzublasen oder langsamer anzugehen, und solche Andeutungen sind versteckte Drohungen, die Geschichte besser wieder in der Versenkung verschwinden zu lassen.

Tolle Sache, was? Dir fällt was in die Hände, gegen das man unbedingt vorgehen müßte, und dann sollst du die

Sache fallenlassen.« Das zweite Bier folgte dem ersten auf den Fuß, und das nächste war schon in der Mache. Ich hatte Pat noch nie so wütend gesehen.

»Ich geb mir Mühe, ein anständiger Bulle zu bleiben«, schimpfte er weiter. »Ich halt mich an das Gesetz und mach meine Pflicht. Ich habe immer gedacht, die Steuerzahler bestimmen, wo's lang geht, aber jetzt fang ich an, das zu bezweifeln. Wir werden von allen Seiten bearbeitet ... Anrufe, Hinweise, die durch zu viele Känale gegangen sind, als daß man ihren Ausgangsort herausfinden könnte, versteckte Anspielungen, daß ich auch bloß ein Bulle wär, nur den Rang eines Captains bekleide, was nicht viel zählt, wenn gewisse Kreise drauf aus sind, mich fertig zu machen.«

»Komm mal zu unserem Fall, Pat.«

»Der Staatsanwalt hat Ann Minors Tod als Mord eingestuft. Für Bestechung ist er nicht zu haben und in der Öffentlichkeit gut angesehen. Also hat es keinen Sinn, ihm an den Kragen zu wollen. Der Mord darf untersucht werden, wenn es nötig sein sollte, aber von irgendwelchen weiterführenden Ermittlungen sollen wir Abstand nehmen. Das ist die ganze Geschichte. Daß wir das Buch haben, ist auch durchgesickert, aber nicht, daß der Inhalt chiffriert ist.«

Ich schnippte Asche in den Aschenbecher und sah ihn von der Seite her an. »Was du eigentlich sagen willst, ist, daß eine Menge hoher Tiere was mit den Callgirls haben und in das Geschäft mit der Prostitution verwickelt sind. Und die wollen verhindern, daß ihre Namen an die Öffentlichkeit gelangen, stimmt's?«

»Ja.«

»Und was wirst du jetzt anfangen?«

Nein, Pat sah ganz und gar nicht glücklich aus. Er sagte: »Entweder mach ich weiter und gehe der ganzen Sache jetzt endgültig auf den Grund. Ich riskiere dabei, solange schikaniert zu werden, bis ich von selbst kündige. Oder ich blas die Sache ab und behalte meinen Job. Ich laß diesen einen Fall sausen, damit ich der Öffentlichkeit in anderen Fällen mein Bestes geben kann.«

Ich schüttelte mitleidig den Kopf. »Das ist der Lohn dafür, daß du ehrlich geblieben bist. Für was wirst du dich entscheiden?«

»Ich weiß es nicht, Mike.«

»Darüber wirst du dir aber bald im klaren sein müssen.«

»Ich weiß. Zum ersten Mal würd ich lieber dein als mein Abzeichen mit mir rumtragen. Du bist gar nicht auf den Kopf gefallen.«

»Du aber auch nicht, alter Junge. Es ist doch klar, für was du dich entscheiden mußt, oder?« Jetzt stellte ich ihm eine rhetorische Frage. Er schaute hoch und blickte mir in die Augen und nickte. Seine Lippen zogen sich zu einem fiesen Grinsen auseinander, aber seine Zähne hatte er fest aufeinander gepreßt.

»Sag du's mir.«

»Du kümmerst dich nur um deine Ermittlungen. Ich halt dir die Jungs vom Hals, die dir Schwierigkeiten machen. Wenn's sein muß, schlag ich ihnen die Zähne aus und fütter sie damit. Ich hoffe sehr, daß es so weit kommt. Da steckt mehr dahinter. Ich brauche dir ja nicht zu erzählen, wie groß das Geschäft mit der Prostitution ist. Die Mädchen in den eleganten Klamotten mit dem teuren Preisschild sind nur ein Teil davon. Die gleichen Leute, die sie im Griff haben, mischen auch noch beim miesesten Puff mit. Das ganze Gewerbe ist miteinander verflochten. Es gibt nur einen Haken: Wenn man an einem Knoten zieht, kann sich das ganze Netzwerk auflösen.

Denen geht jetzt der Arsch auf Grundeis. Sie handeln schnell. Wir haben dieses Buch, aber ich wette, das ist nur ein Bruchteil. Es gibt sicher noch mehr Bücher, die alle gut versteckt sind, so daß man lange suchen muß, bis man das Zeug auftreibt. Sie werden sich von selbst melden. Wir kriegen jemand in die Finger, der reden wird, und dann singen auch andere, um ihre eigene Haut zu retten. Dann bekommen wir endlich handfeste Beweise.«

Ich schlug mit der Faust auf den Tisch und ballte meine Hände so fest zusammen, daß die Haut über den Knöcheln weiß wurde. »Deshalb brauchen wir auch keine Beweise, Pat. Wir müssen nur nach Beweisen *suchen*. Die schweren Jungs hinter den getönten Autoscheiben lassen sich das nicht gefallen. Sie werden zuschlagen und dabei kriegen wir sie.«

»Ja, aber wann?«

»Morgen nacht. Die hohen Tiere haben jemand für die Drecksarbeit angeheuert. Ein kleiner Zuhälter steht auf ihrer Abschußliste, weil er mir was gesteckt hat. Morgen abend genau um neun Uhr dreißig wird dieser Typ namens Cobbie Bennett aus seiner Pension herauskommen und die Straße entlang laufen. Irgendwann in der Nacht werden sie ihn entdecken, und sie werden sich ihn vorknöpfen. Das ist alles, was wir brauchen. Wir schlagen vor ihnen zu und nehmen zur Abwechslung mal sie hops. Das wird ihren Auftraggebern noch mal einen gehörigen Schrecken einjagen. Wird ihnen klarmachen, daß ihre Beziehungen diesmal nichts nützen. Die gekauften Politiker holen wir uns danach, wenn es auch noch sein muß.«

»Weiß dieser Bennett, was du vorhast?«

»Er weiß, daß er so eine Art Köder spielen soll. Es ist seine einzige Chance, am Leben zu bleiben. Vielleicht kommt er durch, vielleicht auch nicht. Sein Problem. Du mußt deine Leute nur so postieren, daß sie einschreiten können, wenn es losgeht. Wenn ihr sie geschnappt habt, laßt Cobbie laufen. Wir können ihn nicht mehr brauchen. Er wird ohnehin nicht wiederkommen.«

Ich schrieb die Adresse der Pension hinten auf einen leeren Briefumschlag und zeichnete Pat die Route auf, die Cobbie einschlagen würde. Pat warf einen kurzen Blick darauf und steckte es in seine Hosentasche. »Das kann mich meinen Job kosten, Kumpel.«

»Das kann dich auch dein Leben kosten«, erinnerte ich ihn. »Wenn alles gut geht, dann wirst du keine versteckten Anspielungen und Anrufe mehr kriegen, und die beschissenen kleinen Arschlöcher mit den Wählerstimmen werden im nächsten Zug aus der Stadt raus sitzen. Wir werden das Geschäft mit der Prostitution in dieser Stadt nicht für immer ausmerzen, weil es dieses Gewerbe schon seit Evas Zeiten gibt. Aber wir können es eine Weile zum Erliegen bringen und ein paar Mädchen das Leben retten, die sonst deswegen draufgehen würden. Und vielleicht kriegen wir auch ein paar Schweine vor die Knarre, die sich den Tod reichlich verdient haben.«

»Und das alles wegen eines rothaarigen Mädchens«, sagte Pat langsam.

»Das stimmt. Alles wegen Nancy. Alles, weil sie umgebracht wurde.«

»Dafür haben wir immer noch keinen Beweis.«

»Ich gehe eben davon aus. Ich hab noch ein paar Dinge aufgetrieben. Wenn es wirklich ein Unfall war, dann war das so nicht geplant gewesen. Nancy sollte ermordet werden. Noch etwas, Pat. Es sieht aus, als ob das zusammengehört. Die Informationen, die uns noch fehlen, haben irgend etwas mit dem Rotschopf zu tun. Ich weiß nicht, welche Rolle sie spielt, aber ich hab da ein paar Ideen im Kopf, die nicht schlecht sind.«

»Die Versicherung gibt sich damit zufrieden, daß es ein Unfall war. Sie wollen die Police auszahlen, sobald sich legitime Erben auftreiben lassen.«

»Tja, und genau da liegt der Hase im Pfeffer, wie man so schön sagt. Diese Erben, Kumpel, wenn wir die haben, sind wir den entscheidenden Schritt vorwärtsgekommen.«

Die Zeit war wie im Fluge vergangen. Ich stand auf und trank das abgestandene Bier aus, das ich über unserem Gespräch ganz vergessen hatte. »Ich ruf dich morgen früh an, Pat. Ich möchte bei der Festnahme dabei sein. Sag mir auch Bescheid, wenn sich irgendwas wegen dem Buch tut.«

Er hatte immer noch das fiese Grinsen im Gesicht. Das Feuer hinter seinen Augäpfeln loderte so hell, daß er damit jemand direkt zur Hölle schicken konnte. »Es hat sich schon was wegen dem Buch getan. Wir haben Murray Candid einen Besuch abgestattet. Unter seinen Habseligkeiten fanden wir ein paar Kritzeleien und Notizen dazu. Die Zeichen sehen ziemlich ähnlich aus wie ein paar in dem Buch. Um das zu erklären, wird er sich ganz schön was einfallen lassen müssen. Wenn wir ihn finden.«

Jetzt kriegte ich den Mund nicht mehr zu. »Was soll das heißen … ihn finden?«

»Murray Candid ist verschwunden. Seit er das Revier verlassen hat, ist er von keiner Menschenseele mehr gesehen worden.«

Zwölftes Kapitel

In meinem Auto dachte ich darüber nach, was Pat mir gesagt hat. Murray war verschwunden. Warum? Wieder dieses verdammte, allgegenwärtige Warum? Hatte er sich aus dem Staub gemacht, um sich weiteren Befragungen zu entziehen, oder hatte man ihn um die Ecke gebracht, weil er zuviel wußte? Murray war ein gerissener Hund. Wenn er zuviel wußte, dann war ihm das auch klar, und er wußte auch, was es ihn kosten konnte, also hatte er sicher Vorkehrungen getroffen und sich abgesichert. Murray hatte bestimmt alle wissen lassen, daß sich jeder, der ihn ausschalten wollte, nur ins eigene Fleisch schneiden würde. Er hatte hundertprozentig bei seinem Anwalt einen skandalträchtigen Bericht hinterlegt mit der Auflage, ihn sofort an die Polizei zu schicken, falls er unter zweifelhaften Umständen den Tod finden sollte. Das versteht man unter doppelter Rückversicherung. Die Jungs weiter oben müssen ihn am Leben lassen, um ihre eigenen Ärsche nicht in Gefahr zu bringen.

Nein. Murray war nicht tot. Die Stadt war groß genug, um sogar ihm Unterschlupf zu gewähren. Früher oder später würde er auftauchen. Pat hatte sich das sicher auch so zusammengereimt, und an jedem Bahnhof und Busbahnhof hielt schon ein Bulle nach ihm Ausschau. Ich würde wetten, daß da noch mehr solcher Ratten wie Murray auftauchten, die das sinkende Schiff verlassen wollten.

Der Regen hatte sich in ein Dauernieseln verwandelt, das die Straßen unsicher machte und die abendlichen Verkehrsteilnehmer auf ein Minimum schrumpfen ließ. Ich fuhr Richtung Norden, wobei mich die Scheibenwischer mit ihrer eintönig klackenden Melodie unterhielten. Eine Straße von Lolas Apartment entfernt stellte ich den Wagen ab. Ein Lebensmittelladen war noch offen, und die Stapel von Aufschnitt im Fenster sahen so verlockend aus, daß ich nicht daran vorbeikam. Beladen mit so viel Zeug, wie ich in einem Monat nicht aufessen konnte, kam ich wieder raus und ging mit dem Packen auf dem Kopf als Regenschirm zu Fuß zu ihrer Wohnung. Ich kickte mit dem Fuß gegen die Tür, und sie rief, ich solle reinkommen. Über die riesige Einkaufstüte hinweg konnte ich erspähen, daß sie ihre Schuhe ausgezogen hatte und mit einem nassen Handtuch auf der Stirn ausgestreckt auf der Couch lag.

»Ich bin es, Süße.«

»Na so was. Ich dachte schon, da kommt ein Pferd die Treppe hochgestampft.«

Ich warf den Packen auf einen Sessel, setzte mich zu ihr auf den Rand der Couch und nahm das Handtuch von ihrer Stirn. Sie grinste darunter. »Oh, Mike. Es ist so schön, dich zu sehen!«

Sie schlang ihre Arme um meinen Hals, und ich beugte mich vor und küßte sie. Sie sah toll aus. Ich würde hier am liebsten den ganzen Tag nur sitzen und sie anschauen. Sie schloß die Augen und ließ ihre Haare in mein Gesicht fallen. »Harten Tag gehabt, Kleine?«

»Schrecklich«, sagte sie. »Ich bin müde, durchnäßt und hungrig. Und ich hab die Kamera nicht gefunden.«

»Gegen den Hunger kann ich was machen. Da drin ist was zu essen. Du mußt auch nicht mehr kochen.«

»Du bist ein wunderbarer Mann, Mike. Ich wünschte mir …«

»Was?«

»Nichts. Los, essen wir.«

Ich nahm sie in die Arme und hob sie von der Couch. In ihren Augen war ein hungriges Funkeln, das nicht nur was mit Essen zu tun hatte. »Du bist ein ganz schön großes Mädchen«, sagte ich.

»Muß ich auch sein … für dich. Zur Küche bitte, James.« Sie schnappte sich die Einkaufstüte, als ich sie an dem Sessel vorbei durch die Küchentür trug.

Lola machte die Kaffeemaschine an, während ich den Tisch deckte. Wir benutzten das Einwickelpapier als Teller und teilten uns ein Messer. Dabei saßen wir so nah beieinander, daß sich unsere Knie berührten. »Erzähl mir, wie dein Tag gelaufen ist, Lola.«

»Da gibt es nicht viel zu erzählen. Ich hab oben an meiner Liste angefangen und ungefähr fünfzehn Pfandleihen abgeklappert. In keiner von denen hab ich sie entdeckt, und mit ein paar diskreten Fragen konnte ich rauskriegen, daß sie auch nie dort gewesen ist. Einige der Verkäufer waren allerdings so überzeugend, daß ich fast eine andere gekauft hätte.«

»Wie viele Läden sind noch auf deiner Liste?«

»Noch genug für mehrere solcher Tage wie heute, Mike. Es wird noch lange dauern, fürchte ich.«

»Wir müssen es versuchen.«

»Ja. Mach dir keine Sorgen, ich schaff das schon. Übrigens, in drei Pfandhäusern, die alle in der gleichen Gegend waren, hat noch jemand nach der Kamera gesucht.«

Meine Tasse kam auf halbem Weg zum Mund zum Stillstand. »Wer?«

»Ein Mann. Ich tat so, als ob es ein Freund von mir sein könnte, der mir eine Kamera schenken wollte, und ein Verkäufer erinnerte sich dann daran, daß der Mann eine professionelle Kamera für Straßenaufnahmen wollte. Anscheinend genau so eine, wie ich suchte. Er hat sich keine anderen angesehen; nur gefragt und ist gleich wieder gegangen.«

Es war ein schrecklicher Gedanke, daß ich Lola genau in die Nähe der Verbrecher laufen ließ. »Vielleicht war es ein Zufall. Vielleicht hat er sich nur in diesen drei Läden erkundigt. Mir gefällt es aber gar nicht.«

»Ich hab keine Angst, Mike. Er ...«

»Wenn es aber kein Zufall war, dann erkundigt er sich auch in den anderen Pfandleihen und kriegt heraus, daß du schon vor ihm da warst. Wenn er errät, was du suchst, dann könnte er dir auflauern. Mir gefällt das immer weniger.«

Darauf wurde sie bitter, und für einen Augenblick verdunkelte ein Schatten ihrer früheren Härte ihr Gesicht. »Wie du schon gesagt hast, Mike, ich bin ein großes

Mädchen. Ich bin schon so weit rumgekommen, daß ich mit einem Typen fertig werde, der mir auf der Straße blöd kommt. Ein gut plaziertes Knie kann bei einem Kerl ganz schön viel Schaden anrichten, und wenn das nicht funktioniert, na ... ein Schrei von mir und eine ganze Menge Helden kümmert sich um den Kerl, egal wie hart er drauf ist.«

Ich mußte lachen. »Okay, okay, du wirst mit ihm fertig. Nach dieser kleinen Rede hab sogar ich Angst davor, dir einen Gute-Nacht-Kuß zu geben.«

»Mike, bei dir bin ich doch so schwach wie ein Kätzchen und so sprachlos wie eine Giraffe. Bitte, gib mir einen Gute-Nacht-Kuß, okay?«

»Ich überleg es mir. Zuerst haben wir noch was zu arbeiten.«

»Was Schönes hoffentlich?«

»Wir müssen uns Photos anschauen. Ich hab ein paar gefunden, die Nancy versteckt hatte. Es sind Photos, und ich habe dafür Kohle ausgegeben, also werd ich sie mir anschauen.«

Wir räumten den Tisch ab, und ich holte den Karton aus dem Wohnzimmer. Ich kramte die Photos heraus und baute die Hälfte vor Lola auf und die andere Hälfte vor mir. Als wir uns hinsetzten, sagte ich: »Schau dir jedes einzelne genau an. Vielleicht bedeuten sie was, vielleicht auch nicht. Sie hatte diese Photos woanders aufbewahrt als die anderen, deshalb glaube ich, wir könnten in dem Haufen was Wichtiges finden.«

Lola nickte und nahm sich den ersten Schnappschuß von ihrem Stapel. Ich folgte ihrem Beispiel. Zuerst achtete ich auf jede Einzelheit und suchte nach Ungewöhnlichem auf den Bildern, aber die Aufnahmen waren sich alle so ähnlich, daß meine Inspektion immer flüchtiger und ungenauer wurde. Gesichter, und immer wieder Gesichter. Lächelnd, erschrocken, in gestellten Posen. Eine ganze Reihe von Photos, die alle von der gleichen Stelle am Broadway aus aufgenommen worden waren, immer derselbe Hintergrund.

Auf zweien davon versuchte der Mann auf dem Bild sein Gesicht zu verdecken. Die Kamera war schnell genug, um die Bewegung scharf aufs Papier zu brennen. Aber der Finger am Auslöser war zu langsam gewesen, um zu verhindern, daß er die Hand vor das Gesicht halten konnte. Ich wollte eins schon auf den Stapel mit den durchgesehenen legen, sah es mir dann aber noch mal genau an und legte es statt dessen auf die Seite. Der Teil des Gesichts, der noch zu erkennen war, kam mir bekannt vor.

Lola sagte: »Mike ...«

Sie kaute auf ihrer Lippe und hielt einen Schnappschuß in der Hand. Sie drehte ihn um und zeigte ihn mir, ein reizendes junges Ding, das einen mittelalterlichen Mann anlächelte, der ärgerlich in die Kamera blickte. Ich blickte Lola fragend an. »Sie war ... eines der Mädchen, Mike. Wir ... sind gemeinsam zu Verabredungen gegangen.«

»Der Typ?«

»Den kenne ich nicht.«

Ich nahm das Photo und legte es mit dem Bild nach unten auf das andere. Fünf Minuten später fand Lola noch eins. Das Mädchen war ein grazienhaftes Wesen um die dreißig, ein Mannequin, geformt wie eine Statue. Der Kerl, mit dem sie zusammen war, hätte als Heißluftballon durchgehen können. Er war klein und fett, mit Klamotten, die ihn größer und schlanker aussehen lassen sollten, ihn aber noch kleiner und fetter machten.

»Hat sie auch mit dir gearbeitet, Lola?«

»Ja. Sie mußte in New York nicht lange anschaffen gehen. Sie hat es geschickt angestellt und einen von denTrotteln geheiratet. An den Mann erinnere ich mich auch. Ihm gehört eine kleine Spielhölle im Norden der Stadt. Er ist auch irgend so ein kleiner Politiker. Hat sie immer in seinem Dienstwagen abgeholt.«

Allmählich kam Licht in die Sache. Kleine Gründe für das große *Warum*. Kleine Einzelheiten, die bald das große Ganze bestimmen würden. Mein Stapel auf der Seite nahm stetig zu. Vielleicht hatte jedes Photo auf dem Tisch eine

Bedeutung, die ich nur nicht erkennen konnte. Vielleicht waren aber die meisten auch nur zur Ablenkung darunter gemischt, um einen flüchtigen Betrachter zu täuschen.

Ich drehte den Schnappschuß um. Mit dünnem Bleistiftstrich war unten auf der Rückseite »vgl. S-5« notiert worden. Offensichtlich hatte es mehr auf sich als nur die Photos.

Konnte das vielleicht nur ein Bürovermerk sein ... oder hatte Nancy eine eigene Geheimdatei.

Mein Atem ging schnell, in heißen Stößen. Es war, als ob man ein halbfertiges Bild sieht und erkennt, was es einmal darstellen wird, wenn es vollendet ist. Wenn das ein Hinweis war ... ich zog die übrigen Photos näher zu mir heran und machte mich wieder an die Arbeit.

Der nächste Fund kam aus meinem Stapel. Ich fand es, weil ich Glück hatte und weil ich auf ein paar Leute einen so abgrundtiefen Haß hatte, daß der Anblick ihrer Visage eine instinktive Reaktion in mir hervorrief. Auf dem Photo war ein junges Paar, beide nicht älter als zwanzig. Sie lächelten in die Kamera mit den Gesichtern einer Jugend, die die Welt in die Tasche steckte und noch ein ganzes Leben vor sich hatte. Aber sie waren nebensächlich.

Der Hintergrund war das, was eigentlich wichtig war. Die Gesichter im Hintergrund. Eines gehörte meinem Auftraggeber. Er hatte gerade seine Hand an einem Türknauf, und ein Gehstock hing keck über seinem Arm. Hinter ihm war Feeney Last in einer Chauffeursuniform und machte gerade die Tür eines Wagens zu. Es war nicht nur Feeney, es war der Ausdruck in seinem Gesicht. Es war ein heimtückisches Grinsen voller Haß und Siegesgewißheit, ein erwartungsvolles Grinsen, das einem Burschen in einer Sportjacke galt, der gerade an ihm vorbeigehen wollte.

Dem Burschen fielen vor Angst fast die Augen aus dem Kopf, seine Kinnlade war nach unten geklappt. Im Moment der Aufnahme trat er den Rückzug an, weil er Feeney gesehen hatte.

Er tat gut daran, auf Abstand zu gehen. Der Bursche

hieß Russ Bowen und nicht lange, nachdem das Photo gemacht worden war, war er vollkommen durchlöchert tot aufgefunden worden.

Ich spürte, wie sich die Haut an meinen Schläfen spannte und meine Zähne zwischen den Lippen vortraten. Lola sagte etwas, aber ich hörte sie nicht. Sie packte meine Hand, zwang mich, sie anzusehen. »Was ist los? Was ist denn los, Mike? Bitte ... schau doch nicht so!«

Ich schob das Photo vor sie hin und deutete auf die kleine Szene im Hintergrund. »Der Kerl ist inzwischen tot, Lola. Der andere ist Feeney Last.«

Ihre Augen schauten langsam zu mir hoch, mit einem ungläubigen Blick. Sie schüttelte den Kopf. »Das ist nicht Feeney ... das kann nicht sein, Mike.«

»Erzähl mir nichts, Kleines. Das ist Feeney Last. Die Aufnahme wurde gemacht, als er noch für Mr. Berin gearbeitet hat. Diesen Schleimbeutel würde ich noch in einer Million Jahren nicht mit jemandem verwechseln.«

Sie starrte mich mit festem Blick an. Dann wanderten ihre Augen zurück zu dem Bild, und sie schüttelte wieder den Kopf. »Sein Name ist Miller. Paul Miller. Er – er ist einer der Männer, die die Mädchen besorgen ... für die Bordelle.«

»Was?«

»Es stimmt. Eines der Mädchen hat ihn mir vor einiger Zeit mal gezeigt. Er hat an der Westküste gearbeitet, hat sie dort aufgegabelt und an den Zuhälterring hier im Osten verschachert. Ich bin mir absolut sicher, daß er es ist!«

Hübsch eingefädelt, Feeney, dachte ich, wirklich sehr hübsch eingefädelt. Ein respektabler Job als Deckmantel für die anderen kleinen Nebeneinnahmen. Meine Güte, hätte Berin-Grotin mit all seinem unerträglichen Stolz das jemals erfahren, er hätte Feeney an seinen Daumen aufgehängt! Ich schaute mir den Schnappschuß noch einmal an. Mein Auftraggeber hatte keine Ahnung von der kleinen Szene hinter ihm, ganz der weltgewandte Gentleman, dem der Sinn nach einem kleinen Drink am Nachmittag stand.

Die Aufnahme war ziemlich gut, verglichen mit anderen. Ich konnte sogar den Schriftzug an der Tür erkennen. EINGANG ZUR BAR, ALBINO CLUB stand da. Anscheinend war das die Stammkneipe von Mr. Berin. Er hatte seinen edlen Tropfen genossen, während nur zwei Meter weit entfernt ein Mord ausgeheckt wurde.

»Kennst du den anderen Kerl?«

»Ja. Er hat ein paar Bordelle aufgezogen. Er ist ... tot aufgefunden worden, oder nicht?«

»Stimmt. Ermordet. Die Sache ist schon eine ganze Weile her.«

Lola schloß die Augen und ließ den Kopf sinken. Über ihr Gesicht legte sich eine stille Traurigkeit. Sie seufzte einmal tief auf und öffnete die Augen wieder. »Da steht noch was auf der Rückseite, Mike.«

Es war wieder eine Notiz. Hier stand »vgl. T-9-20.« Wenn der zweite Bindestrich »bis« bedeutete, dann gab es noch elf Seiten von irgendwas, das hier dazu gehörte. Einzelheiten zum Mord an Russ Bowen vielleicht. Bestand unter Umständen die Möglichkeit, daß mein Rotschopf irgend etwas gefunden hatte, das mit dem Mord zu tun hatte? Herrgott, wenn das stimmte, dann war es kein Wunder, daß Feeney hinter ihr her war. Was würde diese Sache denn noch ans Tageslicht bringen?

Ich konnte nichts anderes mehr entdecken; auch, als ich meinen Stapel ein zweites Mal durchging, sprang mir nichts mehr ins Auge, also tauschte ich mit Lola und fing noch mal von vorn an. Ich fand auch hier keine mehr, aber Lola. Als sie mit allen durch war, hatte sie ein halbes Dutzend Schnappschüsse neben sich gelegt und machte mich auf die Frauen aufmerksam. Sie hatten alle früher mit ihr zusammengearbeitet. Sie kannte einige der Männer vom Sehen, und es waren nicht nur einfache Bekanntschaften. Jede Naht ihrer teuren Anzüge triefte vor Geld, und an ihren Händen funkelten Diamantringe.

Und immer waren die Notizen auf der Rückseite, die auf eine andere Datei verwiesen. Im Geschirregal lag ein Umschlag, in den ich die ausgesonderten Photos steckte und ihn dann in meiner Innentasche verstaute. Die übrigen warf ich in den Karton zurück und stellte ihn weg. Lola folgte mir ins Wohnzimmer und schaute zu, wie ich im Zimmer unruhig auf- und ablief. Sie bot mit eine angezündete Zigarette an, von der ich einmal tief zog und sie dann auf einem Teller ausdrückte.

Feeney Last. Paul Miller. Er kam von der Westküste. Er hatte einen Weg gefunden, in den Osten zurückzukommen, ohne einen Verdacht auf sich zu ziehen. Er war in das Geschäft mit der Prostitution verwickelt, hatte aber keine Vorstrafen, und er konnte unter dem Deckmantel der Respektabilität seiner ehrwürdigen Arbeitgeber krumme Dinger drehen. Feeney war aus gutem Grund hinter Nancy hergewesen. Wenn Erpressung dahinter stand, dann war sie bis in die Chefetagen vorgedrungen. Sie hatte sich nicht damit abgegeben, nur Unbekannten, die mit ihr ins Bett gegangen waren, mit Enthüllungen zu drohen ... sie hatte ihre Verbindungen zu den Mädchen genutzt, die schon im Geschäft waren.

Ich hielt in der Mitte des Zimmer an, mühte mich ab, um einer Idee den Weg in mein Bewußtsein freizukämpfen, aber ich spürte, daß der Weg von einem Dutzend anderer Gedanken versperrt war. Ich schüttelte den Kopf und fing wieder an auf- und abzugehen.

»Ich brauch was zu trinken«, sagte ich.

»Es ist leider nichts mehr da«, erwiderte Lola.

Ich griff nach meinem Hut. »Hol deinen Mantel. Wir gehen aus.«

»Bist du nicht eigentlich tot?«

»So tot dann auch nicht. Komm, mach dich fertig.«

Sie holte einen Regenmantel aus der Garderobe und schlüpfte in ein Paar damenhafte Stiefel, die interessante Dinge mit ihren Beinen anstellten. »Fertig, Mike. Wohin gehen wir?«

»Ich sag's dir besser erst, wenn wir da sind.«

Den ganzen Weg runter in die Innenstadt zerbrach ich

mir den Kopf darüber. Lola hatte sich an mich gekuschelt, und ich fühlte, wie die Wärme ihres Körpers durch ihren Mantel zu mir strömte. Sie merkte, daß ich nachdenken wollte, und war still, nur gelegentlich schaute sie interessiert hoch zu mir. Dann legte sie den Kopf wieder auf meine Schulter und drückte meinen Arm. Das half mir nun nicht gerade beim Nachdenken.

Der Regen hatte sich wie ein Leichentuch über die Stadt gelegt und hielt die Trauergemeinde in den Häusern. Nur die wilden Tiere zogen in so einer Nacht noch durch die Straßen. Die Taxen glichen leeren Leichenwagen, die vor und zurück fuhren. Die Taxifahrer achteten auf die paar Gestalten, die sich blicken ließen, und hielten quietschend an, wenn eine Hand ihnen zuwinkte oder ein schriller Pfiff ertönte.

Wir fuhren am Zero Zero Club vorbei, und Lola setzte sich auf, um besser sehen zu können. Viel gab es da nicht zu bewundern. Das Neonlicht war aus und der Laden dunkel. Jemand hatte ein Schild, auf dem »Geschlossen« stand, an die Tür genagelt. Pat ging auf's Ganze. Ich fuhr auf einen halbleeren Parkplatz, und wir fanden eine kleine Bar, in der die Fenster ganz beschlagen waren. Lola trank einen Martini, und ich bestellte mir ein Bier, aber in dem Laden roch es verfault, und wir gingen wieder. Die nächste Bar war drei Häuser weiter, und wir gingen rein und setzten uns auf Hocker am einen Ende der Bar.

Vier Kerle am anderen Ende hatten nicht viel zu reden gehabt, bis wir hereingekommen waren, aber jetzt hatten sie plötzlich ein Gesprächsthema. Vier Augenpaare sahen unverschämt an Lolas Körper rauf und runter. Ein Kerl bestellte beim Barkeeper einen Drink für die Lady, und sie bekam noch einen Martini, und ich ging leer aus.

Zuerst zögerte sie, den Drink anzunehmen, und ich war zu tief in meine Gedanken versunken, um mit ihr darüber zu streiten. Das Gesicht meines Rotschopfs schwebte vor mir. Sie nippte wieder an ihrem Kaffee, und der Ring an ihrem Finger war verrutscht, so daß er wie ein Ehering aussah. Dann verblaßte diese Vision, und ich konnte ihre Hände wieder sehen. Dieses Mal waren sie über ihrer Brust gefaltet, und der Ring war weg und hatte nur einen rötlichen Striemen hinterlassen, der nicht auffiel zwischen den anderen blauen Flecken. Der Schleimbeutel lachte mich aus. Ich konnte seine Stimme hören, wie sie mich verhöhnte, mich waghalsig zu einer Antwort herausforderte.

Ich bestellte mir noch ein Bier. Vor Lola standen jetzt zwei Martinis, und ein leeres Glas hatte sie zur Seite geschoben. Die Kerle lachten und unterhielten sich so laut, daß es alle mitkriegen mußten. Der Kerl am Ende der Bar zuckte mit den Schultern, dann stieg er von dem Hocker runter, machte eine unflätige Bemerkung und stolzierte mit Machogehabe zu Lola rüber.

Er hatte schon seinen Arm um ihre Taille gelegt und wollte es sich auf dem Hocker neben ihr gemütlich machen, als ich meine Zigarette zwischen die Fingerspitzen nahm und herumdrehte. Das brennende Ende traf ihn direkt ins Auge, und sein Süßholzgeraspele verwandelte sich abrupt in einen Schmerzensschrei, dem eine Flut von lautstarken Flüchen folgte.

Der Rest der Einheit sprang in einem zeitlich abgestimmten Manöver von ihren Hockern, allerdings erst eine volle Sekunde nach meinem Vorstoß. Ich ging zu ihm rüber und trat dem Aufschneider voll in den Magen. Der Tritt war so hart, daß er losreiherte, bevor er zu Boden ging und sich dort wie eine Brezel krümmte. Die Einheit trat den Rückzug zu ihren Hockern an, ohne einen Erste-Hilfe-Trupp auszusenden.

Ich bestellte Lola den nächsten Martini auf meine Rechnung.

Der Kerl auf dem Boden stöhnte auf, kotzte wieder, und Lola sagte: »Laß uns gehen, Mike. Ich zittere so, daß ich das Glas nicht mehr hochheben kann.«

Ich zahlte beim Barkeeper, der alles mit einem Grinsen beobachtet hatte. Der Kerl würgte schon wieder, und wir gingen. »Wann wirst du endlich wieder mit mir sprechen?«

fragte Lola. »Du hast meine Ehre verteidigt und mir noch nicht einmal ein Siegeslächeln geschenkt.«

Ich beehrte sie mit einem Lächeln, einem echten. »Besser so?«

»Du bist so häßlich, Mike, daß du schon wieder gut aussiehst. Eines Tages mußt du mir erzählen, woher diese Narben über deinen Augen stammen ... und die an deinem Kinn.«

»Ich kann dir aber nicht die ganze Geschichte erzählen.«

»Da geht's um die anderen Frauen in deinem Leben, was?«

Als ich glücklich nickte, zwickte sie mich in die Rippen und tat beleidigt.

Die eine Seite der Straße war ziemlich unbelebt. Wir warteten, bis ein paar Autos vorbeigefahren waren, und gingen rüber, wobei wir die Kragen hochklappten als Schutz gegen den Regen. In Lolas nassem Haar spiegelten sich tausend Lichter, von denen jedes einzelne für sich allein auf dem dunklen Hintergrund glänzte. Wir liefen schwungvoll die Straße entlang, hielten uns an den Händen, unsere Schultern berührten sich fast, und wir lachten über nichts und die Welt. Mir schoß durch den Kopf, daß wir wie die Gesichter auf diesen Photos waren, Leute, wie sie Red aufgenommen hatte, welche, die sicher ein Bild kaufen wollten, um den Augenblick nicht zu vergessen.

Ich fragte mich, wieviel sie wohl an jedem Vierteldollar verdient hatte. Vielleicht bekam sie fünf Cent für jedes Paar Bestellscheine, das eingeschickt wurde. Lausige fünf Cent. Es war einfach nicht gerecht. Typen wie Murray Candid wälzten sich in der Kohle, irgendwelche Lackaffen hatten genug Kapital, um sich ein Wochenende mit einer hochklassigen Prostituierten zu finanzieren. Schleimbeutel wie Feeney Last wurden dafür bezahlt, daß sie Mädchen dazu überredeten, Körper und Seele für ein Butterbrot zu verkaufen. Sogar Cobbie Bennett hatte sein Einkommen. Teufel, ich konnte auch nicht klagen, ich hatte meins ... und jetzt hatte ich sogar fünfhundert Dollar zu viel. Ann Minor hatte mit Gewißheit keine Zeit mehr gehabt, den Scheck einzulösen. Er mußte immer noch in ihrer Wohnung liegen, denn niemand anderes konnte ihn einlösen, nicht, solange die Zeitungen den ganzen Quatsch über die Ermittlungen und ihren Tod in den Schlagzeilen hatten.

»Wo gehen wir jetzt hin?« Lola mußte schneller als sonst laufen, um mit mir Schritt zu halten.

»In den Albino Club. Bist du schon mal da gewesen?«

»Einmal. Warum gerade dahin? Ich dachte, du wolltest nicht in der Öffentlichkeit gesehen werden.«

»Ich bin dort noch nie gewesen. Aber ich schulde meinem Auftraggeber fünfhundert Mäuse, und wenn ich Glück habe, ist er da. Er will vielleicht eine Erklärung.«

»Ach so.«

Der Club war nicht weit weg. Nach einem Spaziergang von zehn Minuten waren wir vor dem Eingang angelangt, wo uns ein Türsteher in Uniform begrüßte, der offensichtlich froh war, zur Abwechslung einmal Gäste zu sehen. Es war ein mittelgroßer Laden, zu dem ein paar Treppenstufen vom Gehsteig hinunterführten. Hier war nichts von der aufgemotzten Atmosphäre des Zero Zero zu spüren. Anstelle von Chrom und Vergoldungen spiegelten sich die Lichter an der Wand im Glanz einer polierten Eichentäfelung und brachten die gedämpften Farben der Wandmalereien im Raum gut zur Geltung. Statt einer Band gab ein Orchester leise, unaufdringliche Kompositionen zum Besten, die zum gemütlichen Ambiente beitrugen, aber nicht von der eigentlichen Hauptsache des Essens und Trinkens ablenkten.

Als wir in den erhöhten Vorraum traten, konnten wir beide den gesamten Club übersehen und einen Blick über die Trennwände werfen. An ein paar Tischen nahmen Gäste ein spätes Abendessen zu sich. Ein halbes Dutzend Männer saß in einer Ecke zusammen, alle noch in Geschäftsanzügen. Sie führten eine angeregte Diskussion und deuteten ab und zu auf Skizzen, die auf die Papiertischdecke gemalt waren. Die Bar erstreckte sich über die gesamte Länge des Raumes, und die vier Barkeeper dahinter putzten eifrig an Gläsern oder schlugen sich sonstwie die Zeit um die Ohren. Ein fünfter füllte gerade Whiskey in die Gläser der beiden einzigen Gäste an der Bar.

Lola erstarrte, und sie hauchte meinen Namen. Ich sah sofort, was sie meinte. Einer der Kerle an der Bar war Feeney Last. Ich hatte im Moment kein Interesse, ihm über den Weg zu laufen. Der andere war der Bursche, dem ich auf dem Parkplatz die Seele aus dem Leib geprügelt hatte. Der, von dem ich nicht sicher gewußt hatte, ob er vielleicht *wirklich* nur nach seinen Autoschlüsseln gesucht hatte. Mein Gewissen beruhigte sich ungemein, als ich seine zermatschte Nase erblickte. Das Schwein war hinter dem Ring hergewesen.

Lola las schon wieder meine Gedanken. »Willst du ... etwa reingehen ... ihn dir schnappen?«

Und ob ich wollte, mein Gott, mich juckte es so sehr in den Fingern! Nichts hätte ich gerade lieber gemacht. Der würde sich doch in die Hosen scheißen, wenn er mich sah und merkte, warum ich hier war. Feeney Last, genau vor mir, wo ich ihn kriegen konnte. Mann oh Mann, der Kerl hatte Nerven, hier so unbeschwert rumzusitzen. Aber was hatten die Bullen schon über ihn? Nicht eine verdammte Vorstrafe ... wenn er wirklich etwas ausgefressen hatte, dann war er der einzige in der Stadt, der darüber Bescheid wußte. Der einzige außer mir.

Und ich war eigentlich tot.

Wir gingen also doch nicht in den Albino Club. Ich schnappte mir meinen Hut von der Ablage und schob Lola nach draußen. Der Türsteher war reichlich erstaunt über unseren schnellen Abgang, aber brachte trotzdem ein höfliches Gute-Nacht-Nicken zustande.

An der Ecke zum Broadway war ein berühmter Hot-Dog-Laden, der sich am Geschäft mit den kleinen Snacks am späten Abend eine goldene Nase verdiente. Als ich die blauweiße Telephonwählscheibe an der Tür sah, führte ich Lola hinein und trug ihr auf, uns Kaffee zu bestellen. Dann ging ich nach hinten zum Telephon.

Pat war zu Hause. Er mußte gerade heimgekommen sein, weil er vom Treppensteigen noch ganz außer Atem war. Ich sagte: »Hier ist Mike, alter Junge. Ich hab gerade Feeney Last im Albino Club gesehen, zusammen mit einem Kerl, mit dem ich vor kurzem aneinandergeraten bin. Kannst du ihn beschatten lassen? Ich hab was anderes zu tun, sonst würd ich es selbst machen.«

»Darauf kannst du wetten!« Pat explodierte fast. »Ich lass schon seit über zwei Stunden nach ihm fahnden. Jeder Streifenwagen in der Stadt sucht nach ihm.«

Das überraschte mich nun doch. »Warum ...?«

»Ich hab ein Telex von der Westküste gekriegt. Feeney ist der Typ, den sie dort drüben wegen Mord suchen. Er entspricht der Beschreibung des Mörders in jeder Hinsicht.«

Irgend etwas veranlaßte mich, ihn zu fragen: »Wie hat er sein Opfer denn erledigt, Pat?«

»Er hat in einer Schlägerei einem Burschen das Genick gebrochen. Er hat ihn zuerst mit einem Messer bedroht, das er dann in dem Handgemenge verloren hat. Dann hat er ihm einfach das Genick gebrochen.«

Ein Schauder lief mir über den Rücken, und ich befand mich wieder in dem dunklen Flur und spürte den schneidenden Schmerz unter meinem Ohr, als der Schlag dagegendonnerte.

Es gab keinen Zweifel mehr, nicht den geringsten. Feeney verstand sich auf mehr als eine Technik. Er konnte mit einer Knarre und mit einem Messer töten und, wenn es sein mußte, auch mit den bloßen Händen.

»Im Albino Club, Pat. Du weißt, wo der sich befindet. Dort ist er. Ich lauf mit den Streifenwagen um die Wette, und wenn ich Sieger bleibe, dann kannst du gleich einen Leichenwagen hinschicken.«

Ich knallte den Telephonhörer auf die Gabel und drängelte mich durch die Menschenmenge zum Tresen. Lola hielt nach mir Ausschau, und ich mußte ihr nicht lange erklären, daß etwas passiert war. Ich ging an ihr vorbei, als ob sie nicht da wäre, und sie rief mir etwas nach und rutschte vom Hocker. Aber da war ich schon längst draußen auf der Straße und rannte, rannte, was das Zeug hielt. Die paar Leute auf dem Gehsteig machten mir schnell Platz und starrten mit offenen Mündern hinter mir her.

Ich hatte meine Kanone schon in der Hand, als ich um die Ecke kam. Meine Lunge war eine Feuerkugel, und ich atmete stoßweise, ein kurzes, heißes Keuchen. Ich hatte nur einen Gedanken, nämlich mit dem Griff der Kanone Feeney die Visage zu zermatschen. Aus der Ferne hörte ich das Heulen von Sirenen, ein leises Jaulen, das meinen Beinen Flügel verlieh und in mir das unbändige Verlangen weckte, den Wettlauf zu gewinnen.

Wir verloren beide. Im gelben Licht der Straßenbeleuchtung konnte ich gerade noch sehen, wie ein Wagen von der Bordsteinkante wegbrauste, und als ich vor dem Albino Club ankam, waren Feeney Last und sein Freund schon auf und davon.

Ich konnte auch gleich feststellen, warum. Im Club gab es ein Radio, und Feeney hatte den Barkeeper überredet, es zum Spaß auf den Polizeifunk zu stellen. Er hatte seinen Spaß gehabt, weiß Gott. Wahrscheinlich kriegte er sich gerade irgendwo nicht mehr ein vor Lachen.

Dreizehntes Kapitel

Pat kam exakt sieben Minuten nach dem Streifenwagen an. Bis dahin hatte auch Lola mich eingeholt und versuchte, ein bißchen abseits wieder zu Atem zu kommen. Wie gewöhnlich hatten Schaulustige einen engen Kreis um uns gebildet, und die Bullen waren damit beschäftigt, die Meute zum Auseinandergehen zu bewegen. Pat sagte: »Das sind ja ganz tolle Nachrichten. Konntest du wenigstens erkennen, was es für ein Wagen war?«

Ich schüttelte den Kopf. »Nur, daß er dunkel war. Der Türsteher hat auch nichts gesehen. Verdammte Scheiße, das kotzt mich an!«

Ein Reporter drängte sich durch die Absperrung und wollte sich gleich Notizen machen. Pat fertigte ihn kurz ab: »Die Polizei wird später eine offizielle Stellungnahme herausgeben.« Damit wollte sich der Kerl aber nicht abspeisen lassen und versuchte, aus den Streifenpolizisten was rauszuholen. Die wußten aber auch nicht mehr, als daß ihnen über Funk befohlen worden war, den Albino Club zu umzingeln und zu verhindern, daß sich jemand davonmachen konnte.

Ich mischte mich unter die Menge. Pat ging mir nach. Zu sehr wollte ich mein Glück auch nicht strapazieren. Ich war immer noch tot, und wenn es nach mir ging, sollte das ruhig noch eine Weile so bleiben. Ich lehnte mich an den Kotflügel eines Autos, und Pat stellte sich neben mich. Lola kam zu mir und nahm meine Hand. »Wie geht's bei dir, Pat?«

»Nicht gut. Ich bin voll in die Schußlinie geraten. Von allen Seiten krieg ich was ab, und ich weiß nicht mehr, wogegen ich mich zuerst wehren soll. Jemand in dieser Stadt hat teuflisch gute Beziehungen. Die Leute quatschen auch zuviel, und die Zeitungen haben Wind von der Sache gekriegt. Ganze Scharen von Reportern belagern das Präsidium und wollen wissen, was vor sich geht. Ich kann ihnen nichts liefern, und deshalb hacken sie auf mir herum. Bei soviel öffentlichem Interesse werden morgen so manch einem die Augen aufgehen.«

Sein Kinn verriet trotzdem eine eiserne Entschlossenheit. Pat konnte auch ganz schön austeilen. Seine Zeit würde schon noch kommen. »Was willst du dagegen unternehmen?«

Sein Grinsen war nicht gerade freundlich. »Wir haben heute abend ein paar Razzien durchgeführt. Erinnerst du dich noch, was du mal über die Polizei gesagt hast, daß sie von Verbrechen weiß ... und trotzdem nichts dagegen unternehmen kann?« Ich nickte. »Für die Razzien waren nur handverlesene Männer eingeteilt. Sie haben zwei Edelbordelle im Norden gestürmt und dabei eine Ausbeute erzielt, bei der dir die Augen aus dem Kopf fallen würden. Wir haben jetzt Namen und die Anklagepunkte, um sie festzunageln. Ein paar der Männer, die uns bei der Razzia ins Netz gegangen sind, haben versucht, meine Leute zu bestechen. Dafür werden sie teuer bezahlen müssen.«

»Menschenskinder!«

»Sie haben Angst, Mike. Sie wissen nicht, welche Namen wir haben und welche nicht, und sie können sich kein Risiko erlauben. Wenn ich nicht ganz daneben liege, werden bis morgen früh auch die Verbindungen zum Rathaus auffliegen. Sie machen sich große Sorgen, und sie haben Angst.«

»Dazu haben sie auch allen Grund.«

Pat wartete. Mit der Zunge leckte er sich über einen Mundwinkel.

»Nancy hat an einem Komplott gearbeitet. Erst sah es aus wie ein kleines, hübsches Komplott. Ich dachte immer, daß es auf Erpressungen im kleinen Maßstab hinauslief. Aber jetzt glaube ich, daß es viel weiter gehen sollte.«

»Wie viel weiter?«

Ich schaute Lola an. »Noch ein, zwei Tage ... dann sind wir vielleicht so weit.«

»Meine Beine haben noch ganz schön viel vor sich«, sagte sie.

»Auf was wollt ihr eigentlich hinaus?« fragte Pat.

»Das erfährst du schon noch. Übrigens, ist alles klar wegen morgen nacht?«

Pat steckte sich eine Zigarette an und warf das abgebrannte Streichholz in den Straßengraben.

»Weißt du, ich frage mich allmählich, wer meine Abteilung eigentlich leitet. Ich ganz bestimmt nicht.«

Aber er grinste, als er das sagte.

»Ja, wir sind bereit. Die Leute sind eingeteilt, aber sie haben ihren Einsatzbefehl noch nicht erhalten. Ich will nicht, daß noch mehr durchsickert.«

»Gut. Erst lassen die Kerle ihre Beziehungen spielen, und wenn das nichts mehr bringt, ziehen sie ihre Kanonen. Aber wir sind schneller als sie, und bald hocken sie auf dem Baum, und wir brauchen sie nur noch runterpflücken. Bis dahin müssen wir vorsichtig sein. Das ist ganz schön hart, Pat, was?«

»Zu hart, für meinen Geschmack. Diese Stadt ist so verdammt voller Dreck, wenn man nur an den richtigen Orten nachschaut.«

Ich trat meine Fluppe mit dem Schuh aus. »Die Leute reden immer von den Römern. Die haben Menschen nur in eine Löwengrube geworfen. Da war wenigstens eine Mauer um die Löwen herum, damit sie nicht rauskamen. Heute lauern sie in Bars und auf der Straße auf der Suche nach einer Mahlzeit.«

Die Menge hatte sich verlaufen. Die Streifenpolizisten saßen in ihrem Wagen und versuchten, die Reporter abzuwimmeln. Ein Wagen mit einem Presseausweis hinter der Windschutzscheibe hielt an, und zwei Burschen stiegen aus. Ich wollte hier nicht mehr rumstehen. Zu viele Leute kannten mich vom Sehen. Ich verabschiedete mich von Pat und machte mich mit Lola an meiner Seite davon.

Ich brachte sie zu ihrer Wohnung, und sie bestand darauf, daß ich bei ihr noch den Kaffee trinken mußte, den ich vorher verpaßt hatte. Es war still hier oben, die absolute Stille der frühen Morgenstunden, wenn die Stadt sich zur

Ruhe begeben hat und die ersten Frühaufsteher noch nicht unterwegs sind. Auf den Straßen war es auch ruhiger geworden. Sogar ein vereinzeltes Hupen klang fremd in dieser unnatürlichen Stille.

Vom Fluß her klang leises Rufen von dunklen Schatten und blinkenden Lichtern, die Schiffe waren. Sie hallten durch die tiefen Straßenschluchten und wurden als Echo zurückgeworfen. Lola stellte das Radio leise an, und es erklangen klassische Klavierstücke. Ich saß mit geschlossenen Augen da, hörte zu, völlig in Gedanken verloren, und stellte mir Red als Erpresserin vor. Schon fast am Einschlafen kam es mir vor, als würde Red am Klavier sitzen und über die Tasten gleiten, während ich ihr anerkennend zuschaute und mich ganz meinen Gedanken hingab. Aber sie konnte meine Gedanken lesen, und ihr Gesicht wurde traurig, unbeschreiblich traurig, und sie schaute mir in die Augen, und ich konnte direkt durch sie hindurch in ihre unschuldige Seele blicken, und ich wußte, sie war keine Erpresserin. Mein erster Eindruck von ihr war richtig gewesen: Sie war ein Mädchen, die mit ihrem Schicksal gekämpft und verloren hatte, aber beim Verlieren nicht alles aufgegeben hatte, denn da war noch dieses heilige Licht in ihrem Gesicht, damals, als ich ihr Freund war, als ich dachte, daß so ein Blick nur in einer Kirche was zu suchen hatte, wenn man betet oder heiratet oder sonst was. Dieses Licht konnte ich jetzt endlich erkennen, während sie ein Lied spielte, das mir erzählte, daß wir Freunde waren, mehr als Freunde, daß wir uns vertrauen konnten, und ich glaubte ihr … wußte, daß es stimmte, und ich wollte es auch, weil hier mehr Hingabe war, als ich erwartet oder verdient hatte, und ich dem gerecht werden wollte. Aber bevor ich ihr das sagen konnte, wirbelte das Gesicht von Feeney Last aus dem Nebel neben dem Klavier hervor, grinste süffisant und artikulierte mit stummen Lippenbewegungen schmutzige Bemerkungen und höhnische Drohungen. Er raubte der Szene alle Heiligkeit und trat sie mit Füßen, bombardierte Red mit Worten, die die Härte und die Todesangst wieder zum Vorschein brachten, die auf ihrem Gesicht eingegraben war, bevor wir uns kennenlernten. Und ich konnte nichts dagegen machen, weil meine Beine zu schwach waren und meine Hände an meinen Seiten festgeklebt waren mit einer unsichtbaren Gewalt, die Feeney kontrollierte und die er nicht lockerte, bis er Nancy umgebracht hatte und mit brüllendem Gelächter verschwunden war. Vorher hatte er mich noch mit einem höhnischen Grinsen aufgefordert, ihm doch nachzukommen, während ich ihm doch nicht mal antworten konnte. Ich konnte nur dastehen und den leblosen Körper meines Rotschopfs anstarren, dann konzentrierte ich mich auf ihre Hände und sah, wo er sie verletzt hatte, als er ihr den Ring abgerissen hatte.

Lola sagte: »Der Kaffee ist fertig, Mike.«

Ich schreckte aus meinem Traum hoch, meine Beine und Hände waren wieder frei, und ich erwartete fast, daß Feeney gerade um die Ecke verschwand. Das Radio lief noch, ein lebloses Gerät in der Ecke. Es spielte eine langsame Melodie. Sonst war nichts in der Nacht zu hören.

»Denkst du nach, Liebling?«

»Ich träume.« Ich holte mir eine Tasse vom Tablett, und sie gab mir Zucker und Milch in den Kaffee. »Manchmal tut es gut zu träumen.«

Sie verzog ihren Mund ein bißchen. »Manchmal auch nicht.« Sie betrachtete mich liebevoll. »Meine Träume haben sich in letzter Zeit verändert, Mike. Sie sind schöner als früher.«

»Dann passen sie zu dir, Lola.«

»Ich liebe dich, Mike. Ich kann das ganz objektiv sagen, weil ich absolut nichts dagegen machen kann. Es ist nicht so ein Verliebtsein wie dieses erste Mal. Es ist eine Tatsache. Bin ich jetzt auch nur verliebt in dich, oder liebe ich dich wirklich?«

Sie nahm einen Schluck Kaffee, aber ich antwortete ihr nicht. Das hätte sie nicht gewollt.

»Du bist ein großer Kerl, Mike. Wenn man dein Gesicht Stück für Stück auseinandernimmt und jedes einzeln betrachtet, dann wird man ehrlicherweise sagen müssen, daß du häßlich bist. Du hast etwas Brutales an dir, darum hassen dich andere Männer, aber eine Frau will vielleicht lieber einen brutalen Mann. Vielleicht will sie einen Mann, der hassen und töten kann, aber sich trotzdem ein Gefühl für Freundlichkeit bewahrt hat. Wie lange kennen wir uns schon, ein paar Tage? Auf jeden Fall lange genug, daß ich dich ansehe und sagen kann, ich liebe dich. Wenn alles anders gewesen wäre, dann würde ich mir wünschen, daß du mich auch liebst. Aber weil es so nicht sein kann, betrachte ich die Sache fast objektiv. Ich wollte nur, daß du es weißt.«

Sie saß still da mit halb geschlossenen Augen, und ich erkannte die Vollkommenheit in dieser Frau. Geist und Körper waren gereinigt von allem Schmutz, allein die Freiheit ihrer Seele zählte. Ich hatte sie noch nie so gesehen, so vollkommen entspannt, glücklich in dem Bewußtsein ihres Unglücklichseins. Auf ihrem Gesicht lag ein strahlender Glanz, der ihr eine ungewöhnliche Schönheit verlieh; das Haar fiel auf ihre Schulter und schimmerte von der Feuchtigkeit des Regens wie etwas Lebendiges. Sie war eine Frau mit breiten Schultern und hoch angesetzten, jugendlich straffen Brüsten, deren Fülle von keinem Büstenhalter eingeengt wurde, jede eine weiche Halbkugel von purer Schönheit, die sich danach sehnte, berührt zu werden. Ihr Bauch schwang sich zu einem sanften Hügel empor, der zwischen den Schenkeln verschwand und wieder auftauchte in den Rundungen ihrer Beine, deren Formen der Traum jedes Künstlers waren.

Ich stellte meine Tasse auf das Beistelltischchen und war unfähig, meine Augen von ihr zu wenden. »Es ist fast so, als ob wir verheiratet wären«, sagte sie. »Wir sitzen hier und genießen unsere Zweisamkeit, obwohl das ganze Zimmer zwischen uns liegt.«

Es war keine Mühe für mich, das Zimmer zu durchschreiten. Sie streckte mir ihre Hände entgegen, damit ich sie hochziehen konnte, und ich nahm sie in meine Arme. Mein Mund suchte ihren, fand ihn ohne Schwierigkeiten, und ich genoß ihre honigsüßen Lippen, die sie mir leidenschaftlich darbot, wobei ihre Zunge wie ein warmer, kleiner Dolch immer tiefer eindrang.

Ich wollte sie nicht so schnell aus den Armen lassen, wie sie sich meiner Umarmung entzog. Sie küßte mich sanft auf die Wange, nahm eine Zigarette vom Tisch und steckte sie mir zwischen die Lippen, dann bot sie mir Feuer an. Das Feuer in ihren Augen brannte so hell wie die Flamme des Streichholzes. Es verriet, daß ich nur noch eine kleine Weile warten mußte. Sie blies das Streichholz aus, küßte mich wieder auf die Wange und ging in das Schlafzimmer, stolz und anmutig.

Die Zigarette war fast ganz heruntergebrannt, als sie mich rief. Es war nur ein Wort.

»Mike ...«

Ich warf die Zigarette brennend in den Aschenbecher und ging ihrer Stimme nach.

Lola stand in der Mitte des Raums und wurde von einer Lampe auf der Kommode schattenhaft beleuchtet. Sie hatte mir ihren Rücken zugewandt und ihr Gesicht auf das offene Fenster gerichtet, um in die Nacht draußen blicken zu können. Ihre Haltung war so ruhig und schön, daß man meinen konnte, sie wäre eine Statue, die von den Händen eines Bildhauermeisters geformt worden war. Eine sanfte Brise wehte herein, und der hauchdünne Seidenmantel, den sie übergezogen hatte, legte sich eng um ihren Körper und betonte jede Linie, jede Rundung.

Ich stand in der Tür und wagte kaum zu atmen, aus Furcht, sie könnte sich bewegen und die Vision zerstören. Ihre Stimme war fast nicht zu hören. »Diesen Morgenrock habe ich mir vor tausend Jahren genäht, weil ich ihn in meiner Hochzeitsnacht tragen wollte, Mike. Ich hab mir vor tausend Jahren mein Herz ausgeweint, und den Morgenrock habe ich ganz hinten in den Schrank gepackt und ihn vergessen, bis zu dem Tag, an dem ich dich getroffen habe.«

Sie drehte sich mit einer unmerklichen, eleganten Bewegung um und kam einen Schritt auf mich zu. »Ich habe noch niemals eine Nacht erlebt, an die ich mich gern zurückerinnere. Diese Nacht will ich für meine Erinnerungen.« In ihren Augen tanzten glühende Kohlen der Leidenschaft.

»Komm her, Mike.« Es war ein Befehl, der völlig unnötig war.

Ich packte sie an ihren Schultern, und meine Finger krallten sich in ihre Haut.

»Ich möchte, daß du mich liebst, Mike, nur heute nacht«, sagte sie. »Ich will eine Liebe spüren, die so stark wie meine eigene ist und genauso heftig, weil es sein kann, daß es für keinen von uns eine Zukunft gibt, und wenn es doch eine gibt, dann wird es niemals mehr so sein wie jetzt. Sag's mir, Mike. Ich will es hören.«

»Ich liebe dich, Lola. Das wollte ich dir schon lange sagen, aber du hast es mich nicht aussprechen lassen. Es ist leicht, dich zu lieben, sogar für mich. Ich hab einmal geschworen, ich könnte niemals mehr lieben, aber dich liebe ich.«

»Nur für heute nacht.«

»Das stimmt nicht. Nicht nur für heute nacht. Ich werde dich so lange lieben, wie es mir gefällt. Wenn es jemals aufhören sollte, dann bestimme ich, wann. Du bist eine neue Frau, Lola ... du wurdest geschaffen für einen Kerl, der dir gleichkommt, jemand, der mehr zu bieten hat als ich. Ich bringe allen Unglück, mit denen ich in Berührung komme.«

Ihre Hand legte sich auf meinen Mund. Mein ganzer Körper verlangte nach ihr, so sehr, daß mir schwindlig wurde. Sie nahm ihre Hand weg und ergriff eine meiner Hände, die auf ihre Schultern drückten, und sie führte sie zum Ausschnitt des Morgenrocks.

»Ich habe diesen Morgenrock so genäht, daß er nur einmal getragen werden kann. Es gibt nur einen Weg, ihn mir auszuziehen.«

Ein Teufel führte mich in Versuchung.

Meine Finger umschlossen die Seide, und ich riß den Stoff mit einem knisternden Geräusch auf, und so stand sie vor mir, nackt und voller Erwartung.

Aus ihrer Stimme sprach jedoch ein Engel. »Ich liebe dich, Mike«, sagte sie noch einmal.

Sie war eine Frau für mich, eine, mit der man nicht reden mußte, weil Worte nicht notwendig waren. Sie war offen, und ihre Stärke zeigte sich in dieser Offenheit. Sie war fähig, einem Mann, den sie liebte, alles zu geben, was in ihrem Herzen war, und sie gab mir alles.

Ihre Lippen waren kalt, aber in ihrem Körper brannte ein inneres Feuer, das gelöscht werden mußte.

Es war eine Nacht, auf die sie nicht mehr zu hoffen gewagt hatte.

Es war eine Nacht, die ich nie vergessen würde.

Ich war allein, als ich aufwachte. Das Läuten des winzigen Weckers auf der Kommode erinnerte mich beharrlich daran, daß ein neuer Tag angebrochen war. Auf dem Kissen neben mir steckte eine Nachricht von Lola, die mit einem Kußmund aus Lippenstift unterzeichnet war. Da stand: »Es war zu kurz, Mike. Jetzt muß ich den Job zu Ende bringen, den du mir aufgetragen hast. Das Frühstück ist fertig – du mußt nur alles aufwärmen.«

Was hieß da Frühstück?! Es war schon nach zwölf. Ich schob nur ein paar Bissen rein, während ich mich anzog, weil ich mich schnell wieder an die Arbeit machen wollte. Der Kaffee war zu heiß, um auch nur die Tasse zu berühren, und während er abkühlte, stellte ich das Radio an. Zum ersten Mal in seinem Leben wirkte der Nachrichtensprecher echt begeistert. Er las die Meldungen in einem rasanten Tempo vor und hielt nur am Ende jedes Abschnitts kurz inne, um Luft zu holen. Die Polizei hatte noch zwei weitere Razzien durchgeführt, seitdem ich das letzte Mal mit Pat gesprochen hatte. Jeder zwielichtige Gauner, von dem vermutet wurde, daß er in die Geschäfte des gigantischen Zuhälterrings, der die Stadt kontrollierte, verwickelt war, wurde in der großangelegten Polizeiaktion ausgehoben.

Der eiserne Besen hatte in weiten Kreisen zum Großputz ausgeholt. Er hatte inzwischen Orte und Personen erreicht, die mir nicht mal vom Hörensagen bekannt waren. Ein Grinsen sprang mir ins Gesicht, und ich kratzte mir mit der Hand über die Bartstoppeln auf meinem Kinn. Ich sah Pat wieder vor mir, wie er eingestand, daß jeder von der Existenz des Rings wußte. Aber er ließ es schnell damit bewenden, daß man eben wenig dagegen unternehmen konnte. Jetzt widerlegte er seine eigenen Worte, und er liebte jede Sekunde davon.

Eines war sicher bei einem Skandal wie diesem: Niemand konnte ihn aufhalten. Die Zeitungen nehmen den Kreuzzug in die Hand, und alles schreit Zeter und Mordio. Die Öffentlichkeit schließt sich in selbstgerechter Entrüstung der Fuchsjagd an und zerschlägt bereitwillig etwas, was sie den Tag zuvor noch unbekümmert durch ihre Gleichgültigkeit unterstützt hat. Für die Leute war es ein Spaß, wenn ein öffentlicher Name durch den Schmutz gezogen wurde, und für sie war es ein erregendes Erlebnis, daß sie im Rudel mitlaufen durften.

Aber die großen Auftritte mußten erst noch geschrieben werden. Die kamen später in einem Gerichtssaal, nachdem der Prozeß verschoben, das Gericht hingehalten und sonstwie Zeit geschunden worden war, damit die Gemüter sich abkühlen konnten. Dann wurde vielleicht eine Geldstrafe verhängt, vielleicht eine kurze Bewährungsstrafe für den einen oder anderen, vielleicht sogar eine Einstellung des ganzen Verfahrens aus Mangel an Beweisen.

Ich brauchte Beweise. Handfeste Beweise. Die Polizei trug ihren Teil dazu bei, aber wenn wir keine handfesten Beweise vorlegen konnten, dann würden die Gauner den Gerichtssaal als freie Bürger verlassen, mit der frischen Erinnerung an das, was vorgefallen war, und einem Schwur auf den Lippen, daß so etwas nie mehr passieren durfte. Das waren dann natürlich die Leute mit viel Einfluß, dreckige, miese Ratten, die das Gefühl von Macht und Geld genossen und nicht duldeten, daß sich ihnen irgend etwas in den Weg stellte. Sie würden die Gesetze unmerklich aushebeln. Immer nur ein bißchen, wie Wellen, die den Sand um einen Haufen Strandgut wegspülten, ihn unterhöhlten, bis er von selbst in sich zusammenbrach. Dann konnten sie Leute ihres Schlages auf die wichtigen Posten hieven ... Leute, die beide Augen zudrücken und die Gesetze nach ihrem Gutdünken interpretieren würden.

Ich zog meinen Mantel über und ging nach unten, um mir die Zeitung zu holen, dann rannte ich wieder in die Wohnung hoch, um sie zu lesen. Sie brachten die ganze Geschichte, mit allen Einzelheiten und Bildern, aber vor allem die Leitartikel gingen über die bloßen Fakten hinaus. Sie machten Andeutungen, daß kurz vor den Durchsuchungen mehr als nur eine prominente Persönlichkeit ganz plötzlich aus der Stadt abberufen wurde. Falls die Enthüllungen in diesem Umfang weitergingen, prophezeiten sie, daß das Who's Who um einige Seiten an Umfang verlieren würde. Einer der eher sensationslüsternen Schreiberlinge ließ durchblicken, daß die Polizei von außen tatkräftige Unterstützung erhielt, eine dezente Anspielung, daß sie wohl die Situation nicht in den Griff bekamen, wenn sie nicht angestachelt wurden.

Die Polizei selbst ließ wenig oder gar nichts verlauten. Es gab noch keine Stellungnahmen aus den höheren Rängen des Präsidiums, aber ein paar unbedeutendere Politikfritzen hatten wütende Hetztiraden vom Stapel gelassen, daß die Gesetzeshüter sich da zuviel aufgebürdet hatten und sowieso mehr mit den Bestechungsaffären in ihren eigenen Reihen beschäftigt waren als mit der Aufrechterhaltung von Recht und Gesetz. Darüber mußte ich herzlich lachen. Ich könnte darauf wetten, daß diese Jungs nur von sich selber ablenken wollten, indem sie einen noch größeren Aufruhr verursachten als die Polizei.

Ich nahm den Hörer vom Telephon und rief Pat an. Er

war hundemüde und froh, etwas von mir zu hören. »Hast du schon die Zeitung gelesen?« fragte er.

»Ja, und die Nachrichten im Radio gehört. Der Exodus hat begonnen.«

»Das kannst du zweimal sagen. Wir nehmen sie fest, so schnell wir können, damit uns nicht alle davonkommen. Ein paar haben genügend ausgesagt, damit wir weitermachen können, aber wir kommen nur dem Mechanismus auf die Spur und kriegen nur die Mädchen, die für den Ring anschaffen waren. Und ihre Freier.«

»Das sind die, die das Gewerbe am Leben halten.«

»Sie werden einiges mehr bezahlen müssen, als ausgemacht war. Hier bläst bald ein anderer Wind. Viele haben Dreck am Stecken und wollen zur Ablenkung andere anschmieren.«

»Und du bist dafür genau der Richtige?«

»Ich bin genau der Richtige, Mike.«

»Wer übernimmt die Kaution für all die großen Namen?«

»Von allen Seiten werde ich deswegen bearbeitet. Mir sind heute schon mehr Schimpfwörter um die Ohren geflogen als jedem anderen in der Stadt ...«

»Außer mir.«

»Ja, außer dir. Aber niemand ist so hinter deinem Job her wie die hinter meinem. Man hat mich beschwatzt, bedroht, es mit Bestechung versucht und was sonst noch alles. Ich schäme mich fast, daß ich mit manchen Leute in derselben Stadt wohne.«

Er gähnte ins Telephon und brummte: »Ich habe Neuigkeiten, mein Freund. Murray Candid wurde in der Stadt gesehen, wie er seine Läden einen nach dem anderen abgeklappert hat. Er war in Begleitung eines Bezirksabgeordneten aus der Innenstadt.«

»Er versucht also nicht, sich davonzumachen?«

»Anscheinend nicht. Er läßt sich nicht groß blicken. Ich glaube, er will erst einmal sehen, wie weit wir gehen werden. Da kommt noch eine hübsche Überraschung auf ihn zu.«

»Hast du für ihn einen Haftbefehl wegen Mordes bekommen?«

»Es war nicht zu machen, Mike. Er hat ein Alibi für die Tatzeit, und aus dieser Ermittlung ist er wohl raus. Hier ist noch etwas, daß dich interessieren könnte, aber behalt es für dich. Es sind eine ganze Menge harter Jungs in die Stadt gekommen, die durch die Straßen laufen und bis jetzt nur herumspazieren, damit die richtigen Leute sie auch zu Gesicht bekommen. Ein Blick von denen, und man kriegt nichts mehr aus den Leuten heraus, weder mit Geld noch mit guten Worten.«

»Wie gefällt dir denn das?«

»Überhaupt nicht. Die meisten der Jungs sind vorbestraft, aber sie sind jetzt sauber, und wir können ihnen nichts anhaben. Wir haben versucht, sie zum Verhör aufs Präsidium zu bringen. Das hat nicht geklappt. Jeder einzelne hat die Taschen voller Kohle und Verstand genug, sich sofort von einem Anwalt rausholen zu lassen. Keiner trug eine Waffe oder hat bei der Festnahme einen Bullen beleidigt, also konnten wir ihnen überhaupt nichts anhängen.«

Ich fing an zu schwitzen, und meine Hände wurden klebrig. »Hier mischt wieder das große Geld mit, Pat. Das Kartell ist immer noch im Geschäft und greift auf die Rücklagen zurück, um die Leute, die reden wollen, in Angst und Schrecken zu versetzen. Die großen Jungs gehen auch zur Sache. Die machen nicht nur Spaß. Was zum Teufel ist hier los … verwandelt sich die Stadt zurück in ein Kaff aus dem Wilden Westen? Verdammt noch mal, wenn das so weiter geht, dann ist aus unseren Zeugen bald nichts mehr herauszubekommen, und ich kann es ihnen nicht mal verübeln! Es ist nicht gerade angenehm zu wissen, daß man früher oder später umgenietet wird, weil ein Kerl das Geld dafür schon im voraus eingesteckt hat und nur seinen Job gewissenhaft ausführen will.«

»Uns sind die Hände gebunden. So ist das nun mal, und wir müssen damit leben. Übrigens wissen die Kerle auch genau, bei wem sie auftauchen müssen. Anscheinend haben sie sich mit den richtigen Leuten bereits abgesprochen, bevor wir ihnen auf die Schliche gekommen sind.«

Verdammt! Ich ballerte meine Faust gegen die Stuhllehne. Okay, wenn sie auf die harte Tour spielen wollten, sollten sie doch Spezialisten und Schläger herholen, die kein Risiko scheuten.

Das waren auch nur Schläger, die nicht allein denken konnten, aber sie konnten Schmerz spüren und hatten Gefühle und waren genauso leicht in Angst und Schrecken zu versetzen wie andere auch. Wenn sie die Ströme von Blut in den Straßen sahen, dann waren sie auch nicht mehr so scharf darauf, sich mit der Kanone dem Kampf zu stellen. Sie rannten dann weg wie der Teufel und rannten immer weiter, bis ihre Beine unter ihnen wegsackten.

»Bist du noch dran, Mike?«

»Ja, ich bin dran. Ich habe nachgedacht.«

»Also, ich geh jetzt heim und hau mich für ein paar Stunden aufs Ohr. Du kommst heute abend?«

»Das werde ich um nichts in der Welt verpassen.«

»Sicher. Daß du dich aber bloß nicht sehen läßt. Der Staatsanwalt ist mir eh schon nicht besonders gut gesonnen, und wenn er herausfindet, daß du bei der Sache auch noch mit von der Partie bist, dann macht er mich total zur Schnecke.«

»Mach dir keine Sorgen. Ich bleibe tot, bis meine Wiederauferstehung angesagt ist. Ich habe Lola versprochen, daß sie bei dir anrufen kann, wenn Not am Mann ist. Tu mir einen Gefallen und stell ihr keine langen Fragen, sondern mach nur, um was sie dich bittet. Es ist wichtig.«

»Sie arbeitet jetzt auch dran mit?«

»Lola befaßt sich im Moment mit dem wichtigsten Teil des Falls. Wenn sie das auftreibt, was mir vorschwebt, dann kannst du deinen Fall abschließen, ohne daß irgend etwas nach hinten losgeht. Bis heute abend also. Ich werde da sein, aber zu Gesicht kriegen wirst du mich nicht.«

Ich verabschiedete mich und legte auf. Das Ende war

zum Greifen nah, oder zumindest war es am Horizont aufgetaucht. Das entscheidende Kräftemessen stand so kurz bevor, daß ich nicht riskieren konnte, alles zu verderben, indem ich mich auch noch einschaltete. Ich hatte es nur auf Feeney abgesehen. Ich wollte seinen Hals in meine Hände kriegen und zudrücken. Aber wo zum Teufel hatte Feeney sich jetzt verkrochen? Die Stadt war zu groß, und es gab zu viele Löcher und Höhlen, in denen sich ein Fuchs verstecken konnte. Ein Mann allein konnte da nichts ausrichten. Ich mußte Feeney irgendwie dazu kriegen, seinen Bau zu verlassen und das Weite zu suchen. Nur so konnten wir ihn vors Visier kriegen.

Der Haken an der Sache war, daß sich nur die kleinen Gauner absetzen mußten. Die großen Haie hielten sich bedeckt, nachdem sie ihr Gold verscharrt hatten, und warteten darauf, daß sie es wieder ausgraben konnten, wenn der Feind sich zurückgezogen hatte. Feeney gehörte nicht zu den ganz Großen. Er war einer, der ausharrte, um im ersten sicheren Moment vorzuspringen und sich einen Teil der Ausbeute unter den eigenen Nagel zu reißen. Es würde ihm ähnlich sehen, daß er mehr als seinen Anteil verlangte und ohne Zögern alles einheimste, wenn sich ihm dazu die Gelegenheit bot. Murray Candid gehörte auch zu den Kandidaten, die ihrer Heimat nicht den Rücken kehren wollten, sondern sich lieber auf ihre lang gehegten Schutzvorrichtungen verließen. Cobbie Bennett wartete auf den Tod. Wie vielen anderen würde es wohl genauso gehen?

Ich griff wieder zum Telephon und meldete ein Ferngespräch an. Dann wartete ich, bis die Vermittlung meine Nummer notiert hatte und mich zu Mr. Berin durchstellte. Ich fragte nach meinem Auftraggeber, doch der Butler erklärte mir, daß er vor kurzem in die Stadt gefahren sei und dort im Sunic House absteigen wollte. Ja, er hatte dort Zimmer gebucht. Er fragte nach, wer denn bitte angerufen habe und wollte eine Nachricht entgegennehmen, aber ich hatte ihm nichts mitzuteilen, also murmelte ich nur »Auf Wiedersehen« und legte den Hörer auf.

Velda war anscheinend in der Mittagspause. Ich ließ das Telephon über fünf Minuten klingeln, und niemand ging ran. Teufel, ich konnte hier nicht einfach rumsitzen, während draußen zur großen Jagd gepfiffen wurde. Ich wollte auch selber ein bißchen auf die Pirsch gehen. Ich stemmte mich aus dem Sessel und warf mir den Mantel über. In der Seitentasche klimperte etwas, und ich holte ein zweites Paar Türschlüssel heraus, die mir Lola da hineingesteckt hatte. Jeder Schlüssel hatte einen Kußmund aus Lippenstift auf dem Schaft, und ein kleines Herz hing an der Kette, mit der sie verbunden waren. Ich öffnete das Herz, und Lola lächelte mich an.

Ich lächelte zurück und sagte ihrem Bild all das, was ich ihr gestern nacht nicht sagen durfte.

Der Himmel sah immer noch so aus, als ob es gleich wieder regnen würde. Graue, windzerzauste Wolken bildeten eine dichte, nasse Decke, die sich über die Spitzen der Wolkenkratzer gelegt hatte und ankündigte, daß sie bald auch die tieferen Gebäude einhüllen würde. Ein eisiger Wind trieb einen feuchten Nebel vom Fluß herauf. Er benetzte alles mit winzigen, nassen Perlen. Bereit für den nächsten Regenschauer wurden Schirme zusammengeklappt unter dem Arm getragen; Passanten in Regenkleidung warteten auf Busse oder standen am Bordstein und riefen nach einem Taxi, und alle betrachteten den Himmel mit sorgenvoller Miene.

Zweimal preschte ein Funkwagen heulend an mir vorbei Richtung Innenstadt, der sich mit den Sirenen eine schmale Gasse in der Mitte der Avenue bahnte. Ich kam an einem Zeitungsstand vorbei und entdeckte eine Nachmittagsausgabe und ein Extrablatt mit riesigen Schlagzeilen. Das Photo auf der Titelseite zeigte den Bezirksabgeordneten und einen bekannten Industriellen vor einem Polizeigericht. Der Industrielle sah recht ungehalten aus. In einer kleineren Schlagzeile wurde eine hochbrisante geheime Informationsquelle erwähnt, die sich in den Händen der Polizei befinden sollte, aber im Moment noch nicht veröffentlicht werden durfte. Das spielte auf Murrays Codebuch an. Ich fragte mich, wie Pat damit vorankam.

In einer Bar an der Ecke fand ich einen Platz ganz hinten und bestellte ein Bier. Es gab nur ein Gesprächsthema, und das wurde von allen möglichen Seiten durchgekaut. Ein ranziger kleiner Kerl mit einem Zinken, der sein ganzes Gesicht dominierte, meinte, er fänd's nicht gut. Die Polizei sei nicht mehr unter Kontrolle zu bringen. Ein Mädchen blaffte zurück, er solle doch die Klappe halten. Alle fünfzehn Minuten kam im Radio eine Sondermeldung mit den neuesten Entwicklungen, in denen zwar die Namen von hohen Persönlichkeiten offen gehandelt wurden, aber nie genauere Einzelheiten genannt wurden.

Ich saß da über zwei Stunden herum und trank ein Bier nach dem anderen. Dabei bekam ich einen schönen Querschnitt von Meinungen zu hören, die in der Stadt kursierten. Das Geschäft mit der Prostitution verlor in der öffentlichen Meinung rapide an Ansehen, je weiter die Kreise waren, die die Säuberungswelle nach sich zog.

Als ich genug hatte, stiefelte ich zur Telephonzelle und rief im Sunic House an. Der Empfangschef teilte mir mit, daß Mr. Berin vor ein paar Minuten eingetroffen sei. Ich bedankte mich und legte auf. Später wollte ich vorbeigehen und ihm seine Kohle zurückgeben. Ich ging hinaus, wo der Regen inzwischen einen schmierigen Film auf dem Straßenbelag gebildet hatte. Ich suchte mir eine andere Bar, in der es ein bißchen fröhlicher zuging, und durchforstete mein Gehirn nach dem fehlenden Teil des Puzzles.

Mein Magen knurrte laut, und ich schaute auf die Uhr. Halb sieben. Ich warf dem Barkeeper einen Dollar auf den Tresen, ging hinaus und blieb in der Tür stehen.

Es hatte wieder angefangen zu regnen.

Es war schon fast acht, als ich mit Essen fertig und endlich hinter das Lenkrad meines Wagens geklettert war. Die Schatten der Dämmerung waren der nächtlichen Dunkelheit gewichen, die glänzend und feucht die Straße bedeckte. Das Prasseln des Regens auf dem Stahldach klang wie ein ungeduldiges Trommeln, das meine Gedanken zerstreute. Ich stellte das Radio auf einen Nachrichtensender ein, dann entschloß ich mich doch anders und suchte mir eine schöne Musik.

Eine Dreiviertelstunde später fand ich, daß ich jetzt lange genug ziellos durch die Stadt gefahren war. Ich parkte zwischen den steilen Seitenfronten von zwei Apartmenthäusern, in die schon lange nichts mehr investiert worden war, um wenigstens den äußeren Schein von Vornehmheit aufrechtzuerhalten. Ich schaute raus und sah, daß in Cobbie Bennetts Zimmer kein Licht brannte, dann richtete ich mich darauf ein zu warten.

In dieser Wildnis aus Ziegel und Beton hätte ich der einzige Mensch sein können. Kein Schwein kümmerte sich um mich, wie ich zusammengesunken auf dem Fahrersitz saß, mit hochgeschlagenem Mantelkragen, der in die Krempe meines Hutes überging. Ein paar Autos waren in merkwürdigen Abständen an der Straßenseite geparkt, einige davon alte Schrottkisten, andere waren ein paar Jahre jünger und sahen deshalb noch ein bißchen respektabler aus. Aus einem Haus auf der gegenüberliegenden Straßenseite kam ein Mann heraus, der sich eine Zeitung schützend über den Kopf hielt und zur nächsten Ecke eilte, wo er abbog und verschwand.

In einiger Entfernung heulte ein Feuerwehrwagen auf, um sich freie Fahrt zu verschaffen. Hinter ihm kam noch einer, der sein Anliegen mit einer harten blechernen Tröte unterstützte. Ich horchte den leiser werdenden Sirenen nach, als die Tür von Cobbies Haus sich öffnete und der kleine Zuhälter heraustrat. Er war fünf Minuten zu früh dran. Im Mund hatte er eine Zigarette und versuchte sie anzukriegen. Seine Hand zitterte aber so erbärmlich, daß das Streichholz ausging und er die unangezündete Zigarette ärgerlich auf den Gehweg warf. Dann kam er selbst die Eingangstreppen herab.

Trotz des Regens ging er nicht schnell, und er lief auch nicht gerade die Straße entlang. Seine abgehackten Schritte folgten einer Schlangenlinie, die ihn um die Straßenlaternen herumführte, so daß er sich immer im Schatten der Häuser bewegte. Als er an einem Laden vorbeikam, sah ich, wie sich sein Kopf drehte, damit er im Schaufenster erkennen konnte, ob ihm jemand folgte.

Ich wartete, bis er um die Ecke war, dann ließ ich den Motor an. Wenn die Polizei da war, waren sie nicht zu entdecken. Draußen in der Dunkelheit bewegte sich nichts. Ich wußte, welchen Weg Cobbie einschlagen würde, und beschloß, ihm nicht zu folgen, sondern vorauszufahren und auf ihn zu warten. Ich machte einen großen Bogen, um eine Einbahnstraße zu umgehen, und fuhr dann in die Richtung, aus der er kommen mußte.

An der Straße waren Läden, von denen einige noch geöffnet hatten. Zwei heruntergekommene Kneipen waren gerade mal so weit voneinander entfernt, daß man vom einen Besäufnis zum andern torkeln konnte, und sie erfüllten die Gegend mit dem faulen Gestank von abgestandenem Bier. In einer höher gelegenen Wohnung war ein Streit im Gange. Jemand warf eine Kaffeekanne durchs Fenster, die krachend die Stufen zum Keller hinunterpolterte. Cobbie, der bis dahin mit der Dunkelheit der Nacht verschmolzen war, brachte sich mit einem kurzen Satz in ein Treppenhaus in Sicherheit und kauerte da, bis er festgestellt hatte, was die Ursache für das Getöse war, und er sich wieder auf den Weg machte. Er hielt noch einmal an, um sich eine Zigarette anzuzünden. Diesmal schaffte er es.

Er war fast auf gleicher Höhe mit mir, als ein Wagen in die Straße einbog und vor einer der Kneipen anhielt. Cobbie erstarrte vor Angst, und seine Hand mit der Zigarette blieb unbeweglich auf halbem Weg zu seinem Mund stehen. Erst als der Fahrer heraussprang und in den Schuppen hineinging, beendete er seinen Zug.

Ich mußte das Auto da abstellen, wo ich mich jetzt befand, und mich genau wie Cobbie nur im Schatten vorwärtsbewegen, damit ich ihn auf der anderen Straßenseite überholen konnte, ohne daß mich jemand bemerkte. Mit reiner Verfolgung war es hier nicht getan. Ich mußte seine nächsten Schritte vorausahnen und versuchen, immer vor ihm zu sein. Der Regen kam mir dabei ganz gelegen; ich konnte unter den Markisen laufen und in Hauseingängen verschnaufen, bevor ich mich wieder ins Nasse vorwagte.

Ein Bulle ging an mir vorbei und pfiff unter seiner Regenjacke vor sich hin, wobei er sich mit dem Gummiknüppel im Takt seiner Schritte ans Bein klopfte. Es war jetzt zehn Minuten nach zehn. Pat und seine Männer konnte ich nirgends entdecken. Nur Cobbie und ich waren auf der Straße. Wir waren jetzt in seinem Kiez angekommen, und die Leute kümmerten sich weder um den Regen noch um die Spannung, die in der Luft lag. Neben einer leeren Ladenfront hielt ich an und beobachtete, wie Cobbie eine Entscheidung traf und in eine Seitenstraße hineinschlurfte.

Ich wußte nicht, was ich erwartet hatte, woher der Angriff kam, aber ganz sicher nicht aus dem scharzen Schlund eines Apartmenthauses. Cobbie hatte seine Schlangenlinien aufgegeben und war in ein resigniertes Schlendern gefallen. Eine solche Anspannung kann man nur eine bestimmte Zeit lang aufrechterhalten, dann schalten Körper und Geist auf Normal zurück. Auf einmal wurde sein Rückgrat steif, und ich hörte einen angstvollen Aufschrei. Den Kopf hatte er zu dem Gebäude gewendet und die Hände schützend vors Gesicht geschlagen.

Hätte der Kerl direkt vom Hauseingang aus geschossen, dann wäre Cobbie jetzt hinüber. Aber er wollte es aus nächster Nähe erledigen und kam mit der Knarre in der Faust die Treppen herunter. Er war noch nicht bei der dritten Stufe angelangt, als Cobbie in den höchsten Tönen um Hilfe schrie und versuchte, vor dem Unausweichlichen auszureißen. Der Kerl richtete die Kanone auf Cobbies Brust, aber er kam nie zum Schuß, weil ein dunkler Schatten hinter ihm aus demselben Hauseingang hervorpreschte und sich ihm mit voller Wucht in den Rücken warf, so daß beide zusammen vor Cobbies Füßen auf dem Boden landeten.

Mit meiner eigenen Knarre in der Hand rannte ich los. Gedämpfte Flüche waren zwischen Cobbies Schreien zu vernehmen, und eine Faust schlug kräftig zu. Ich war immer noch zwanzig Meter entfernt, als die beiden voneinander abließen. Der eine kam sofort wieder auf die Beine. Cobbie hatte sich auf dem Gehweg zusammengekauert, und der Kerl feuerte einen Schuß auf ihn ab. Eine Stichflamme schoß in Richtung seines Kopfes.

Der andere Bursche machte sich nicht die Mühe aufzustehen. Er stützte seinen rechten Arm auf dem Pflaster auf, ließ sich Zeit beim Zielen und drückte ab. Die Kugel mußte dem Ganoven mitten durch den Schädel gegangen sein, weil ihm sein Hut schneller vom Kopf gerissen wurde, als er rannte, und immer noch in der Luft segelte, als der Mann nur noch ein Klumpen lebloses Fleisch war.

Weiter oben in der Straße ging eine Kanone los. Jemand schrie etwas, und wieder knallte ein Schuß. Ich stand bereits bei dem Kerl auf dem Boden und machte mir keinerlei Sorgen wegen der Knarre, die auf meinen Bauch gerichtet war. Es war ein Polizeirevolver, und außerdem hatte der Bursche große, breitgelatschte Füße.

Für alle Fälle hob ich meine Hände mit der 45er in die Höhe und sagte: »Mike Hammer, Privatdetektiv. Der Ausweis steckt in der Jackentasche; wollen Sie ihn sehen?«

Der Bulle stand auf und schüttelte den Kopf. »Dich kenn ich, Kumpel.«

Ein Streifenwagen raste auf zwei Rädern um die Ecke und schaffte die Kurve gerade noch. Die Seitentür war schon geöffnet, und ein Polizist in Uniform lehnte heraus, die Waffe im Anschlag. Der Bulle und ich folgten ihm gemeinsam und gingen schräg über die Straße zu der Stelle, wo der Aufruhr war.

Fenster wurden aufgerissen, und Leute schrien nach unten, was denn los sei. Ihnen wurde geantwortet, sie sollten sich besser wieder verziehen und drinnen bleiben. Eine Stimme brüllte: »Er ist auf dem Dach!« Wieder knallte ein Schuß, der aber diesmal von den Wänden gedämpft wurde.

Eine Frau schrie und rannte, dann schlug sie auf ihrem Weg eine Tür zu.

Fast wie von Zauberhand schalteten sich die Suchscheinwerfer ein. Sie warfen lange Lichtarme auf die Vorderfront der Gebäude hoch bis zur Brüstung und beleuchteten ein halbes Dutzend Männer, die auf dem Dach hinter irgend jemand herstürmten.

Der Lichtschein tauchte die Gruppe in ein künstliches Dämmerlicht, und tanzende Lichtpunkte funkelten auf den Läufen der Scharfschützengewehre und in dem blauen Stahl der Dienstrevolver.

Die Straße war voller Bullen, und Pat hatte einen der Scheinwerfer in der Hand.

Wir sahen uns im gleichen Augenblick, und Pat übergab das Licht einem anderen Mann in Zivil. Ich fragte: »Wo zum Teufel seid ihr denn so schnell hergekommen? Die Straße war noch vor einer Minute menschenleer.«

Pat verzog das Gesicht. »Wir sind nirgendwo hergekommen, Mike ... wir waren die ganze Zeit da. Die harten Jungs sind nicht allzu clever. Unsere Männer haben sie schon den ganzen Tag über beschattet, und sie haben nichts davon mitgekriegt. Teufel, wir konnten hier ja keine Falle aufbauen, ohne daß es die gesamte Nachbarschaft gemerkt hätte, also haben sich unsere Männer den Kerlen an die Fersen geheftet und sind ihnen nicht mehr von der Pelle gerückt. Cobbie haben sie gleich entdeckt, noch bevor er aus der Straße von seiner Pension abgebogen ist. Die Schläger haben sich über Telephon miteinander abgesprochen. Als sie merkten, daß Cobbie in diese Seitenstraße einbiegen will, ist einer hinter den Häusern vorgeschlichen und hat ihm den Weg versperrt. Ein anderer hatte oben an der Straße Position bezogen, falls Cobbie dem ersten davonkommen sollte.«

»Gute Arbeit. Wie viele waren daran beteiligt?«

»Wir haben neun bis jetzt. Sieben haben, ohne Ärger zu machen, ihre Zelte abgebrochen und haben sich ruhig verhaften lassen. Wir haben gewartet, bis sie Meldung erstattet haben, damit die anderen nicht vorgewarnt werden. Was ist mit dem Kerl unten an der Straße?«

»Er ist tot.«

Auf dem Dach prasselte ein Kugelhagel nieder, der auf dem Gemäuer aufschlug und von dort Querschläger in den Himmel sandte. Ein paar Schüsse prallten allerdings nicht ab. Ein greller Schrei war dafür der beste Beweis. Dann trat einer der Bullen in den Lichtkegel und rief herunter: »Er ist tot. Macht schnell eine Bahre fertig, wir haben hier oben einen Verwundeten.«

Pat schnauzte: »Verdammt! Bringt die Scheinwerfer ins Treppenhaus, damit sie überhaupt sehen können, was sie machen!« Eine Faltbahre wurde aus einem Wagen geholt und nach oben gebracht. Pat gab mit klarer Stimme Anweisungen, die er mit energischen Armbewegungen unterstrich.

Hier gab es nichts mehr für mich zu tun. Ich drängelte mich durch die Menge und ging die Straße hoch. Um den Leichnam hatte sich noch eine Gruppe versammelt, unter ihr zwei Kinder, die ihren Eltern abgehauen waren, um sich alles genauer anzusehen.

Von Cobbie Bennett war keine Spur zu sehen.

Vierzehntes Kapitel

Man fühlt sich schon ziemlich großartig, wenn ein Job gut gelaufen ist, egal ob man daran beteiligt war oder nicht. Ich setzte mich mit einem gewissen Stolz hinter das Steuer meiner Karre, genaugenommen fühlte ich eine außergewöhnliche Befriedigung, weil wir diese Arschlöcher in ihrem eigenen Spiel schlagen würden. Ich stellte das Autoradio gerade rechtzeitig an, um eine Sondermeldung mit den neuesten Nachrichten zu hören. Ich wechselte den Sender, aber es war überall das gleiche. Die Sensationsreporter folgten jeder Bewegung der Polizei. Und alle harten Jungs der Stadt wußten ebenfalls Bescheid. Geld würde jetzt auch nicht weiterhelfen, jedenfalls solange nicht, wie die Bullen ein ehrliches Spiel spielten. Es ist eine Sache, das Gesetz auszutricksen, aber es ist eine ganz andere Sache, wenn das Gesetz dir direkt im Nacken sitzt und sich anschickt, dich selbst auszutricksen. Das stimmt selbst die blödesten und arrogantesten Killer nachdenklich.

Ha. Heute nacht würde ihnen das chromblitzende Lächeln vergehen. Der Schneeball würde zur Lawine. Alle halbgaren Typen würden in Null Komma nichts auf die Gewinnerseite wechseln. Politische Intrige und Vetternwirtschaft würden ganz schön eins auf den Deckel kriegen. Ich für meinen Teil wußte genau, wo ich stand, und fühlte mich toll dabei.

Mein Weg in die Stadt führte am Sunic House vorbei. Ich war zwar spät dran, wollte aber doch noch kurz bei meinem Auftraggeber vorbeischauen. Dem alten Knaben würde das gefallen. Schließlich bezahlte er dafür. Schließlich bekam er ja auch etwas für sein Geld. An den Namen Berin-Grotin würde man sich noch lange erinnern, selbst wenn das Marmormausoleum mit der Zeit verwittern und verfallen würde. Das war doch genau was er wollte … daß sich jemand an ihn erinnerte.

An der Seite des alten Sandsteingebäudes war eine Einfahrt, die auf den Parkplatz hinter dem Haus führte. Ich fuhr ein Stück rein und gab die Schlüssel einem Parkwächter, der alt genug war, mein Vater zu sein. Als ich ins Haus ging, hörte ich, wie er schwungvoll den Gang reinwürgte und quietschend davonpreschte. Ich wartete darauf, daß er irgendwo ranknallte, aber offensichtlich hatte er es ohne Malheur geschafft. Das Sunic House war ein sehr gepflegtes Überbleibsel von Anno dazumal, reserviert ausschließlich für Herren der besseren Kreise. Die gedämpfte Atmosphäre hatte gewiß nichts mit der späten Stunde zu tun, sondern herrschte bestimmt auch den ganzen Tag über. Die Lobby prunkte mit Velourpolstern, Messing und Leder. An den Decken hingen alte Gasleuchter, die auf Elektrizität umgebaut waren, aber trotzdem wenig an dem Trauerhalleneffekt der mahagonigetäfelten Wände ändern konnten. Die spärlich in der Halle verteilten Bilder zeigten eine längst vergangene Stadt, die noch mit sich selbst im Frieden lag und in der die Adresse des Sunic House selbst den Besten zur Ehre gereichen konnte.

Ich fragte den Portier, ob Mr. Berin im Hause sei.

Er nickte gemächlich und zog die Brauen zusammen: »Ich bin sicher, Mr. Berin legt keinen Wert darauf, zu dieser Stunde noch gestört zu werden, Sir. Er beehrt uns schon seit vielen Jahren, und ich kenne seine Vorlieben recht genau.«

»Hier handelt es sich um ganz ungewöhnliche Umstände, Opa. Ruf ihn an, mach schon.«

»Ich fürchte, daß ... also wirklich, Sir, ich glaube nicht, daß ...«

»Wenn ich jetzt plötzlich auf den Fingern pfeife und laut schreiend in der Halle hin- und herrenne, was würden Sie dann tun?«

Seine Augenbrauen erhoben sich zur Höhe der Stelle, wo früher einmal sein Haaransatz gewesen war. Er verrenkte den Hals in Richtung eines alten Knaben, der in einem Armsessel vor sich hindöste. »Ich wäre gezwungen, den Hausdetektiv zu verständigen, Sir!«

Ich schenkte ihm ein großes, breites Grinsen und steckte

die Finger in den Mund. Mit der anderen Hand deutete ich auf das Telephon und wartete. Der Empfangschef erbleichte, errötete und erbleichte erneut, während er versuchte, mit der Situation fertig zu werden. Offensichtlich war ihm ein ärgerlicher Gast lieber als ein ganzes Dutzend davon, und er hob den Hörer des Haustelephons ab.

Während er mich nervös beobachtete, ließ er das Telephon so lange läuten, bis eine Stimme dermaßen unwirsch in den Hörer bellte, daß er zusammenzuckte: »Ich bitte vielmals um Entschuldigung, Sir, aber dieser Mann hier besteht darauf, daß er Sie sehen muß. Er ... sagt, es sei außerordentlich dringend.«

Das Telephon bellte erneut, und der Portier schluckte. »Sag ihm, es ist Mike Hammer.«

Es war nicht so einfach, diese Mitteilung an meinen Auftraggeber weiterzugeben angesichts der Tirade, die vom anderen Ende der Leitung auf den armen Mann hereinprasselte. Schließlich sagte er düster: »Es ist ein Mr. Hammer, Sir ... ein Mr. Hammer. Ja, Sir, Mike Hammer. Ja, er steht vor mir. Aber natürlich, Sir, ich schicke ihn direkt zu Ihnen.«

Der Portier wischte sich mit einem Taschentuch den Schweiß von der Stirn und schaute mich mit einem Blick an, den er sonst nur für völlig niveaulose Kreaturen reserviert hatte. »Raum 406«, sagte er. Ich winkte ihm ein bezauberndes Dankeschön zu und stieg die Stufen hinauf, wobei ich den Aufzug ignorierte.

Mr. Berins Tür stand schon für mich offen. Ich stieß sie auf und erwartete eigentlich, in einem gewöhnlichen Hotelzimmer zu stehen. Da hatte ich mich aber gründlich getäuscht. Wonach das Sunic House auch immer von außen aussah, seine Erscheinung war trügerisch. Ich stand in einer geräumigen Suite mit mehreren Räumen, und so weit ich sehen konnte, war alles mit erlesenem Geschmack ausgestattet.

Einen Augenblick später erschien mein Auftraggeber. Er trug einen seidenen Smoking, sein Haar war zu einer gepflegten schneeweißen Mähne gebürstet, und er sah viel eher aus wie ein Mann, der Gäste erwartet als einer, der von einem unbotmäßigen Angestellten soeben aus dem Tiefschlaf geweckt worden ist.

Er ergriff meine Hand mit einem festen Druck. »Schön, Sie zu sehen, Mike, ich freu mich. Kommen Sie doch rein, damit wir reden können.«

»Vielen Dank.« Er führte mich durch das Wohnzimmer, vorbei an einem großen Flügel in ein kleines Studio, das mit Bücherregalen, ausgestopften Jagdtrophäen und Bildern von ihm aus seinen Jugendtagen dekoriert war. »Hübschen Unterschlupf haben Sie sich hier ausgesucht, Mr. Berin.«

»Ja, ich benutze ihn schon seit Jahren, wie Sie leicht sehen können. Es ist meine Stadtresidenz mit allen Vorteilen eines Hotelbetriebs. Setzen Sie sich doch.« Er bot mir einen dick gepolsterten Ledersessel an, und ich versank darin, wobei ich die Umrisse einer anderen Person spüren konnte, die hier über Jahrzehnte gesessen haben mußte.

»Eine Zigarre?«

»Nein, danke.« Ich holte eine Packung Luckies aus der Jacke und steckte mir eine in den Mund. »Entschuldigen Sie, daß ich Sie so grob aus dem Schlaf gerissen habe.«

»Aber keineswegs, Mike. Ich gebe zu, daß ich recht überrascht war. Ich nehme an, das kommt davon, wenn man über viele Jahre eingefahrene Gewohnheiten hat. Ich vermute, daß Sie einen guten Grund haben, mich zu dieser späten Stunde aufzusuchen.«

Ich stieß eine Rauchwolke aus. »Eigentlich nicht. Ich wollte nur mit jemandem reden. Ich habe fünfhundert Dollar von Ihnen, und wahrscheinlich ist das die Entschuldigung dafür, daß ich mir Sie als Gesprächspartner ausgewählt habe.«

»Fünfhundert? … Meinen Sie das Geld, daß ich Ihnen für, äh … außergewöhnliche Kosten überwiesen habe?«

»Genau das. Ich brauche es nicht mehr.«

»Aber Sie sagten doch, es sei trotzdem gut angelegt, um

an weitere Informationen zu kommen. Haben Sie Ihre Meinung geändert?«

»Nein, das Mädchen hat nicht lange genug gelebt, um den Scheck einzulösen.« Sein Gesichtsausdruck wechselte von Erstaunen in Verwirrung. »Jemand ist mir gefolgt. Wie der letzte Anfänger habe ich an diese Möglichkeit gar nicht gedacht. Wer immer hinter mir her war, hat das Mädchen getötet und es anschließend so hingedreht, daß es wie ein Selbstmord aussah. Aber er ist nicht damit durchgekommen. Als ich unterwegs war, haben die gleichen Leute meine Wohnung durchsucht und ein paar Sachen mitgehen lassen.«

»Wissen Sie denn...«, seine Stimme klang gepreßt.

»Feeny Last. Ihr ehemaliger Leibwächter, Mr. Berin.«

»Lieber Himmel, der doch nicht?«

»Doch, genau der.«

Er rang seine Hände im Schoß so heftig, daß sich die Haut weiß über den Knöcheln spannte. »Was habe ich bloß getan? Was habe ich bloß getan?« Er saß jetzt mit geschlossenen Augen da und sah zum ersten Mal alt und eingesunken aus.

»Sie haben sich nichts zuschulden kommen lassen. Es wäre sowieso passiert. Im Gegenteil, Sie haben verhindert, daß dieselbe Sache noch einmal passiert.«

»Ich danke Ihnen, Mike.«

Ich stand auf und legte ihm die Hand auf die Schulter. »Hören Sie auf, sich Vorwürfe zu machen. Es gibt nichts, weswegen Sie sich schuldig fühlen müßten. Im Gegenteil, Sie können stolz auf sich sein. Wissen Sie eigentlich, was zur Zeit in der Stadt los ist?«

»Ja, ich ... ich habe davon gehört.«

»Das hat Ihr Geld möglich gemacht. Es hat einen Sinn für Anstand in diese Schlangengrube gebracht. Das hat die Stadt schon lange nötig gehabt. Sie haben mich angeheuert, Reds Namen herauszufinden. Wir haben statt dessen einen Haufen Dreck gefunden, alles nur weil ein Mädchen nicht identifiziert in der Gerichtsmedizin liegt. Ich wollte sie nicht namenlos begraben, und das wollten Sie auch nicht. Keiner von uns hat erwartet, was alles daraus werden würde, und ich wette, die Sache ist noch längst nicht gelaufen. Eines Tages scheint die Sonne wieder, und wenn sie das tut, wirft sie ihre Strahlen auf eine Stadt, die ihren Kopf erhoben tragen darf.«

»Aber das rothaarige Mädchen hat immer noch keinen Namen, oder doch?« Er sah mich gequält an, sein Blick wirkte erschöpft.

»Nein. Aber vielleicht wird sich das bald ändern. Kann ich vielleicht Ihr Telephon benutzen?«

»Aber natürlich. Es steht draußen im Wohnzimmer. Ich mache uns in der Zwischenzeit einen Drink. Ich glaube, ich kann einen vertragen. Ich bin an beunruhigende Nachrichten nicht mehr gewöhnt, Mike.«

In seiner Haltung lag nun eine Traurigkeit, die ich ungern an dem alten Mann sah. Der Junge würde einen starken Drink brauchen, um sich wieder aufzuheitern. Ich fand das Telephon und rief Velda zu Hause an. Es brauchte eine Weile, bis sie abnahm, und sie war verdammt sauer. »Ich bin's Velda, gibts was Neues im Büro?«

»Großer Gott, Mike, du rufst zu den scheußlichsten Zeiten an. Ich hab den ganzen Abend im Büro auf einen Anruf von dir gewartet. Das Mädchen ... Lola heißt sie doch, jedenfalls hat sie durch Boten einen Umschlag geschickt. Da war nur ein Pfandschein drin, sonst nichts.«

»Ein Pfandschein?« Meine Stimme überschlug sich ein wenig. »Sie hat es gefunden, Velda! Gottverdammt, sie hat es gefunden! Was hast du damit gemacht?«

»Ich hab den Schein im Büro gelassen«, sagte sie. »Auf meinem Schreibtisch obendrauf.«

»Verdammt, das ist großartig. Hör zu, Kleine, ich hab meinen Büroschlüssel zu Hause gelassen. Treffen wir uns in einer Stunde dort ... na gut, in eineinhalb Stunden. Ich brauch erst einen Drink, um den Erfolg zu feiern. Ich rufe Pat an, und dann gehen wir zusammen los. Wir haben's geschafft, Velda, ich seh dich dann gleich.«

Ich drückte die Gabel einen Moment runter und wählte dann Lolas Nummer. Sie war schon beim ersten Klingeln dran. Sie war vor Aufregung ganz atemlos. »Mike, Baby… Oh Mike, wo treibst du dich denn rum? Hast du meinen Umschlag gekriegt?«

»Ich hab gerade Velda angerufen, und sie hat ihn im Büro. Ich fahr gleich hoch und besorg ihn mir. Wo hast du sie denn gefunden?«

»In einer kleinen Klitsche, gleich hinter der Bowery. Sie lag im Schaufenster, ganz so, wie du gesagt hast.«

»Großartig. Wo ist die Kamera jetzt?«

»Ich habe sie.«

»Und was sollte dann die Spezialllieferung mit dem Pfandschein?«

Ihr Tonfall veränderte sich leicht. »Jemand anderes hat auch nach der Kamera gesucht. Eine Weile war er mir sogar voraus. Fünf Pfandleiher erzählten mir hintereinander, daß ich heute schon die Zweite sei, die nach einer solchen Kamera fragt.«

Ein Kälteschauer rieselte über meinen Rücken. »Und was ist passiert?«

»Ich hab rausgekriegt, daß mein Schattenmann nach derselben Methode arbeitete wie ich … alle nach dem Telephonbuch durchging. Dann hab ich einfach die Liste von hinten angefangen und von rückwärts gesucht.«

Mr. Berin kam rein und bot mir stumm einen Highball an. Ich fischte ihn vom Tablett, dankte mit einem stummen Nicken und nahm einen großen Schluck. »Erzähl weiter.«

»Ich hab sie dann gefunden, hatte aber Angst, das Ticket zu behalten. Dann hab ich einfach einen Umschlag an dein Büro adressiert und einen Botenjungen losgeschickt.«

»Kluges Mädchen. Ich hab dich zum Fressen gern, meine Kleine. Du ahnst ja gar nicht, wie sehr.«

»Bitte nicht, Mike.«

Ich lachte sie aus, übersprudelnd von einer Freude, die ich lange nicht mehr gekannt hatte. »Nun laß es doch mal gut sein, Lola. Wenn wir hiermit fertig sind, liegt uns doch die Welt zu Füßen, und wir haben unser ganzes Leben Zeit, es zu genießen. Sag's mir, Lola, sag's ganz laut und deutlich.«

»Mike, ich liebe dich, ich liebe dich!« schluchzte sie und sagte es noch mal.

Meine Stimme wurde ganz weich. »Merk's dir endlich, Süße ... ich liebe dich auch. Ich komm bald vorbei. Bleibst du auf?«

»Natürlich, Liebling. Bitte, beeil dich. Ich will dich so dringend sehen, daß es schon wehtut.«

Als ich den Hörer auflegte, stürzte ich den Drink in einem großen Schluck hinunter und ging ins Studio zurück. Ich hätte von meinem Glück gern Mr. Berin etwas abgegeben, er hatte es verdammt nötig.

»Wir haben es geschafft«, sagte ich.

Er antwortete nicht, sondern drehte nur langsam den Kopf zu mir. »Wird es noch mehr ... Morde geben, Mike?«

»Könnte sein ... vielleicht wird aber auch alles in den Gerichten ausgetragen.«

Er setzte sein Glas an die Lippen. »Ich sollte eigentlich in Hochstimmung sein. Aber ich kann mich über den Tod nicht hinwegtrösten. Nicht, wenn meine Taten mit dafür verantwortlich waren.« Er schauderte und stellte das Glas wieder ab.

»Wollen Sie noch einen? Ich nehme jedenfalls noch einen.«

»Ja, ich hab noch ein bißchen Zeit.«

Er stellte mein Glas auf das Tablett und öffnete auf dem Weg nach draußen den Deckel der Musiktruhe. Ein Stapel Platten lag schon auf dem Verteiler, und er senkte den Saphir auf die erste Platte. Ich lehnte mich zurück, lauschte dem drängenden Pathos einer Wagneroper und sah den Rauchringen zu, die sich von der roten Glut meiner Zigarette lösten.

Diesmal brachte Mr. Berin gleich die ganze Flasche, den Shaker und eine Schale Eis mit. Als er mir den Drink reichte, setzte er sich auf die Kante seines Sessels und sagte:

»Erzählen Sie, Mike, nicht die Einzelheiten, nur die Höhepunkte und die Gründe, warum diese Sachen passieren. Wenn ich genauer Bescheid weiß, kann meine Seele vielleicht eher Frieden finden.«

»Es sind aber die Einzelheiten, die zählen, ich kann sie nicht auslassen. Ich möchte, daß Ihnen klar wird, daß es solche Sachen schon immer gegeben hat und daß es gut war, sie loszutreten. Wir haben einen Namen gesucht und ein Verbrechen gefunden. Wir haben das Verbrechen gejagt und größere Namen gefunden. Die Polizei macht jetzt keine Unterschiede mehr bei den Festnahmen. Die Bullen wollen es jetzt wirklich wissen und machen die Sache wasserdicht. Jede Minute, die wir hier sitzen, werden Laster und Schande, die die Stadt zu ersticken drohten, näher an den Abgrund gezerrt. Sie sollten darauf stolz sein, Mr. Berin. Ich jedenfalls bin es. Ich fühle mich verdammt stolz. Ich habe Nancy verloren, aber ich habe Lola gefunden ... und dabei auch ein Stück von mir selbst.«

»Wenn wir doch nur etwas für das Mädchen hätten tun können...«

»Nancy?«

»Ja, sie ist so völlig allein gestorben. Aber eigentlich war sie selbst dran schuld. Wenn es wahr ist, was Sie sagen, daß sie ein uneheliches Kind hatte und auf den Pfad der Sünde abgerutscht ist, wem kann man dafür die Schuld geben? Natürlich dem Mädchen selbst.« Er schüttelte den Kopf, und blinzelte verwundert. »Wenn sie nur etwas Stolz hätten ... wenigstens das geringste bißchen Stolz, dann würden solche Sachen nie passieren. Und nicht nur dieses Mädchen Nancy ... gibt es nicht viele wie sie? Zweifellos wird diese Untersuchung auch die Anzahl zutage fördern.

Mike, es gab Zeiten, da hielt ich meinen überhöhten Ehrbegriff für eine kindische Eitelkeit, die ich mir eben leisten konnte. Jetzt bin ich dankbar, daß ich dieses Ehrgefühl habe. Es kann sehr wohl etwas bedeuten, dieser Stolz auf einen alten Namen und Besitz. Ich kann über ein prachtvolles Anwesen blicken und mir sagen ›Das ist mein eigen. Ich habe es durch eigene Anstrengung erworben‹. Ich kann für eine Zukunft planen, wenn ich nichts mehr als ein Name sein werde, und stolz darauf sein, daß man sich an ihn erinnern wird.«

»Nun, Mr. Berin, ist das nicht die alte Doppelmoral? Sie können diese Mädchen nicht allein für ihre Fehler verantwortlich machen. Schließlich sind es die Freier, die das System am Laufen halten. Ich glaube, jeder macht Fehler, es werden halt nur einige dabei erwischt. Das Leben ist eben verdammt hart.«

Wir hatten die Flasche schon halb geleert, als ich endlich auf meine Uhr sah und auf die Füße sprang. Ich griff nach meinem Hut, erinnerte mich noch rechtzeitig an den Scheck und schrieb ihn aus. »Ich bin schon spät dran, Velda wird mich in Stücke reißen.«

»Ich habe das Gespräch mit Ihnen sehr genossen, Mike. Kommen Sie morgen noch mal vorbei? Ich möchte natürlich wissen, wie es weitergegangen ist. Sie werden doch vorsichtig sein, oder?«

»Ich werde aufpassen«, sagte ich. Wir schüttelten uns an der Tür die Hand, und ich hörte, wie sie geschlossen wurde, als ich ins Treppenhaus ging. Als ich wieder in der Halle stand, hob der Portier den Finger an die Lippen, um mir zu bedeuten, daß ich leise sein soll. Zur Hölle, ich mußte einfach laut vor mich hinpfeifen. Ich holte mein Auto vom Parkplatz und bog mit quietschenden Reifen in die Hauptstraße ein. Bald ist es geschafft, dachte ich.

Velda hatte mich schon fast aufgegeben. Ich sah sie mit zornigen Schritten vor dem Hackard Building auf- und abgehen, und dabei schwang sie ihren Schirm, als sei es ein Golfschläger. Ich fuhr ran und hupte. »Ich dachte, wir sagten in anderthalb Stunden?«

»Entschuldige, Goldstück, ich wurde aufgehalten.«

»Du wirst immer aufgehalten.« Sie war sehr hübsch, wenn sie sauer war.

Wir trugen uns in der Lobby im Nachtbuch ein, und der einsame Fahrstuhlführer nahm uns nach oben mit. Velda betrachtete mich aus dem Augenwinkel. Neugier stand ihr auch ganz ausgezeichnet. Schließlich konnte sie sich nicht länger zurückhalten. »Meistens weiß ich, was los ist, Mike?«

Ich gab ihr eine Kurzversion. »Es war die Rothaarige. Sie hat ihre Kamera benutzt, um Aufnahmen zu machen.«

»Das ist der Sinn der Sache.«

»Aber sie hat keine normalen Bilder damit gemacht. Sie konnten für Erpressung verwendet werden. Sie muß unzählige davon gemacht haben ... jedenfalls hat der ganze Aufstand damit zu tun. Pat hat sich auf diese Theorie eingelassen und die Razzien gestartet. Wir brauchen jetzt die Sachen als Beweise.«

»Ah, ja.« Sie kam nicht ganz mit, aber sie tat so als ob. Später würden wir uns hinsetzen, und ich würde ihr einen mit Einzelheiten gespickten Bericht geben. Später, jetzt nicht.

Wir kamen im Büro an, und Velda öffnete die Tür mit ihrem Schlüssel. Es war so lange her, daß ich dort gewesen bin, daß die Räume mir fast fremd vorkamen. Ich ging zum Tisch rüber, während Velda sich im Spiegel das Haar richtete. »Wo ist es, Kleines?«

»Auf der Löschpapierunterlage.«

»Ich seh's aber nicht.«

»Oh, Herr im Himmel. Hier ...« Ihre Augen wanderten vom Schreibtisch zu mir und weiteten sich ein wenig. »Es ist weg.«

»Weg, zum Teufel, das kann doch gar nicht sein!«

»Es stimmt aber. Ich habe es exakt hier hingelegt, bevor ich weggegangen bin. Ich erinnere mich ganz genau. Ich habe meinen Tisch aufgeräumt ...«, sie unterbrach sich.

»Was ist los?«

Sie griff unter den Stapel mit Notizblättern und betrachtete nachdenklich das oberste leere Blatt. Alle Farbe war aus ihrem Gesicht gewichen.

»Verdammt, sag endlich, was los ist!«

»Hier fehlt das oberste Blatt Papier ... das, auf dem ich Lolas Telephonnummer und ihre Adresse notiert hatte.«

»Oh, mein Gott.«

Ich packte die Vordertür, riß sie auf und drehte das Schloß in den Lichtschein. Um das Schlüsselloch herum waren ein paar Kratzer, wie sie entstehen, wenn man es mit einem Draht oder Dietrich aufgebrochen hat. Ich muß einen Schrei ausgestoßen haben, jedenfalls klang das Echo noch in meinen Ohren, als ich den Flur hinunterrannte. Velda rief mir etwas nach, aber ich beachtete sie nicht. Einmal wenigstens war der Aufzug da, wenn ich ihn brauchte, der Führer wartete darauf, uns wieder mit hinunter zu nehmen.

Er sah an meinem Gesichtsausdruck, daß ich es eilig hatte und schlug sofort die Tür zu und bediente den Abfahrtsmechanismus. »Wer war heute abend hier oben?« fragte ich scharf.

»Warum, ich weiß von niemandem, Sir.«

»Könnte jemand ungesehen die Treppe heraufkommen?«

»Ich nehme an, das wäre möglich, jedenfalls wenn der Portier und ich beschäftigt sind.«

»Waren Sie das?«

»Ja, wir haben die ganze Zeit die Flure gebohnert.«

Ich mußte die Zähne zusammenbeißen, um einen Fluch zu unterdrücken. Ich wollte den Typ anschreien, daß er sich beeilen sollte, so schnell wie möglich runterzufahren. Es brauchte eine Ewigkeit, bis wir unten waren. Velda drückte von oben auf den Summer, und ich schlüpfte aus der Tür, bevor sie noch ganz offen war, und hechtete zu meinem Auto.

»Oh Gott«, murmelte ich immer wieder vor mich hin, »oh Gott ...«

Ich trat das Gaspedal durch und jagte den Geschwindigkeitsmesser den ganzen Kreis rum. Die Reifen schlidderten in den Linkskurven und beruhigten sich in den Rechtskurven wieder. Ich war dankbar für den Regen, weil mich deshalb um diese Nachtzeit weder Autos behinderten noch Fußgänger über Kreuzungen wollten. Wenn welche dagewesen wären, hätte ich nie bremsen können, denn ich sah starr geradeaus, und ich hätte sicher alles über den Haufen gefahren, was sich mir in den Weg gestellt hätte.

Ich hatte nicht auf die Uhr gesehen, aber es schien Stunden zu dauern, bis ich mich auf einen Parkplatz zwischen die Autos am Bordstein vor der Wohnung quetschen konnte. Ich donnerte im Halbdunkel die Treppen rauf. Ich erreichte die Tür, riß sie auf und versuchte zu schreien, aber aus meinem Mund kam nur ein ersticktes Röcheln, weil sich ein harter Klumpen darin gebildet hatte und nicht mehr wegging.

Lola lag auf dem Fußboden. Ihre Arme waren ausgebreitet. Das Oberteil ihres Kleides war blutdurchtränkt.

Ich rannte zu ihr, fiel an ihrer Seite auf die Knie. Meine Hände tasteten nach ihrem Gesicht. Aus dem Loch in ihrer Brust floß immer noch Blut, und sie atmete noch. »Lola …«

Ihre Augenlider flatterten und öffneten sich. Sie erkannte mich, und ihre Lippen, früher so köstlich voll von rotem Leben, teilten sich zu einem bleichen Lächeln. »Mein Gott, Lola …«

Ich vesuchte, ihr zu helfen, aber ihre Augen sagten, daß es zu spät war. Zu spät. Ihre Hand bewegte sich, berührte mich, und beschrieb einen Bogen, der ihr offensichtlich große Schmerzen verursachte. Die Bewegung war so auffällig, daß ich ihr mit meinen Augen folgen mußte. Irgendwie schaffte sie es, auf den Telephontisch zu zeigen und dann auf die Tür.

Sie hatte keine Stimme mehr, aber ihre Lippen formten zum letzten Mal ein »ich liebe dich, Mike«. Ich wußte, was sie von mir wollte. Ich beugte mich vor und küßte sie sacht auf den Mund. Ich schmeckte das Salz der Tränen. »Lieber Gott. Warum hat ihr das passieren müssen? Warum?«

Ihre Augen waren geschlossen. Das Lächeln lag noch immer auf ihrem Gesicht. Aber Lola war tot. Eines wirst du immer wissen, ich liebe dich. Egal, wo du bist und wann, du sollst wissen, daß ich dich liebe, wo ich mich auch immer befinde. Nur dich.

Das Gefühl der Freude war weg. Ich fühlte mich leer im Inneren. Ich hatte kein Gefühl mehr, keine Emotion. Was sollte ich auch fühlen ... was sollte ich jetzt machen? Es war alles so schnell gegangen, die Liebe und daß sie mir im Augenblick ihres Triumphs genommen wurde. Ich schloß die Augen und begann ein Gebet, daß mir schwer von den Lippen ging, aber ich fing an: »Oh Gott ...« Als ich meine Augen wieder öffnete, deutete Lola noch immer auf die Tür. Selbst in ihrem Tod versuchte sie noch, mir etwas mitzuteilen.

Sie wollte mir sagen, daß der Mörder dort draußen war und ich so schnell aufgetaucht sei, daß er nicht mehr verschwinden konnte! Bei allem, was mir heilig war, er würde mir nicht entkommen! Meine Füße rannten schon zur Tür, als in meinem Hirn die Botschaft noch gar nicht angekommen war. Ich hielt im Flur an und hatte meine Ohren für das winzigste Geräusch gespitzt ... und ich hörte es. Das leise Scharren von Schritten, die vorsichtig versuchten, Lärm zu vermeiden. Füße, die von mir das Naheliegendste erwarteten, nämlich zuerst einen Arzt und dann die Polizei zu rufen. Das war genug Zeit für den Mörder, sich unbemerkt davonzumachen.

Nur über meine Leiche.

Ich vesuchte erst gar nicht, leise zu sein. Ich rannte auf die Treppe zu, nahm zwei Stufen auf einmal und schwang mich übers Geländer. Unter mir machte der Mörder ebenfalls keinen Versuch mehr, Lärm zu vermeiden, und raste kopfüber auf die Straße. Ich hörte das Aufheulen eines Motors, als ich aus der Tür kam, sah ein Auto ausscheren, sprang in meine Karre und schoß ihm hinterher.

Fünfzehntes Kapitel

Wer auch immer in diesem Auto saß, er war fast verrückt vor Angst. Eine irrwitzige Panik ließ ihn wie eine Rakete die Straße hinunterschießen, ohne einen Gedanken an sein eigenes oder das Leben anderer zu verschwenden. Vielleicht hatte er mein wildes Lachen im Ohr, als ich ihm immer näher kam. Vielleicht konnte er sich auch mein Gesicht vorstellen, die lodernden Augen im Jagdfieber, die Zähne zusammengebissen und die Lippen aufgeworfen, so daß ich jede Ähnlichkeit mit einem menschlichen Wesen verloren hatte.

Meine Muskeln hatten sich im ganzen Körper zu Knoten verkrampft, und ich wurde von einer unbändigen Wut geschüttelt, die nur zerreißen und zerfetzen wollte. Ich konnte nicht atmen; ich konnte nur Luft holen, sie solange wie möglich anhalten, und sie dann mit einem flachen, zischenden Geräusch ausstoßen. Ein Streifenwagen wurde auf uns aufmerksam und wollte die Verfolgung aufnehmen, aber wir verloren ihn sofort in den Seitenstraßen.

Jede Sekunde brachte mich ihm näher, jede Sekunde häufte weitere Kohlen auf das Feuer, das mir in der Seele brannte und das alles vor meinen Augen verschwimmen ließ, bis sich mein Sichtfeld nur noch auf einen schmalen Tunnel beschränkte, an dessen Ende der Wagen vor mir fuhr. Wir waren fast Stoßstange an Stoßstange, als er plötzlich eine Kehrtwendung Richtung Zentrum machte. Ich merkte, wie es meine Kiste fast zerriß, weil sie der Geschwindigkeit in der Kurve nicht standhalten konnte. Aus Angst, daß ich das Auto in einem Unfall verlieren würde, verlangsamte ich und brachte den Wagen wieder mit allen vier Rädern auf den Boden. Die Reifen knallten auf den Straßenbelag, und durch den Aufschlag wurde der Wagen zur Seite gezogen. Als ich ihn wieder unter Kontrolle hatte und geradeaus lenkte, hatte das Auto vor mir einen Vorsprung von vielleicht fünfzig Metern gewonnen.

Wir flogen mit einem heftigen Ruck über die Straßenbahngleise, der mir fast das Lenkrad aus den Händen riß, aber dann war es vorbei, und wir jagten Richtung Westen auf den Fluß zu. Die Entfernung zwischen uns verringerte sich zu Metern, dann zu bloßen Zentimetern. Ich wußte, wohin er wollte … wußte, daß er den West Side Highway erreichen wollte, wo er den Motor voll aufdrehen konnte, ohne daß ihm der Verkehr in die Quere kam, und er mich dann abhängen wollte.

Er konnte mich aber nicht mehr abhängen, weder jetzt noch später. Ich war der Gesell mit der Kapuze und der Sichel. Ich hatte hundertvierzig schwarze Pferde unter mir und hielt ein Stundenglas in der Hand. Ich lachte wie ein Besessener, bis mir die Tränen über die Wangen rollten. Plötzlich tauchte der Highway vor uns auf. Er wollte auf die Auffahrt fahren, bremste hart und brachte den Wagen dadurch ins Schleudern.

Wenn ihm nicht eine hohe Säule in den Weg gekommen wäre, hätte er es geschafft. Ich trat in die Bremsen, als ich das Krachen von Metall gegen Metall hörte und Glassplitter in alle Richtungen flogen. Der Wagen überschlug sich einmal und kam dann auf seinen Rädern zum Stillstand. Ich mußte ausweichen und um ihn herumfahren, und das Quietschen meiner Bremsen und Reifen steuerte einen neuen Ton zu der schauerlichen Symphonie der Zerstörung bei.

Ich sah, wie die Fahrertür des anderen Wagens aufgetreten wurde. Feeney Last sprang heraus, taumelte ein paar Schritte vorwärts und richtete dann seine Waffe auf mich. Ich warf mich auf den Boden, als der Schuß über meinen Kopf zischte, rollte mich hinter die Säule und riß meine Kanone hervor, während Feeney die Beine in die Hand nahm.

Lauf nur, Feeney, lauf. Lauf, bis dein Herz den Dienst versagt, und du zu einem Haufen zusammensackst und du keine Kraft mehr hast, dich zu bewegen, aber noch sehen kannst, wie du sterben wirst. Lauf nur, lauf, was das Zeug hält. Hör, wie die Schritte hinter dir nur ein bißchen schneller sind. Bleib eine Sekunde stehen, und du bist tot wie ein Stein.

Er drehte sich um und knallte aufs Geratewohl los. Ich machte mir nicht die Mühe, darauf zu antworten. Seine Schritte verrieten eine maßlose Angst, als er in wilder, kopfloser Panik hinunter in den Schatten des Pfeilers rannte und in dem schwarzen Schlund eines Schuppens verschwand. Die Dunkelheit im Innern war eine massive Wand, die ihn unsichtbar machte und gleich darauf auch mich umhüllte, als ich ihm direkt nachfolgte. Es war eine tiefschwarze Dunkelheit, die sich mir wie ein samtenes Tuch über die Augen legte, so daß ich auch hätte blind sein können.

Mit meinen Händen stieß ich gegen eine Kiste, und ich blieb stehen. Ich hörte, wie ein Körper stolperte und hinfiel, dann einmal fluchte und wegkroch. Ich hätte am liebsten meine Augen geschlossen gehalten, weil sie sich anfühlten, als ob sie so hell blitzen würden, daß er sie in der Dunkelheit nicht übersehen konnte. Die Dinge fingen allmählich an, Form anzunehmen. Kisten waren zu viereckigen Türmen bis zur Decke aufgestapelt worden, und dunkle Gänge führten um sie herum. Ich bückte mich und knüpfte meine Schnürsenkel auf, dann zog ich meine Schuhe aus und trat behutsam auf, um kein Geräusch zu machen.

Von der anderen Seite des Raums kam das rasselnde Stoßen von heiseren, halb unterdrückten Atemzügen: Feeney Last, der darauf wartete, daß ich näherkommen und zwischen ihn und das offene Tor treten würde, wo sich meine Silhouette dunkel gegen den blauen Nachthimmel der Stadt abheben würde.

Schneller, dachte ich, bevor er etwas merkt. Es wird ihm spätestens in einer Minute klar werden. Er wird darauf kommen, daß Wut nur eine Weile andauert und sich dann wieder der Verstand einschaltet. Dann hat er es kapiert. Ich schlich um die Kisten herum, hielt mich hinter ihnen und vertraute darauf, daß ich mit Glück wieder an der richtigen

Stelle aus dem Labyrinth herausfand. Ich stieß auch auf einen Hauptgang, der direkt zum Tor führte, aber Feeney befand sich nicht mehr da, wo er eigentlich hätte stehen sollen. Mein Fuß trat gegen ein Brett, das auf dem Zementboden klapperte, und automatisch zog ich mich zum Schutz zwischen die Kisten zurück.

Und ich hatte Glück, weil Feeney ausgestreckt auf dem Boden unter ein paar überstehenden Kisten lag. Der Schuß, den er über seine Schulter nach hinten abgefeuert hatte, verpaßte mich nur um Zentimeter.

Aber jetzt hatte ich ihn gesehen. Ich feuerte einen klikkenden Schuß um die Ecke und hörte, wie er sich noch weiter unter die Kisten verzog. Vielleicht fühlte er sich dort sicher, weil es sich keiner von uns beiden leisten konnte, als erster den Schuppen zu verlassen.

Mit meinen Fingern suchte ich nach Stellen, an denen ich mich festhalten konnte, und zog mich auf die Kisten hoch. Langsam und leise kletterte ich an den rauhen Seitenwänden der Kisten entlang. Splitter arbeiteten sich unter meine Haut, und meine Kleider blieben an herausstehenden Nägeln hängen, so daß ich sie vorsichtig wieder befreien mußte. Eine Katze hätte nicht leiser sein können.

Die obersten Kisten bildeten eine gerade Fläche, und ich kroch darauf Zentimeter um Zentimeter vorwärts, während ich in Gedanken die Abstände schätzte. Als ich über eine Kante blickte, konnte ich Feeneys Arm erkennen, der aus dem Schatten herausragte. Mit der Kanone in der Hand suchte er den engen Gang nach beiden Seiten langsam ab. Seine Finger lagen am gespannten Abzug, um sofort losballern zu können.

Ich lehnte mich vor und knallte eine Kugel genau in seine gottverdammte Hand, dann sprang ich hinunter, wo er sich vor Schmerz krampfartig krümmte und unter der Kiste hervorkroch. Ich landete mit den Füßen auf seinen Schultern und beendete abrupt sein Geschrei. Dann waren wir nur noch eine tretende, ineinander verbohrte Masse, die sich im Staub rollte.

Ich wollte nicht meine Kanone benutzen ... nur meine bloßen Hände. Meine Fäuste schlugen in das bleiche Oval seines Gesichtes, als ich ihm an die Gurgel ging. Er brachte sein Knie hoch, und ich konnte mich gerade noch rechtzeitig wegdrehen und fing den Schlag mit dem Oberschenkel ab. Er konnte nur eine Hand benutzen, und er hieb mit Handkantenschlägen auf mich ein und versuchte, seine Handkante auf meine Halsschlagader zu setzen. Er verschaffte sich mit Tritten Platz, drängte mich von sich weg mit der warmen, blutigen Masse, die mal seine Finger gewesen waren, und landete einen Schwinger an meinem Ohr.

Dann versuchte Feeney noch ein »Nein!« über die Lippen zu bringen, aber meine Hände hatten seine Gurgel gepackt und drückten ... ich knallte mit seinem Kopf so lange auf den Zementfußboden, bis er völlig schlaff zusammensackte. Ich rollte mich auf ihn und packte diesen Kopf wie einen triefenden Lappen mit meinen Händen und schlug und schlug und schlug, aber am Ende gab es kein befriedigendes, massives Krachen, sondern nur ein ekelerregendes, matschiges Geräusch, als die Hirnsuppe mich über und über vollspritzte.

Erst dann ließ ich los. Ich warf einen kurzen Blick auf Feeney, oder das, was von ihm noch übrig war, und mußte mich übergeben.

Draußen erklangen Trillerpfeifen, Sirenen und aufgeregte Schreie um das Autowrack herum. Schwach hörte ich, wie Stimmen riefen, wir wären in dem Schuppen. Ich setzte mich auf den Boden und versuchte, wieder zu Atem zu kommen, dabei durchsuchte ich Feeneys Taschen. Meine Finger schlossen sich um ein rechteckiges Stück Pappe. Auf einer Seite war es ausgefranst, da wo der Zettel abgerissen worden war. Ich wußte, daß ich den Einlöseschein in der Hand hielt, der Lola das Leben gekostet hatte.

Sie holten mich raus in das grelle Licht der Scheinwerfer und hörten zu, was ich zu sagen hatte. Der Funkwagen kontaktierte das Präsidium, wo Pat verständigt wurde, und schon war ich kein mordlüsterner Killer mehr, sondern ein Privatdetektiv mit gültiger Lizenz und einem rechtmäßigen Auftrag. Durch ein paar Nachfragen bekamen sie die Sache mit Lola aus mir heraus, und der endgültige Beweis von Feeneys Schuld fand sich in seiner Hosentasche, ein blutverschmiertes Messer.

Ach, sie waren sehr nett zu mir. Genaugenommen behandelten sie mich sogar wie eine Art Held. Sie wollten mich auch nicht mehr zum Verhör aufs Revier bringen. Sie hatten meine Aussage, und Pat erledigte den Rest für mich. Ich wurde in einem Streifenwagen heimgefahren, und ein zweiter Bulle fuhr meinen eigenen Wagen hinterher. Morgen, sagten sie, hätte das auch noch Zeit. Heute nacht sollte ich mich erst mal ausruhen. In ein paar Stunden kommt die Morgendämmerung, und das Tageslicht wird den Wahnsinn der Nacht vertreiben. Mein Telephon klingelte, als ich in meine Wohnung kam. Ich meldete mich geistesabwesend und hörte, wie Pat mir sagte, er komme gleich rüber und ich solle auf ihn warten. Ich legte ohne ein Wort auf, suchte nach einer Flasche und konnte keine finden.

Pat hatte ich vergessen, alles hatte ich vergessen. Ich stolperte wieder hinaus, die Treppen hinunter, ging eine Straße weiter zur Hintertür von Masts Kneipe, wo er sich eine kleine Hausbar für private Gäste eingerichtet hatte, und hämmerte an die Tür, damit er mir öffnete.

Nach einer Minute ging das Licht an, und Joe Mast stand im Schlafanzug vor mir.

Manche Männer merken sofort, was in anderen Männern vor sich geht, und sie wissen genau, wann sie keine Fragen stellen dürfen. Joe wartete, bis ich drin war, schloß die Tür hinter sich ab und ließ die Rolläden herunter. Ohne ein Wort stellte er sich hinter die winzige Bar, nahm eine Flasche aus dem Regal und schenkte mir einen Doppelten ein, während ich mich auf einen Hocker quälte.

Ich schmeckte den Alkohol nicht; ich merkte nicht mal, daß er in meiner Kehle brannte.

Ich kippte noch einen hinunter und schmeckte den auch nicht.

Joe sagte: »Langsam, Mike. Trink soviel du willst, aber laß dir Zeit dabei.«

Eine Stimme fing an zu sprechen, und ich wußte, daß es meine war. Sie kam von selbst, eine heisere, fremde Stimme, die völlig tonlos war. »Ich habe sie geliebt, Joe. Sie war wunderschön, und sie hat mich auch geliebt. Sie ist heute gestorben, und ihre letzten Worte waren, daß sie mich liebte.

Es hätte so schön werden können. Sie hat mich viel mehr geliebt, und ich hatte gerade erst angefangen, sie in mein Herz zu schließen. Ich wußte, daß ich ihr über kurz oder lang genauso viel Liebe schenken konnte wie sie mir. Er hat sie umgebracht, das Schwein. Er hat sie umgebracht, und ich hab seinen Schädel in Matsch verwandelt. Nicht einmal mehr der Teufel wird ihn wiedererkennen.«

Ich wollte die Zigaretten aus meiner Hosentasche holen und bekam den Pfandschein in die Finger. Ich legte ihn neben das Glas und die Zigaretten auf den Tresen. Als Name war Nancy Sanford angegeben und als Adresse das Seaside Hotel auf Coney Island. »Er hatte den Tod verdient. Er wollte meinen Rotschopf ermorden. Es ist nicht so weit gekommen, aber trotzdem ist alles so gelaufen, daß es ihm in den Kram paßte. Er war eine große Nummer im Prostitutionsgeschäft. Er hatte tolle Pläne. Er tötete, damit den Plänen nichts in die Quere kam. Er hat eine Blondine auf dem Gewissen und Lola. Mich wollte er auch schon mal totprügeln, hat sich aber überreden lassen, es nicht zu tun. Damals war es noch zu früh, mich umzubringen. Ungeplante Morde können zu leicht aufgedeckt werden.«

Meine Gedanken wanderten zurück zum Parkplatz, dann zu einem noch früheren Zeitpunkt, als ich in Murray Candids Büro hineinmarschiert war und sah, wie eine Tür zuging, und hörte, wie jemand hustete. Das war Feeney gewesen. Er hatte mich im Club erkannt und Murray Bescheid gegeben. Kein Wunder, daß sie mir eine Lektion erteilen wollten. Feeney war ein kluger Kopf, er wollte meinen Tod. Er wußte, daß man mich nicht mit einem Abschreckungsmanöver los wird. Pech für ihn, daß er es sich hatte ausreden lassen. Er war in dieser Nacht dabeigewesen. Hatte er den Ring dabei? Verdammt, warum tauchte immer wieder das Problem mit dem Ring auf? Wo zum Teufel *war* da die Verbindung? Die ganze Sache hatte damit angefangen ... konnte alles wirklich ohne den Ring zu Ende gebracht werden?

Abwesend starrte ich an die Rückwand der Bar, ganz in Gedanken verloren. Der Ring mit dem abgewetzten Lilienmotiv. Nancys Ring. Wo war er jetzt wohl? Mein Herzschlag fing plötzlich an, schneller zu schlagen, bis es wie ein Hammer gegen meine Rippen pochte. Mein Blick war auf die Flaschen gerichtet, die schön in einer langen Linie aufgereiht waren.

Ja, natürlich. JA! Ich wußte, wo der Ring war!

Und Lola, die mich hinter Feeney hergeschickt hatte, wollte mir noch etwas anderes sagen ... und ich hatte es bis jetzt nicht kapiert!

Joe versuchte mich aufzuhalten, aber ich war zur Tür raus, bevor er mir nachschreien konnte. Ich fand meinen Wagen und kletterte hinein, dann fingerte ich nach dem Zündschloß. Ich brauchte mich nicht zu beeilen, weil ich mir Zeit lassen konnte. Nicht allzuviel, aber genug Zeit, um zum Seaside Hotel auf Coney Island zu fahren und meinen Job dort zu erledigen.

Ich wußte, was ich dort finden würde. Nancy hatte es da mit ihrem Gepäck gelassen. Sie war pleite, also mußte sie die Kamera zur Pfandleihe bringen. Und pleite, wie sie war, mußte sie das Seaside Hotel ohne ihr Gepäck verlassen. Aber sie wußte, daß es dort in sicherer Verwahrung war. Beschlagnahmt, aber sicher. Sie konnte es wieder auslösen, wenn sie das Geld dafür aufgetrieben hatte.

Das Seaside Hotel lag versteckt in einer Straße, die von leeren Imbißständen gesäumt war. Vielleicht konnte man ja vom Dach einen Blick aufs Meer werfen. Von meiner Position aus sah man es jedenfalls nicht. Ich parkte eine Straße entfernt und ging zu dem Gebäude rüber. Die Farbe blätterte von den Wänden, die Fensterläden waren geschlossen, und auf einem Schild stand AUSSERHALB DER BADESAISON GESCHLOSSEN. Unter diesem Schild verkündete ein zweites der Öffentlichkeit, daß das Haus unter dem Schutz einer unbekannten Objektschutzfirma stand.

Ich zog ein letztes Mal an der Zigarette und warf sie in den Sand, der sich im Rinnstein angesammelt hatte.

Ein Blick auf die schweren Balken über der Tür und die Stahlgitter vor den Fenstern im Erdgeschoß verriet mir, daß es keinen Zweck hatte, auf diesem Weg zu versuchen, ins Innere zu gelangen. Ich benutzte den Zaun bei einer Imbißbude als Leiter und ging um das Gebäude herum nach hinten. Als ich dastand und mir den weißen Sand anschaute, der unter den dunkleren Brocken hervorlugte, die ich mit meinen Schritten aufgeworfen hatte, begann es wieder zu regnen. Ich lächelte vor mich hin. Sanfter Regen. Wunderbarer, schöner Regen. In fünf Minuten würde alles naß sein, und meine Spuren würden auf der dunklen Oberfläche verschwinden.

Das Dach eines Anbaus neigte sich nach hinten mir entgegen. Ich mußte hochspringen, um es zu erreichen, weil ich mich lieber selbst daran hochzog, als die leeren Kisten von Limonadeflaschen aufzustapeln, die hier herumlagen. Ein Stück meines Mantels blieb an einem Nagel hängen, und ich nahm mir die Zeit, ihn aus dem Holz zu ziehen. Ich durfte hier nicht die geringste Spur hinterlassen.

Von hier aus konnte ich ein Fenster erreichen; ich versuchte, es zu öffnen, aber es war verschlossen. In einer Nische an der Hauswand bildeten hervorstehende Ziegel eine Art Trittstufen, die miteinander verbunden waren. Ich strich mit der Hand über die brüchigen Steine. Bis zum Dach waren es ungefähr drei Meter, ein senkrechter Aufstieg mit kaum etwas, an dem man sich festhalten konnte.

Ich überlegte es mir nicht lange.

Meine Zehen klammerten sich an den Kanten der Ziegel

fest und stützten mich ab, während ich nach dem nächsten Halt griff; dann erwiesen mir meine Finger denselben Dienst. Es war ein mörderischer Aufstieg, und zweimal rutschte ich aus und konnte mich gerade noch fangen und so positionieren, daß ich weitersteigen konnte. Als ich oben war, lag ich erst einmal eine Minute lang keuchend da, bevor ich weitermachen konnte.

Mitten im Dach befand sich ein Fenster aus verstärktem Glas, daneben zeigten sich die leicht hervorstehenden Umrisse einer Dachluke. Das Fenster gab nicht nach, aber die Dachluke. Ich zerrte mit beiden Händen daran und spürte, wie sich die Schrauben aus dem verrotteten Holz lösten, dann schaute ich hinunter in ein schwarzes Loch, das ins Innere des Seaside Hotels führte.

Ich ließ meine Beine in die Dunkelheit baumeln und tastete mit den Füßen nach irgend etwas, auf dem ich stehen konnte. Ich fand nichts und ließ mich in einen Haufen voll Kram fallen, der krachend um mich herum zu Boden ging. Ich hatte eine Kugelschreiber-Taschenlampe in meiner Jackentasche und leuchtete um mich. Ich befand mich in einer Art Wandschrank. Die Regale auf der einen Seite standen voll mit angebrochenen Farbeimern und harten, ausgetrockneten Seifestücken. Eine Ansammlung von Besen lag verstreut auf dem Boden, weil ich sie bei meinem Einstieg umgeworfen hatte. Auf der anderen Seite befand sich eine Tür, die mit Spinnweben überzogen war, auf denen dicke Lagen von Staub hingen. Ich entfernte sie mit meiner Taschenlampe und drehte den Knauf.

In jeder anderen Gegend wäre das Seaside Hotel eine billige Absteige gewesen. Weil es auf Sand gebaut war und man manchmal den Geruch des Meeres in die Nase bekam, neben den Hot dogs und diversen menschlichen Ausdünstungen, konnte man es als Sommerhotel durchgehen lassen. Die Gänge waren eng und verwinkelt, und der Teppichbelag auf dem Boden an manchen Stellen durchgescheuert. Die Zimmertüren hingen in losen Angeln und warteten nur darauf, daß der Zahn der Zeit endgültig den

Sieg davontrug und sie umfallen und liegenbleiben konnten. Ich ging den Gang runter, immer an der Wand entlang, wobei mir die Taschenlampe den Weg leuchtete. Auf einer Seite schlängelte sich eine Treppe nach unten, und im Staub waren die Abdrücke von unzähligen Rattenfüßen zu erkennen.

Vorne war das Gebäude einen Stock höher, und ein Schild zeigte in die Richtung der Treppen am anderen Ende. Ich leuchtete in jedes Zimmer, an dem ich vorbeikam, konnte aber immer nur ein leeres Bett mit Matratze, eine einsame Kommode und einen Stuhl erkennen.

Im nächsten Stock fand ich, was ich suchte. Auf einer der Türen stand LAGER, und sie war mit einem überdimensionalen Vorhängeschloß gesichert. Ich nahm die Taschenlampe zwischen die Zähne und griff nach dem Bündel Dietriche, die ich immer im Auto dabei hatte. Das Schloß war groß, aber es war schon alt. Mit dem dritten Dietrich ließ es sich mit einem Knacken öffnen. Ich legte es auf den Boden und öffnete die Tür. Das Zimmer war einmal ein Gästezimmer gewesen, aber jetzt war es ein Abstellraum für abgepackte Leintücher, Matratzen, Geschirr und schmutziges Werkzeug. Ein paar alte Stühle waren noch in die Schraubzwingen gespannt, weil wohl jemand versucht hatte, sie zu reparieren. An der hinteren Wand war eine ganze Menge Gepäck aufgestapelt; Reisetaschen, Militärkoffer, ein teurer Gladstone und ein paar zerschlissene Aktentaschen. Um jeden Griff war ein Schild gebunden, auf dem in Rot groß ein Preis geschrieben stand.

Ein Teppichläufer bedeckte die ganze Länge des Zimmers und war hier nicht auf den Boden genagelt worden. Ich drehte ihn um, damit ich keine Spuren im Staub hinterließ. Ich fand, wonach ich suchte. Es war ein kleiner Koffer, auf den mit Schablone Nancy Sanford geschrieben war. Er ließ sich beim ersten Versuch öffnen.

Fast andächtig schlug ich die Ordner auf und betrachtete, was sie enthielten. Ich schämte mich nicht mehr für Nancy; ich mußte mich schämen, weil ich geglaubt hatte, sie hätte Erpressungen geplant. Hier in dem Koffer war ihr Lebensinhalt, eine vollständige Entlarvung des Zuhälterrings, untermauert mit Photos, Dokumenten und Notizen, die im Moment noch keine Bedeutung hatten, aber wichtig wurden, wenn man sich mehr damit befaßte. Hier waren Namen und bekannte Gesichter. Nicht nur Bezirksabgeordnete, nicht nur Industrielle. Ganz andere Kreise. Der Skandal hatte das Rathaus erreicht. Sogar auf der Park Avenue würde man ihn zu spüren kriegen. Aber noch wichtiger war, wie das Ganze funktioniert hatte. Darüber gab es einen gesonderten Ordner mit vergrößerten Photos von Büchern, die die Polizei und die Steuerbehörde interessieren würden, dazu unwiderlegbare Beweise, zu wem diese Bücher gehörten. Das ganze ausgeklügelte System.

Meine Ohren registrierten das Geräusch, ein leises metallisches Schnappen. Ich klappte den Koffer zu und verschloß ihn wieder, dann ging ich in meinen eigenen Fußstapfen zurück und nahm mir die Zeit, den Teppich ordentlich darüber zu legen und ihn genau zu überprüfen. Nachdem ich mich davon überzeugt hatte, daß ich keine Spuren hinterlassen hatte, machte ich die Tür zu und befestigte das Vorhängeschloß wieder an seinem Platz. Von der Bodenleiste an der Wand fegte ich eine Handvoll Staub zusammen und verteilte sie über das Schloß, so daß es wieder aussah, als hätten meine Hände es nie berührt.

Ein gelber Lichtschein leuchtete den Gang hoch, wurde an der Treppe stärker und verharrte dort. Ich versteckte mich in einem Gästezimmer und stopfte meine Armbanduhr in die Tasche, damit mich ihr beleuchtetes Zifferblatt nicht verraten konnte.

Der Fremde leuchtete in jedes Zimmer, genauso wie ich es getan hatte. Schritte kamen leise die Treppe hoch und versuchten, ganz vorsichtig aufzutreten. Wer immer dieses Licht in der Hand hatte, ging kein Risiko ein, denn er hielt es nach unten zum Teppich und überprüfte ihn auf Fußspuren im Staub.

In meinem Versteck in dem Zimmer mußte ich vor mich hingrinsen.

Der Lichtschein kam jetzt die Treppe hoch und warf im ganzen Gang flackernde Schatten. An dem zischenden Geräusch erkannte ich, daß er eine Petroleumlampe in der Hand hielt. Das Licht näherte sich der Tür des Lagerraums. Jemand seufzte auf. Er stellte die Lampe auf den Boden und ließ das Licht auf das Schloß fallen. Ich hörte, wie er mit einem Dietrich daran herumhantierte.

Er brauchte länger als ich. Aber er schaffte es.

Als ich hörte, wie er in das Zimmer hineinging, zog ich meine Kanone und wartete damit an der Tür. Er machte so ein Getöse, als er den Koffer ins Licht zerrte, daß das Geräusch meiner Schritte davon verschluckt wurde. Er war so aufgeregt, daß er sich nicht mehr mit einem Dietrich versuchte, sondern das Schloß mit Gewalt aufbrach. Ein leises Lachen kam aus seiner Kehle, als er den Inhalt durchwühlte.

Ich sagte: »Hallo, Mr. Berin-Grotin.«

Ich hätte den Schweinehund in den Rücken schießen und meinen Mund halten sollen. Er wirbelte mit unglaublicher Geschwindigkeit herum, zerbrach dabei die Laterne und feuerte zur gleichen Zeit einen Schuß auf mich ab. Bevor ich überhaupt abdrücken konnte, hatte mich eine Kugel in der Brust getroffen, und ich wurde aus der Türöffnung geschleudert. Dann bohrte sich eine zweite Kugel in mein Bein.

»Du sollst in der Hölle schmoren«, schrie er.

Ich rollte mich auf die Seite, weil die Nachwirkungen vom Einschlag der Kugel mich am ganzen Körper betäubten. Ich lag mit dem Gesicht auf dem Boden und drückte immer wieder ab und feuerte in die Dunkelheit.

Ein Schuß züngelte in meine Richtung und schlug in die Wand über meinem Kopf ein, aber in dem kurzen Feuerstrahl steckte der Tod. Die Laterne war umgestürzt, und das Petroleum hatte sich über dem Boden verteilt. Es entfachte sich zu einem lodernden Feuer genau vor Berins Gesicht. Ich sah seine Augen, verrückte Augen, Augen, in denen der Irrsinn geschrieben stand. Er war auf Händen und Knien und wollte sich zurückschieben, wurde aber für einen Augenblick von dem Feuer geblendet.

Ich mußte mich unendlich anstrengen, um die 45er in den Griff zu kriegen und genau zu zielen. Als ich abdrückte, rutschte sie mir aus der Hand und schlitterte über den Boden. Aber ich hatte mein Ziel getroffen. Die 45er traf ihn an der Hüfte und warf ihn rückwärts um.

Alles stand jetzt in Flammen, das Feuer fraß sich durch das Bettzeug und züngelte an den Wänden hoch zur Decke. Ein Topf Farbe und irgendwas in einer Flasche explodierten mit einem dumpfen Dröhnen. Ich hatte Schwierigkeiten, überhaupt etwas zu spüren, selbst die Hitze. Drüben in der Ecke stöhnte Berin und stemmte sich zu einer aufrechten Position hoch. Dann sah er, daß ich hilflos auf dem Boden lag, und seine Hand griff zu seiner Kanone.

Er wollte mich hier erledigen, und wenn es seine letzte Tat sein sollte. Er hätte es auch geschafft, wenn die Wand neben ihm nicht in einem Funkenregen zusammengebrochen wäre. Einer der Balken, der jeden Halt durch verrostete Nägel verloren hatte, schwankte und krachte wie eine riesige, umstürzende Fichte in das Zimmer, wobei er den gottverdammten Mörder auf dem Boden unter sich begrub.

Ich lachte wie ein Teufel, wollte mich fast ausschütten vor Lachen, obwohl ich wußte, daß ich so oder so sterben mußte.

»Du hast verloren, Berin, du hast verloren! Du hättest dich vielleicht noch aus dem Staub machen können, aber jetzt hast du verloren!«

Er kämpfte mit dem schweren Balken, stemmte seine Hände gegen das schwelende Holz, um es wegzurollen, und ich hatte den bitteren Gestank von verbranntem Fleisch in der Nase. »Helfen Sie mir hier raus, Mike! Das Ding, rollen Sie es runter von mir … bitte. Sie können alles haben, was Sie wollen! Helfen Sie mir raus!«

»Ich kann nicht ... ich kann mich nicht einmal bewegen. Vielleicht würde ich dir sogar helfen, wenn ich könnte, aber ich kann nicht mal rüberkommen!«

»Mike ...«

»Hat keinen Zweck, du dreckige Laus. Ich sterbe mit dir. Mir macht das nichts mehr aus. Ich sterbe, aber du kommst mit mir. So hast du dir das nicht vorgestellt, was? Du hattest den Ring wieder und gedacht, jetzt hast du Zeit. Du hast nicht gewußt, daß ich Feeney erledigt habe und ihm den Pfandschein wieder abgenommen habe.

Lola hat auf mich gewartet. Du hast gehört, wie ich ihr das am Telephon gesagt habe. Als du die Drinks holen warst, hast du Feeney angerufen und eine Schallplatte abgespielt, damit ich das Gespräch nicht hören konnte. Er muß sie vollkommen überrascht haben. Sie hat mich erwartet, und ein Mörder kam zur Tür herein. Klar, du hast mich aufgehalten, als Feeney in mein Büro eingebrochen ist. Da hat er auch ganze Arbeit geleistet. Aber er mußte noch mal zurück und Lola umbringen, weil sie die Adresse auf dem Schein kannte und man vielleicht auch über die Kamera an Nancy rankam.

Feeney hat dich angerufen, gleich nachdem er sie erstochen hatte, aber sie war noch nicht tot und hat ihn dabei beobachtet. Du hast Feeney befohlen, dort abzuhauen und irgendwo auf dich zu warten. Klar, du wolltest nicht, daß Feeney dieses Zeugs in seine Finger kriegt. Er wollte gehen ... genau in dem Moment, als ich zur Tür reinkam. Lola hat mit dem Finger auf ihn gezeigt. Auf dich hat sie auch gezeigt, als sie auf das Telephon deutete. Feeney wollte gehen, aber ich bin gekommen, und er hat sich versteckt, mich vorbeigehen lassen, und ich hab ihn nicht gesehen. Ich habe ihn aber doch noch erwischt. Ja, du hast auf Nummer sicher gespielt, bis zum Schluß. Hast dir Zeit gelassen, um hierher zu kommen, aufgepaßt, daß du keine Aufmerksamkeit auf dich lenkst. Hast du dich aus dem Hotel weggeschlichen oder nur so getan, als ob du wie gewöhnlich morgens früh aufgestanden bist?«

»Mike, ich verbrenne!«

Sein Haar rauchte, bauschte sich hoch zu einem Feuerball, und er schrie wieder. Er sah wirklich aus wie ein Mörder, so glatzköpfig, wie er jetzt war. Die Mauer an der anderen Seite war ein Flammenteppich.

»Ich bin erst gestern nacht auf die Verbindung gekommen. Es war doch der Ring. Der Ring war sehr wichtig. Ich saß da und hab eine Flasche Whiskey angestarrt. Auf dem Etikett sind drei ineinander verschränkte Federn vorne drauf, genau wie auf der aufwendigen Grabplatte an deinem Privatmausoleum. Mir fiel irgendwie auf, daß die Anordnung der Federn genau wie das Lilienmuster aussahen, und dann ist der Groschen gefallen. Das Emblem auf dem Ring *waren* drei Federn, nur schon so abgewetzt, daß man sie nicht mehr erkennen konnte.«

Er kämpfte jetzt mit dem Balken, und sein Gesicht verzog sich in Todesangst. Ich beobachtete ihn eine Sekunde lang und lachte wieder.

»Die drei Federn gehörten zu deinem Familienwappen, nicht? Eine Nachahmung des königlichen Wappens. Du und dein verdammter Stolz, du Schwein. Nancy Sanford war deine eigene Enkeltochter. Sie war schwanger, und du hast sie auf die Straße geworfen. Hast du dir eigentlich mal Gedanken über *ihren* Stolz gemacht? Sie mußte einen Job nach dem anderen annehmen und unter einem falschen Namen arbeiten. Sie ging nebenher anschaffen. Sie lernte Typen wie Russ Bowen kennen und seine Verbindung zu Feeney. Und dann eines Tages sah sie euch beide zusammen.

Ich kann mir lebhaft vorstellen, was sie gedacht haben muß, als sie entdeckte, daß du dazugehörst. Daß du dein eitles Leben in Wohlstand auf Geld aufgebaut hast, das mit den Körpern der Mädchen verdient wurde, und du dich hinter einer Maske der Ehrbarkeit nur versteckst. Du hast dir das alles schön eingerichtet gehabt, bis sie daherkam. Sie war nur auf eines aus, den Zuhälterring auffliegen zu lassen.

Leider mußte sie ihr Gepäck deponieren, bis sie das Geld zusammen hatte, um es auszulösen. Das war dein Glück. Feeney ist ihr geschäftlich über den Weg gelaufen und hat dabei was entdeckt. Was war es denn, noch mehr Photos? Bist du sofort drauf gekommen? Oder hat er den Ring gesehen und ihn gleich erkannt?«

Berin drehte den Kopf von einer Seite zur anderen. Der Balken brannte nicht lichterloh, sondern lag über seiner Brust und schwelte vor sich hin. Seine Augen waren zur Decke gerichtet, wo er zusah, wie der Putz sprang und abbröckelte. Das Feuer weitete sich aus, fraß sich durch alles, was ihm in den Weg kam. Nur noch auf dem Boden gab es ein Entkommen vor der glühenden Hitze. Aber auch nicht mehr lange. Bald würden die Flammen von unten durch den Boden schlagen, und dann war es vorbei. Ich versuchte, mich vom Fleck zu bewegen, aber es kostete mich zuviel Kraft. Ich konnte nur auf den Mann unter dem Balken starren und war froh, daß ich nicht alleine sterben mußte.

Ich lachte auf, und Berin drehte seinen Kopf zu mir. Ein heißer Funke landete auf seiner Wange, aber er merkte es nicht mehr. »Nancy wurde umgebracht, oder etwa nicht?« sagte ich. »Ganz so raffiniert war es gar nicht geplant gewesen. Das hättest du nicht gedacht, daß ein Mädchen, dem ein Experte mit einem Knüppel das Genick gebrochen hatte, sich noch mal hochrappelt, als ihr sie schon aus dem Auto geworfen habt, und daß sie dann noch die Straße entlangtaumelt und direkt vor ein anderes Auto läuft.

Du hast Feeney ein Alibi gegeben für die Nacht, in der sie umgebracht wurde. Ihr habt sie zusammen verfolgt, sie gezwungen, in den Wagen zu steigen, sie dort auf eure übliche Tour erledigt und dann aus dem Auto geschmissen – und alles zeitlich genau in den normalen Ablauf eines Abends in der Stadt eingepaßt!

Feeney macht normalerweise keine halben Sachen, aber er hat bei Nancy geschlampt und bei mir. Da hätte ich eher drauf kommen müssen, spätestens, als Lola mir erzählte,

Nancy hätte keine Laster. Nein, sie würde sich nicht volllaufen lassen, aber die Zeugen sagten, daß sie torkelte, und nahmen an, sie sei betrunken. Ich wette, darüber hast du dich köstlich amüsiert.

Dein Stolz. Es war dein verdammter Stolz. In deinen Jugendjahren hast du als Playboy in Saus und Braus gelebt und dein ganzes Erbe verschleudert. Aber dein Stolz ließ nicht zu, daß du deine Armut akzeptieren konntest. Die cleveren Gauner in der Stadt haben sich deiner angenommen, und am Anfang hast du mit deinem ehrwürdigen Namen ihre schmutzigen Geschäfte gedeckt. Aber dann hast du sie dafür löhnen lassen, und bald hattest du den gesamten Zuhälterring in der Hand. Du hast dein Geld mit dem schmutzigsten Gewerbe der Welt gemacht, aber dein Stolz hat nicht zugelassen, daß du deiner Enkeltochter verzeihen konntest, nachdem sie einen Fehler gemacht hatte. Und dann konnte dein Stolz nicht ertragen, daß sie sich deinen Geschäften entgegenstellte.«

Meine Stimme war kaum mehr zu hören in dem tosenden Prasseln der Flammen. Draußen hörte ich Löschfahrzeuge durch die Straßen donnern, und weit entfernte Stimmen mischten sich unter das Getöse der einstürzenden Wände. Nur weil sich das Feuer langsam nach unten fraß, waren wir noch am Leben.

»Aber es steht alles da in diesem Koffer, Mister. Du stirbst, und dein feiner Doppelname wird in dem Dreck und Morast untergehen, den er über die Welt gebracht hat.«

»Nein, das wird er nicht, verflucht! Das wird er nicht!« Sogar trotz der Schmerzen hatte er sich einen Plan ausgedacht. »Der Koffer wird verbrennen, und selbst wenn man noch Überreste findet, wird es so aussehen, als ob ich hier mit *dir* hergekommen bin, Mike. Ja, du bist mein Alibi, und mein Name wird *nicht* untergehen. Niemand wird jetzt noch herausfinden können, wer das Mädchen war, und die Welt wird nie die Wahrheit erfahren!«

Was er sagte, stimmte. Und weil es so haargenau stimmte, meldete sich meine Wut wieder und vertrieb die Taubheit in meinem Bein und die Schmerzen in meiner Brust, und ich schleppte mich durch das Zimmer. Ich erreichte den Koffer und schob ihn ein Stück vorwärts, schob ihn noch mal, wobei ich glühende Holzstücke wegwischen mußte, die von der Decke fielen. Berin sah, was ich vorhatte, und schrie, ich solle aufhören. Ich grinste ihn an. Er war ein häßlicher Glatzkopf. Er sah aus wie ein Mörder in der Hölle, kurz vor seinem Tod.

Irgendwie schaffte ich es, den Koffer aufrechtzustellen, und ich wuchtete ihn hoch. Die Anstrengung warf mich auf den Boden zurück, aber der Koffer krachte durch das Fenster und fiel draußen in den Sand. Ich hörte einen erschrockenen Schrei, und eine Stimme brüllte: »In dem Zimmer da oben ist jemand!«

Durch die plötzliche Öffnung am Fenster entstand im Zimmer ein starker Luftzug, der die Flammen geradezu von den Wänden zog und sie mir ins Gesicht schlagen ließ. Ich roch den Gestank von verbranntem Menschenhaar und sah, wie Rauch von Berins Hosenbeinen aufstieg. Seine Kanone lag genau unter meiner Handfläche.

Er hätte nie so mit mir reden dürfen, aber es war zu spät. Die kleine Rede hatte mir die Kraft verliehen, das Ganze zu Ende zu bringen. Ich griff nach der Waffe, einer 38er, und umschloß den Griff mit meiner Faust.

»Schau dir mal deinen Privatdetektiv an, Berin. Weißt du, was ich machen werde? Jetzt hör mir mal genau zu, was ich dir zu sagen habe, und denk scharf drüber nach, weil dir nur noch ein paar Minuten bleiben. Dieses Grabmahl von dir wird nicht leer bleiben. Nein, Red wird darin residieren. Das Mädchen, das du aus Stolz auf die Straße gesetzt hast. Sie wird in diesem Mausoleum ruhen. Und weißt du auch, wo du begraben wirst? Auf dem Armenfriedhof, Seite an Seite mit Feeney Last, zumindest das, was dann noch von dir übrig ist. Ich sage der Polizei genau, was passiert ist. Es wird nicht die ganze Wahrheit sein, aber es wird sie überzeugen. Ich sage ihnen, die Leiche hier oben ist einer deiner Jungs, den du hinter mir hergeschickt hast. Sie werden dich nie finden, auch wenn sie nie aufhören, nach dir zu suchen. Und immer wenn dein Name fällt, wird man sich spöttisch an deine Schande erinnern. Die einzig ehrbare Erinnerung wird dem Rotschopf gelten. Du stirbst den Tod, vor dem du dich am meisten gefürchtet hast ... einsam und völlig unbekannt. Wilde Tiere werden über dein Grab trampeln. Nicht einmal ein Holzkreuz wird darauf hinweisen.«

Ihn packte das blanke Entsetzen, und seine Zähne knirschten.

»Aber ich werde mir nicht das Vergnügen nehmen lassen, dich selber umzulegen, Mister Ratte. Als Ausgleich für die Blondine und für Lola. Ich werde dich umlegen, damit ich weiterleben kann, ohne mein Gesicht im Spiegel zu hassen. Ich erzähle ihnen, wir hätten gekämpft, und ich hätte dich in Notwehr töten müssen. Aber du weißt als einziger die Wahrheit. Das tut weh, oder?«

Die Qual in seinen Augen hatte nichts mehr mit körperlichen Schmerzen zu tun.

»Sie sind jede Minute oben. Ich warte auf sie. Ich lass mich hier rausholen und sage ihnen, daß es keinen Zweck hat, noch mal hochzukommen. Ich lass dich verbrennen, und es wird nichts mehr übrigbleiben, an dem man dich identifizieren kann.«

Ein Wasserstrahl traf die eine Wand auf der Seite. Er kam direkt durch das Fenster und verwandelte das Zimmer in eine Hölle aus Qualm und Dreck.

»Jetzt wird gleich eine Leiter hier hochgeschoben. Wenn sie oben ist, drück ich ab. Denk drüber nach, streng dich an.«

Draußen wurde ein Löschwagen in Position gebracht. Das Rufen unten wurde lauter. Ich kauerte mich in eine etwas geschütztere Lage hinter den Balken, der ihn am Boden hielt. Die Decke über dem Gang draußen brach mit einem Krachen in sich zusammen und nahm dabei die Vorderwand mit. Ich hörte ein Knistern und schaute hoch.

Direkt über uns bog sich die Decke nach unten und hing in der Mitte durch. Flammen schossen durch die Ritzen.

Ich schaute Berin an und lachte. Er drehte sich zu mir um und starrte genau in die Mündung seiner eigenen Kanone. Minuten vergingen, Sekunden, Bruchteile von Zeit. Die Decke schwankte. Das Gesicht des Mörders hatte sich in eine widerliche, haßerfüllte Fratze verwandelt. Er hoffte inbrünstig, daß die Decke uns beide erwischte. Wenn es so kam, würde er als erster seinen Abgang machen.

Etwas knallte an die Seite des Fensters und rutschte am Fensterbrett entlang: zwei Latten mit einer Sprosse dazwischen. Die Leiter wippte, als jemand unter dem Wasserstrahl hindurch zu uns hochkletterte.

Berin hatte seinen Mund geöffnet und brüllte mit der rasenden Wut eines Gottes, der vom Thron gestürzt worden war. Aber mein Gelächter übertönte ihn.

Als ich abdrückte, schrie er immer noch.

ROTBUCH KRIMIS – BLUTROT. EISKALT

Tony Fennelly, BÄRENDIENST
Aus dem Amerikanischen von Mechthild Küpper
216 Seiten, TB 45, ISBN 3-88022-055-7, DM/sFr 16,90/öS 125,00

Tony Fennelly, BLUTIGE SÉANCE
Aus dem Amerikanischen von Wilhelm von Werthern
248 Seiten, TB 1063, ISBN 3-88022-392-0, DM/sFr 15,80/öS 106,00

Tony Fennelly, DER HIPPIE IN DER WAND
Aus dem Amerikanischen von Mechthild Küpper
200 Seiten, TB 70, ISBN 3-88022-090-5, DM/sFr 16,00/öS 118,00

Tony Fennelly, HURENGLANZ
Aus dem Amerikanischen von Sigrid Ruschmeier
210 Seiten, TB 87, ISBN 3-88022-107-3, DM/sFr 16,90/öS 125,00

Tony Fennelly, MORD AUF DER KLAPPE
200 Seiten, TB 87, ISBN 3-88022-019-0, DM/sFr 14,00/öS 104,00

Tony Fennelly, ROBINS HOCHZEIT
Aus dem Amerikanischen von Bernd Kempker
232 Seiten, TB 40, ISBN 3-88022-050-6, DM/sFr 15,90/öS 118,00

Tony Fennelly, DIE MATTY SINCLAIR TRILOGIE
640 Seiten, TB 74, ISBN 3-88022-094-8, DM/sFr 20,00/öS 118,00

Gunter Gerlach, NEURODERMITIS
180 Seiten, TB 1052, ISBN 3-88022-374-2, DM/sFr 14,90/öS 108,00

Gunter Gerlach, KATZENHAAR UND BLÜTENSTAUB
168 Seiten, TB 1022, ISBN 3-88022-384-X, DM/sFr 16,90/öS 125,00

Gunter Gerlach, KORTISON
146 Seiten, TB 1001, ISBN 3-88022-351-3, DM/sFr 14,90/öS 110,00

Gar Anthony Haywood, ANGESCHWÄRZT
Aus dem Amerikanischen von Gabriele Dietze
263 Seiten, TB 1011, ISBN 3-88022-361-0, DM/sFr 16,90/öS 125,00

Gar Anthony Haywood, SCHWARZ WEISS TOT
Aus dem Amerikanischen von Sigrid Ruschmeier
192 Seiten, TB 23, ISBN 3-88022-033-6, DM/sFr 16,00/öS 118,00

Gar Anthony Haywood, SIE STERBEN JUNG
Aus dem Amerikanischen von Sigrid Ruschmeier
256 Seiten, TB 46, ISBN 3-88022-056-5, DM/sFr 16,00/öS 118,00

D.J.H. Jones, BEI TAGUNG MORD
Aus dem Amerikanischen von Gunnar Kwisinski
278 Seiten, TB 1014, ISBN 3-88022-364-5, DM/sFr 16,90/öS 125,00

Yaak Karsunke, TOTER MANN
200 Seiten, TB 41, ISBN 3-88022-051-4, DM/sFr 14,00/öS 104,00

ROTBUCH KRIMIS – BLUTROT. EISKALT

ROTBUCH KRIMIS – BLUTROT. EISKALT

Norbert Klugmann, FEUER UND FLAMINGO
224 Seiten, TB 61, ISBN 3-88022-071-9, DM/sFr 15,00/öS 111,00

Elsa Lewin, SOLO FÜR KLARINETTE
Aus dem Amerikanischen von Sigrid Ruschmeier
256 Seiten, TB 63, ISBN 3-88022-073-5, DM/sFr 16,00/öS 118,00

William Marshall, DIE EHRE DER KÄMPFER
Aus dem Amerikanischen von Gunnar Kwisinski
260 Seiten, TB 1023, ISBN 3-88022-385-8, DM/sFr 18,90/öS 140,00

William Marshall, FROSCHMAUL
Aus dem Amerikanischen von Karin Rausch
240 Seiten, TB 98, ISBN 3-88022-348-3, DM/sFr 16,90/öS 125,00

William Marshall, HONGKONG ROADSHOW
Aus dem Amerikanischen von Karin Rausch
192 Seiten, TB 43, ISBN 3-88022-053-0, DM/sFr 14,00/öS 104,00

William Marshall, LAST EXIT: HONGKONG
Aus dem Amerikanischen von Gunnar Kwisinski
290 Seiten, TB 1058, ISBN 3-88022-430-7, DM/sFr 19,90/öS 145,00

William Marshall, POSTLAGERND JENSEITS
Aus dem Amerikanischen von Karin Rausch
192 Seiten, TB 82, ISBN 3-88022-102-2, DM/sFr 16,90/öS 125,00

Lia Matera, STUDENTENFUTTER
Aus dem Amerikanischen von Gabriele Dietze
224 Seiten, TB 68, ISBN 3-88022-088-3, DM/sFr 16,00/öS 118,00

Grant Michaels, MASKE FÜR EINE DIVA
Aus dem Amerikanischen von Nora Matocza und Gerhard Falkner
220 Seiten, TB 1053, ISBN 3-88022-389-0, DM/sFr 16,90/öS 123,00

Grant Michaels, DER MIT DEM TOD TANZT
Aus dem Amerikanischen von Nora Matocza und Gerhard Falkner
339 Seiten, TB 1012, ISBN 3-88022-362-9, DM/sFr 18,90/öS 140,00

Grant Michaels, DIE STAN KRAYCHIK TRILOGIE
897 Seiten, TB 1040, ISBN 3-88022-402-1, DM/sFr 25,00/öS 185,00

Grant Michaels, TÖDLICHE TRÜFFEL
Aus dem Amerikanischen von Nora Matocza und Gerhard Falkner
300 Seiten, TB 97, ISBN 3-88022-347-5, DM/sFr 16,90/öS 125,00

Grant Michaels, ZUM STERBEN SCHÖN
Aus dem Amerikanischen von Rolf Erdorf
270 Seiten, TB 88, ISBN 3-88022-338-6, DM/sFr 16,90/öS 125,00

John Milne, SCHATTENSPIELE
Aus dem Englischen von Edgar Peinelt
278 Seiten, TB 1038, ISBN 3-88022-403-X, DM/sFr 16,90/öS 125,00

ROTBUCH KRIMIS – BLUTROT. EISKALT

ROTBUCH KRIMIS – BLUTROT. EISKALT

TONY FENNELLY

DIE MATTY SINCLAIR TRILOGIE

Matty Sinclairs Familie gehört zum alten Adel von New Orleans und hat mehr Stil als Vermögen. Also verkauft er Antiquitäten in seinem Laden »New Traditions«. Sein junger Gehilfe und Geliebter Robin ist fast volljährig und war früher ein klein wenig kriminell. Lieutenant Frank Washington weiß das und bittet deshalb Matty mit sanftem Nachdruck um Hilfe, wenn ein Verbrechen in der von außen undurchdringlichen schwulen Subkultur von New Orleans aufzuklären ist.

ROTBUCH KRIMI

»Man sollte auf alles gefaßt sein...«

SÜDDEUTSCHE ZEITUNG

Tony Fennelly
Die Matty Sinclair
Trilogie:

Mord auf der Klappe
Bärendienst
Robins Hochzeit

640 Seiten
DM/sFr 20,-/öS 148,-
ISBN 3-88022-094-8
Rotbuch Krimi 74